중국 국가출판기금 프로젝트
중국 '제13차 5개년 계획' 국가 중점 출판물 출판 계획 프로젝트
「중국 알기 · 중국 이해하기」 시리즈

중국의 새로운 통치원리
(The code of China's new governance)

국가 통치관리 체계와 통치관리
능력의 현대화 15강(講)

양카이펑(杨开峰)등 지음

김승일(金勝一) · 채복숙(蔡福淑) 옮김

경지출판사
Korea Wisdom China

中国人民大学出版社
CHINA RENMIN UNIVERSITY PRESS

중국의 새로운 통치원리
(The code of China's new governance)

국가 통치관리 체계와 통치관리
능력의 현대화 15강(講)

초 판 1쇄 인쇄 2022년 11월 05일
초 판 1쇄 발행 2022년 11월 10일
발 행 인 김승일(金勝一)
디 자 인 고은하
출 판 사 경지출판사
출판등록 제 2015-000026호

잘못된 책은 바꿔드립니다.
가격은 표지 뒷면에 있습니다.

ISBN 979-11-90159-88-3(03820)

판매 및 공급처   경지출판사

주소 : 서울시 도봉구 도봉로117길 5-14 **Tel :** 02-2268-9410 **Fax :** 0520-989-9415
블로그 : https://blog.naver.com/jojojo4

※ 이 도서의 국립중앙도서관 출판사 도서목록(CIP)은 서지정보유통지원시스템 홈페이지(http://seoji.nl.go.kr)와 국가자료공동목록시스템에서
   이용하실 수 있습니다.

머 / 리 / 말 ————————

양카이펑(杨开峰)

중국공산당 제19기 중앙위원회 제4차 전체회의에서 채택된 "'중국 특색의 사회주의' 제도를 견지 보완하고 국가 통치관리 체계와 통치관리 능력의 현대화를 추진하는 데에 관한 약간의 중대한 문제에 있어서 중국공산당 중앙위원회의 결정"은 중국공산당 제18차 · 제19차 전국대표대회 이래, 중국공산당 중앙위원회의 개혁 심화에 관한 일련의 결정과 정신의 연장이고 심화이며, 세계 일류 · 중국 특색의 국가 통치관리 이론과 실천을 더욱 발전시켜 나가는 방향을 제시한 것이다. 이「결정」은 국가 통치관리의 내포와 외연, 개념체계를 분명히 했다. 서구 주류 및 미리 설정된 서구식 모델의 통치관리 이론과 달리, 이「결정」은 중국의 국가 통치관리는 우선 사회주의의 위대한 실천이고, 역사와 인민이 선택한 결과로서 국가 통치관리에 있어서의 민족성 · 역사성 · 대중성과 정치성을 잘 드러냈고, 중국 국가 통치관

리에 있어서 13개의 뚜렷한 장점을 강조함으로써 중국 특색이 뚜렷이
잘 나타나 있다. 이「결정」은 또 국가 통치관리 체계와 통치관리 능력
을 한 국가의 기본제도 및 그 실행능력의 집중적인 구현으로 보고, 마
르크스주의 방법론을 지도로 하여, 국가 통치관리에 대해 포괄적이고
과학적이며 체계적인 정의를 내렸다. 이「결정」이 구현한 이론체계는
논리가 치밀하고, 전면적이고 체계적이며, 철학·사회과학 발전의 최
신 성과를 반영하였으며, 세계 각국의 발전된 선진 경험을 수용하였
으며, 중국 사회주의 건설의 성공적인 실천을 종합하였고, 보편성과
특수성의 통일에 도달하였다.

이처럼 국가 통치관리에 대한 지혜가 충만한「결정」에 대해 사회과
학자, 특히 공공통치관리 학자들은 열심히 공부하고 깊이 이해하며
적극적으로 풀이하고 능동적으로 전환해야 한다.

중국공산당 제19기 중앙위원회 제4차 전체회의 이후, 중국인민대학
공공통치관리대학은 세 번의 학술포럼을 개최했고, 교사들이 각자의
전공 차원에서 이번 전체회의「결정」을 해석하도록 하여, 교사와
학생들 사이에서 광범위하고도 열띤 토론을 불러일으켰다. 이 책의
대부분 장절은 이 세 차례의 포럼에서 나온 발언의 산물이다.

이 정책 문헌(「결정」)은 포용성과 풍부성 및 연성(延性)과 전성(展
性)을 갖추고 있다. 햄릿에 대한 이해가 천 명이면 천 명이 다 다르다
고 했듯이, 사람마다 각자 사물을 보거나 생각하는 출발점이나 시야
가 다르므로 동일한 문헌이라 해도 다르게 이해할 수 있다. 이는 이
문헌의 배후에 있는 의미의 풍부성을 제시하는 데 도움이 될 뿐만 아
니라, 적용 가능한 상황을 더 폭넓게 발견하는 데에도 유리하다. 이는
바로 사회과학 연구자들이 공헌할 수 있는 부분이기도 하다.

이 책의 저자들은 학문적 배경이 다르고, 연구 취지가 다르며, 문장

의 풍격도 다르므로 나는 대부분 장절들에 대해 크게 고치지 않았다. 이것은 내가 게으름을 피우기 위한 것이 아니라 독자들이 있는 그대로 볼 수 있도록 하기 위한 것이다. 나는 줄곧 정책 문헌은 판에 박힌 것처럼 해석하지 말고 그 다양성을 유지해야 한다고 생각해 왔다. 물론 최대한 일찍 독자들과 대면하기 위해 모두들 급히 글을 쓴 점도 있고, 나 자신의 수준 제한으로 누락된 점도 있을 것이라 여겨진다. 정확성과 시효성 사이에서 우리는 가능한 한 균형을 잡으려고 했다.

여기에서 분망한 와중에도 흔쾌히 집필에 합류해 준 동료들에게 감사의 인사를 드리고 싶다. 또한 중국인민대학출판사 주하이옌(朱海燕) 여사에게 감사인사를 드린다. 그녀의 지지와 도움이 없었다면 이 책이 나오기는 어려웠을 것이다. 마지막으로 언급하고 싶은 것은, 이 책이 중국 국가자연과학기금의 중점 프로젝트인 "지방 통치관리 체계와 통치관리 능력에 영향을 주는 요소와 개혁의 경로, 그리고 통치관리 효과"(71633004)의 지원을 받았다는 점이다.

저 / 자 / 소 / 개 ───────

허옌링(何艳玲)

중국인민대학 공공통치관리대학 교수, 박사과정 지도교수. 연구 분야는 도시와 지방 통치관리, 사회 통치관리, 행정 개혁 및 공공 행정 이론이다. 현재, 중국 국가사회과학기금의 중대 프로젝트인 '중국 개혁·개방이 창조한 통치관리 경험 및 정부 이론 향상' 프로젝트를 책임지고 있다.

후홍웨이(胡宏伟)

중국인민대학 공공통치관리대학 부교수, 사회보장연구소 소장, 건강보장연구센터 집행센터장, 국가발전·전략연구원 연구원이다. 연구 분야로는 건강 보장, 취약 군체 보호, 공공정책 분석, 노후문제 등이 포함된다. 국가·성·부급(部级) 과학연구 프로젝트를 20여 건 주관하였고, 저서 4부를 출판하였다. 또한 SSCI·CSSCI 저널에 50여 편의 논문을 발표했다.

리원자오(李文釗)

중국인민대학 공공통치관리대학 교수 겸 중국인민대학 수도 (首都)발전 · 전략연구원 부원장, 공공재정 · 공공정책연구소 부소장, '공공통치관리와 정책 논평(公共管理与政策评论)'의 부주필이다. 중국인민대학 '걸출한 학자' 중의 청년학자이다. '세계통치관리(管理世界)' 등 잡지에 논문 50여 편을 발표했으며, 중국 국가자연과학기금 등 프로젝트를 주관했다. 정책과정 이론, 통치관리 이론 등의 연구에 주력하고 있다.

류펑(刘鹏)

중국인민대학 공공통치관리대학 교수, 박사과정 지도교수, MPA교육센터 센터장, 식품안전협동통치관리혁신센터 약품감독통치관리 및 법률연구소 소장이다. 연구 분야는 리스크 통치관리, 정부 감독과 의료위생 정책이다. '중국행정통치관리', '공공통치관리학보', Regulation & Governance' Food policy등 간행물에 70여 편의 논문을 발표했다. 중국 국가사회과학기금 중대 프로젝트 1건, 자연과학 프로젝트 2건을 주관했다.

쑨바이잉(孙柏瑛)

중국인민대학 공공통치관리대학 교수, 박사과정 지도교수, 공공통치관리대학 당위원회 부서기, 중국 국가전략 · 발전연구원 연구원(研究员). 국가사회과학기금의 중대 프로젝트를 주관했으며 핵심 저널에 50여 편의 논문을 발표했다. 주요 연구 분야는 공공통치관리 이론, 지방 통치관리, 기층사회 통치관리 등이다.

쑨위동(孙玉栋)

중국인민대학 공공통치관리대학 교수, 박사과정 지도교수. 제3기 전국공공통치관리전공학위교육지도위원회 부비서장, 베이징 국가회계대학 등 여러 대학에서 겸임 교수 직을 담임. 하얼빈금융대학 금원(金苑) 석좌 교수. 국가 및 성급과 부급(部级) 연구 프로젝트 20여 건을 주관. 학술 전문 저서를 6부 출판, 학술 논문 100여 편 발표. 연구 분야는 공공재정 통치관리이다.

왕훙웨이(土宏伟)

중국인민대학 공공통치관리대학 부교수, 국가안전연구센터 센터장. 비상 통치관리와 국가안전에 대해 주로 연구한다. 『중국 비상 통치관리 개혁-역사에서 미래로(中国应急管理改革：从历史纵向未来)』, 『신시대 비상 통치관리 통론(新时代应急管理通论)』등 저서가 있으며, 여러 편의 글을 발표했다.

왕후펑(王虎峰)

중국인민대학 공공통치관리대학 교수, 박사과정 지도교수. 의료보건체제개혁연구센터 센터장. 주로 의료보건체제 개혁 정책과 보건 통치관리에 대해 연구한다. 2017년, 2018년, 2019년 3년 연속 '올해 가장 주목받은 의료보건체제 개혁 관련 전문가'에 선정됐다. 2015년과 2019년 연이어 제2기, 제3기 중국 국무원 의료보건개혁 전문가자문위원회 위원으로 활동했다.

웨이나(魏娜)

중국인민대학 공공통치관리대학 교수, 박사과정 지도교수.

중국인민대학 지방정부발전전략연구센터 센터장. 인문베이징연구
센터 부센터장, 베이징시자원봉사발전연구회 부회장, (중국 해협)
양안 네 지역(중국의 대륙·타이완·홍콩·마카오를 가리킴) 공공통
치관리 학술연구토론회 비서장. 주로 정부 개혁, 도시 통치관리, 지역
사회 통치관리와 자원봉사에 대해 연구한다. 『지역사회 조직과 지역
사회 발전(社区组织与社区发展)』, 『'자원봉사자(志愿者)』등 저서가
있다.

쉬광젠(许光建)

중국인민대학 공공통치관리대학 공공재정 및 공공정책연구
소 교수, 박사과정 지도교수. 중국 국무원 관세세칙위원회 전문가자
문위원회 위원, 중국가격협회 부회장. 중국 국무원의 정부 특수 수당
취득자. 거시경제 이론과 정책, 공공재정 이론과 정책, 가격 이론과
가격 정책 등의 연구에 특히 뛰어나다. '쉐무차오(薛暮桥) 가격연구
상' 등 여러 차례 상을 받았다.

양홍산(杨宏山)

중국인민대학 공공통치관리대학 부원장, 교수, 박사과정 지도
교수. 공공재정 및 공공정책연구소 소장, 전국공공통치관리전공학위
연구생(MPA)교육지도위원회 부비서장, 중국행정통치관리학회 이사,
베이징도시통치관리학회 이사를 겸임하고 있으며, 주로 중국의 정책
과정, 도시 통치관리, 사회 통치관리에 대한 연구를 수행하고 있다.

양카이펑(杨开峰)

중국인민대학 공공통치관리대학 원장, 교수, 박사과정 지도

교수. 전국공공통치관리전공학위연구생교육지도위원회 비서장, 미국 국가행정과학원 원사. 『공공 성과와 통치관리 평론(영문SSCI) 』및 공공통치관리와 정책 평론(중문)』의 편집을 주관했다. 국가 통치관리, 성과 통치관리, 정부개혁, 공공조직 등 연구에 취미가 있다.

예위민(叶裕民)

중국인민대학 교수, 박사과정 지도교수. 연구 방향은 지역과 도시 경제, 도시화와 도시 통치관리이다. 전문 저서 10여 부와 논문 120여 편을 발표했으며, 각종 프로젝트 700여 개를 주관했다. 전국대학 건축학 전공교육지도위원, 도농계획학과 전공교육지도분위원회 위원, 주택 및 도농건설부, 자연자원부, 베이징시(北京市), 쓰촨성(四川省), 장쑤성(江苏省), 광시(广西) 난닝시(南宁市) 등 국무원 산하 여러 부(部)와 위원회, 성 정부 고문임.

장잔루(张占录)

중국인민대학 공공통치관리대학 토지통치관리학부 학부장, 교수, 박사과정 지도교수. 중국농업공학학회 토지이용공학전공위원회 부주임. 전문 저서와 교재 10여 권을 출판하고, 논문 100여 편을 발표. 국가사회과학기금, 국가자연과학기금, 국토장원부 등 부문 과학 연구 프로젝트 80여 건을 주관했음. 주로 국토공간계획, 국토정비 관련 연구에 종사하고 있음.

장장(张璋)

중국인민대학 공공통치관리대학 부교수. 주로 정부 개혁과 혁신, 정부 실적 통치관리, 정책도구 분야의 연구에 종사하고 있음.

목 / 차 ————————

제1장 제도의 구축을 국가 통치관리에서 더욱 두드러진 위치에 두어야 한다. (양카이펑 杨开峰)

중국공산당 제19기 중앙위원회 제4차 전체회의의 「결정」은, 중국 국가제도와 국가 통치관리 체계에서 "무엇을 견지하고 튼튼히 다져야 하는가? 무엇을 완정화 하고 발전시켜야 하는가?"에 대해 전면적인 답안을 제시했으며, 처음으로 '중국 특색의 사회주의' 통치관리의 제도 코드를 전면적으로 종합했다. 또한 처음으로 '중국 특색의 사회주의' 제도의 체계 및 그 통치관리 효과에 대해 온전하게 논술했으며, 제도의 구축을 국가 통치관리에서 더욱 뚜렷한 위치에 놓았다.

제2장 '일체사화(一体四化)'의 중국 특색 행정체제의 구축
(류펑 刘鹏)

신시대 행정체제 구축은 인민이 만족하는 서비스형 정부건설을 중심으로 하고, 행정체계의 일원화·간략화·효율화·분권화를 4차원 지주로 삼아 추진함으로써 효율적이고 법제적이며, 투명하고 깨끗한 중국 국가 통치관리 체계를 구축하고, 국가 통치관리 체계와 통치관리 능력의 현대화를 실현하기 위해 탄탄한 행정기반을 마련해야 한다.

제3장 명확한 직책과 법에 의한 행정, 그리고 인민이 만족하는 통치관리 체계 (리원자오 李文钊)

정부의 업무평가에는 여러 가지 기준이 있다. 예를 들면, 과학적·규범화·체계화·완벽화·고효율화 등이 있다. 하지만 인민의 만족 여부는 정부 업무를 평가하는 첫 번째 기준이

다. 인민의 만족 여부, 인민의 획득감, 인민의 안전감 등이 정
부의 각종 업무에서의 최종 검증기준이 되어야 한다.

제4장 국가경제 통치관리 체계와 통치관리 능력의 현대화에 관한 몇 가지 문제 (쉬광젠 许光建)

중국공산당 제19기 중앙위원회 제4차 전체회의에서 채택된
「결정」은 공유제를 주체로 하고, 다양한 소유제 경제가 함께
발전하는 것, 노동에 따라 분배하는 것을 주체로 하고, 다양
한 분배방식이 병존하는 것, 사회주의 시장경제 체제 등 3대
제도가 결합된 기본 경제제도를 제시했다. 이것은 중국경제
분야에서 가장 기초적인 제도로 반드시 잘 견지하고 완비해
야 한다.

제5장 중국 국가 통치관리 배경 하의 재정체제 개혁
(쑨위동 孙玉栋)

중국공산당 제19기 중앙위원회 제4차 전체회의의 「결정」은 권력과 책임이 분명하고, 재력이 조화롭고, 지역 간 균형이 잡힌 중앙과 지방의 재정관계를 수립하여 각급 정부의 직권, 지출책임과 재력이 상호 부합되는 안정적인 제도를 형성해야 한다고 제안했으며, 이러한 제기 법은 진정한 의미에서 중앙과 지방정부의 정부 간 관계를 법제화의 형식으로 정착시킨 것이다.

제6장 특대 도시 통치관리를 혁신하고, 도농 민생보장 제도를 총괄 추진하다 (예위민 叶裕民)

도시와 농촌의 발전을 총괄하는 핵심내용은 신형 도시화이다. 기본특징은 체계적이고 질서 있게 추진하는 것이고, 가장 큰 공헌은 사회주의 제도의 완비화에 대한 효과적인 탐구이며, 가장 중요한 결과는 생산력을 해방시키는 것이다. 도농주민들이 같은 도시에서 같은 권리를 행사할 수 있도록 하고, 새로운 발전 구도를 함께 창조하고 공유하는 것이다.

제7장 중국 사회보장 통치관리의 개혁　(후홍웨이 胡宏伟)

　'완전보장(应保尽保)'은 발전경로와 발전목표의 이중 특성
을 모두 가지고 있다. '완전보장'은 중국 사회보장 체계가 발
전하는 중요한 지름길이다. 즉 더 많은 사람들에게 혜택을 주
고, 더욱 높은 처우 수준을 보장함으로써 국민의 생활복지를
향상시키는 것이다. 이와 동시에 '완전보장'은 사회보장의
중요한 발전목표이다. 즉 많은 사람을 커버하고, 보장 수요를
전면적으로 충족시키는 것 자체가 바로 중국 사회보장 체계
발전의 이상적 상황이자 근본 목표이다.

제8장 중국공산당 제19기 중앙위원회 제4차 전체회의 정신 으로 건강한 중국의 건설을 지도해야 한다

(왕후펑 王虎峰)

중국공산당 제19기 중앙위원회 제4차 전체회의의 「결정」은
생명의 전 주기, 건강의 전 과정을 배려하는 국민건강정책을
완정화 하여 광범위한 대중이 공평하고 접근가능하며, 체계
적이고 연속적인 건강서비스를 누릴 수 있도록 해야 한다고

제시했다. 여기에서 "공평하고 접근 가능하다"는 것은 위생·건강사업의 가치관을 가리키고, "체계적이고 연속적"이라는 것은 구체적인 실시기준이다. 이 둘 중 하나는 이념적인 것이고, 다른 하나는 실천 통치관리 상의 것으로, 상호 호응하고, 갈라놓을 수 없는 것이다.

제9장 공동구축 · 공동통치관리 · 공동향유 - 신시대 사회 통치관리에 있어서의 중국 방안 (쑨바이잉 孙柏瑛)

중국공산당 제18차 전국대표대회 이래, 중국은 '일핵다원(一核多元)'의 기층사회 통치관리 구조를 끊임없이 강화하였다. 정당·정부조직은 자원·조직·통치관리의 침하 방식으로 사회 네트워크 속에 들어가 정당이 영도하고, 정부가 책임지며 다양한 주체가 통치관리에 참여하는 제도체계를 구축하여, 사회영역의 공공문제를 공동으로 통치관리하게 되었다. 이러한 체제를 중국 특색을 살린 '통합식 공동 통치관리'의 사회 통치관리 모식이라 표현할 수 있다.

제10장 기층사회의 활력을 불러일으켜 '사회 통치관리 공동체'를 구축하다 (웨이나 魏娜)

사회 통치관리는 주체의 다원화를 요구한다. 즉 유능한 정부, 건전한 시장과 잘 발달된 사회조직을 요구한다. 이 3자는 사회 통치관리에서 각각 특징과 강점을 갖고 있다. 이 3자가 공동으로 역할을 발휘하는 것은 양호한 사회 통치관리의 기초이다. '사회 통치관리의 공동체'를 구축하려면 '화이부동(和而不同)'의 이념을 견지하고, 각 주체의 차이성과 소구(訴求)의 다양성을 충분히 존중해 '경청-협상-행동'의 통치관리 메커니즘을 구축해야 한다.

제11장 사회 통치관리 현대화의 제도적 수요와 행동 경로 (양훙산 杨宏山)

사회 통치관리의 현대화를 추진함에 있어서, 사회 통치관리

의 기본법칙을 종합해야 할 뿐만 아니라, 위로부터 아래로의
경로를 통해 제도건설을 추진해야 하며, 또한 지방의 자주권
을 확대해야 한다. 각지에서 현지 실정에 맞게 정책혁신을 전
개할 수 있도록 지원해야 하며, 각지에서 실천 속에서 축적된
성공경험을 종합하고, 복제 가능한 지방경험을 제때에 국가
정책 체계에 포함시켜야 한다.

제12장 중국 시역(市域)사회 통치관리의 방법론 탐색
(허옌링 何艳玲)

도시에서 인민중심 이념의 구체적 표현은 도시 공간을 인간
본위 공간으로 만드는 것이다. 도시는 더는 무질서하게 확장
되지 말아야 한다. 도시 통치관리자는 반드시 도시와 기타 요
소의 관계를 전반적으로 계획하여 도시계획, 도시건설, 도시
설계를 '장소 조성의 예술'로 만들어야 한다.

제13장 신시대 중국 특색의 비상 통치관리 체제를 구축하다
(왕훙웨이 王宏伟)

중대 돌발사태 대응 과정에서 정부·군·기업·사회조직·
자원봉사자 등 다양한 역량들이 짧은 시간에 현장에 모였을
때, 서로 예속되지 않으면 협력하기가 어렵다. 통합지휘는 비
상 통치관리 활동이 서로 조화를 이루도록 하고, "각자 나팔을
불고 서로 다른 노래를 부른다(各吹各的号，各唱各的调)"
식의 일이 없노록 하여 무질서와 혼란을 막고, 나아가 비상
통치관리의 효율성을 높일 수 있다.

제14장 새 시대 생태문명 제도건설　(장잔루 张占录)

생태문명 건설은 사상 관념, 이념의 심각한 혁명이자 생산방
식과 생활방식의 전환 과정이다. 다른 분야에 비해 개혁을 심
화하는 것이 더욱 필요한 중요한 분야이므로, 과학발전을 저
해하는 사상 관념과 체제 메커니즘의 폐해를 단호히 타파해
야 하며, 시스템이 완전하고 과학적이고 규범적이며 운행이
효과적인 제도체계를 구축해야 한다.

제15장 중국 국가 통치관리의 도구 기반   (장장 張璋)

제도적 장점은 국가 통치관리의 효용성을 전제로 하는 것일 뿐, 이를 국가 통치관리의 효용성으로 바꿀 수 있느냐는 제도의 효율적인 집행에 달려 있다. 제도-집행-효과는 국가 통치관리 체계운영의 사슬을 이룬다. 제도 자체의 우월성과 집행상의 고효율은 모두 중국 국가 통치관리의 전제이다. 둘 중 어느 것 하나도 없으면 안 된다

제 1 장

제도의 구축을 국가 통치관리에서 더욱 두드러진 위치에 두어야 한다

양카이펑 杨开峰

중국공산당 제19기 중앙위원회 제4차 전체회의에서 채택된 「'중국 특색의 사회주의' 제도를 견지·보완하고 국가 통치관리 체계와 통치관리 능력의 현대화를 추진하는 데에 관한 약간의 중대한 문제에 있어서의 중국공산당 중앙위원회의 결정」(이하 「결정」으로 약칭함)은 중국 국가제도와 국가 통치관리 체계에서 "무엇을 견지하고 튼튼히 다져야 하는가? 무엇을 완정화하고 발전시켜야 하는가?"에 대한 물음에 전면적인 답안을 제시했으며, 각종 제도가 더욱 성숙되고 정형화되도록 추진하기 위한 구상을 분명히 했다. 이는 중국공산당이 처음으로 국가제도와 국가 통치관리 체계를 중앙위원회 전체회의의 주제로 삼은 것이고, 처음으로 '중국 특색의 사회주의' 통치관리의 제도 코드를 전면적으로 종합한 것이다. 또한 처음으로 '중국 특색의 사회주의' 제도의 체계 및 그 통치관리 효과에 대해 온전하게 논술한 것이며, 제도의 구축을 국가 통치관리에서 더욱 두드러진 위치에 놓은 것이다. 이 「결정」은 심후한 통찰이 담긴 문헌으로, 오랜 기간 이론계와 실천계에서 논란이 있었던 문제들을 포함해, 국가제도 구축의 기본적인 문제에 대해 전면적으로 답했는데, 우리가 진지하고 배우고 깊이 깨달아야 할 것들이다.

1. 국가 통치관리에서의 제도적 논리

국가 통치관리는 각 유형 통치관리 주체 간의 책임·권리·이익 관계를 규정하는 일련의 제도적 장치라고 볼 수 있는데, 국가 통치관리 활동은 바로 이런 제도 아래에서 각 주체들이 하는 것이다. 이러한 의미에서 볼 때, 현대 국가 통치관리의 가장 중요한 임무는 어느 한 구체적인 정책 내용이나 어느 한 통치관리 주체의 통치관리 능력 혹은 행동 옵션이 아닌, 효과적인 제도 체계를 세우는 것이다. 현대 국가 통치관리는 법치를 요구하며, 각 통치관리 주체가 인정하는 제도적 장치를 요구한다. 이는 인치(人治)에 기반을 둔 것이 아니며, 황권이나 신권 혹은 만능의 리더에게 기반을 둔 것이 아니다. 현대사회의 복잡성과 불확실성, 서로 다른 집단 간의 이익과 가치의 다원성과 충돌성, 정책 결정자가 갖고 있는 이성의 유한성은 안정적이고 효과적인 국가 통치관리는 어느 한 개인이나 영웅이 아닌 제도에 의존해야 한다는 점을 결정했다. 경제학에서의 신제도주의나 정치학에서의 신제도주의나 어느 것을 물론하고 모두 제도를 중요한 위치 및 우선순위에 두고 있다.

제도의 문제는 근본성·전반성·안정성·장기성을 띤다. 제도의 구축은 중국공산당이 혁명과 국가건설을 이끌어 온 역사 이래 줄곧 중요한 위치를 차지해 왔다. 창당·항일전쟁·신 중국 수립부터 개혁개방에 이르기까지 중국공산당과 중국 국가 지도자들은 모두 제도의 구축을 매우 중시해 왔다. 중국공산당의 역사는 제도의 구축으로 자

체 건설을 추진하고 나아가 중국의 발전을 추진해 온 역사이다. 덩샤
오핑(邓小平)은 1980년 8월 18일의 중국공산당 중앙위원회 정치국
확대회의에서 「당과 국가의 지도제도 개혁」을 발표하면서 "우리가
과거에 저지른 여러 가지 잘못은 일부 지도자의 사상·방식과 관련이
있기는 하지만, 조직제도·근무제도 측면의 문제가 더욱 중요하다"
고 강조했다. 이처럼 조직제도, 근무제도를 매우 중요시하면서 "이런
제도가 좋으면 나쁜 사람이 제멋대로 횡포한 부리지 못하게 할 수 있
으나 제도가 나쁘면 좋은 사람도 좋은 일을 충분히 할 수 없게 할 뿐
만 아니라, 심지어 그 반대 방향으로 나가게 할 수 있다"고 분명하게
말했다.

중국공산당 제18차 전국대표대회 이래, 특히 제19차 대표대회 이
래, 시진핑 동지를 핵심으로 하는 중국공산당 중앙위원회는 제도의
구축을 더욱 중요한 위치에 놓았으며, 더욱 높은 요구를 제기했다. 시
진핑 총서기는 2013년 「중국공산당 제18기 중앙위원회 제3차 전체회
의 정신으로 확실하게 사상을 통일하자」는 연설에서 "국가 통치관리
체계는 중국공산당의 영도 아래 국가를 통치관리 하는 제도 체계로
서, 경제·정치·문화·사회·생태문명과 당 건설 등 각 분야의 체
제, 법률·법규 장치 등이 포함된, 긴밀히 연계되고 상호 협조하는 국
가제도이다"라고 했다. 이 논술을 보면, 제도 체계와 국가 통치관리는
상호 협조하고 지탱하며 추진해야 한다는 것을 알 수 있다. 중국공산
당 제19기 중앙위원회 제4차 전체회의는 '중국 특색의 사회주의' 제
도의 도보(图谱)를 더 명확하게 묘사했다. 즉 "당 창립 100주년이면
각 방면의 제도가 더욱 성숙되고 정형화하는데 뚜렷한 성과를 거둔
다. 2035년에는 각 방면의 제도가 더욱 완정화 되고, 국가 통치관리
체계와 통치관리 능력의 현대화를 기본적으로 실현하게 된다. 신 중

국 창립 100주년이 되면 국가 통치관리 체계와 통치관리 능력의 현대
화를 전면적으로 실현하여, '중국 특색의 사회주의' 제도가 더욱 공
고해지고, 그 우월성이 충분히 드러나게 된다."고 하였다.

제도적 논리는 우리가 현 단계에서 국가 통치관리의 전환을 실현하
는데 특히 중요하다. 우리는 여전히 사회주의 초급단계에 있고, 발전
은 여전히 불균형하고 불충분하며, 동시에 복잡다단한 국제경쟁 환경
에 직면해 있다. 또한 우리는 기술적으로나 국민 전체 자질적으로나
서구 선진국에 비해 총체적으로 뒤떨어져 있다. 그러니 오직 제도적
우위에 의해 후발적 장점을 실현할 수밖에 없다. 국가 통치관리의 전
환은 우리에게 새로운 이념을 채용하고, 낡은 구도를 타파할 것을 요
구하며, 각급 정부 인원에 대해서도 더욱 높은 요구를 제기한다. 이는
칼날이 안으로 향하는 개혁(刀刃向内的改革) 과정으로 단순히 공공
통치관리자 개체의 자각에 의존할 수 없으므로, 제도의 지렛대 역할
과 구속 작용을 발휘케 해야 한다. 시진핑 총서기는 중국공산당 제19
차 전국대표대회 보고에서 "권력 운행에 대한 제약과 감독을 강화하
여, 인민이 권력을 감독하고, 권력이 햇빛 아래에서 운행되게 하며, 권
력을 제도의 우리에 가두어야 한다"고 했다. 국가 통치관리 체계와 통
치관리 능력의 현대화를 실현함에 있어서, 더 많이 제도로써 당을 통
치관리하고, 권력을 통치관리하며, 관리를 다스리는 것(治吏), 더 많
이 제도에 의해 개혁을 추진하는 것은 필연적인 요구인 것이다.

2. 제도 구축에서의 총체적 논리

제도를 구축하는 데서의 총체적 논리는 '중국 특색의 사회주의' 제
도를 견지하고 보완하는 것이다. 제도학 관련 문헌에서 제도 논리는
고유 명사로서, 특정 역사조건 하에서 사회가 구축해 낸 일관성 있는

규칙·가설·가치와 신념으로, 이를 통해 개체가 시간과 공간을 조직하고, 사회현실의 의미를 이해하며, 자신의 존재를 실현하고 재창조하는 것을 말한다. 어찌 보면, 제도 논리는 제도의 가장 핵심적이고 가장 본질적인 단서이며, 서로 다른 제도가 구분되는 결정적인 특징이다. 어느 한 가지 제도가 강력한지, 제도의 각 요소들이 서로 잘 어울리는지, 행위자가 제도의 응집력을 느끼고 있는지는 모두 이 핵심이 잘 부각되고 있느냐를 봐야 한다. 다른 나라와 비교해 봤을 때, 중국 국가제도의 '핵심'은 '중국 특색의 사회주의'이다. 즉 중국에서 국가건설과 개혁을 심화시키는 총체적인 목표는 바로 '중국 특색의 사회주의' 제도를 완정화하고 발전시키는 것으로, 폐쇄되고 경직된 옛 길을 가지도 않고, 기치를 바꾸는 그릇된 길을 가지도 않는다는 것이다. 이는 우리가 제도의 구축에 있어서 총체적으로 고수해야 한다는 말이다. 이는 제도의 구축과 국가 통치관리의 다양성을 체현하는 것이라 할 수 있다. 한 나라가 어떠한 국가 통치관리 체계를 선택하느냐 하는 것은 이 나라의 역사전승, 문화전통, 경제와 사회의 발전수준에 의해 결정된다.

'중국 특색의 사회주의' 제도체계는 엄밀하고 완전한 과학적인 제도체계이다. 「결정」은 중국 국가제도와 국가 통치관리 체계의 13가지 뚜렷한 장점을 종합했는데, 이는 우리가 제도에 대한 자신감을 굳힐 수 있는 기본적인 근거이다. '중국 특색의 사회주의' 제도에서 통솔자 위치에 있는 것은 중국공산당의 영도제도로서 이는 또한 중국의 근본적인 영도제도이기도 하다. 중국공산당 제18차 전국대표대회 이래, 우리는 "'중국 특색의 사회주의'가 갖는 가장 본질적인 특징은 중국공산당의 영도이며, '중국 특색의 사회주의' 제도가 갖는 가장 큰 장점은 중국공산당의 영도이다. 중국공산당은 최고의 정치적 영도역량이다"라고 명확하게 주장했다. 한동안 일부 사람들은 국가 통치관리에서 있어서 중국공산당의 전면적인 영도에 대해 인식이 부족했다. 이 기본 특징을 간과하면 중국 국가 통치관리와 제도 구축의 총제적 논리에 대해 정확히 이해할 수는 없는 것이다.

제도 구축의 총체적 논리는 국가 통치관리 체계와 통치관리 능력의 현대화에 있어서 그 열쇠(钥匙)에 대해 이해하는 것과 같다. 이 총체적 논리는 중국 국가 통치관리의 총체적 임무를 결정한다. 즉 사회주의 현대화와 중화민족의 위대한 부흥을 실현하는 것이므로 전면적인 샤오캉사회(小康社会, 국민 생활수준이 중류 정도가 되는 사회)를 이룩한 기초위에서, 두 단계로 나누어 21세기 중엽에 부강하고 민주적이며 문명되고 조화로우며 아름다운 사회주의 현대화 강국을 건설하는 것이다. 이 총체적 논리는 중국의 신시대 사회 주요 모순에 대한 판단에서 비롯된 것이다. 즉 국민의 아름다운 생활에 대한 날로 늘어나는 수요와 불균형적이고 불충분한 발전 사이의 모순인 것이다. 이는 사회주의 제도가 허황되고 교조적인 제도적 장치가 아니라, 인민 중심의 발전사상을 견지하며, 인간의 전면적인 발전을 추진하고 전체 인민이 다 함께 잘 살 수 있는 제도를 건립하는 것임을 말해준다. 덩샤오핑은 "사회주의와 자본주의의 다른 점은 다 함께 잘사는 것(공동부유)"이라고 말했다. 그는 "사회주의의 가장 큰 우월성은 다 함께 잘사는 것이며, 이것은 사회주의의 본질을 보여주는 것"이라고 했다.

'중국 특색의 사회주의' 제도가 갖는 이 총체적 논리를 견지하고 보완하는 것은, 우리가 무엇을 견지하고 무엇을 튼튼히 다져야 하는가에 대해 잘 알아야 할 뿐만 아니라, 무엇을 발전시키고 완정화해야 하는가에 대해서도 잘 알고 있음으로 해서 유지와 변혁의 변증적 통일을 이루는 것을 의미한다. 유지와 변혁의 모순은 제도의 구축에 있어서의 기본 모순이다. 한편으로 제도의 특점과 장점은 그것이 제공하는 안정성과 지속성에 있지만, 다른 한편으로는 제도가 생명력을 유지하려면 반드시 시대와 더불어 끊임없이 발전하고 끊임없이 변혁해야 한다. 우리가 역사를 되돌아보면, 무엇은 변해야 하고 무엇은 변하지 말아야 하는가에 대해 쉽게 볼 수 있지만, 그 당시 불확실한 미래를 마주하고 있는 행위자로서는 무엇은 변해야 하고 무엇은 변하지 말아야 하는가에 대해 분명하게 볼 수 없는 것이 도전인 것이다. 이 「결정」에서 제시한 13가지 견지가 바로 우리의 답안이다. 우리는 국가 통치관리에 있어서의 근본적인 제도, 기본적인 제도, 중요한 제도를 견지한다는 전제 하에 끊임없이 그 실현 형식과 메커니즘, 조치에 대해 완정화시켜야 한다.

3. 제도 구축에서의 발전적 논리

제도의 발생과 발전의 논리에 대해 사회과학자들은 서로 다른 견해를 가지고 있다. 일부 사람들은 제도는 자체의 독립적인 법칙이 있어 점차적으로 형성되고 자기 발전하는 것이지 사람의 의지에 따라 변하지 않는다고 생각하는 경향이 있다. 또 일부 사람들은 제도는 행위자가 설계한 것으로, 가소성(可塑性)이 크다고 생각하는 경향이 있다. 그 외 이 두 가지 관점 사이에 있는 사람도 있다. 이것은 사실 제도와 행위자 사이의 관계, 혹은 구조와 행위자 사이의 관계를 반영한 것이다. 마르크스주의에 따르면, 제도와 행위자는 모순의 변증법적 통일 관계이다. 제도는 주체의 행위선택에 영향을 주고, 주체의 행위는 반대로 제도에 영향을 준다. 의미를 확대해서 보면, 제도는 상대적인 독립성과 진화성이 있고, 또 행위자의 주관적인 설계의 영향도 받는다. 「결정」에 반영되어야 하는 것은 역사적 논리, 이론적 논리, 실천적 논

리가 고도로 통일되는 것이다. 왜 '중국 특색의 사회주의'를 견지해
야 하는가? 왜 13개의 견지는 우리의 뚜렷한 장점이라고 하는가? 왜
냐하면 이것들은 역사적 선택의 산물이며, 마르크스주의의 과학적 원
리에 부합되고, 중국공산당과 인민대중이 실천 속에서 탐구한 결과이
기 때문이다.

　제도의 구축은 우선 역사 논리에 부합돼야 한다. 제도는 경로 의존
성이 있다. 일단 제도가 어느 한 경로에 진입하면, 보수(報酬) 체증
(遞增)과 자기 강화라는 긍정적 피드백의 영향을 받는다. 한편으로,
'중국 특색의 사회주의' 제도는 역사적 선택의 산물이며, 중국사회의
역사가 장기간의 진화 · 발전을 거치고 심층 구조적 변혁을 가져온 결
과이다. '중국 특색의 사회주의' 제도는 중국의 대지에 뿌리를 두고
있고, 중국의 심후한 문화전통에 부합되는 제도이다. '중국 특색의 사
회주의' 제도는 또 중국공산당이 90여 년간 분투해 온 역사적 경험,
특히 개혁 · 개방 40여 년의 경험에 뿌리를 두고 있다. 2014년 시진핑
주석은 성부급(省部級) 주요 지도간부의 18기 3중전회(중국공산당
제18기 중앙위원회 제3차 전체회의) 정신을 학습 · 관철하고, 개혁을
전면적으로 심화하는 워크숍에서 "중국의 오늘날 국가 통치관리 체
계는 중국의 역사전승, 문화전통, 경제 · 사회발전의 기초 위에서 장
기적으로 발전하고 점진적으로 개선하며 내생적으로 진화한 결과이
다"라고 말했다. 다른 한편으로, 역사적 선택의 결과는 미래 발전의
출발점이며, 이 또한 미래 발전의 방향과 경로에 깊은 영향을 미친다.
우리가 어디에서 왔는지를 모른다면 우리가 어디로 가야 하는지에 대
해 정확하게 판단할 수 없다.

　제도의 구축은 역사 논리만으로는 부족하다. 제도주의 연구에 의하
면, 역사의 선택이 반드시 가장 이상적인 것은 아니다. 역사의 선택은

권력, 자원, 인지(认知), 우연적인 요소 등의 영향을 받기 때문이다. 경로 의존은 안정성을 가져올 수도 있지만 '잠김'과 '경직성'을 가져올 수도 있다. 따라서 제도의 구축은 과학적이어야 할 뿐만 아니라, 이론 논리를 중시해야 한다. 즉 마르크스주의 국가학설 및 그와 관련된 이론과 방법을 활용해야 한다. '중국 특색의 사회주의' 제도가 뚜렷한 장점을 가지게 된 것은 중국공산당이 역사적 탐색과정에서 마르크스주의의 중국화를 견지한 결과이고, 마르크스주의의 기본 원리를 중국의 실제와 결합하여 올바른 길을 개척하고, 과학적인 이론을 발전시키는 것과 효과적인 제도를 구축하는 것을 상호 결합시키고, 발전하는 마르크스주의로 국가제도의 구축을 지도하고, 중국공산당의 집권 규칙·사회주의 건설 규칙·인류사회 발전규칙에 대한 인식을 끊임없이 심화시켜, 중국의 국가제도가 민족 특색과 시대적 특색을 지니면서도 과학적인 사회주의 기본원칙을 체현할 수 있도록 했기 때문이다.

진화·발전의 논리와 설계 논리의 결합, 혹은 역사적 논리와 이론적 논리의 결합은 실천적 논리로 나타난다. 이론적 논리는 발전하고 있는 마르크스주의이지 교조적인 마르크스주의가 아니다. 이것은 실천 속에서 끊임없이 풍부해진 결과이다. 실천은 진리를 검증하는 유일한 잣대이다. '중국 특색의 사회주의' 제도는 중국공산당이 인민을 이끌고 사회주의 건설과 개혁을 진행한 위대한 성과이다. '중국 특색의 사회주의' 제도는 한편으로는 마르크스주의 기본 원리의 지도하에서, 다른 한 편으로는 천신만고 끝에 여러 가지 탐구를 거쳐 실천의 검증을 받고 실천의 위력을 충분히 과시하였으며, 또 실천 속에서 끊임없이 발전하고 완정화 되었다. 실천은 이론의 지도하에서 진행되었으나 역으로 다시 이론을 검증하고, 풍부하게 하였으며 이론을 발전시켰다.

제도발전의 실천적 논리는 인민적 논리라고 이해할 수도 있다. 실천은 인민대중의 실천이고, 인민대중은 역사의 창조자이다. 중국공산당의 역사와 마르크스주의 기본 원리는 모두 제도의 구축에 있어서 시종일관 가장 광범위한 인민의 근본적인 이익을 대표할 것을 요구하고, 인민이 나라의 주인이 되는 것을 담보하며, 인민의 합법적인 권익을 수호할 것을 요구한다. 인민성도 중국 국가제도의 본질적 속성이다. 중국 국가 제도의 구축은 인민을 중심으로 해야 하며, 시종일관 가장 광범위한 인민의 근본적 이익을 실현하고 수호하며, 발전시키는데 주안점을 두어야 한다. 민생을 보장하고 개선하는데 힘쓰고, 개혁과 발전의 성과가 더 많이, 더 공평하게 전체 인민에게 혜택이 돌아가도록 해야 하며, 이익 집단에 치우치거나 정치 '엘리트'들이 조종하는 등의 현상이 나타나지 못하도록 해야 한다.

4. 제도 구축에서의 조직적인 논리

제도건설이 중국공산당과 인민대중의 사회주의 실천에 의한 결과라면, 사회주의 실천은 어떻게 조직되어야 하는가? 「결정」은 '중국 특색의 사회주의' 제도 구축의 가장 핵심적인 조직 논리가 중국공산당의 영도라는 점을 재차 강조했다. 당·정부·군대·대중·학생과 전국 각지, 각 업종에서 중국공산당이 모든 것을 영도한다. 중국공산당의 영도는 '중국 특색의 사회주의'가 갖는 가장 본질적인 특징이고, '중국 특색의 사회주의' 제도가 갖고 있는 가장 큰 장점이므로, 전체적인 국면을 통일적으로 계획하고 각 측을 조율하는 당의 영도체계를 건전하게 갖추어야 한다. 「결정」은 "당 중앙위원회가 중대한 업무에 대한 영도체세를 완비하고, 당 중앙위원회의 정책결정과 공무 논의에서의 조정기구 직능을 강화하고, 당 중앙위원회의 중대한 정책 결정의 실행을 추진하는 메커니즘을 완정화하며, 당 중앙위원회에 보고 문의하는 제도를 엄격히 집행하고, 명령은 지켜야 하고 금지사항은 행하지 말아야 한다"고 했다. 중국공산당 제19기 중앙위원회 제3차 전체회의에서 채택된 「당과 국가기구의 개혁 심화에 관한 중국공산당 중앙위원회의 결정」은 당의 전면적인 영도를 견지하는 제도를 당과 국가 기구 개혁의 가장 중요한 제도적 장치로서 완정화해야 하고, 동급 조직 중에서 당 조직의 지도적 지위를 강화함으로써 당과 정부의 기구를 통일적으로 설치하여, 당의 기율검사 체제와 국가의 감찰체제 개혁을 추진하며, 국가 통치관리를 보다 효율적으로 수행할 수 있도록 탄탄한 조직적 기반과 효율적인 근무체계를 제공해야 한다고 했다.

제도 구축의 주체는 당뿐만이 아니라 다른 주체들도 많은데, 당의 영도 하에서 모든 주체들을 효율적으로 조직하려면 반드시 조직원칙과 조직시스템이 갖춰져야 한다. 「결정」은 "인민을 위해 집정하고, 인민에 의해 집정하는 각종 제도를 건전하게 해야 한다", 인민대표대회 제도, 중국공산당이 영도하는 다당 협력과 정치협상제도, 민족지역자치제도, 기층(基层)대중의 자치제도 등을 포함한 "인민이 나라의 주인이 되는 제도와 체계를 견지 및 보완해야 하며, 사회주의 민주정치를 실현해야 한다."고 했다. 이러한 제도를 통해 중국공산당은 각 통치관리 주체를 효과적으로 조직하여 인민이 법에 따라 각종 경로와 형식으로 국가사무를 통치관리하고, 경제 · 문화 사업을 통치관리하며, 사회 사무를 통치관리 하도록 보장한다.

아울러 당은 국가제도의 구축과정에서 '민주집중제도'를 견지한다. '민주집중제도'는 중국공산당의 가장 큰 제도적 장점이며, 중국공산당의 근본적인 조직제도와 영도제이다. 또한 중국공산당 내 각종제도 중의 가장 근본적이고, 일관성이 있으며 강령성을 띤 제도이기도 하다. 덩샤오핑은 줄곧 '민주집중제도'를 건전하게 하는 것을 당의 제도 구축에서 중요한 임무라고 말했다. 그는 "민주집중제도가 잘 시행되지 못하면 당이 변질될 수 있고, 국가가 변질될 수 있으며, 사회주의도 변질될 수 있다"고 했다. 중국공산당 제18기 중앙위원회 제6차 전체회의에서 통과된「새로운 정세 하에서의 당내 정치생활의 몇 가지 준칙(关于新形势下党内政治生活的若干 准则)」은 "집단영도제도를 견지하고, 집단영도와 개인의 책임분담을 결합한 제도를 실행하는 것은 '민주집중제도'의 중요한 구성 부분으로서 반드시 견지해야 하며, 그 어떤 조직이나 개인이든지, 어떠한 상황 하에서도, 그 어떤 이유로든 이 제도를 위반해서는 안 된다"고 강조했다.「결정」은 민주집중제도를 견지하고, 당내 민주와 정확한 집중을 실행하는 관련 제도를 완정화 하고 발전시키며, 당이 방향을 잡고, 전반적인 국면을 도모하며, 정책을 정하고, 개혁을 추진하는 능력을 높여야 한다고 강조했다.

5. 제도 구축에서의 평가논리

'중국 특색의 사회주의' 제도를 발전시키고 보완하는 과정에서 우리의 시도들이 혁신인지 아니면 함부로 하는 것인지는 어떻게 판단할 것인가? 우리가 새롭게 내놓은 체제 메커니즘에 대해서는 어떻게 평가해야 할 것인가? 제도와 국가 통치관리에 대한 평가는 논란이 매우 많은 화제이다. 어떤 학자들은 제도 평가의 기준을 경제발전의 수준과 같은 최종 결과를 봐야 한다고 생각한다. 그러나 일부 국가나 지역에서는 경제발전 수준이 높은 이유가 제도가 아니라 자원이나 기술 우위에 있을 수 있다. 그러므로 일부 학자들은 제도 평가는 결과를 볼 것이 아니라, 민주·개방·공정·책임·유한·청렴·효과 등 제도 자체의 속성을 보아야 한다고 여긴다. 하지만 제도의 속성으로 평가하는 것에도 어려움이 있다. 예컨대 민주와 공평에 대한 판단은 정치·문화적이어서 국가별로 이해가 다르기 때문이다. 현재 세계적으로 국가 통치관리에 관한 지표체계와 순위가 적지 않다. 예를 들면 세계은행의 통치관리 지수 같은 것들이 있다. 그러나 이러한 지표체계는 흔히 충분한 이론적 뒷받침이 없고, 서구 자본주의 국가의 이데올로기적 색채를 띠고 있으며, 일반적으로 사람들에게서 비난받는 데이터 원천을 사용하고 있어, 중국의 제도 구축에 대한 지도적 의의가 제한적이다.

「결정」은 자신의 기준을 제시했다. 물론 앞에서 설명한 바와 같이 제도 구축의 가장 근본적인 기준은 역사적 기준, 이론적 기준, 실천적 기준, 인민적 기준이다. 거시적으로 볼 때, 중국공산당은 '결과' 기준과 '속성' 기준 사이에서 균형을 잡아야 한다고 일관되게 강조해 왔다. 한편으로 제도에 대한 평가는 결과를 보아야 한다. 인민이 만족하고 있는지, 인민의 날로 늘어나는 아름다운 생활에 대한 욕구를 충족시킬 수 있는지, 인민의 복지를 증진시키고 인간의 전면적인 발전을 촉진시킬 수 있는 지에 따라 결정된다. 덩샤오핑은 「당과 국가 영도체제 개혁(党和国家领导制度的改革)」에서 "우리가 사회주의 현대화를 건설하는 것은 경제적으로 선진 자본주의 국가를 따라잡고, 정치적으로 자본주의 국가의 민주보다 더 높고 확실한 민주주의를 창조하며, 이들 국가보다 더 많은 인재를 육성하기 위한 것이다", "당과 국가의 각종 제도가 좋은지, 완벽한지는 반드시 이 세 가지의 실현에 유리한가 하는 것으로 검증해야 한다"고 말했다. 이 세 가지 기준은 결과적

기준에 속한다. 다른 한편으로, 제도 구축은 제도의 속성도 보아야 하고, 제도가 일정한 요건을 충족시키고 있는가도 보아야 한다. 제도의 속성은 결과적 기준이 과정상에서의 담보이고 요구이다. 어떤 의미에서 말하자면, '3개 대표'가 바로 이와 같은 요구사항이다. 즉 제도 구축이 중국의 선진적인 생산력의 발전 요구를 대변하고, 중국 선진문화의 발전방향을 대변하며, 중국의 가장 광범위한 인민의 근본 이익을 대변하는 것이다.

좀 더 구체적으로 보면, 「결정」은 중국 국가제도 구축의 목표와 기준에 대한 답을 내놓은 것이다. 「결정」은 중국 국가제도 체계의 총체적 기준은 "시스템이 완비되고, 과학적이고 규범화되며, 운행이 효과적인 것"이라고 하였으며, "체계적으로 통치관리하고, 법에 따라 통치관리하며, 종합적으로 통치관리하고, 근원적으로 통치관리"할 것을 요구했다. 「결정」은 또 구체적인 분야에서의 제도 구축을 위한 기준을 제시했다. 예컨대, 사회주의 법치체계는 "완비된 법률 규범체계, 효율적인 법치 실시체계, 엄밀한 법치 감독체계, 유력한 법치 보장체계"가 포함된다. 행정체제 구축의 기준은 "직책이 명확하고, 법에 따라 국가권력을 행사하는 정부의 통치관리 체계를 구축해, 국가기구 기능의 최적화와 협력의 고효율에 역점을 두는 것을 추진하는 것"이다. 예산제도의 기준은 "기준의 과학성, 규범의 투명성과 구속력"이다. 중앙과 지방관계의 기준은 "권한과 책임이 명확하고 원활하게 작동하며 활력이 넘치는 것"이다. 사회 통치관리의 기준은 "공동 구축·공동 통치관리·공동 향유하고, 당위원회에서 영도하고, 정부에서 책임지며, 민주 협상하고, 사회적으로 협동하며, 대중이 참여하고, 법치로 보장하며, 과학기술로 지지하는 것"이다. 물론 제도 구축의 기준은 실천 속에서 더 모색되어야 할 부분도 많다.

관료제도의 다른 한 면은 낡은 제도에 문제가 생기면 다시 새로운
제도를 만들어 대응하다 보니 제도가 점점 더 많아지면서 번잡하고
쓸데없는 절차가 많아진다는 것이다. 그러므로 제도의 구축에서 있어
서 실용적인 것, 즉 간단하고 명료하며, 알기 쉽고 실행하기 쉬운 것을
중시해야만 한다. 시진핑 총서기는 "제도는 많기보다는 좋아야 하며,
실용적이고 효과가 있어야 한다"고 말했다. 그는 또 "제도를 구축하
고 보완함에 있어서 모두 체계성(于法周延)과 활용성(于事简便)을
중시하는 원칙에 따라야 하며, 실체성 규범과 보장성 규범의 결합과
일원화를 중시하고, 목표성·활용성·지도성이 뛰어나도록 보장해
야 한다"고 강조했다. 체계성을 중시하는 것은 제도의 허점을 줄이고,
세밀하고 빈틈이 없으며 전면적이 되게 하는 것이다. 활용성을 중시
하는 것은 제도가 쓰기 쉽고, 쓰기 편하며, 번거롭지 않고, 심오하지
않으며, 간편하고 행하기 쉽도록 하는 것이다.

6. 제도 구축에서의 구성 논리

제도 구축의 구성논리는 전면적인 발전, 상층이 풍부하고 상하가
조화를 이루는 것이다. '중국 특색의 사회주의'는 체계론적 관점에서
이해해야 하는 제도체계이다. 이 제도체계는 '오위일체(五位一体)'
의 총체적 배치와 '4개 전면(四个全面)'의 전략적 구도를 명확히 했
다. 즉 경제, 정치, 문화, 사회, 생태문명 등 각 분야의 제도 구축을 포
함하고, 전면적인 샤오캉사회(小康社会)의 실현, 전면적인 개혁 심
화, 전면적인 법치국가 건설, 전면적인 엄격한 당 통치관리와 관련되

---

1. 중국의 꿈을 실현하기 위한 수단으로 경제건설·정치건설·문화건설·사회건설·생태문명건설을 이룩
해야 한다는 주장
2. 시진핑의 통치이념으로 소가사회의 전면건설, 개혁의 전면 심화, 법치의 전면 추진, 당의 전면 관리를 말
한다

는 제도를 포함한다. 시진핑 총서기는 2013년 중국공산당 제18기 중앙위원회 제3차 전체회의 제2차 전원회의(全体会议) 연설에서 "어느 한 분야나 몇 가지 분야의 개혁을 추진하는 것이 아니라 모든 분야의 개혁을 추진한다. 즉 국가 통치관리 체계와 통치관리 능력의 총체적인 관점에서 접근하는 것이다"고 했다. 그는 또 2014년 성부급(省部級) 주요 지도자의 중국공산당 제18기 중앙위원회 제3차 전체회의 정신을 학습·관철하고, 개혁을 전면적으로 심화하는 데에 관한 연구 및 토론 반에서 연설할 때 "이 사업은 매우 거대하다. 반드시 전면적이고 체계적인 개혁이고 개진이 있어야 하며, 각 분야의 개혁과 개진의 연동과 통합이 되어야 하며, 국가 통치관리 체계와 통치관리 능력의 현대화에서 총체적인 효응을 형성하고 총체적인 효과를 거두어야 한다"고 말했다. '중국 특색의 사회주의' 제도를 견지하고 완비하는 것은 복잡하고도 체계적인 사업이다. 단속적인 조정도 안 되고, 파편화된 보수도 안 되므로, 반드시 전면적이고 체계적으로 개혁하고 개진해야 한다. 또한 '중국 특색의 사회주의' 제도체계는 층위성(層位性)이 많다. 제도 층위성의 첫 번째 의미는 우리에게 근본적인 제도·기본적인 제도·중요한 제도의 연결과 각 분야에서의 구체적인 제도의 일원화를 통해 최상층의 설계가 정확하게 이루어지도록 함으로써 제도의 효능을 충분히 발휘할 수 있도록 하는 층위에 따른 연결을 요구한다. 제도 층위성의 두 번째 의미는 제도가 감입성(嵌入性, 침투성)이 있다는 것이다. 하위제도는 상위제도에 감입되고, 국가 통치관리 제도는 더 광범위한 제도로서의 문화전통과 사회구조에 감입되며, 지방 차원의 제도는 국가 차원의 제도에 감입되는 등 서로 다른 층위의 제도 간 적배성(適配性, 궁합성)을 요구한다. 제도 층위성의 세 번째 의미는 제도의 공식성과 강제성의 정도가 다르고, 국가 법률, 정부 규정, 통치관리 절차, 비공식 배치 등 각각의 특성과 용도에 있어서 포괄적으로 고려해야 한다는 것이다. 제도 층위성의 네 번째 의미는 제도가 국가 통치관리의 목표, 가치, 구조, 과정, 도구, 기술 등이 포함된 여러 가지 요소와 관련됨을 가리킨다. 시진핑 총서기는 "전체적인 정책과 어느 한 구체적인 정책의 관계, 체계적인 정책 체인과 그중 어느 한 정책 부분의 관계, 정책의 최상위 설계(顶层设计)와 정책의 층별(分层) 연결(对接) 관계, 정책의 통일성과 정책 차별성의 관계, 장기적 정책과 단계적 정책의 관계를 파악해야 한다. 국부로 전체를 대체할 수도 없고, 전체로 국부를 대체할 수도 없다"고 했다.

제도에는 서로 다른 유형이 있는데, 그중 하나는 서로 다른 제도나 제도적 요소의 충돌을 다루는 메타 규칙(元规则)이다. 우리가 제도의 층별(分层) 연결(对接)을 잘해야 한다고 말하지만, 제도와 환경 간 충돌, 제도와 제도 간의 충돌, 제도 요소 간의 충돌은 필연적으로 존재하고, 이에 대응하는 데는 규칙이 필요하다. 일례로 중앙정부와 지방정부의 직책이 동일화된 구조(职责同构)라는 큰 제도의 배경 하에서 어떻게 지방적인 혁신을 하고, 종합적인 행정법 집행과 행정 허가에 대해 모색할 것인가? 국가 법률이 일부 분야에서의 갱신이 실천의 발전에 뒤떨어질 때 지방에서 어떻게 법치의 원칙을 지키는 전제 하에서 혁신할 것인가? 신구제도의 교체과정에서 복잡한 직책요구와 책임관계를 어떻게 처리할 것인가? 서로 다른 지방의 제도혁신에서의 다양성과 중앙의 통일적인 요구 사이의 관계를 어떻게 처리할 것인가? 이런 문제는 결국 제도의 궤도에서 제도적 방법으로 해결해야 한다.

7. 제도 구축에서의 운영논리

제도구축의 운영논리는 제도의 제정과 제도의 집행을 다 같이 중시해야 한다는 것이다. 제도의 생명력은 실행에 있다. 제도는 어떻게 해야만 효과적으로 운영될 수 있을까? 제도는 또 어떻게 해야만 그 통치관리 효과를 실현할 수 있을까? 이는 두 가지 요소에 의해 결정된다. 즉 제도의 질과 제도의 집행력에 달려 있다. 그중 제도의 질에 대한 중요한 기준이 바로 간편하고 실행하기 쉬워야 한다는 점이다. 즉 실행 가능도의 고저 여하이다. 일부 제도는 상징적인 것이기도 하나. 다만 일부 통치관리 문제에 대한 상징적인 반응일 뿐으로 실제 집행에 대해 고려하지는 않은 것이다. 또 일부 제도는 상징적인 것은 아니지만 실제 문제를 제대로 파악하지 못했고, 제도 대상과의 경쟁에 대한 예측이 부족하며, 제도의 연쇄반응에 대한 판단도 부족하며, 그 운행도 원활하지 못하다. 또한 제도도 모든 상황에 대해 다 예측할 수는 없으며, 우리가 제도의 운행과정에서 끊임없이 점검 · 보완할 것을 요구한다. 이는 제도 마련과 시행이 절대적인 단계적 과정이 아니라 동시적으로 고려돼야 한다는 것을 보여준다.

「결정」은 특히 제도의 집행능력을 강조했다. 제도의 집행능력 강약이 제도 효과의 고하를 결정하며, 제도의 장점이 통치관리 효율로 이어질 수 있는지에 직접적인 영향을 준다. 제도의 집행능력을 높이는 것은 국가 통치관리 체계와 통치관리 능력의 현대화를 추진함에 있어서 필연적인 요구이다. 제도의 집행력은 집행주체가 제도에 대한 의식과 집행능력이 있어야 한다고 요구한다. 제도에 대한 의식의 측면에서 「결정」은 "각급 당위원회와 정부 및 각급 지도간부들이 제도에 대한 의식을 확실하게 강화해야 하고, 제도의 권위를 지키는데 앞장서야 하며, 제도 집행의 모범이 되어야 하며, 당과 사회의 전반에 걸쳐 자발적으로 제도를 존숭하고 엄정하게 집행하며, 단호히 옹호하도록 이끌어야 한다."고 제시했다. 제도에 대한 의식의 중요한 부분은 제도 앞에서 모든 사람이 평등하다는 것이다. 이는 제도가 효과적으로 집행될 수 있도록 하는 내적 요구이다. 시진핑 총서기는 "일단 제도가 만들어지면 엄격하게 준수해야 하고, 제도 앞에서는 모든 사람이 평등하고, 제도를 집행함에 있어서는 예외가 없으며, 제도의 엄정성(严肃性)과 권위를 확고히 지켜야 한다"고 강조했다.

제도의 집행능력에 관해서도 「결정」은 구체적인 요구를 했다. (1) 통치관리 능력 향상을 신시대 간부진 건설의 중대한 임무로 삼고, 제도 집행력과 통치관리 능력을 간부 선발과 임용, 심사평가의 중요한 근거로 삼아야 한다. (2) 지도간부라는 이 중요한 소수집단을 잘 통솔해야 한다. 시진핑 총서기는 "지도간부일수록, 특히 주요 지도간부일수록 자발적으로 법규제도의 엄정성과 권위성을 지켜야 한다"고 주문했다. 지도간부는 솔선수범하며 앞장서서 제도를 준수하고, 제도를 엄격히 집행해야 한다. (3) 각급 지도간부의 9가지 능력 증강을 추진해야 한다. 이 9가지 능력으로는 학습능력, 정치지도능력, 개혁혁신능력, 과학적 발전능력, 법에 따라 집권하는 능력, 군중에 대한 공작능력, 실행능력, 위험통치 관리능력, 투쟁능력 등이다. 이러한 능력을 향상시키는 방법으로는 사상 단련 강화, 정치 경험 쌓기, 실천 단련과 전문적인 훈련이 포함된다.

그 외 제도로 제도의 집행력을 보장해야 한다. 제도의 집행력은 집행 주체 개개인의 의식과 능력의 문제만이 아니다. 국가 통치관리의 제도적 논리는 제도의 집행을 제도적으로 보장해야 한다는 의미이다. (1) 제도를 통해 예산・편제・정보・권위 등 제도의 집행에 필요한 자원을 공급해야 한다. (2) 좀 더 구체적인 규칙・규범을 만들어 거시 제도의 세분화를 보장하고 실행성을 높여야 한다. (3) 감독 메커니즘에 의해 집행 수준을 보장해야 한다. 「결정」은 "권위적이고, 효율적인 집행 메커니즘을 갖추고, 제도집행에 대한 감독을 강화하며, 선택적인 집행이나 변통하는 것, 에누리하는 현상을 단호히 차단할 것"을 제언했다. 아울러 「결정」은 제반 제도를 집행하는데 있어서 "당 중앙위원회에 대한 지시 청구와 보고제도를 엄격히 집행하고", "정책의 집행, 평가, 감독을 강화하며", "강 유력한 행정집행 체계를 건전히 하여 정부의 집행력과 공신력을 높이는" 등의 구체적인 요구를 제시했다. (4) 운행제약 메커니즘으로 제도 집행의 규범성을 보장해야 한다. 예를 들면, 권력 공개의 제도적 측면에서 「결정」은 "권력의 투명성을 견지하고, 권력을 사용함에 있어서 공개적이 되도록 추진해야 하며, 당무ㆍ정무ㆍ사법과 각 영역에서 사무 공개제도를 완비하며, 권력운행에 있어서 조회 가능ㆍ소급 가능한 피드백 메커니즘을 운영해야 한다"고 강조했다. 문책제도와 관련하여 「결정」은 "권력과 책임의 통일을 견지하고, 권력 운행의 각 단계를 잘 모니터링하며, 문제 발견ㆍ편차 시정ㆍ정밀 문책의 효과적인 메커니즘을 완비할 것"을 강조했다.

8. 제도 구축에서의 행위논리

제도 구축에서의 행위 논리는 강제와 규범, 문화의 힘을 종합적으로 고려하는 것이다. 제도적 우위가 통치관리 효능으로 전환될 수 있는 전제는 제도가 통치관리 주체의 행위에 영향을 미칠 수 있다는 점이다. 제도의 행위논리는 크게 두 가지로 나뉜다. 그중 하나는 결과논리이다. 행위자가 제도를 준수하는 것은 자원 배치, 법률ㆍ법규 등의 측면을 고려하기 때문이며, 책임을 회피하거나 혹은 이익을 얻을 수 있기를 바라기 때문이다. 많은 경우에 결과적인 논리는 일정한 강제성을 띤다. 다른 한 가지 논리는 신분 혹은 정당성에 대한 논리이다. 즉 행위자가 제도를 준수하는 것은 그것이 '옳기' 때문이며, 행위자의 신분이나 신앙에 부합하기 때문이다. 반부패 제도의 경우, 결과에 대한 논리는 감히 부패하지 못하거나 혹은 부패할 수 없는 체제 메커니즘을 추진하는 데에서 체현되며, 정당성에 대한 논리는 부패할 생각이 없는 체제 메커니즘을 추진하는 데서 체현된다. 「결정」은 이 두가지 논리의 통일을 각 측면에서 모두 보여 주었다.

결과에 대한 논리는 주로 심사와 감독제도를 강화하는 것이다. 예를 들면, 「결정」 제14부에서 "당과 국가의 감독체계를 견지하고 완비하며, 권력 운행에 대한 제약과 감독을 강화해야 한다."고 했으며, "당이 통일적으로 영도하고, 전반에 걸쳐 커버하며, 권위 있고 효율이 높은 감독체계를 건전하게 하며, 감독의 엄정성·협동성·유효성을 강화하여 정책결정이 과학적이고, 집행에 있어서 견결해야 하며, 감독이 유력한 권력 운행 메커니즘을 형성해야 한다."고 했다. 또한 "규율 감독, 감찰 감독, 주재 감독, 순시 감독의 전반적인 연결을 추진하고, 인민대표대회 감독, 민주 감독, 행정 감독, 사법 감독, 군중 감독, 여론 감독 제도를 건전하게 하며, 회계 감사 감독, 통계 감독의 직능 역할을 발휘해야 한다. 당내 감독이 주도적 역할을 하고, 각종 감독이 유기적으로 관통하고 상호 조화를 이루도록 추진해야 한다."고 했다. 심사와 감찰을 강화하는 것도 구체적인 정책분야에서 나타난다. 예를 들면, 생태문명 건설 분야에서 「결정」은 중앙 생태환경 보호 감찰제도를 실행하며, 생태환경 공익 소송제도를 완비하며, 생태환경 침해에 대한 종신 추궁제 등을 실행할 것을 강조했다.

신분에 대한 논리는 지도간부의 당원의식을 강화하는 것이다. "초심을 잊지 않고 사명을 명심하자"는 주제교육을 통해 "전 당이 당 규약을 준수하고, 당의 성격과 취지를 굳게 지키며, 공산주의의 원대한 이상과 '중국 특색의 사회주의'를 공동으로 하는 이상으로 당을 결집시키는 것을 보장"하며, 시진핑 새 시대 '중국 특색의 사회주의' 사상으로 전 당을 무장해야 한다. 아울러 "네 개의 의식(정치의식, 대국의식[大局意识], 핵심의식, 일치의식[看齐意识])"을 확고히 하고, "두 가지를 수호하는 것(시진핑 총서기의 당 중앙위원회의 핵심·전 당의 핵심적 지위를 확고히 수호하고, 당 중앙위원회의 권위와 집중통일 영도 확고히 수호하는 것)"을 실천함으로써 당원들이 "시종 대중을 위하고, 대중을 믿으며, 대중에 의지하고, 대중을 이끌며, 대중 속에 심입하고, 기층에 깊숙이 들어가는 것"을 실천할 수 있도록 추진해야 한다고 강조했다. 이러한 것들은 모두 당원 간부의 신분 논리를 강화하는 것으로, 여러 면에서 어려움을 타개하는 과정에서 당 건설 선도(党建引领)를 실현하는데 유리하다. 당원 간부들이 전심전력으로 인민을 위해 봉사한다는 신분 의식만 있다면, 구체적인 정책조문이 어떠하든 모두 자신의 행위에 대해 책임질 것이며, 관료주의·형식주의·향락주의를 배제할 것이다.

  정당성 논리에는 핵심 가치관과 도덕규범에 대한 국가의 건설도 포함된다. 예를 들면, 「결정」 제7부는 "사회주의 선진문화를 번영·발전시키는 제도를 견지하고 완비하며, 전체 인민이 단결하여 분투하는 공동의 사상기반을 공고히 해야 한다"고 강조했으며, "사회주의 선진문화를 발전시키고, 인민의 정신적인 역량을 폭넓게 결집시키는 것은 국가 통치관리 체계와 통치관리 능력 현대화의 심후한 뒷받침"이라고 하면서, 사회주의 핵심 가치관으로 문화건설 제도를 선도해 나갈 것을 주문했다. 중국공산당 제19차 전국대표대회 보고에서도 "공산주의의 원대한 이상과 '중국 특색의 사회주의' 공동 이상을 확고히 수립하고, 사회주의 핵심 가치관을 기르고 실천하며, 이데올로기 영역의 주도권과 발언권을 끊임없이 증강시키고, 중화의 우수한 전통

문화에 대한 창조적 전환과 혁신적 발전을 추진하며, 혁명문화를 계승하고, 사회주의 선진문화를 발전시키며, 본래의 것을 잊지 않고, 외래의 것을 흡수하며, 미래를 향하여 중국정신 · 중국가치 · 중국역량을 더욱 잘 구축하여 인민을 위해 정신적 길잡이를 제공해야 한다."고 하였다.

정당성 논리는 마르크스주의가 이데올로기 영역에서의 지도적 지위를 견지하고, 올바른 방향을 견지하는 여론 유도 작업의 메커니즘에서도 나타난다. 「결정」은 "시진핑의 새 시대 '중국 특색의 사회주의' 사상을 전면적으로 실행하며, 당의 혁신 이론으로 전 당을 무장하고, 인민을 교육하는 업무 체계를 건전하게 해야 한다"고 제시했다. 「결정」제15부는 "제도이론 연구와 선전교육을 강화해, 전 당과 전 사회가 '중국 특색의 사회주의' 제도의 본질적 특징과 우월성을 충분히 인식하고, 제도에 대한 자신감을 확고히 하도록 해야 한다"고 강조했다.

정당성 논리에는 일부 구체적인 규범도 포함된다. 예를 들면, 법에 따라 나라를 다스리는 문제에 있어서 「결정」은 "전 국민에 대한 법률 상식 보급을 강화하여, 전 국민의 법치관념을 증강시켜야 한다."고 강조했으며, "지도 간부가 앞장서서 법률을 존중하고, 법률을 공부하고, 법률을 지키며, 법률을 사용하도록 해야 한다"고 주문했다. 경제와 사회발전에서는 혁신성 · 조화로움 · 친환경 · 개방 · 공유의 새로운 발전이념을 전면적으로 실행할 것을 강조했다. 사실상 「결정」에 대한 전면적인 선전과 학습은 전 당과 인민 속에서 '중국 특색의 사회주의'를 핵심으로 하는 정당성 논리를 구축하는 것이며, 당이 모든 일에 대해 영도할 수 있도록 하며, 인민을 중심으로 하는 것을 견지하며, 개혁을 전면적으로 심화시키는 것을 견지하고, 전면적으로 법에 따라 나라를 다스리는 것을 견지하는 행위논리인 것이다.

9. 제도 구축에서의 개혁 논리

제도 구축에서의 개혁 논리는 문제 지향(问题导向), 상하 결합, 실사구시(实事求是)이다. 제도는 죽은 텍스트가 아니라 생생한 실천이며, 제도화 하는 과정이다. 그 생명력은 끊임없이 발전하고 보완함으로써 새로운 환경에 적응하고, 새로운 문제를 해결하며, 새로운 모순을 처리하는 데 있다. 제도가 더욱 성숙되고 정형화되는 것은 동태적 과정으로, 하루아침에 이루어질 수 있는 것도 아니고, 한 번에 철저히 해결될 수 있는 것도 아니므로 반드시 "개혁은 영원히 길 위에 있다"는 자세를 가져야 한다. 「결정」은 "'중국 특색의 사회주의' 제도와 국가 통치관리 체계의 안정성과 지속성을 유지하면서도 국가 통치관리 체계와 통치관리 능력의 현대화에 시급히 필요한 제도, 인민의 아름다운 생활에 대한 기대를 충족시키는 데 필요한 제도를 서둘러 마련함으로써, '중국 특색의 사회주의' 제도가 끊임없이 자아 완정하고 발전하며 영원히 활력을 가질 수 있도록 추진해야 한다."고 밝혔다.

제도의 개혁은 문제 지향적이어야 한다. 중국공산당 제19차 전국대표대회에서 제시한 목표와 임무 중 많은 것들은 중국 국가제도의 구축에 있어서 맹점과 취약점을 극복해야 한다는 뚜렷한 문제 지향성을 가지고 있다. 문제는 시대의 목소리이고 발전을 위해 필연적이라는 점이다. 일부 문제는 제도가 환경의 변화에 적응하지 못해서 생기는 것이다. 신시대는 새로운 기회, 새로운 동력, 새로운 변화를 가져오고 또 새로운 상황, 새로운 문제, 새로운 모순도 가져온다. 국민의 아픔과 어려움, 업무 처리에서의 차이와 부족한 점, 발전에 있어서의 장애와 문제점은 모두 구체적 문제를 구체적으로 분석해야 하고, 능동적으로 대응하며, '표적 치료(靶向治疗)'를 해야 하고, 지속적인 노력을 기울여야 한다. 또 일부 문제는 서로 다른 제도나 제도 요소들 간의 불일치에서 비롯된 것으로, 이는 우리가 취약한 부분을 강화하고, 단점을 보완하며, 각종 개혁에서 협력을 잘 할 것을 요구한다. 2012년 시진핑 총서기는 제18기 중앙정치국 제2차 집단학습에서 "개혁ㆍ개방은 심각하고 전면적인 사회변혁으로, 개혁 하나하나가 모두 다른 개혁에 중요한 영향을 미치므로, 모든 개혁은 다 다른 개혁의 협력과 호응이 필요하다. 모든 개혁의 상호 추진, 상호작용을 중시하고, 전체적으로 추진하며, 중점적으로 돌파하여 개혁ㆍ개방을 추진하는 강력한 힘을 형성해야 한다"고 강조했다.

　제도개혁은 상하가 결합해야 하므로, 최상위 설계(顶层设计)도 잘 해야 하지만 기층의 혁신도 장려해야 한다. 개혁은 전체적인 계획을 강화하고, 각종 개혁의 관련성, 체계성, 정체성, 협동성, 타당성 연구, 포괄적 고려, 전면적 논증, 과학적 결정을 강화해야 한다. 시진핑 총서기는 "신시대, 개혁은 더 많은 내포와 특징을 가지고 있다. 그중 매우 중요한 점은 제도의 구축이 더 중요해지고, 개혁이 더 많은 심층적 체제 메커니즘 문제에 직면했으며, 최상위 설계(顶层设计)에 대한 요구가 더 높아졌다는 점"이라고 밝혔다. 최상위 설계(顶层设计)는 특히 협동성에 주의해야 한다. 2017년 시진핑 총서기는 중앙개혁전면심화영도소조(中央全面深化改革领导小组) 제36차 회의에서 "개혁은 심화될수록 협동에 유의해야 한다. 개혁방안에 대한 협동을 중시해야 할 뿐만 아니라 개혁 실행에서의 협동도 중시해야 하며, 나아가서는 개혁 효과의 협동에 대해서도 중시하여 각종 개혁 조치들이 정책방향에서 상하가 상호 호응하고, 실시 과정에서 상호 추진하며, 개혁 효과상 시너지 효과를 거둘 수 있도록 추진해야 한다."고 말했다. 동시에 기층에서 대담하게 탐구하도록 장려하고, 기층에서 진행된 효과적인 제도 혁신에 대해 제때에 종합하고, 정화를 추려내어 각 방면의 제도가 완비되고 발전할 수 있도록 추진해야 한다. 2012년 시진핑 총서기는 제18기 중앙정치국 제2차 집단학습을 주관하면서 "실천 중에서 방법을 모색하고 경험을 쌓는 것(摸着石头过河)은 중국 특색이 짙고 중국의 실정에 맞는 개혁방법이다. 실천 중에서 방법을 모색하고 경험을 쌓는 것은 바로 규칙을 모색해 내는 것이며, 실천 속에서 참된 지식을 획득하는 것이다. 실천 중에서 방법을 모색하고 경험을 쌓는 것과 최상위 설계를 강화하는 것은 변증법적인 통일이다. 국부적이며 단계적인 개혁·개방을 추진하는 것은 최상위 설계를 강화하는 전제 하에서 진행되어야 하며, 최상위 설계에 대한 강화는 국부적이며, 단계적인 개혁·개방을 추진한 기초 하에서 꾀해야 한다"고 강조했다.

제도개혁은 실사구시 해야 한다. 시진핑 총서기는 "실사구시는 마르크스주의 근본 관점이며, 중국공산당원들이 세계를 인식하고 개조함에 있어서의 근본적인 요구이며, 중국공산당의 기본 사상방법이고 일하는 방법이며, 영도방법이다"라고 했다. 실사구시를 견지하는 것은 "실제에 깊이 들어가 사물의 본래 모습을 이해하는 것"이며, "중국이 여전히 사회주의 초급단계이고, 앞으로도 장기간 사회주의 초급단계라는 이 기본 국정에 대해 분명하게 인식하고 정확하게 파악하는 것"이며, "인민의 이익을 위해서는 진리를 견지하고, 잘못을 고치며", "실천을 기반으로 한 이론혁신을 끊임없이 추진하는 것"이다. 「결정」의 제15부에서는 "반드시 국정에서 출발하고, 실제에서 출발하며, 장기간에 걸쳐 형성된 역사적 전승에 대해 파악해야 할 뿐만 아니라, 중국공산당과 인민이 국가제도의 구축과 국가 통치관리에서 걸어온 길, 축적된 경험, 형성된 원칙을 파악해야 한다."고 밝혔다. 실사구시는 우리에게 중앙의 요구, 대중의 기대, 실제적인 수요, 신선한 경험을 결합하여, 체계적이고 완벽화 된 제도체계를 형성하기 위해 노력할 것을 요구한다.

제 2 장

'일체사화(一体四化)'의 중국 특색 행정체제의 구축

류펑 刘鹏

　　"민중의 치란은 통치관리의 소행에 달렸고, 국가의 안위는 정사의 다스림에 달렸다(民之治乱在于吏，国之安危在于政)." 행정체제는 현대 국가 통치관리 체계에서 가장 중요한 구성 부분 중 하나이며, 행정체계와 행정능력의 현대화 수준은 한 국가의 통치관리 수준의 고저를 평가하는 중요한 지표이다. 국가 통치관리 체계와 통치관리 능력의 현대화는 우선 행정체계와 행정능력의 현대화이다. 중국공산당 제19기 중앙위원회 제4차 전체회의에서 채택된 「'중국 특색의 사회주의 제도'를 견지 · 보완하고 국가 통치관리 체계와 통치관리 능력의 현대화를 추진하는 데에 관한 약간의 중대한 문제에 있어서의 중국공산당 중앙위원회의 결정(이하 「결정」으로 약칭함)」은 "'중국 특색의 사회주의' 행정체제를 견지하고 보완하며, 직책이 명확하고, 법에 따라 국가 권력을 행사(依法行政)하는 정부 통치관리 체계를 구축하는 것"을 중요한 과제로 제시하였으며, 또한 국가의 행정체제를 개선하고, 정부의 직책체계를 최적화하며, 정부의 조직구조를 최적화하고, 중앙과 지방의 적극적성을 충분히 발휘하는 체제 메커니즘 네 측면에서 '중국 특색의 사회주의' 행정체제의 내포와 요구에 대해 전면적으로 규정했다. 이것은 중국공산당이 처음으로 '중국 특색의 사회주의' 제도, 국가 통치관리 체계와 통치관리 능력의 현대화 차원에서 행정체제 개혁에 대해 설명한 것으로, '중국 특색의 사회주의' 사업이 신시대 행정체제 구축에서의 새로운 요구를 반영하고 있다. 현대 행정과학의 차원에서 분석하면, 각국의 행정체제 개혁의 경험·교훈과 결합하여, 국가 통치관리 체계와 통치관리 능력의 현대화라는 배경에서 제시된 중국 특색의 행정체제 구축은 '일체사화(一体四化)'로 요약할 수 있다. 즉 인민이 만족하는 서비스형 정부를 건설하는 것을 중심으로 하고, 행정 체계의 일원화·간략화·효율화·분권화를 4차원 지주로 삼아 추진함으로써 효율적이고 법제적이며, 투명하고 깨끗한 중국 국가 통치관리 체계를 구축하고, 중국 행정체계와 행정능력의 현대화 수준을 전면적이고도 효과적으로 끌어올리며, 국가 통치관리 체계와 통치관리 능력의 현대화를 실현하기 위해 탄탄한 행정 기반을 마련하는 것이다.

1. 전 인민이 만족하는 서비스형 정부를 건설해야 한다

중국공산당 제19차 전국대표대회 보고는 중국 행정체제 개혁의 목표를 인민이 만족하는 서비스형 정부를 건설하는 것을 명백히 제시했으며, 이번의 중국공산당 제19기 중앙위원회 제4차 전체회의 보고에서도 "행정 방식을 혁신하고 행정의 효능을 향상시키며, 인민이 만족하는 서비스형 정부를 건설한다"는 점을 더욱 강조했다. 이로부터 인민이 만족하는 서비스형 정부를 건설하는 것이 '중국 특색의 사회주의'가 신시대에 접어들면서 행정체제 개혁의 중심 목표가 되었음을 알 수 있다. 이 중심 목표의 의미를 더욱 깊이 이해하려면 반드시 "인민이 만족한다"와 "서비스형 정부"라는 두 가지 차원에서 분석해야 한다.

　인민이 만족한다는 것은, 대중의 만족도 정도를 행정체제 구축에서의 최종 목표와 최고 기준으로 삼아, 행정체제의 구축과정을 지도하고 행정체제 구축의 효과를 가늠하는 것을 말한다. 정치개념으로서의 '인민'이라는 용어는 중국공산당의 혁명과 집권 역사에서 매우 중요한 지위와 의미를 갖는다. 사회발전의 촉진 역할을 하는 대다수 중국인의 근본 이익을 모든 일의 출발점으로 삼는 것은 중국공산당이 다른 정당과 구별되는 가장 근본적인 특질이며, 또한 모든 사업에서 끊임없이 성취를 거둘 수 있는 근본이다. 인민이 만족한다는 것은, 서방 대의제 민주체제 하의 유권자가 만족하는 것이 아니다. 따라서 서방 대의제 민주에서 오랫동안 존재해 온 폐해를 극복하는 데 유리하다. 인민이 만족한다는 것은 또 서방의 '신 공공 통치관리 운동'이 주창하는 고객 만족도가 아니다. 지불 능력의 높낮이를 기준으로 하는 시장에서의 고객만을 참조 대상으로 삼을 수 없기 때문이다. 인민의 만족은 정부의 개혁이 소수의 사회 엘리트들에게만 봉사하는 것이 아니라 광범위한 중하층을 포함한 전 중국 인민의 만족도에 귀착해야 함을 의미한다. 국민을 고객으로 삼자는 서방의 '신공공 통치관리 운동'과는 달리 인민의 만족은 중국의 행정개혁이 행정효능을 촉진시킴과 동시가 정부가 제공하는 행정업무와 공공서비스의 형평성, 보편 수혜성(普惠性)과 균등성을 더욱 중시하는 것을 의미한다. 행정효능은 공평·공정과 보편 수혜성, 균등성의 가치 위에 세워져야 하는 것이지 단순히 양자 관계를 분리하는 것이 아니다. 또한 인민의 만족을 강조하는 것은, 단순히 냉랭한 객관적 수치와 기준만으로 치적을 심사하는 것이 아니라, 인민 대중의 주관적 만족도를 정부의 업무평가 기준에서 더 많이 체현하자는 것이다. 이는 또한 행정체제 구축의 보다 강한 인문적 배려와 민본주의 특성이 반영된 것이기도 하다.

　서비스형 정부는 중국공산당이 2004년경부터 목표로 제시해 온 것이지만, 주로 행정체제 개혁의 구성 요소로 논술해 왔다. 수년간 우리는 정무서비스, 공공서비스의 질적 향상에서 일정한 성과를 거뒀지만, 정부에 대한 인민 대중의 기대와는 여전히 거리가 있다. 중국공산당 제19차 전국대표대회에서는 '중국 특색의 사회주의' 신시대배경 하에서, 중국사회의 주요 모순은 이미 인민의 날로 증가하는 아름다운 생활에 대한 수요와 불균형하고 불충분한 발전 사이의 모순으로 전환되었다고 제시했다. 아울러 서비스형 정부의 구축목표를 행정체제 개혁의 중요한 구성 부분에서 중심 목표로 상향시켰다. 이는 서비스형 정부가 '중국 특색의 사회주의'의 신시대적 배경 하에서 새로운 의미를 갖게 되었음을 시사한다. 즉 서비스형 정부 구축의 주요 목표는 갈수록 증가하는 인민의 아름다운 생활에 대한 수요를 충족시키는 것이다. 구체적으로는 인민대중에게 더 효율적이고 투명한 정무서비스를 제공하고, 더욱 공평하고 보편 수혜성이 있는 공공서비스를 제공하며, 더욱 질 좋고 편리한 생활서비스를 제공하기 위해 힘쓰는 것이다. 동시에 과거 완전히 경제발전이 중심이었던 행징 직능 체계를 점차 생활만족 중심으로 전환하는 것이다. 즉 발전형 행정으로부터 생활형 행정으로 전환하는 것이다. 현 단계에서 중국의 일부 정부 부처의 서비스 공급체계는 아직도 명백히 불균형하고 불충분한 문제를 안고 있으며, 일부 영역에서는 아직도 명백한 서비스 부재, 서비스 부족, 서비스 비효율 등의 현상이 존재한다. 예를 들면, 민간의 증명 사무가 번거롭고 비효율적이며, 교육과 의료·사회보험 등 기본적인 공공서비스의 질이 향상되어야 하며, 환경과 식품·약품 안전문제는 여전히 대중의 걱정거리이다. 이러한 것들은 모두 미래 신시대배경 하의 서비스형 정부 구축에서 추진해야 할 것들이다.

2. 행정조직의 일원화

현대국가의 행정조직은 베버의 관료제 원칙에 기반 한 것으로, 가장 두드러진 특징은 관료제의 전문적인 분업체계이다. 그 장점은 전문적 분업정도가 높은 데 있는 것이지만, 조직 간 조율이 어려운 문제를 야기 시키고, 행정 통치관리를 실천하는 데서 책임을 회피하고, 권한과 책임이 분명하지 못하며, 서류가 잡다하고 회의가 많은 등의 폐해를 초래한다. 이는 또한 서민들이 관료주의 증후군에 대한 직접적인 체감이기도 하다. 행정조직이 전문적 분업의 우위를 유지하면서도 조직 간 조율능력을 높이기 위해, 2008년부터 중국공산당은 대부제(大部制) 개혁을 통해 서로 다른 행정기구 간의 융합·재편을 추진함으로써 행정조직 간의 조율능력을 강화하는 데서 일정한 성과를 거두었다. 이번의 「결정」은 대부제 개혁에 대해 명확히 재 언급하지는 않았지만 심도 있는 행정조직의 일원화를 추진하는 조치가 많다.

예를 들면, 행정조직 일원화 목표에서 "조율과 협력 체제를 건전하게 하여, 서로 다른 부서에서 각기 다른 정책을 내는 것(政出多门)과 정책효과가 상쇄되는 것을 방지해야 한다"고 제시했다. 이런 표현은 이전의 문건에 비해 더욱 구체적인데, 특히 행정 조율이 부실한 구체적 현상에 대해 명확히 제시함으로써, 행정조율의 부재에 따른 정책적 역효과에 대해 개혁할 것임을 명시했다. 이와 함께, 「결정」은 대중과 기업의 이익에 가장 직접적으로 연관되고, 가장 강하게 반영되는 행정 집행체제를 이번 행정조직 일원화 개혁의 돌파구로 삼는다고 했으며, "행정 집행체제의 개혁을 심화하고, 불필요한 행정집행 사항을 최대한 줄이며, 행정집행 부문을 한층 더 통합시키며, 분야와 부문을 뛰어넘는(跨领域跨部门) 종합적인 집행방식을 계속 모색할 것"이라고 명확히 제시했다. 이는 행정 집행 분야에서 오랫동안 존재해 온 다면적(多头) 집행, 수의적 집행, 중복적 집행에 개혁의 칼을 빼든 것으로, "기구의 간소화와 권한의 하부 이양, 권한의 하부 이양과 통치관리의 결합, 서비스 최적화(简政放权、放管结合、优化服务)'의 개혁을 추진하는 것과 경영환경을 최적화하는 개혁의 총체적 방향과도 부합된다.

행정의 종합 집행체제 개혁은 2002년 처음 제안된 것으로, 그해 중앙기구편성위원회 판공실(中央机构编制委员会办公室)에서 "행정 집행 부처를 정리·정돈하고 종합적으로 행정을 집행하는 시범사업을 실시하는 데에 관한 의견 통지"를 발표했는데, 이것은 중앙정부 문건으로는 처음으로 종합 행정집행 개혁을 언급한 것이다. 2014년 중국공산당 제18기 중앙위원회 제3차 전체회의에서 통과된 「법에 따라 나라를 다스리는 것을 전면적으로 추진하는 몇 가지 중대한 문제에 대한 결정(关于全面推进依法治国若干重大问题的决定)」은 "종합적으로 법 집행을 추진하고, 시·현 2급 정부의 법 집행 부처의 종류를 대폭 줄이며, 중점적으로 식품·약품안전, 공상업의 품질 검사, 공공위생, 안전생산, 문화·관광, 자원·환경, 농업·임업·수리, 교통운수, 도농건설, 해양어업 등 분야에서의 종합적인 법 집행을 추진하고, 조건이 되는 분야에서는 범부처 별 종합적인 법 집행을 추진할 수 있다"고 명시했다. 이를 바탕으로, 2015년부터 중앙기구편성위원회 판공실(中央机构编制委员会办公室)은 22개 성(자치구·직할시)의 138개 시범도시에서 '행정의 종합적인 집행체제 개혁을 위한 시범사업'

을 벌이기로 확정했다. 이번의 행정의 종합적인 집행체제 일원화에
대한 거듭되는 강조는 다년간 중국 행정체제 개혁의 전통을 계승하는
동시에, 새로운 국면에서 "기구의 간소화와 권한의 하부 이양, 권한의
하부 이양과 통치관리의 결합, 서비스의 최적화(简政放权、放管结
合、优化服务)" 개혁을 추진하고, 경영 환경을 최적화하는 필연적인
요구이기도 하다. 이외에 시진핑 총서기는 또 "조직구조의 재건을 완
료하고, 기구의 직능을 조정하는 것은 표면적인 문제를 해결한 것에
지나지 않으며, 진정으로 '화학 반응'을 일으키려면 아직도 많은 일
을 해야 한다"고 강조했다. 이는 조직기구의 일원화를 더 많이 강조했
던 과거의 개혁과는 달리, 이번 개혁은 법 집행 부처를 통합한 이후
법 집행문서・정보・이념 및 문화의 일원화가 더욱 중요시되고 있음
을 보여주며, "모이면 불덩어리로, 흩어지면 온 하늘의 별이 된다
(聚是一团火，散作满天星)"는 유기적인 통합이 이루어져야 함을 시
사한다.

「결정」은 또 분야와 부문을 뛰어넘는(跨领域跨部门) 횡적 일원화
개혁뿐만 아니라, 범지역적 수직 행정조직 일원화에도 주목했다. 다
만 이 같은 범지역적 행정 일원화는 행정의 종합적인 집행체제 개혁
과 같은 기구 통합이 아니라, 나아가 인터넷 기술을 통한 행정 통치
관리와 서비스 방식을 혁신하는 것으로 전국의 일원화된 정무서비스
플랫폼을 구축하는 것을 가속화하려는 것이다. 개혁・개방 이래, 중
국 경제・사회의 급속한 발전은 인구의 대규모 역외이동을 추진했고,
원래 있던 지방정부의 총괄적인 기반 위에서 세워진 정무의 서비스
공급체계로는 범지역적 인구유동이 가져온 정무 서비스 구역의 일원
화를 취급하는데 있어서 새로운 수요를 효과적으로 충족시킬 수 없게
되었기 때문에, 이에 따라 전국을 일원화 시키는 정부의 서비스 플랫

폼을 구축하는 것이 필연적인 추세가 되었다. 2018년 말에는 국가의 정무 서비스 플랫폼의 주체적 기능의 구축이 기본적으로 완료되었고, 시범적으로 일부 성(시·구)과 국무원의 정무 서비스 플랫폼이 국가 정무 서비스 플랫폼과 연결되었다. 하지만 전체적인 역할은 여전히 더 최적화되어야 한다. 이「결정」이 발표된 후의 두 번째 달에 전국을 일원화시키는 정부 서비스 플랫폼이 전면적으로 시범 운영되었다. 이 플랫폼은 31개 성(시·자치구) 및 신장생산건설,(新疆生产建设兵团) 40여 개 국무원 부서의 정부 서비스 플랫폼과 연결됐으며, 지방부서의 300여 만 건의 정무 서비스 사항과 일련의 사용이 빈번하고 수요가 많은(高频热点) 공공서비스가 이에 접속했다. 이는 범지역적인 전국을 일원화시키는 정부 서비스 플랫폼의 초기 형태가 이미 형성되었음을 보여준다. 앞으로 정보기술에 의한 일원화 플랫폼 구축이 행정조직 일원화 전략의 중요한 실현 경로가 될 것이다.

3. 행정절차의 간소화

민간부문의 조직과 달리 공공부문의 가장 대표적인 조직인 정부기구는 행정운영 과정에서 정치, 법률, 사회, 문화 및 기타 조직 요인 등 외부요인의 제약을 많이 받는다. 또한 그 행정절차의 설계는 반드시 법정절차를 따라야 하며, 공식적 문서의 유효성을 중시해야 한다. 동시에 서로 다른 기구의 권한과 책임의 대칭을 강조해야 한다. 이러한 원칙은 행정을 실천하는 과정에서 행정절차의 번잡함을 가져오기가 쉽고, 결과적으로 행정비용의 급증과 행정효율의 저하를 초래하게 된다. 중국의 행정 통치관리 실천에서, 정부 부서는 장기간 복잡한 행정 심사비준 절차에 의존해, 시장진입의 문턱을 높이고, 시장의 주체를 줄여 정부 감독의 어려움을 경감시켰다. 이처럼 심사비준과 증서의 발급으로 사전에 감독하는 방식은 비록 장점이 없는 것은 아니지만, 그 대가는 시장경제 주체의 혁신능력을 크게 약화시키고, 시장경제 경영형태 발전의 활력을 제한했다. 따라서 기존 행정절차에 대한 간소화가 필요한 것이다.

중국공산당 제18차 전국대표대회 이래, 중국은 정부 차원에서 "기구 간소화와 권한의 하부 이양(简政放权)", "기구 간소화와 권한의 하부 이양, 권한의 하부 이양과 통치관리의 결합, 서비스의 최적화(简政放权、放管结合、优化服务)"를 뚜렷한 특징으로 하는 시장 지향적 행정권력 개혁을 전개했다. 여기에는 회사, 개인투자기업, 동업기업, 각종 지점과 자영업자(个体工商户)에 대한 "다증합일, 일조일마(多证合一、一照一码, 즉 영업 허가증, 조직 기구 코드증, 세무 등기증, 인감 허가증, 사회보장 등기증, 통계 등기증, 주택 적립금 납부 단위 등기 등에 대해 일차적으로 한꺼번에 수리한다는 기초위에서 통일적인 사회신용 코드가 기재된 영업 허가증 하나만 발급함으로써 위의 모든 기능을 다 할 수 있는 것)"의 모든 절차의 온라인 등기 방식을 추진하고, 취급 절차와 전(全) 절차 무지화(无纸化), 인터넷 상사(商事) 등록을 일치시켜 기업의 등록 수속을 간소화하고, 기업의 시장진입 문턱과 원가를 낮추고, 서비스 효율을 높이게 하였다. 일부 지방정부에서도 "제일 많아야 한 번 다녀가는 것으로 수속을 마친다." "한 번도 다녀가지 않고서도 수속을 마칠 수 있다", "비대면 심사비준" 등 시장 주체와 대중의 환영을 받는 개혁조치를 잇따라 내놓아, 행정비용의 절감과 시장 활력의 제고에 어느 정도 도움이 되었고, 시장에 대한 혁신을 촉진시켰다. 그러나 각 지방과 부처에서 "기구의 간소화와 권한의 하부 이양, 권한의 하부 이양과 통치관리의 결합, 서비스의 최적화(简政放权、放管结合、优化服务)" 개혁에 대한 이해가 다소 엇

갈려 개혁의 실제 효과에도 차이가 있게 되었다. 일부 지방에서는 개혁 부처 간의 합력이 미흡하고, 패키지 정책이 요구하는 수준에 도달하지 못했으며, 기술적 뒷받침이 구비되지 않았고, 정무 서비스의 실시과정 및 사후 감독·통치관리에 대한 개혁이 시급히 혁신되어야 하는 등의 문제가 존재한다. 이러한 문제는 개혁을 더욱 심화시켜 해결해야 한다.

이를 위해 「결정」은 "기구 간소화와 권한의 하부 이양, 권한의 하부 이양과 통치관리의 결합, 서비스의 최적화(簡政放权、放管结合、优化服务)를 심화하고, 행정심사비준제도 개혁을 심화하며, 경영환경을 개선해 각 유형 시장 주체의 활력을 고취토록 할 것"을 재차 강조했다. 이는 결코 상투적으로 말하는 것이 아니다. 여기에서 두 번이나 "심화한다"'는 단어를 제시한 것은 당중앙위원회가 "기구 간소화와 권한의 하부 이양" 및 "기구의 간소화와 권한의 하부 이양, 권한의 하부 이양과 통치관리의 결합, 서비스 최적화(簡政放权、放管结合、优化服务)"를 한층 더 밀고 나가려는 개혁에 대한 결심과 패기를 보여준 것이며, 행정심사의 비준절차를 이미 간략하게 한 기반위에서 더 간략하게 하려는 것임을 보여준다. 이를 통해 정부 부처의 개혁을 위한 협력을 강화하고, 패키지 정책의 구축을 추진하며, 기술의 뒷받침 여건을 강화하려는 것이다. 이는 "기구의 간소화와 권한의 하부 이양" 및 "기구의 간소화와 권한의 하부 이양, 권한의 하부 이양과 통치관리의 결합, 서비스의 최적화(簡政放权、放管结合、优化服务)" 개혁의 2.0버전의 시작이라고 볼 수 있다. 다른 한 편으로, "기구 간소화와 권한의 하부 이양" 및 "기구의 간소화와 권한의 하부 이양, 권한의 하부 이양과 통치관리의 결합, 서비스 최적화(簡政放权、放管结合、优化服务)"라는 개혁의 목표는 경영환경을 개선하고 각 유형 시장주체의 활력을 고취하는 것이라고 강조했는데, 이로써 고품질 발전으로 나아가는 단계에서, 간략화 개혁의 최종 목표는 제도적 이익(制度紅利)을 한층 더 방출하고, 불필요한 제도의 거래 비용과 행정 비용을 절감하며, 정부의 시장 자원의 통제, 정부의 시장 활동에 대한 감독, 자원배분에 있어서 시장의 결정적인 역할 사이에서 균형점을 찾음으로써, 시장주체가 보다 안정적이고, 공평하며 투명하고 예상 가능한 경영환경을 얻게 하려는 것이다.

4. 행정방식의 효율화

「결정」은 중국의 제도적 우위를 체계적으로 종합한 뒤 한층 더 나아가 "중국의 제도적 우위를 국가 통치관리의 효율로 전환해야 한다."고 했다. 즉 정적인 제도구조의 장점을 동적인 통치관리 효능의 장점으로 전환해야 한다는 것이다. 이는 국가 통치관리 효능의 향상이 이미 다음 단계인 중국 국가 통치관리 체계와 통치관리 능력의 현대화 추진의 중요한 목표가 되었음을 말한다. 「결정」은 '중국 특색의 사회주의' 행정체제를 견지하고 보완하는 부분에서 "행정방식을 혁신하고, 행정의 효능을 높여야 한다."고 재차 강조했다. 그만큼 행정방식의 효능화 정도를 높이는 것이 이번 「결정」의 중요한 요구 사항이다. 여기에서의 행정효능은 서방국가의 '신 공공 통치관리 운동'이 제기한 정부의 실적과 연계되는 점도 있지만 구별되는 점도 있다. 비교해 보면, 효능은 조직 활동이 조직발전의 목표에 도달했는지를 강조하고, 조직행위의 효율과 능력을 더욱 주목했으며, 상명하달(自上而下)의 색채가 강하다. 그러나 실적 심사는 내용이 더욱 전면적이고 다원화되었고, 조직과 개인의 산출에 더욱 큰 관심을 가지며, 평가의 측면도 상대적으로 다원화되었다. 그러므로 행정효능을 높인다는 것은 서구의 신 공공 통치관리 운동에서 말하는 실적 통치관리와 간단하게 동일시될 수 없는 것이다.

공공통치 관리학의 원리로 분석하면, 조직의 인적자원, 조직구조, 팀 문화, 기술조건 등 행정조직의 효능에 영향을 미치는 요소는 아주 많다. 「결정」은 행정방식의 혁신을 통한 행정조직의 효능제고를 세 가지 측면에서 강조하고 있다. 무엇보다도 "기구편제의 통치관리를 철저히 하고, 행정통치 관리자원을 총괄적으로 활용하여 행정비용을 절감하는 것"이 급선무이다. 기구편제의 통치관리 제도는 중국 특색의 행정 제도로서, 과학적이고, 전문적이며 효율적인 편제체계를 통해 정부규모를 효과적으로 통제하고, 행정체제 개혁의 과학화를 추진해, 다년간 중국 행정체제 개혁의 과학성을 보장하는데 중요한 역할을 해 왔다. 편제의 배분은 본래 국가의 공기(公器)로서, 그 배분권은 정부를 대표해 정부 전체의 규모를 통제하는 편제 부서에 속하도록 해야 한다. 하지만 일부 직능부서에서는 의식적으로 여유가 있는 편제를 자기 부서의 사유재산으로 인식해, 한 번 할당받으면 재조정해 내기가 어렵게 만든다. 이 때문에 일부 편제의 부족이 심각하고, 일부 부서는 편제가 남아도는 현상이 존재한다. 그리하여 일부 부서에서는 편제 외의 인원을 영입할 수밖에 없는 실정이다. 이처럼 "편제가 있지만 사용하지 않고, 편제가 부족해서 편제된 인원 이외의 인원을 영입하는 해괴한 현상"에 대해 많은 지방의 편제 통치관리 부서들에서는 상황을 파악하고 있으면서도 관련 부서의 핵심 이익을 건드릴까봐 자발적으로 감찰·독촉하지 않는 경우가 있다. 그러다 보면 정부의 편제규모가 너무 크고, 행정비용이 너무 많이 들며, 결국 행정조직의 효율향상에 영향을 미치게 된다. 이 때문에 중국공산당 중앙위원회는 2019년 8월 「중국공산당 기구 편제 업무 조례」를 발간해, 기구의 편제

자원은 중요한 정치자원이고 집정자원임을 강조했다.「결정」은 또 편제자원을 총괄적으로 사용할 것을 제기했다. 즉 정부의 편제 통치관리에서의 동적 최적화 배분을 실현하는 것이다. 이는 각 부서에서 편제의 존량(存量)과 증량(增量)에 대해 한층 더 최적화할 것이 필요하며, 이렇게 함으로써 편제 자원이 행정조직의 효율을 높이는 역할을 더 잘 발휘할 수 있도록 하는 것이다.

　행정조직의 효율성을 높이는 두 번째 조치로는 '편평화 통치관리로 효율적인 조직체계를 형성하는 것'이다. 통치관리학의 원리에 비추어 볼 때, 편평화 통치관리는 주로 통치관리의 단계를 줄이고, 통치관리의 폭을 적절히 높임으로써, 행정 조직의 효율을 높이고, 정보 소통에서의 불필요한 손실을 줄이며, 적당하게 수권(授权) 통치관리를 전개하는 것이다. 인구가 많고 토지 면적이 큰 대국으로서 중국은 중앙으로부터 지방에 이르기까지 5급 정부로 나뉘는데, 만약 부성급(副省级) 도시와 행정적 색채가 강한 촌까지 포함하면 실제 정부 등급은 6급 반이 된다. 이는 세계적으로 다른 나라와 비교해도 많은 셈이다. 정부의 등급이 지나치게 많은 것은 지방정부 규모가 비교적 크며, 정책수행 비용이 많이 들고, 정책이 제대로 이행되지 못하며, 정보 소통이 원활하지 못하게 되는 등의 폐해를 초래하는 측면이 있다. 이 때문에 최근 몇 년 동안 중국에서는 "성(省)이 직접 관할하는 현(直管县)"을 설치하거나, "진을 없애고 시를 설치(撤镇设市)"했으며, 심지어는 "시(市)가 직접 관할하는 진(直管镇)"을 설치하는 개혁을 시범적으로 실시하기 시작했는데, 그 목적은 기존의 행정체제를 거의 그대로 유지하면서 통치관리 등급을 줄임으로써 평화적인 통치관리를 추진하여 행정효능의 실현을 보장하기 위함이었다. 앞으로 이 같은 개혁은 계속 전면적이고 심도 있게 추진될 것으로 보인다.

세 번째 조치로 「결정」은 정보기술 수단을 활용해 행정조직의 효능을 향상시키며, "디지털 정부의 구축을 추진하고, 데이터의 순차적 공유를 강화해야 한다."고 강조했다. 정보기술혁명은 각국 정부의 행정조직의 효능 향상에 큰 기회를 제공했다. 디지털 정부는 정보기술을 뒷받침으로 해서 정부의 내부 통치관리 및 대외 서비스를 전면적으로 재구성하고 최적화함으로써, 정부가 데이터를 통해 정책 결정, 집행, 서비스, 모니터링의 기초와 근거로 삼아 궁극적으로 정부 행정조직의 효능을 효과적으로 향상시킬 수 있게 되었다. 이제까지 오랫동안 중국은 디지털 정부를 구축한다는 점에서 일정한 성과를 거두기는 했지만, 부처 간 정보 데이터의 공유가 어려워 정보의 고도(孤島)가 되는 결과를 초래했고, 더 나아가 행정서비스에서 디지털 기술을 응용한다는 표면적인 면만 보여주었지 진정으로 행정의 효능을 향상시키는 유력한 도구가 되기가 어려웠다. 따라서 「결정」은 디지털 정부의 구축과 데이터의 순차적 공유를 강화하는 데 중점을 두었다. 앞으로 동급의 다양한 기관 및 서로 다른 급별 정부 간 데이터 공유와 디지털화는 더욱 강화되어야 하고, 디지털 정부는 정부의 행정조직 효능을 높이는 새로운 경로가 될 것으로 예상된다.

5. 행정관계의 분권화

중국은 중국공산당이 이끄는 단일제 국가로, 중앙과 지방의 적극성을 어떻게 충분히 동원할 것인가 하는 것은 줄곧 중앙과 지방의 관계가 직면한 문제이자, 국가가 행정관계를 조정함에 있어서 중대한 과제이기도 했다. 「결정」은 제5부인 "'중국 특색의 사회주의' 체제를 견지하고 보완하며, 직책이 명확하고, 법에 따라 국가권력을 행사하는 정부 통치관리 체계를 구축해야 한다."에서 전문적으로 중앙과 지방의 적극성 발휘에 관련한 체제 메커니즘에 대하여 깊이 있게 논술했다. 그만큼 앞으로 중앙과 지방과의 관계를 개혁한다는 것에 대한 중시의 정도는 중국의 다음 단계인 중앙과 지방의 관계개혁에 대한 방향을 이해하는 중요한 근거로 여길 수 있게 되었다. 「결정」을 잘 읽고 이해해 보면, 중앙과 지방이 적극성을 발휘케 하는 체제 메커니즘에 있어서, 중앙의 통일 집중적 권위를 계속 유지한다는 원칙적인 주장 외에, 어떻게 중앙과 지방의 직권·경제권 관련 책임 구분을 규범화시키는가에 대해 많은 할애를 하였다. 이 부분의 핵심은 부분적 직권은 상부로 회수하고, 부분적 경제권은 하부로 이양하며, 권한과 책임의 상호 대응을 명확하게 하는 것을 골자로 하는 새로운 행정의 분권개혁이라고 요약할 수 있는데, 그 배경에는 20여 년째 시행되고 있는 분세제(分稅制, 즉 국세와 지방세를 분리하는 세금제도) 개혁이 있다. 이 개혁은 중앙정부의 재정 확보 능력을 크게 향상시켜 지방의 성·구(省区)의 빈부격차를 효과적으로 줄이고 지방보호주의를 타격했으나 또 새로운 문제가 나타나기 시작했다. 즉 일부 발전하지 못한 지역은 재정수입 증가가 어렵고, 기층 정부의 채무가 두드러지며, 지방에서 중앙 재정의 이전지급에 대한 의존도가 높으며, 심지어 부패의 여지까지 제공하고 있다. 2000년 이후 중앙정부의 부처는 점점 더 많이 수직화 된 통치관리를 했다. 이는 정령의 상하 통일에 유리하지만, 또 각급 정부의 자주권을 제한했고, 아울러 같은 급별의 서로 다른 부처 간 경계를 형성하여, 범부처 간 협력과 협동 통치관리에 어려움을 증가시켰다. 중국은 여전히 각 지방의 발전 정도에서 차이가 크며, 당면한 상황도 복잡하기 때문에 지방정부의 분권을 더욱 강화하여, 지방정부가 더욱 목적성 있게 정책을 펼칠 수 있도록 해야 한다. 이를 위해 중국공산당 제19차 대표대회의 보고에서는 "성급 및 그 이하 정부에 더 많은 자주권을 부여할 것"이라고 명시했다. 이는 중앙정부가 통일영도를 강화하는 틀 안에서 성급 및 그 이하 정부에 더 많은 행정 자주권을 부여함으로써 지방정부의 적극성을 다시 활성화시키겠다는 의지의 표현이다.

그렇다면 어떻게 해야 지방정부의 적극성을 더 잘 발휘하게 할 수 있을 것인가? 「결정」은 "지방에 더 많은 자주권을 부여하고, 지방에서 혁신적으로 업무를 전개할 수 있도록 지지할 것"임을 분명히 했다. 구체적인 조치로는 우선 일부 직권을 위로 회수하는 것이다. 즉 "지적 재산권 보호, 양로보험, 범지역 생태환경 보호 등에서 중앙의 직권을 강화하고 중앙과 지방의 공동 직권을 축소하거나 규범화한다."는 것이다. 이처럼 중앙정부가 부분적 지역에서 과잉성(溢出性)이 높은 공공서비스 지출 책임을 강화함으로써, 지방정부의 공공서비스 지출 압박을 효과적으로 줄여, 지방정부가 더 많은 자원과 정력을 투입해 현지의 구체적 실정에 맞게 혁신적인 일을 할 수 있도록 하는 것이다. 다음으로는 일부 경제권을 하부에 이양하는 것이다. 즉 일부 세목(稅种)의 수입 및 세수에서 지방에 남기는 비율을 지방정부에 더 많이 치중되게 함으로써 "권한과 책임이 명확하고, 재력이 조화로우며, 지역 간 균형이 잡힌 중앙과 지방의 재정 관계를 수립해" 지방정부가 더 많은 재정자원을 가지고 창조적으로 업무를 전개할 수 있도록 하는 것이다. 그 다음으로는 직권과 경제권을 조정한 기초위에서 권력과 책임의 대등함을 한층 더 강조하고, 중앙과 지방의 애매한 공동 직권을 축소하거나 분명하게 하며, "수직통치관리 체제와 지방의 등급별 통치관리 체제를 규범화하여", 수직통치관리 체제와 등급별 통치관리 체제에서의 책임을 명확하게 하고, 지방정부 특히 기층정부가 과도한 문책의 대상이 되지 않도록 해야 한다. 이로써 "중앙으로부터 지방에 이르기까지 권한과 책임이 분명하고, 원활하게 운영되며, 활력이 넘치는 근무체계를 구축해" 행정체계와 행정능력의 현대화를 위해 확고한 중앙·지방 관계의 기반을 마련토록 해야 할 것이다.

제 3 장

명확한 직책과 법에 의한 행정, 그리고 인민이 만족하는 통치관리 체계

리원자오 李文钊

    2019년 10월 28일부터 31일까지 중국공산당 제19기 중앙위
원회 제4차 전체회의가 개최되었다. 회의에서는 「'중국 특색의 사회
주의' 제도를 견지·보완하고, 국가 통치관리 체계와 통치관리 능력
의 현대화를 추진하는 데에 관한 약간의 중대한 문제에 있어서의 중
국공산당 중앙위원회의 결정(이하 「결정」으로 약칭함)」이 채택되었
다. 「결정」은 중국공산당 제18기 중앙위원회 제3차 전체회의에서 개
혁을 전면적으로 심화하는 데에 관한 총 목표에 대해 한층 더 구체화
한 것이며, 나아가 중국공산당이 혁명과 건설, 개혁의 각 시기에 걸쳐
실천을 통해 모색한 경험을 종합한 것으로, 중국공산당 제18차 전국
대표대회 이래 당이 인민을 영도하여 "오위일체(五位一体, 즉 경제
건설, 정치건설, 문화건설, 사회건설, 생태문명건설을 오위일체로 전
면적으로 추진함)"의 총체적 구도를 추진하고, "네 가지 전면
(四个全面, 즉 사회주의 현대화 국가를 전면적으로 건설하고, 개혁을
전면적으로 심화하며, 전면적으로 법에 따라 나라를 다스리고, 전면

적으로 당을 엄하게 다스린다)"의 전략적 구도를 조화롭게 추진함으로써 취득한 국가 통치관리 효과를 직접적으로 구현한 것이다.

한 나라와 민족이 사회가 장기간 안정되려면 반드시 시스템이 완비되고, 과학적이고 규범적이며, 효율적으로 운행될 수 있는 제도 체계가 형성되어야 한다. 이 제도 체계는 각종 행위를 규범화하고 구속하는 준칙이 되어 민중이 자각적으로 준수하는 습관과 규범으로 내실화되어야 하고, 자발적으로 전승할 수 있는 문화로 부상해야 하며, 아울러 환경에 따른 적응성 조정도 이루어져야 한다. 저명한 철학자 Searle은 일찍이 "한 제도는 집단적으로 받아들여진 모든 규칙 체계(절차·실천)이다. 이 규칙체계는 제도적 사실을 창조할 수 있다"고 제도에 대해 간결한 정의를 내렸다. 이는 제도가 규칙 체계일 뿐만 아니라 사실을 창조할 수 있는 메커니즘이라는 뜻이기도 하다. 중국공산당 제19기 중앙위원회 제4차 전체회의는 "'중국 특색의 사회주의' 제도는 당과 인민이 장기간의 실천 속에서 형성한 과학적인 제도 체계이다. 중국의 모든 업무와 활동은 이 '중국 특색의 사회주의' 제도에 따라 전개된다. 중국의 국가 통치관리 체계와 통치관리 능력은 '중국 특색의 사회주의' 제도 및 그 집행 능력의 집중적인 구현이다"라고 했다. 이 제도체계는 '중국 특색의 사회주의'의 청사진이 되었으며, 한 세대 또 한 세대의 중국인들이 견지하고 보완하는 과정에서 그 개인적 가치를 실현하고, 민족의 부흥과 국가의 부강을 실현하는 것이 필요하다.

'중국 특색의 사회주의' 행정체제는 '중국 특색의 사회주의' 제도 체계의 중요한 구성 부분으로 당과 국가의 정책 결정에 따라 경제·사회 발전을 촉진시키고, 사회 사무를 통치관리하며, 대중을 위해 봉사하는 중대한 직책과 사명을 맡고 있다. 과학적인 행정체제는 정형화되고 완비한 행정제도 체계를 떠날 수 없다. 제도를 통해 행정 활동을 규범화하고, 각 분야의 역량을 불러일으킴으로써 행정의 효율을 향상시키고 인민이 만족하는 서비스형 정부를 구축한다. 「결정」의 제5부에서는 '중국 특색의 사회주의' 행정체제를 전문적으로 논의하였으며, "'중국 특색의 사회주의' 행정체제를 견지·보완하고, 직책이 명확하고, 법에 의해 행정을 시행하는 정부 통치관리 체계를 구축해야 한다."고 제시했다. 또한 국가 행정체제를 완비하고, 정부의 직책 체계를 최적화하며, 정부의 조직구조를 최적화하고, 중앙과 지방의 적극성을 충분히 발휘하는 체제 메커니즘을 건전히 해야 한다는 네 가지 측면의 내용을 제시했다. 한마디로 우리는 이 탐색 과정에서 직책이 명확하고, 법에 의해 행정하며, 인민이 만족하는 정부 통치관리 체계를 구축하고 있다.

1. 직책이 명확한 것은 정부 통치관리에서의 전제이다

직책을 명확하게 하는 것은 중국정부 개혁의 중요한 경험이고, 또한 국가 통치관리 체계와 통치관리 능력의 현대화를 추진하는 중요한 조치이다. 직책은 여러 가지 비슷한 단어가 있다. 예를 들면, 정부의 직능·기능·배역·역할 등이다. 직책은 정부가 응당 무엇을 해야 하는지, 무엇은 하지 말아야 하는지에 대해 규정하고 있다. 국가별, 시대별, 이론별로 정부의 직책에 대해 다르게 보고, 서로 다른 직능체계가 형성되어 경제·정치·사회에 서로 다른 영향을 미치게 했다. 환경·기술 등이 끊임없이 변화하고 있기 때문에 정부의 직책은 사회발전의 수요에 부응하기 위해 끊임없이 조정되어야 한다. 1981년 이후, 국무원의 각 부처는 8번이나 개혁을 실행했고, 당 관련 부처는 5번이나 개혁했다. 이런 개혁은 처음에는 기구에 대한 조정을 중심으로 이

루어졌고, 후에는 직능에 대한 조정에 초점이 맞춰서 조정하는 것이
정부개혁의 주된 내용이 되었다. 이 중 가장 중요한 개혁은 중국공산
당 제19기 중앙위원회 제3차 전체회의가 추진한 당과 국가의 기구에
대한 개혁이었다. 이 개혁의 가장 큰 특징은 당의 부서, 전국인민대표
대회, 국무원, 전국인민정치협상회의, 공안국 · 검찰원 · 법원, 군대,
지방정부 부서, 사업기관(事業單位, 비영리기관) 등 서로 다른 부처
와 서로 다른 급별, 서로 다른 분야별로 직책을 명확히 하고, 기구체계
의 힘을 한데 모으게 했다는 점이다. 따라서 기구개혁과 체제개혁을
유기적으로 결합하여, 직능의 재구성에 따른 행정개혁을 추진하는 것
이 중국정부가 개혁을 추진하는 중요한 경험이 되었다.

직책을 명확하게 하는 중요한 제도적 조치로는 중국 특색의 "세 가
지 확정(三定)"이다. 즉 기구 · 직책 · 편제를 확정함으로써 기구 간,
부처 간, 중앙과 지방간의 권한과 책임관계를 명확하게 하는 것이다.
현재 모든 정부의 각 부처는 이 "세 가지 확정"으로 직책 범주를 확정
한다. 예를 들면, 2019년 3월에 발표한 「재정부 직능 배치, 내설 기구
및 인원 편제규정」은 "재정부는 당중앙위원회가 재정업무에 대한 방
침정책과 정책결정을 실행하고, 직책을 수행하는 과정에서 당이 재정
업무에 대한 집중 통일 영도를 견지 · 강화한다."고 하면서 주요 직능
은 재정과 세무 발전 전략 · 계획 · 정책과 개혁방안을 수립하고 조직
실시하는 등 17개항으로 규정했다. 이처럼 특정기구의 직능을 규정하
는 것 외에, 현재 중국의 중요한 개혁은 바로 중앙과 지방의 경제권과
직권 간의 직책관계를 조정하고, 제도를 통해 중앙과 지방의 관계를
조정하는 것이다.

직책을 명확히 하는 면에 있어서는, 정부의 기본적 직책을 명확히
하는 것이 우선인데, 그 핵심은 정부와 시장, 정부와 사회 사이의 관계

를 명확히 하는 것이다. 「결정」은 정부의 직책체계를 "정부의 경제조정, 시장 감독과 통치관리, 사회 통치관리, 공공서비스, 생태환경 보호 등 직능을 보완하고, 정부의 권한과 직책 리스트 제도를 실행하여 정부와 시장, 정부와 사회의 관계를 정리하는 것"이라고 요약했다. 중국 정부의 직책에 대해서도 중국은 끊임없이 탐색하고 보완하는 과정을 거쳤다. 처음에 중국은 경제발전에만 눈길을 돌렸으나 그 후에는 시장에 대한 감독과 통치관리에 중시를 돌렸으며, 후에는 민생에 관련한 단점이 드러나면서 사회통치관리와 공공서비스 관련 직능도 일정에 올렸다. 한편 인간과 자연환경 간의 관계가 두드러진 문제가 되면서 환경보호와 지속가능한 발전도 경제·사회 발전이 직면한 중요한 문제로 되었다. 따라서 현재 각급 정부의 직책은 경제조정, 시장 감독과 통치관리, 사회통치관리, 공공서비스, 생태환경 보호 등 5가지이다. 모든 정부기구는 이 5가지를 둘러싸고 전개되고 있으며, 모두 이 5가지 직능에 따라 조정해야 한다.

「결정」은 이들 5가지 직능 중 중점적인 내용에 대해 구체적인 개혁 포인트를 제시했다. 경제조정 면에서, 「결정」은 "국가 발전계획을 전략적 지향점(导向)으로 하고, 재정정책과 화폐정책을 주요 수단으로 하며, 취업·산업·투자·소비·지역 등 정책이 협동하여 힘을 내는 거시적 조정제도 체계를 건전하게 한다. 국가의 중대 발전전략과 중장기 경제·사회 발전을 위한 계획제도를 보완한다. 기준이 과학적이고, 규범이 투명하며, 구속력 있는 예산제도를 완비한다. 현대 중앙은행 제도를 구축하고, 기초화폐 투입 메커니즘을 완비하고, 기준 금리와 시장화 이율체계를 완비한다"고 했다. 이는 국가발전계획, 재정·통화정책, 산업정책 등이 모두 주요 수단으로 되었다는 것을 설명한다. 시장 감독·통치관리와 관련하여 「결정」은 "시장에 대한 감독·

통치관리, 품질에 대한 감독·통치관리, 안전에 대한 감독·통치관리를 엄격하게 하고, 위법행위에 대한 징계를 강화한다."고 하였으며, 시장과 품질, 안전 등에 감독·통치관리의 초점을 맞추었다. 공공서비스의 경우, 「결정」은 "공공서비스 체계를 완비하고, 공공서비스의 균등화와 접근성을 추진한다."고 제시하여 공공서비스 개혁의 방향을 제시했다. 또한 「결정」은 기술을 적용해 정부개혁을 추진하는 것을 매우 중시했는데, "인터넷·빅데이터·인공지능 등의 기술을 활용해 행정을 통치관리 하는 제도적 룰을 구축하고 완비한다. 디지털 정부의 구축을 추진하고, 규칙과 질서가 있는 데이터의 공유를 강화하며, 법에 따라 개인정보를 보호한다."고 했다.

이처럼 기본 직책을 정하는 것 외에, 정부는 또 경제·사회와 매치가 되는 직능모델을 찾아야 한다. 직책 개혁에 있어서는, 리커창(李克强) 총리가 추진한 "기구 간소화와 권한의 하부 이양, 권한의 하부 이양과 통치관리의 결합, 서비스의 최적화(简政放权、放管结合、优化服务)"하겠다는 개혁은 본질적으로 정부 부처의 직책을 재구성한다는 것이다. 「결정」은 "기구 간소화와 권한의 하부 이양, 권한의 하부 이양과 통치관리의 결합, 서비스의 최적화(简政放权、放管结合、优化服务)를 심도 있게 추진하며, 행정 심사비준제도의 개혁을 심화시키고, 경영환경을 개선하며, 각 유형 시장 주체의 활력을 고취시켜야 한다."고 제시했다. 이는 정부의 직능 개혁과 전환의 중점이 주로 행정 심사비준 권한의 하부 이양, 정부의 감독·통치관리 강화와 정무 서비스 수준의 향상을 통해 정부와 시장 간의 관계, 정부와 사회와의 관계를 정확하게 처리하고, 경영환경을 최적화하며, 인민대중의 안전감·획득감·행복감을 향상시키는 것임을 의미한다. 따라서 정부는 경제조정, 시장 감독·통치관리, 사회통치관리, 공공서비스, 생태환경 보호 등을 모두 "기구 간소화와 권한의 하부 이양, 권한의 하부 이양과 통치관리의 결합, 서비스의 최적화(简政放权、放管结合、优化服务)"를 목표로 하는 개혁과 결부시켜 그 직능을 재정립해야 한다. 예를 들면, 정부의 경제조정 기능 중 어느 행정 심사비준권을 하부로 이양하는지, 어느 것에 대해서 감독·통치관리를 강화해야 하는지, 어떠한 서비스를 잘해야 하는지 등 "기구의 간소화와 권한의 하부 이양, 권한의 하부 이양과 통치관리의 결합, 서비스의 최적화(简政放权、放管结合、优化服务)"를 목표로 하는 개혁이 정부 직능의 정교화를 위한 구체적 조치가 되고 있다. 정부의 직책이 명확해지도록 하고, 정부의 직능을 전환시키는 과정에서 중국은 창조적으로 "권력리스트제도(权力清单制度), 책임리스트제도(责任清单制度), 네거티브리스트제도(负面清单制度), 이중 램덤·1공개제도(双随机一公开制度, 즉 감독·통치관리 과정에서 검사대상을 무작위로 추출하고, 법 집행 인원을 무작위로 파견하며, 추출 조사상황 및 결과를 제때에 사회에 공개한다), 신용감독·통치관리제도, 정무공개제도, '인터넷+정무 서비스' 제도 등 일련의 제도들을 형성했다. 이는 중국공산당 제19기 중앙위원회 제4차 전체회의 정신을 체현한 것으로, 제도개혁을 통해 직능의 범주를 확정하는데 필요한 기반과 보장을 제공해줄 것을 강조한 것이다. 정부의 직책 재구성과 명료성이 일련의 성과를 거두면서, 중국은 세계은행이 발표하는 경영환경 순위가 끊임없이 높아지게 되었다.

2. 행정체제와 행정 조직은 정부 통치관리의 주체이다

'세 가지 확정(三定)' 제도에서 직능 확정, 기구 확정, 편제 확정은 긴밀히 연계되어 있으며, 직능은 체제와 기구가 뒷받침돼야 한다. 이는 직능의 조직적 보장이다. 따라서 정부 통치관리에서 우리는 통치관리 주체에 주목해야 하고, 직능이 어느 부서를 통해 실시되는가를 논의해야 하며, 정부조직 기구와 관계 모델의 직능수행에서의 역할에 대해 모색해야 한다. 사실상 통치관리 주체가 현재 직면한 주요 도전은 공공업무와 직능이 갈수록 더 복잡해지고, 다양해지며, 동태적으로 변하는 것이다. 그런데 조직구조는 고정적이다. 그리하여 고정된 조직구조를 어떻게 동태적 직능변화의 도전에 적응시키느냐 하는 것이 정부의 통치관리에 있어서 난제가 되었다. 환경보호의 경우, 서로 다른 정부 부처와 관련되어 있어서 여러 정부의 부처가 직능을 조율해 환경 도전에 공동 대응할 필요가 있다. 정부 통치관리의 주체와 그 개혁에 대해, 「결정」은 세 가지 측면의 내용을 내놓았다. 즉 국가 행정체제의 완비, 정부 조직구조의 최적화, 중앙과 지방의 적극성을 발휘시키는 체제 메커니즘을 건전하게 하는 것이다. 이 세 가지는 모두 직책의 실행 주체 및 주체 간의 관계를 명확히 하는 내용이다. 국가 행정체제를 보완하는 것의 핵심은 정부 내부의 직능분업 문제를 해결하여 각 부처가 맡은 바 소임을 다하며, 분업·조정·전문화와 통합을 통해 힘을 합치도록 하는 것이다. 행정체제의 구체적 구성에서 「결정」은 "국가 기구의 직능 최적화와 협동에서의 고효율을 추진하는 데 역점을 두고, 행정 결정·행정 집행·행정 조직·행정 감독체제를 최적화해야 한다. 부처 간 조율과 협력 메커니즘을 건전하게 하고, 동일한 일에 대해 서로 다른 부서에서 각기 다른 정책을 내거나, 정책효과가 상쇄되는 것을 방지해야 한다."고 밝혔다. 이를 통해 알 수 있듯이, 행정체제는 행정직능과 행정주체가 서로 결합된 제도화의 모델로, 어떤 직능은 어떤 부처가 담당해야 하는지, 행정 주체가 어떻게 효율적으로 협동하고 협력해야 하는지, 어떤 행정체제가 행정 직책의 완성과 실행에 가장 유리한지를 중점으로 다루고 있다. 분업과 협력 모델에 따라 행정체제가 달라진다. 예를 들면, 정부의 직능이 간단할 때에는 부처 간 협력이 필요 없으나 정부의 직능이 복잡해질수록 부처 간 관계를 잘 처리해야 한다. 이때 새로운 행정체제가 필요하다.

중국의 행정체제는 크게 행정 결정 · 행정 집행 · 행정 조직 · 행정 감독 · 행정 협업 등 5개 부분으로 구성돼 있다. 행정 결정 체제는 정책결정 직능을 행사하는 것으로서 전략 중점, 정책 방향, 자원 배치 등 문제에 대한 선택이다. 한 도시의 행정결정을 예를 들면, 도시발전 전략은 중요한 행정결정 문제가 된다. 행정집행 체제는 의사 결정(决策)에 대한 실행으로 의사 결정(决策)과 전략을 행동으로 전환하는 것을 강조하며, 그 어떠한 결정도 집행하지 않으면 의미가 없다. 이 때문에 옛사람들은 일찍부터 도법(徒法, 즉 이름뿐이고 실행되지 않은 법령)이 스스로 시행하기에 부족함을 깨닫고 집행을 통해 법률의 실시를 보장했다. 행정집행은 행정집행 문제에서 집중적으로 나타난다. 이것도 중국공산당 제19기 중앙위원회 제4차 전체회의 개혁의 중점이다. 「결정」은 "행정집행 체제개혁을 심화해, 불필요한 행정집행 사항을 최소화해야 한다. 행정집행 조직을 한층 더 통합하고, 다분야 다부처(跨领域跨部门)의 종합적인 법 집행을 계속 모색하며, 법 집행의 중심을 아래로 옮기고, 행정집행의 능력수준을 향상시켜야 한다. 행정집행 책임제와 책임 추궁제도를 정착시켜야 한다. 행정 통치 관리와 서비스 방식을 혁신하고, 전국 통합 정무서비스 플랫폼의 구축을 가속화하도록 추진하며, 강력한 행정집행시스템을 갖추고, 정부의 집행력과 공신력을 향상시켜야 한다."고 밝혔다. 행정 조직체제는 행정체제의 또 다른 중요한 내용인데, 어떤 부서가 구체적인 직책을 맡고, 또 어떤 패턴에 따라 운영되느냐를 다룬다. 행정감독 체제는 주로 감독과 피드백의 역할을 수행한다. 이는 행정집행에 대한 모니터 링이자 행정결정이 역할을 발휘하는 효과적인 보장이다. 현대사회에 서는 행정 협력체제의 중요성이 날로 부각되면서, 복잡한 사회도전에 공동으로 대처하기 위해, 정부 부서 간 협력을 주문하고 있다.

　조직구조의 개혁도 「결정」이 주목하는 중요한 내용이 되었다. 조직 구조도 행정체제의 일부이다. 조직은 행정체제의 담체이기 때문에 행 정체제에서 특히 중요한 위치를 차지한다. 어떠한 행정 결정, 행정 집 행, 행정 감독이든 모든 조직이라는 담체에 의해 이루어져야 하고, 조 직 자체도 운행이 필요하다. 이로 인해 행정조직은 두 개의 핵심 사안 을 처리해야 한다. 하나는 자체의 효율적인 운행이고, 다른 하나는 정 책결정, 집행과 행정의 감독기능을 실현하는 것이다. 조직구조를 어 떻게 개혁할 것인가에 대해 「결정」은 "기구·직능·권한·절차·책 임의 법정화를 추진함으로써 정부 기구의 설치가 보다 과학적이고, 직능이 더욱 최적화되고, 권리와 책임이 더욱 협동되도록 해야 한다. 기구 편제의 통치관리를 철저히 하고, 행정 통치관리의 자원을 총괄 적으로 이용함으로써 행정비용을 절감토록 해야 한다. 행정구획의 설 치를 최적화하여 중심도시와 도시군의 종합적인 재산과 자원의 최적 화 배치능력을 향상시켜야 하며, 균형된 통치관리를 실시하여 고효율 의 조직체계를 형성토록 해야 한다."고 제시했다. 이로부터 기구·직 능·권한·절차와 책임의 법정화가 조직구조 개혁의 중점이며, '세 가지 확정(三定)' 제도에 대한 확장임을 알 수 있다. 현재의 '권력 리 스트', '책임 리스트'는 주로 조직 구조의 규범적 측면과 더불어 조직 구조가 개혁돼야 할 방향이다. 또한 도시와 결합해 도시의 조직구조 문제를 논의해야 하는 것은 도시화가 현재 중국의 주요 현실이기 때 문이다.

중앙과 지방의 관계는, 행정체제의 중요한 내용인 동시에 조직구조 개혁의 또 다른 중요한 화두로서, 서로 다른 급별의 정부부서와의 관계를 다루고 있다. 이를 위해 「결정」은 중앙과 지방의 두 가지 적극성을 충분히 발휘하는 체제 메커니즘에 대해 전문적으로 논술했다. 「결정」은 '중앙과 지방의 권한과 책임 관계를 정리하고, 중앙의 거시사무 통치관리를 강화하여 국가의 법제 통일, 정령 통일, 시장 통일을 수호해야 한다. 지적재산권 보호, 양로보험, 다 지역 생태환경 보호 등 방면에서의 중앙의 직권을 적절히 강화하고, 중앙과 지방의 공동 직권은 줄이거나 규범화시켜야 한다. 지방에 더 많은 자주권을 부여하고, 지방의 혁신적 업무수행을 지원해야 한다. 권한과 책임이 일치해야 한다는 원칙에 따라 수직 통치관리 체제와 지방 등급별 통치관리 체제를 규범화시켜야 한다. 정부 간 직권과 경제권의 구분을 최적화하고, 권한과 책임이 명확하고, 재력이 조화로우며, 지역 균형이 잡힌 중앙과 지방의 재정관계를 수립하여, 각급 정부의 직권·지출책임이 재력과 걸 맞는 안정된 제도를 형성토록 해야 한다. 중앙에서 지방까지 권한과 책임이 명확하고, 원활하게 작동하며, 활력이 넘치는 업무 체계를 구축해야 한다."고 제시했다. 이 논술에 따르면 「결정」은 중앙과 지방의 직권, 경제권과 책임을 구분했는데, 중앙과 지방이 각각 제역할을 하고, 공동으로 정부의 통치관리를 하는 것이 그 핵심이다.

3. 법에 의한 행정은 정부 통치관리의 내재적 요구이다

위에서 논의한 직책이 명확한 것, 행정체제, 조직구조, 중앙과 지방의 관계는 모두 정부 자체 시스템에 관한 것이다. 정부의 통치관리는 또 정부와 사회 간의 상호작용과도 관련되며, 정부는 사회와의 상호작용을 통해 정부의 역할을 실현한다. 한마디로 정부는 사회와의 상호작용을 통해 자신의 직능을 실현한다. 정부와 사회의 상호작용은 정부의 직능 실현이자 정부가 사명을 실현하는 무대이다. 정부와 사회의 상호작용에는 정부의 서비스 구매, 정부와 국민의 합작 생산, 정부와 사회조직의 협력 통치관리 등 여러 가지 방식이 있으며, 이러한 상호작용은 결국 정부의 행위로 정착된다. 정부의 행위는 정부와 사회가 상호작용하는 방식이 되고, 정부의 행위를 규범화하는 것은 정부 직능 실현의 내재적 요구가 된다. 정부의 행위는 광범위하고 다양하다. 정부의 직능에 따라 서로 다른 정부의 행위가 요구될 수 있다. 정부 행위의 가장 중요한 요구는 법에 따라 국가권력을 행사하는 것이다. 즉 정부의 행위는 법률의 잣대 아래에 있어야 한다. 법률로 직책을 규정하는 것과 법에 따라 국가권력을 행사하는 것은 현재 정부 통치관리 개혁에서의 두 가지 중요한 내용이다. 이 양자는 상호 강화하며 하나의 통일체를 이룬다. 법률로 직능을 규정하는 것은 법에 따라 국가권력을 행사하는 것의 전제이며, 법에 따라 국가권력을 행사하는 최종 목적은 정부직책을 실현하는 것이다. 법률로 정부의 직책을 규정하지 않으면 법에 따라 국가권력을 행사하는 것은 불가능하다. 법에 따라 국가 권력을 행사하는 것(依法行政)에는 두 가지 차원의 내용이 포함되어 있다. (1) 정부 자체 운영은 법치의 논리에 따라야 한다. 이 또한 '기구 · 직능 · 권한 · 절차 · 책임 법정화 추진'의 핵심 내용이다. 정부의 행위방식은 법치논리에 따라야 한다. 즉 정부와 사회의 상호작용 방식은 법치 화 되어야 하며, 정부직능의 실현 방식은 법정 화 되어야 한다. 이 두 가지 차원의 법치화도 하나의 유기적인 통일체이다. 정부 자체의 법치 화는 정부행위 법치화의 보장이고, 정부행위의 법치화는 정부 직능의 법치화를 추진할 것이다. 현재 중국은 헌법에 따라 나라를 다스리는 것(依宪治国), 법에 따라 나라를 다스리는 것(依法治国), 법에 따라 국가권력을 행사하는 것(依法行政)을 시행하고 있다. 법에 따라 국가권력을 행사하는 것은 법치국가의 중요한 구성부분의 하나이며, 법치정부의 구축을 통해 법치국가 건설의 진전을 추진할 수 있다.

법에 따라 국가 권력을 행사하는 것은 중국정부가 직책을 행사하는 주요한 방식이자 청렴결백하게 국가권력을 행사하는 중요한 보장이다. 정부의 경제조정, 시장에 대한 감독·통치관리, 사회에 대한 통치관리, 공공서비스와 생태환경 보호 등의 직능은 모두 법에 따라 실시해야 한다. 법에 따라 이런 직능을 행사함으로써 모든 직능이 따를 법이 있고, 법 집행이 반드시 엄격하며, 법을 위반하면 반드시 추궁할 수 있다. 법은 정부가 직능을 획득할 수 있는 근거이며, 모든 직능은 법과 규범, 규정의 기초 위에 세워져야 한다. 따라서 정부는 법에 따라 국가권력을 행사할 때 "기구·직능·권한·절차·책임의 법정화"를 추진해 법치가 정부 운행의 '호신부'가 되도록 해야 한다. 모든 정부의 행위가 법에 따라 이뤄지면 국민도 정부의 행위를 잘 감시할 수 있어 정부가 민중을 위해 더 잘 봉사할 수 있다. 법에 따라 국가권력을 행사하게 되면 공무원과 국민의 준법의식도 확립된다. 공무원은 직권을 행사할 때 법률적 근거를 고려하게 되고, 국민이 정부를 상대할 때에도 법률정신과 준칙에 따라 움직이게 된다. 그리고 국민과 공무원의 상호작용은 정부의 법치 화 진전을 한층 더 촉진시킬 수 있다.

법치는 가장 좋은 상업경영 환경이고, 햇빛은 가장 좋은 방부제이다. 법에 따라 국가 권력을 행사하는 것은 '중국 특색의 사회주의' 법치체계와 법치국가의 중요한 구성 부분의 하나이다. 법에 따라 나라를 다스리고, 법에 따라 집정하며, 법에 따라 국가권력을 행사하는 것은 유기적인 통일체이다. 법에 따라 국가권력을 행사한다는 것은 중국정부가 법률의 경계 아래에서 권력을 행사하고, 법률이 규정한 권력운행의 범위 · 기준 · 절차와 근거에 따라 권력을 행사해야 한다는 뜻이다. '권력 리스트' 제도는 중국정부가 법에 따라 국가권력을 행사하는 최신 탐색을 대표하는 것으로, 정부의 모든 권력이 리스트의 방식으로 나타나야 하며, 리스트에 없는 권력은 행사할 수 없다. 한편, 정무의 공평은 법에 따라 국가권력을 행사하는 중요한 보장성 제도로서, 정부의 모든 행위를 공개하도록 하고, 공개를 통해 정무가 민중의 감독을 받게 함으로써 정부가 법에 따라 권력을 행사할 수 있도록 추진하는 것이다. 현재 상업경영의 환경을 개선하는 가장 중요한 방법은 정부행위의 법치 화를 추진해, 정부의 직능, 감독 · 통치관리와 서비스가 법치의 궤도 하에서 진행될 수 있도록 하는 것이다. 그래야만 기업이 더 훌륭하게 소기의 목표에 도달할 수 있게 한다.

이와 함께 중국정부가 직능을 행사하는 각 분야의 법률제도도 끊임없이 보완되고, 법률에 의한 책무 부여는 많은 정부 부서가 권력을 행사함에 있어서의 합법적인 근거가 되고 있다. 2019년 1월 국무원 판공청은 「행정집행에서의 공시제도, 집행 전 과정을 기록하는 제도, 중대한 집행 결정에 대한 법제 심의제도를 전면적으로 보급하는 데에 관한 지도 의견」을 발간했다. 행정집행(行政执法)에서의 공시제도, 기록제도와 심의제도 등 '세 가지 제도'는 정부가 법에 따라 권력을 행사하는 것을 추진하기로 결심한 중요한 제도적 보장이 되었다. 이와 함께 각종 신용 불량자에 대한 징계제도, 행정 재심의제도, 행정 소송제도 등이 잇따라 보완되어 법에 따라 국가권력을 행사하는 체계가 더욱 건전해졌으며, 법이 있으면 반드시 따라야 하고, 법 집행은 반드시 엄격해야 하며, 법을 어기면 반드시 추궁하는 것이 자각할 수 있도록 했고, 일상화 되게 하였으며, 법치적 사고와 법률관념은 공무원들이 문제를 생각하고 해결하는데 있어서의 필수적인 구성부분이 되었다.

4. 인민의 만족은 정부 통치관리의 목표이다

인민의 만족은 중국정부가 실행하는 모든 업무의 출발점이자 입각점이다. 인민이 만족하는 서비스형 정부를 건설하는 것은 '중국 특색의 사회주의' 행정체제의 핵심 목표이다. 대중노선은 중국공산당의 중요한 업무방식으로, 모든 것은 대중을 위해, 모든 것은 대중에 의지하며, 대중 속에서 와서 대중 속으로 들어가는 것을 강조한다. 저장성(浙江省) 펑차오(枫桥)의 경험은 인민대중에 의해 자체 모순을 해결하는 중요한 메커니즘으로 모순을 위로 올려 보내 해결하지 않고 현지에서 해결할 것을 강조한다. 인민이 만족하는 서비스형 정부는 대중노선에 당연히 포함돼야 하는 것으로서 인민을 위해 봉사하고 인민에게 책임지며, 인민의 감독을 받을 것을 요구한다. 비록 정부의 업무에 대한 평가에는 과학적, 규범화, 체계화, 완비화, 고효율 등 많은 기준들이 있지만, 인민의 만족은 정부의 업무를 평가함에 있어서의 최우선의 기준이다. 인민의 만족 여부, 인민의 획득감 유무, 인민의 안전감 유무는 정부의 각종 사업에 대한 최종 검증의 준칙이 되어야 한다.

인민의 만족은 추상적인 것이 아니라 구체적인 것으로, 민생사업에서 직접적으로 나타난다. 중국공산당 제19차 전국대표대회 보고에서는 "자녀 양육, 교육, 고용, 의료 서비스, 노인 부양, 주거, 및 사회 취약 층 지원을 보장해야 한다(幼有所育、学有所教、劳有所得、病有所医、老有所养、住有所居、弱有所扶)"고 했다. 이런 것들은 인민을 위해 봉사하는 구체적인 내용일 뿐만 아니라, 인민의 획득감, 만족감과 행복감에 직접적으로 영향을 주는 요소이다. 민생사업을 제대로

하지 못하면 인민은 정부의 업무에 만족할 수 없다. 이 때문에 공공서
비스는 현재 정부직능의 중요한 내용이 되었으며, 공공서비스는 모두
민생사업과 연결되어 있다. 공공서비스는 정부업무의 중점이 되었다.
이는 또 정부가 경제형 정부로부터 서비스형 정부로 전환함에 있어서
의 중요한 조치이다.

　민생사업과 공공서비스의 법치화, 규범화, 기준화, 정밀화를 위해,
중국은 일련의 제도 탐구에 나섰다. 이러한 노력에서 가장 중요한 것
은 국무원에서 공공서비스 '13·5' 계획을 제정하고, 공공서비스의
균등화, 기준화 등 제도적 배치를 함으로써 민생업무를 위해 제도보
장 체계를 구축한 것이다. 공공서비스의 법치화, 규범화, 기준화, 정
밀화 등은 중국정부 민생사업의 중요한 개혁목표이다. 과학적이고 합
리적인 공공서비스 기준을 수립함으로써 공공서비스의 질과 수준을
향상시키고, 인민이 진정으로 획득감을 느끼게 하는 것이다. 현재 각
지방에서는 공공서비스 리스트 제도가 활성화되고 있다. 정부가 대중
에게 제공하는 서비스는 리스트 방식으로 나타나고, 대중은 공공서비
스를 획득할 수 있는 더경(途經)과 방식을 더욱 잘 알게 되었다.

　인민의 만족은 수동적으로 서비스를 받는 것일 뿐만 아니라, 더욱
이는 능동적으로 행정사무에 참여함으로써 인민이 통치관리의 중요
한 주체가 되는 것이다. 이는 인민의 만족을 실현하는 방식이자 또한
정부 통치관리의 요지이기도 하다. 인민을 중심으로 하는 정부 통치
관리 체계를 구축하고, 국가 통치관리 각 분야 단계에서의 인민의 참
여 지위를 부각시키며 정부와 인민의 공동 통치관리를 강조하는 것이
미래 정부 통치관리 개혁의 방향이 될 것이다. 현재 정부는 의견수렴
제도, 공시제도, 상호작용제도, 합작생산제도, 합작통치관리제도 등
일련의 제도를 통해 공민을 정부 통치관리의 다양한 장면 속에 융합

시킴으로써, 인민이 정부 통치관리에 참여하는 과정에서 만족도를 향상시키고 있다. 수도의 경우 12345 시민서비스 핫라인을 활성화해 인민이 이 초대형도시의 통치관리에 참여하는 조치를 모색하고 있다. 2019년 이래 총 205만 건이나 되는 대중의 걱정거리를 취급했고, 대중의 요구에 대한 응답률이 100%에 도달했다. 대중의 요구를 해결한 비율은 1월의 53.09%에서 10월의 74.36%로 향상되었고, 요구 사항에 대한 만족 비율은 64.61%에서 85.39%로 향상되어 만족 비율이 해결 비율을 초과하는 현상이 나타났다.

인민을 만족시키려면 또 평가하는 권한을 인민에게 돌려주어 인민이 정부의 각종 업무의 최종 평가자로 되도록 해야 한다. 각급 정부는 인민의 만족도와 인민중심의 성격을 부각시키기 위해 보통 정부의 실적평가에 인민의 만족도의 주관적 평가를 도입해, 인민이 직접 느끼는 정부업무에 대한 체감도를 파악한다. 일부 지방에서는 만족도 조사를 더욱 과학적으로 하기 위해 심지어 표본조사, 전화조사 등 과학적 방법으로 민중이 정부업무에 대한 진실한 평가를 확보하여 이러한 평가를 통해 정부업무를 개선한다. 이처럼 정부업무에 대한 국민의 평가는 정부의 시정(施政) 효과에 대한 평가이기도 하지만, 정부의 추가 개선작업의 방식이자 방법이 되기도 한다.

직책은 법률로 규정하고, 국가권력은 법에 따라 행사하며, 인민이 만족하는 정부를 건설하는 것은 하나의 유기적인 통일체이다. 이것은 또 과학적이고, 규범화되고, 효율적인 정부의 통치관리 체계를 구축하는 중요한 구성 요건이기도 하다. 직책을 명확하게 한다는 것은 주로 정부가 무엇을 하고, 무엇을 하지 말아야 하는가에 대해 규정하는 것이며, 서로 다른 급별의 정부와 부서가 무엇을 하는가 하는 직능의 획정과 직책 전환의 범주에 속하는 것이다. 법에 따라 국가권력을 행사한다는 것은 정부가 권력을 행사할 때 근거로 삼는 기준이며, 권력을 제도의 우리 안에 가두는 중요한 보장이다. 인민의 만족은 정부의 모든 업무를 평가하는 최종 기준이며, 또한 중국공산당과 국가의 모든 업무의 출발점이자, 정부 통치관리에서의 궁극적인 가치 요구이다. 우리는 '중국 특색의 사회주의' 행정체제를 구축하고, 행정제도의 체계를 완비함으로써 정부 통치관리의 과학화, 민주화, 법치화의 수준도 갈수록 높아지고, 궁극적으로 인민이 만족하는 서비스형 정부를 건설해 낼 수 있을 것으로 믿는다.

제4장 국가경제 통치관리 체계와 통치관리 능력의 현대화에 관한 몇 가지 문제

쉬광젠(许光建)

　　중국공산당 제19기 중앙위원회 제4차 전체회의에서 채택된 「'중국 특색의 사회주의' 제도를 견지·보완하고 국가 통치관리 체계와 통치관리 능력의 현대화를 추진하는 데에 관한 약간의 중대한 문제에 있어서의 중국공산당 중앙위원회의 결정(이하 「결정」으로 약칭함)」은 어떻게 경제 통치관리 체계와 통치관리 능력의 현대화를 견지하고 보완할 것인가에 대해 전면적이고 체계적인 배치를 하였으며, 이론적으로 중대한 혁신이 있었다. 이 글은 국가경제 통치관리 차원에서 이와 관련된 몇 가지 주요 문제에 대해 해독하고자 한다.

1. 국가경제 통치관리 체계와 통치관리 능력의 현대화에 대한 체계적 논술

「결정」에서 경제 통치관리 체계와 통치관리 능력의 현대화에 대한 논술은 주로 제6부분 "사회주의 기본 경제제도를 견지하고 보완하여 경제의 고품질 발전을 추진하자"에서 집중적으로 나타난다. 아울러

「결정」은 다른 부분에서도 경제발전과 경제 통치관리와 관련된 체제 메커니즘에 대해 깊이 있게 논술하였다. 제5부준 " '중국 특색의 사회주의' 행정체제를 견지 · 보완하고, 직책이 명확하고, 법에 따라 국가 권력을 행사하는 정부의 통치관리 체계를 구축해야 한다." 의 "정부의 직책체계를 최적화해야 한다." 에서 정부와 시장의 관계를 정리하고, 경영환경을 개선하며, 각종 시장 주체의 활력을 불러일으키고, 거시적 조정제도 체계를 건전하게 하고, 예산제도를 완비하며, 중앙은행 제도를 구축하는 등 정부의 경제조정과 시장 감독통치관리 제도를 완비하는 등 중요한 과제를 제시했다. 제8부분의 "도농을 총괄하는 민생보장제도를 견지하고 보완하여 날로 늘어가는 인민의 아름다운 생활에 대한 수요를 충족시키자" 에서는 고용촉진 메커니즘을 건전하게 하고, 고용 우선 정책의 실시 등에 대해 중요하고도 구체적인 과제를 제시했다. 제10부분의 "생태문명제도의 체계를 견지하고 보완하여 인간과 자연이 조화롭게 상생하도록 하자" 의 "가장 엄격한 생태환경 보호제도를 실행해야 한다" 에서는 "주체 기능 구역 제도를 보완하고, 녹색생산과 소비의 법률제도와 정책 가이드를 보완하여 녹색금융을 발전시켜야 한다." 고 제시했다. 제12부분의 "일국양제 제도의 체계를 견지하고 보완하여 조국의 평화통일을 추진하자" 에서는 홍콩 · 마카오가 국가발전의 전반적인 정세 속에 융합되어 들어가게 하고, 본토 우위와 상호 보완하며, 협동 발전하는 메커니즘을 완비하여 홍콩 · 마카오가 경제를 발전시키고 민생을 개선하도록 하며, 양안의 교류와 협력을 추진하고 양안의 융합발전을 심화하는 등 경제방면의 과제를 제시했다. 제13부분의 "독립적이고 자주적인 평화 외교정책을 견지하고 보완하여, 인류의 운명공동체 구축을 추진하자" 에서는 다자간 무역 메커니즘을 유지하고 보완하며, 개방형 세계경제건설 및 글로벌 경제의 통치관리 변혁을 추진해야 한다는 등의 중요한 과제를 제시했다. 이런 내용을 제외하고 다른 부분에서도 경제 통치관리에 대한 중요한 논술이 얼마간 있었다.

이러한 논술들로부터 우리는 경제분야에서 국가 통치관리 체계와 통치관리 능력의 현대화를 추진하는 주요 내용을 보다 포괄적으로 인식하고 파악할 수 있다. (1) 사회주의 기본 경제제도를 견지하고 보완한다. 이 방면에서「결정」은 혁신적인 개념, 새로운 이론을 제시하고, 공유제를 주체로 하고 다양한 소유제 경제가 함께 발전하는 것, 노동에 따라 분배하는 것을 주체로 하고 다양한 분배방식이 병존하는 것, 사회주의 시장경제체제 등 3대제도가 결합된 기본 경제제도를 제시했다. 이는 경제분야에서 가장 기초적인 제도인 만큼, 이 기본제도는 반드시 잘 견지하고 보완해야 한다. (2) 시장과 거시경제에 대한 정부의 조정과 통치관리 제도, 특히 거시경제 조정제도에 관련해 국가발전 계획, 재정정책, 통화정책 3대 도구와 결합된 거시경제 조정제도를 명확하게 하였으며, 또한 현대 재정제도, 현대 은행제도 등 중요한 과제도 명시했다. (3) 대외 개방과 세계경제 통치관리제도. (4) 민생보장제도, 특히 고용촉진제도, 사회보장제도 등이 있다. 그만큼「결정」의 국가경제 통치관리 체계와 통치관리 능력의 현대화에 대한 논술이 기본제도를 포함했을 뿐만 아니라, 일부 중요한 제도도 포함하여 매우 포괄적이고 체계적임을 알 수 있다.

2. 국가경제 통치관리 체계의 기초를 다져야 한다

「결정」의 중요한 이론적 혁신은 바로 사회주의 기본 경제제도가 내포하고 있는 것을 확장한 것으로, "노동에 따라 분배하는 것을 주체로 하고, 여러 가지 분배방식이 병존하는 사회주의 분배제도"와 "사회주의 시장경제 체제"를 공동으로 중국 사회주의 기본 경제체제의 중요한 내용으로 승화시켜, "공유제를 주체로 하고 다양한 소유제의 경제가 함께 발전하는 것"과 함께 사회주의 기본 경제제도를 구성하는 것이다. 이는 시진핑의 새 시대 '중국 특색의 사회주의' 경제사상의 중요한 혁신이자 발전이며, 사회주의 정치경제학 이론의 중대한 혁신이다. 「결정」의 이 혁신적인 표현은 이론적 기반이 탄탄하다. 어떠한 사회에서든지 경제제도는 주로 세 가지 방면에서 구현된다. 첫째, 소유제 구조로서 경제정책 결정의 주체를 결정하고, 소득 분배방식도 결정한다. 둘째, 소득 분배제도인데, 이 제도는 사회 생산성과를 누가 점유하고 지배하는가를 결정한다. 셋째, 자원 배분방식인데, 어떤 메커니즘을 통해 자원이나 생산요소를 분배하느냐 하는 것이다. 개혁개방 이후, 오랜 기간 동안 우리는 자원 배분방식을 체제라고 불렀는데, 소유제가 결정하는 기본적인 경제제도와 구별하기 위해서였다. 우리가 정부와 시장관계에 대한 인식이 깊어지면서 사회주의 시장경제 이론이 점차 성숙되고, 자원 배분방식은 이미 사회주의 경제제도의 불가분의 유기적 구성부분이 되었다. 소유제 구조, 소득 분배방식과 자원 배분방식은 불가분의 관계이다. 공유제를 주체로 하고 다양한 소유제 경제가 공동으로 발전하는 이런 소유제 구조는 중국 소득 분배방식의 다양화를 결정한다. 따라서 「결정」은 "공유제를 주체로 하고, 다양한 소유제 경제가 공동으로 발전하고, 노동에 따라 분배하는 것을 주체로 하고, 다양한 분배방식이 병존하며, 사회주의 제도와 시장경제를 유기적으로 결합시켜 끊임없이 사회 생산력을 해방하고 발전시키는 뚜렷한 장점을 견지해야 한다."고 명확히 제시했다. 이는 중국이 신시대 국가경제 통치관리 체계와 통치관리 능력의 현대화를 한 단계 끌어올리는 경험적 기반이기도 하다.

1) 공유제를 주체로 하고 다양한 소유제 경제가 함께 발전하는 소유제 구조를 견지한다

국유경제, 도시 집단경제와 농업의 집단조직을 포함한 공유제 경제는 신 중국 건국 70여 년간 뛰어난 공헌을 하였는데, 특히 국가안보와 국민경제 명맥에 관계되는 업종에서 대체 불가의 우월성을 발휘하였다. 국유기업 개혁이 끊임없이 추진되고 심화함에 따라, 조금도 동요하지 않고 공유제 경제를 공고히 다지고 발전시키는 것이 이미 개혁의 공방기에 접어들었기 때문에 개혁을 통해 국유기업의 효익과 활력을 한층 더 높여야 하는 것이 필요하다. 특히 전략적 신흥 산업 등 중요한 업종과 관건적 분야의 발전에서 국유경제의 중대한 역할을 흔들림 없이 발휘해야 한다.

비공유제 경제는 개혁개방 이래, 작은 것으로부터 크게 발전하고 풍부해지고, 국민경제와 사회발전에 대한 역할이 끊임없이 증대되는 과정을 거쳤다. 시진핑 총서기는 2018년 11월 1일에 개최된 민영기업 간담회에서 "민영경제는 중국 경제제도의 내적 요소이고, 민영기업과 민영기업가는 우리 사람이다. 민영경제는 사회주의 시장경제가 발전한 중요한 성과이며, 또한 사회주의 시장경제의 발전을 추진하는 중요한 역량이며, 공급 측 구조개혁을 추진하고, 고품질의 발전을 추진하며, 현대화된 경제체계를 건설하는 중요한 주체이다. 또한 중국 공산당이 장기간의 집권과 전국 인민을 이끌어 '2개 100년' 분투 목표와 중화민족의 위대한 부흥인 '중국의 꿈'을 실현하는 중요한 역량이다"라고 강조했다. 이 연설은 비공유제 경제의 지위와 역할을 충분히 인정한 것으로, 사회주의 기본 경제제도를 정확하게 인식하는 데 매우 중요한 의미를 가진다.

농촌의 기본 경영제도를 견지하는 것은 중국공산당의 3농정책의 초

석이자 농촌 진흥의 제도적 토대이다. 이 제도의 핵심 내용은 세 가지
이다. 첫째, 농촌 토지에 대한 농민의 집단소유를 견지하는 것은 농촌
의 기본 경영제도를 견지하는 기초이다. 둘째, 가정경영의 기초적인
지위를 견지한다. 즉 농민가정은 집단 토지 도급경영의 법정 주체이
며, 이는 농민 토지 도급경영권의 근본이자 농촌의 기본 경영제도의
기초이다. 토지 도급관계를 안정시키는 것을 견지하는 것은 농민의
토지 도급 경영권을 보호하는 열쇠이다. 현재 상황에서 주요 임무는
두 가지가 있다. 하나는 농촌의 재산권 제도개혁을 심화시키는 것이
고, 다른 하나는 농촌의 집단경제를 발전시키는 것이다. 중국공산당
제18차 전국대표대회 이래 시진핑 총서기는 줄곧 농촌 재산권 제도개
혁을 매우 중시해 왔다. 그는 2013년에 개최된 중앙농촌공작회의에서
"농촌 토지 집단소유제의 효과적인 실현 형태를 끊임없이 모색하고,
집단소유권 정착, 농가 도급권의 안정, 토지 경영권의 활성화에 나서
야 한다"고 지적했다. 2014년 9월 29일에 열린 개혁 전면 심화 중앙영
도소조 제5차 회의에서 그는 "농촌의 토지 집단소유제를 견지하는 전
제에서 도급권과 경영권을 분리해 소유권·도급권·경영권의 '3권'
분리, 경영권 유전의 구도를 만들어야 한다"며 농촌 재산권 개혁의 방
향을 제시했다.

　2016년 12월 26일에 발표된 「농촌 집단재산권 제도개혁의 안정적
인 추진에 관한 중국공산당 중앙위원회·국무원의 의견(中共中央国
务院关于稳步推进农村集体产权制度改革的意见)」은 농촌 집단 재
산권 제도개혁의 안정적 추진에 대해 전면적인 배치를 하고, 개혁목
표를 명확히 했다. 이것이 바로 "귀속이 명확하고, 권력과 직능이 완
전하며, 유전이 원활하고, 보호가 엄격한 '중국 특색의 사회주의' 농
촌 집단 재산권 제도를 점차 구축하여, 농민이 농촌 집단경제 조직의

구성원으로서 합법적인 권익을 보호하고 발전시키는 것"이다. 명확한 재산권을 바탕으로 지역에 따라 적절하게 신형 농촌 집단경제를 발전시키는데, 특히 농촌에서 촌 단위 집단경제의 발전을 모색하도록 고무하며, 국가의 농촌진흥 전략계획을 추진하여 더욱 많은 농민이 더 많은 획득감, 행복감과 안전감을 가지도록 노력한다.

2) 신시대 사회주의 소득 분배제도를 완비하다

「결정」은 소득 분배제도에서 1차 분배와 재분배라는 새로운 구도를 구축했다. 우선 중국의 소득분배 체계에서 1차 분배가 차지하는 중요한 역할에 대해 논했다. 1차 분배는 주로 시장 메커니즘을 통해 이루어졌다. 즉 도시 주민과 농민공의 노임·급료는 노동력 시장의 수급과 기업의 경제적 효익의 영향을 받으며, 농민의 농업경영 소득은 농산품 판매가격 및 농산품 시장수요의 영향을 받는다. 하지만 정부는 여전히 최저임금제도 마련을 통해 저소득층의 기초생활 수요를 보호하고, 과도한 소득을 억제할 수 있다. 현재 중국의 1차 분배 소득체계는 다음과 같은 특징을 가지고 있다. (a) 정부는 행정수단, 경제수단 등을 통해 주민이 1차 소득분배에 참여할 수 있는 능력과 기회를 보장하고, 기회의 공평성을 촉진시킨다. (b) 각종 생산요소의 기여 소득은 기본적으로 시장 메커니즘을 통해 실현된다. (c) 최저임금 정책과 식량 가격 보호 정책을 통해 근로자들이 비교적 합리적인 소득수준에 도달할 수 있도록 보장한다. (d) 기술·자본 등 요소가 1차 분배에 참여하도록 하는 보장 및 감독·통치관리 제도를 점차적으로 보완한다. (e) 정부가 1차 분배에서 채택한 가격정책, 재정정책(보조금), 통화정책 등을 포함한 경제적 수단은 다양성을 가지고 있다. 하지만 1차 분배에서 기회의 불평등, 요소의 불평등 등의 원인으로 인해 1차 분배의 격차가 너무 커지게 되었으므로 여러 가지 생산요소들이 1차 분배에서 합리적인 보수를 받을 수 있도록 하는 메커니즘을 보완해야 한다. 특히 국민소득에서 노동보수의 비중을 높여야 한다.

「결정」은 생산요소 내용에서 "토지·지식·데이터" 등 생산요소의 분배 참여원칙을 명시했다. 이 원칙의 제시는 토지제도 개혁 등 새로운 정책들과 조화를 이루며, 중국 현 노동력시장의 실정에 더욱 부합된다. 우선 토지 요소 측면에서는 2019년 8월 26일 「토지통치관리법」을 개정하여 농촌 택지제도 개혁, 농촌 집단토지의 직접적인 시장진입 등 토지개혁 정책에 박차를 가했다. 이는 농민의 재산성 소득을 높이는데 도움이 되기 때문에, '토지'를 중국의 분배 요소에 포함시키는 것은 토지개혁의 발걸음과 맞물리며, 소득 분배제도 차원에서 개혁을 한층 더 추진할 수 있다. 다음으로 경제의 고품질 발전을 위해서는 기술혁신을 통한 모든 요소(全要素)의 생산성 향상을 가져오도록 해야 한다. 정보기술이 끊임없이 발전함에 따라 '지식·데이터' 등은 생산 요소로서의 역할이 점점 더 중요해지고 있다. 따라서 '지식·데이터' 등 생산요소가 빅데이터 산업, '인터넷+' 산업, 인공 지능 산업 등 첨단기술 산업의 발전을 촉진시키고, 기술수준의 끊임없는 혁신을 촉진시켜 경제의 고품질 성장을 실현하는 데 유리하다는 점을 분명히 하였다. 마지막으로 2020년 중국이 전면적인 샤오캉사회(小康社会, 국민 생활수준이 중류정도가 되는 사회) 건설목표를 달성하고, 절대빈곤 퇴치작업이 완성되고, 중등 소득 군체가 부단히 확대됨에 따라 국민소득 분배구조도 점차 '올리브형' 구조로 변화하고 있다. 중등 소득 군체는 주로 지식·기술 등 생산 요소에 의존하기 때문에 "시장이 지식·데이터 등 생산 요소의 기여를 평가하고, 기여에 따라 보수를 결정하는 메커니즘을 완비하는 것"을 명확히 하게 되면 중등 소득 군체의 확대에도 유리하다.

「결정」의 혁신적 포인트 중 하나는 소득 분배에서 '3차 분배'의 중요한 역할을 명확히 한 것이다. 정부가 세수 · 사회보장 · 재정 이전지급을 통해 하는 재분배 외에도, 기업과 사회조직이 재분배 단계에서 발휘하는 역할도 갈수록 커지고 있다. 따라서 소득분배에서 사회조직과 기업이 주체가 되는 자선사업의 역할을 중시해야 한다. 이것이 이른바 '3차 분배'이다. 현재 3차 분배의 형식은 기업 · 개인 · 사회조직이 하고 있는 공익성 병원 · 학교 · 양로 서비스 등 사업을 포함한 자선기부이다. 현재 중국 자선단체의 모금 능력은 상대적으로 약하다. 3차 분배에 참여하는 주체는 여전히 기업이고, 개인 독지가의 사회 기부비율이 높지 않다. 자선 기부는 주로 교육 · 의료 보건 · 빈곤 구제 등 분야에 집중된다. 3차 분배는 도덕적 힘과 세제 혜택만으로 인센티브를 주기 때문에 아직도 매우 큰 확장 공간이 있다.[1]

3) 사회주의 시장경제 체제를 완비하다

사회주의 시장경제 체제를 완비하려면 정부와 시장의 관계를 더욱 잘 처리해야 하며, 경제조정에서 정부와 시장의 관계를 명확히 해야 한다.

첫째, 경쟁제도를 완비함에 있어서, 「결정」은 시장 진입과 퇴출, 반독점과 반 부당경쟁 강화 두 가지 측면에서 공정한 경쟁을 추진하고, 기업의 우열승패를 추진하며, 자원의 합리적인 배치를 추진할 것에 대해 명확히 요구했다.

둘째, 재산권 제도방면에서는 재산권 제도를 보완함으로써 시장주체의 거래비용을 효과적으로 낮추었다. 이는 시장경제의 중요한 초석

---

1. 祝洪娇, 「促進第三次分配以縮小收入分配差距」, 『當代經濟統治管理』, 2018, 4(7).

이다. 그러나 현재 지적재산권 보호에 있어서 저작권 침해 불법복제가 빈번히 발생하고, 저작권 침해 보상 기준이 낮으며, 과학기술 혁신 성과의 이전율(기술 이전율)이 높지 않은 문제가 존재하고 있다. 이는 중국 과학기술 혁신과 경제의 고품질 발전을 저해하고 있다. 반드시 중국의 기본 국정에 입각하여 지적재산권 제도설계를 보완하고, 지적재산권의 국제규칙에 대한 연구를 강화하며, 대학 등 연구기구와 기업·지적재산권 서비스기구 등의 혁신성과 이전·인큐베이팅 루트를 완비하고, 지적재산권 담보융자 등의 정책을 전개하여, 지식이 중요한 생산요소의 하나로서 시장의 활력을 불러일으키도록 해야 한다.

셋째, 과학기술 혁신 체제 메커니즘을 완비하는 방면에서 「결정」은 여러 곳에서 "혁신형 국가 건설을 가속화 시켜야 하고, 기초연구에 대한 투자를 늘리고, 핵심기술 연구를 강화해야 한다"고 언급했다. 중국 공산당 제19차 전국대표대회 보고에서는 '혁신은 발전을 이끄는 제1의 동력이고, 현대화된 경제시스템을 구축하는 전략적 뒷받침'이라고 했다. 경제의 고품질 발전은 반드시 기술혁신의 돌파에 의존해야 하고, 반드시 재정과 기업의 과학기술에 대한 투입 및 고차원 인재의 양성과 교육에 대한 투입을 확대해야 한다. 정부는 과학기술에 대한 재정 투입을 끊임없이 강화하는 한편 연구자금의 성과에 대한 통치관리를 강화해 자금운용의 효율성을 높여야 한다.

넷째, 도농 지역의 조화로운 발전을 추진함에 있어서는 전 성(省)(省域) 차원의 지역 발전 조정 네트워크를 구축해야 한다.

신시대의 경제 발전 과정에서, 지역의 조화로운 발전을 위해 재정정책과 산업정책 등 거시적 패키지 정책을 건전하게 하고, 도시군 등 '구역 공동체' 구축과 맞춤형 지원(对口帮扶) 메커니즘을 통해 선진지역의 기술진보, 제도혁신 등이 저개발 지역에 전달될 수 있도록 하

며, 선진 성(省)이 저개발 성(省)에 대한 소득분배에서의 복사(輻射)·
견인작용을 강화해 지역 간의 조화로운 발전을 추진해야 한다. 그 외
지역 간 연결성 인프라 건설을 강화하는 것은 생산요소가 충분히 유
동하는데 도움이 된다. 지방정부의 경우, 중서부 지역은 자신의 발전
우위를 찾고, 자발적으로 선진지역과의 전략적 협력을 추구하며, 선
진지역의 혁신적 제도를 도입하고, 지역 내 산업구조를 고도화해, 선
진지역과의 소득 격차를 줄여야 한다.

3. 국가의 경제에 대한 통치관리 능력을 향상시켜야 한다

거시적인 조정능력을 끊임없이 증강하는 것은 중국경제가 고품질
발전을 실현하는 중요한 뒷받침이다. 중국의 사회주의제도는 시종 국
가계획과 전략이라는 중장기 계획의 방식을 통해 국민경제 건설, 사
회발전의 목표 및 방향을 명확하게 제정하고 중국 시장주체의 자원
배치와 생산건설을 유도한다. 신시대, 국가 통치관리 체계와 통치관
리 능력을 견지하고 보완하려면 국가계획과 전략이 중국경제 발전에
대한 지도 역할을 계속 발휘해야 하며, 나아가 국가계획과 전략이 재
정정책·통화정책 등 거시 조정정책 사이의 논리관계를 합리적으로
조정해야 한다.

1) 국가계획과 전략제정을 완비해야

첫째, 국가계획과 전략은 시종 중국의 경제발전을 촉진하는 중요한
수단이며, 또한 "전국을 전반적으로 고려하는 것을 견지하고
(堅持全國一盤棋), 각 측의 적극성을 동원하여, 힘을 모아 큰일을 하
는 뚜렷한 장점"을 실현하는 중요한 루트이다. 신 중국 건국 이래 중

국은 1953년에 첫 번째 국민경제 발전 '5개년 계획' 을 작성하기 시작했으며, 이는 중국 공업화의 기반을 마련하는 데 대체 불가능한 역할을 하였다. 개혁·개방 이후, 사회주의 시장경제 체제가 확립되면서, '11·5'(2006 ~ 2010년)에 이르러 처음으로 '5개년 계획' 을 '5개년 계획' 으로 바꾸고, 경제·사회 발전의 주요 지표를 기대성 지표와 구속성(約束性) 지표로 나누었다. 2005년 국무원은 「국민경제와 사회 발전 계획 작성사업을 강화하는 데에 관한 약간의 의견(关于加强国民经济和社会发展规划编制工作的若干意见)」을 발표하여, 중국 계획 통치관리 체계를 '3등급·3종류' 로 나누었다. 즉 행정차원에 따라 국가급·성(구·시)급·현급으로 나누어 총체적 계획, 특별 계획과 지역 계획으로 나누었다. '5개년 계획' 을 핵심으로 하는 국가계획과 전략을 통치관리 목표의 일종으로 하여 당의 영도 아래 경제수단, 정치수단, 법률수단, 계획수단을 종합적으로 운용하여 거시적 경제조정에 방향을 제시하는 것이다. 둘째, 국가계획과 전략은 사실상 '전망적 가이드라인' 의 역할을 한다. 다음 단계의 재정지출 투입 중점 분야, 세제혜택 업종, 금리정책 방향 등 정책 가드이라인을 명확히 함으로써 시장 주체의 요소 투입을 지도하는 것이다. 셋째, 국가계획과 전략은 '프로젝트제(項目制)'를 통해 역량을 집중하여 큰일을 하는 제도적 우위를 발휘할 수 있다. 중앙과 지방은 재정 지출, 중앙이 지방에 대한 이전 지급 등을 통해 대량의 자금을 충분히 통합시키고 시급히 중점적으로 발전시켜야 하는 지역과 업계에 투입할 수 있다. 넷째, '3등급·3종류' 국가계획과 전략은 도시와 농촌의 발전과 지역발전을 조율하고, 지역 간 발전의 격차를 좁히는데 유리하다. 국가계획과 전략의 작성과 실시과정에서 중국은 '제10차 5개년 계획' 기간에 처음으로 중간평가 제도를 도입했고, '제13차 5개년' 계획 ' 기간에는 연간 모니터링 제도를 도입하기 시작했는데, 이는 현실에 맞게 '5개년 계획'에 대해 신속하게 동태적인 조정을 하는 데 유리하다.

그러나 현재 '5개년 계획'의 목표 평가 메커니즘이 완비되지 못했기 때문에 반드시 계획 작성, 계획 평가 등 측면에서 중대한 발전계획과 전략제도를 보완해야 한다. 그 밖에 중국의 현재 사회 · 경제발전 계획 관련 제도는 대부분이 5년을 주기로 하는 중기 계획에 속한다. 국가경제 통치관리 체계와 통치관리 능력의 현대화 요구를 실현하는 것에서 출발하여, 중국경제 발전의 단계적 특징과 경제발전 법칙을 정확하게 파악하고 장기적인 발전계획과 전략을 제정하는 능력을 한층 높여야 한다.

2) 현대의 재정제도를 수립해야

「결정」은 현대의 재정제도를 수립하려면 "정부 간 직권과 재정권 구분을 최적화하고, 권력과 책임이 명확하고, 재력이 조화롭고, 지역 간 균형이 잡힌 중앙과 지방의 재정관계를 구축해 각급 정부의 직권, 지출 책임과 재력이 일치되는 안정적인 제도를 형성해야 한다고 제시했다. 본문은 현대 재정제도에 있어서의 현대 예산에 대한 통치관리 제도, 중앙과 지방의 재정관계에 대한 설명에 중점을 두고 있다.

(1) 현대 예산 통치관리 제도를 구축하고 완비해야 한다

"기준이 과학적이고, 규범이 투명하며, 규제가 유력한 예산제도를 완비하는 것"은 예산편성제도와 예산 성과 통치관리제도에서부터 이루어져야 한다. 2014년 개정된 '예산법'은 '예산 통치관리 원칙'을 확립했지만, '예산법 시행조례' 개정이 아직 완료되지 않았으므로 속도를 내야 한다. 예산 편성 측면에서 보면,

충분한 예산편성 시간은 재정예산 과학성의 중요한 보증수표이다. 따라서 예산제도의 보완은 예산편성 기간을 합리적으로 늘려 예산 초안이 충분히 검증될 수 있도록 해야 한다. 예산의 성과 통치관리 측면에서 보면, 2003년에 중국공산당 제16기 중앙위원회 제3차 전체회의에서 "예산 성과 통치관리 평가 체계 구축"을 제기한 이래 성과 통치관리는 뚜렷한 효과를 거두었다. 하지만 지금 전면적인 예산성과 통치관리는 특성 지표, 예산 성과 통치관리 공개 등에는 문제가 있다. 따라서 「예산 성과 통치관리를 전면적으로 실시하는 데에 관한 중국공산당 중앙위원회 · 국무원의 의견」에 따라 전 방위적 · 전 과정적 · 전면적인 예산 성과 통치관리 체계를 구축하고, 예산 성과 통치관리의 상시화 · 제도화 · 규범화에 박차를 가해야 한다. 첫째, 공개적이고 투명한 예산 공표체계를 수립하고, 완벽한 피드백 메커니즘을 구축하며, 인민대표대회 · 감찰기관 · 사회공중의 예산실시에 대한 감독을 강화해야 한다. 둘째, 예산 성과 사전 평가를 강화하고, 빅데이터 등 현대 정보기술을 기반으로 '사전 - 중간 - 사후' 전 과정에 대한 평가체계를 구축해야 한다. 셋째, 롤러블(滾动) 예산 편성과 중장기 예산편성 제도를 마련하고 완비해, 거시경제 상황에 대한 과학적 예측을 바탕으로 예산집행의 전망성과 안정성을 높여야 한다.

⑵ 중앙과 지방재정의 직권과 지출책임을 합리적으로 구분해야 한다

중국공산당 제18차 전국대표대회 이래, 중국공산당과 국가는 재정 · 세무체제 개혁을 심화시키는 데에 관한 일련의 장기적인 전략적 가치를 가진 원칙과 가이드라인을 제시했다. 2013년 중국공산당 제18기 중앙위원회 제3차 전체회의에서 "직권과 지출 책임이 일치되는 제도를 구축하자"고 지적하면서 중앙과 지방 재정의 직권과 지출 책임 구분제 개혁의 새 서막을 열었다. 2014 년에 발표된 「재정·세무체제 개혁 심화의 총체적 방안」은 중앙과 지방정부 간 재정관계가 재정·세무체제 개혁의 중점임을 명확히 했다. 2016년 국무원은 『중앙과 지방재정 직권과 지출책임 구분 개혁을 추진하는 데에 관한 지도 의견』을 발간했다. 2017 년 3월 국무원은 「'제13차 5개년' 계획 기간 기본 공공서비스 균등화 추진 계획」을 발표하여 중국 기본 공공서비스 분야에서의 중앙과 지방재정에 대한 직권과 지출책임을 명확히 구분했다. 2017년 10월 중국공산당 제19차 전국대표대회 보고에서는 "현대화 재정제도의 구축을 가속화하고, 권력과 책임이 명확하며, 재력이 조화롭고, 지역균형이 잡힌 중앙과 지방의 재정관계를 수립해야 한다."고 제기했다. 이후 중앙과 지방재정의 직권과 지출책임 구분이 교육·과학기술·교통 등 다양한 분야에서 지속적으로 추진되면서 뚜렷한 진전을 이르었다.

중앙과 지방재정의 직권과 지출 책임을 더욱 합리적으로 구분하려면 다음 두 가지 측면에서 지속적으로 추진해야 한다. 먼저 지방의 주체 세종(稅種)을 확립해 지방정부의 채무규모를 통제해야 한다. 「영업세의 부가가치세 전환 개혁」이 전면적으로 완성된 후, 지방정부의 세수 수입이 현저하게 감소되었으므로 점차적으로 지방 주체 세종(稅種)을 형성하여 지방재정 수입의 안정성과 지속 가능성을 보장해야 한다. 둘째, 이전 지급 관련 제도를 보완하는 일에 서둘러서 이전 지급의 제도화와 규범화를 이뤄야 한다. 과학적이고 실행 가능한 이전 지급제도를 통해 지

역 간 재력 불균형을 확실하게 균형 잡고, 지역 간 발전을 조율해
야 한다.

3) 중앙은행 제도를 수립하고 통화정책의 제도개혁을 가속화 해야 한다

(1) 현대적 중앙은행제도를 수립해야 한다.

「결정」은 중앙은행제도를 수립하는 것은 금융조정제도 개혁
에 대한 혁신적 가치가 크다고 제기했다. 현대 중앙은행 제도를
수립하려면 중앙은행이 금융시스템을 안정시키는 역할을 발휘
해야 하며, 거시적이고 신중한 통치관리정책을 지속적으로 완비
하여 체계적인 금융 리스크가 발생하지 않도록 해야 한다. 첫째,
중앙은행은 발행은행으로서 디지털금융 시대라는 배경을 고려
해 디지털 화폐 관련 발행제도를 조속히 모색하고, 동시에 위안
화의 역외 유통 관련 제도의 구축을 강화해야 한다. 둘째, '은행
의 은행'으로서 중앙은행은 거시적이고 신중한 통치관리를 더
욱 강화하고 금융시스템을 안정시키는 역할을 발휘토록 해야 한
다. 중국공산당 제19차 대표대회 보고에서는 "통화 정책과 거시
적 신중 정책이라는 투톱 컨트롤 프레임을 건전하게 해야 한다"
고 명확히 발표했다. 중앙은행은 금융혁신이 금융시스템에 미치
는 시스템 리스크를 합리적으로 통제할 수 있도록 규제수단을
더욱 풍부하게 하고, 규제조율을 강화해야 한다. 셋째, 중앙은행
은 '정부의 은행'으로서 통화정책과 재정정책, 산업정책 등 정
책이 조화를 이루도록 해 위안화 가치를 안정시키고 이를 통해
경제성장을 촉진한다는 통화정책 목표를 실현해야 한다.

(2) 기축통화 투하 메커니즘을 완비해야 한다.

기축통화 투하 메커니즘을 완비하는 것은 중국 금융시스템 개혁의 중요한 내용이며, 또한 국가경제 통치관리 체계와 통치관리 능력을 높이는 중요한 조치이다. 첫째, 기축통화 투하를 조정하려면 통화의 증가속도와 산출의 증가속도를 맞춰야 한다. 총통화(M2)(广义货币) 잔액의 증가속도와 명목 GDP의 증가속도를 조정하여 합리적 구간에 놓이게 하는 열쇠는 기축통화의 투하규모를 조정하는 것이다. 중앙은행은 총통화(M2) 잔액의 증가속도와 명목 GDP의 증가속도에 대한 '복도(複道, 통로)' 규칙을 설정해 통화량을 조정할 수 있으며, 더 나아가 총통화(M2) 잔액의 증가속도를 고정시키는 방식을 통해 총통화(M2) 잔액의 증가 속도와 명목 GDP의 증가속도를 시종 합리적인 조정범위에서 유지할 수 있다.[1]

둘째, 2008년 국제금융위기 이후, 국내 통화정책의 도구는 구조적으로 많은 혁신을 거듭했다. 앞으로 기축통화 투하 메커니즘을 완비하여, 기축통화 투하의 조작기한을 계속 합리적으로 연장하여 기축통화 투하의 안정성과 장기성을 높이고 기축통화 투하의 원가를 낮추어 금융기관 및 기업의 융자원가를 낮추어 실물경제의 유동성이 강하지 않은 문제를 확실히 해결해야 한다.

(3) 기준 금리와 시장화 금리체계를 완비해야 한다.

중국의 통화정책이 수량형에서 가격형으로 바뀌면서 예금·대출금리는 더 이상 기준 금리로서 적합하지 않게 되었다. 또한 중국은 단기 금리 전달 메커니즘이 비교적 원활하고, 국제적으

---

1. 许坤 等. 「货币余额增速与经济增长的合理区间研究: 基于GDP、
    CPI与M2的门限 向量自回归分析」, 『价格理论与实践』, 2020(1).

로 많은 나라들이 콜금리를 기준금리로 한 금리 시장개혁 경험을 참고하여, 시보(Shibor, 은행별 정보공개 제공) 등을 통해 단기 금리를 기본 금리로 육성해 시장에 대한 전망을 이끌어낼 수 있다. 이와 함께 통화정책의 투명성 제고와 효율적인 소통 강화를 통해, 중앙은행 정책 금리체계의 선도 기능을 강화하고, 금리 시장의 전망을 유도해 통화정책의 실효성을 높일 수가 있다.

금리의 시장화 개혁을 심화시키고, 금리의 전달 메커니즘을 완화하고, 대출 금리의 '투 트랙 통합'을 가속화해야 한다. 단기 금리의 중장기 금리로의 전달 메커니즘을 원활하게 하려면, 금융시장 간의 융합을 추진하고, 신용대출시장, 채권시장 등 금융시장 체계를 끊임없이 완비하고, 은행기관의 자산단, 부채단과 통화시장, 채권시장의 연계를 강화해야 한다. 특히 시중은행들이 금융채 발행, 같은 업체에 대한 예금과 대출 등 직권 품목을 통해 부채구조를 최적화하고, 채권시장의 금리변화에 대한 민감성을 높일 수 있도록 적극 지원해야 한다. LPR 견적 메커니즘의 안정적인 정착을 보장하고 LPR과 연계된 관련 채권 품목을 혁신하며, LPR 파생 거래를 활성화해, LPR의 시장 위상과 시장화 정도를 높여야 한다. ETF 품목을 풍부하게 하고, 과학혁신판 개혁을 추진해, 주식시장의 활력과 건강도를 보장해야 한다.

금융서비스업은 개방이 경쟁을 촉진시키고, 개혁을 촉진시킬 수 있도록 개방을 더욱 확대해야 한다. 금융시장의 개방은 자본항목의 교환 가능성 및 인민폐 환율 형성 메커니즘 등 분야의 시장화 개혁을 질서 있게 추진하고, 서로 협력하고 조화롭게 추진하며, 지분 비율, 설립 형태, 주주 자질, 업무 범위, 허가증, 수량 등에서 중·외자 금융기관에 동등한 대우와 동일한 감독 기준을

부여해야 한다. 국제기준에 따라 채권시장, 주식시장, 금융 파생
제품 시장의 대외개방을 지속적으로 추진하고, 다국적 투자·융
자 루트와 경로를 확대하며, 이와 관련한 제도적 배치를 보완해
야 한다.

4. 세계 경제 통치관리 체계 구축에 참여해야 한다

국제환경이 불안정하고 불확실한 요소가 뚜렷하게 증가하며, 외부
유입성 리스크가 상승하고, 특히 중미 경제무역 분쟁이 끊임없이 심
화되는 큰 배경 하에서 대외개방을 더욱 확대하는 것은 중국경제와
사회발전에 매우 중요한 의의를 가지고 있다. 2018년 초 이후 발생한
중미 경제무역 분쟁이 중국의 대외무역 발전에 가져온 어려움이 점차
가시화되고 있으며, 수출입의 원활한 발전에 부정적인 영향을 미치고
있다. 이러한 배경 아래, 대외무역의 안정적인 성장을 위해 노력해야
하며, 적극적인 조치를 취하여 해외시장을 확장하고 수출시장을 다변
화해야 하며, 제품의 품질과 서비스 수준을 높여 중국제품의 국제시
장 경쟁력을 높여야 한다. 동시에 대외무역의 질을 적극적으로 높여
야 한다. 첫째, 서비스 무역의 혁신적인 발전을 중시하고, 중국 대외
무역 구조를 개선하며, 서비스 무역제품의 경쟁력을 높이는 데 힘써
야 한다. 둘째, 가공무역의 구조전환과 업그레이드를 유도하며, 무역
구조를 최적화해야 한다.

그 외에 수입구조 최적화를 통해 수입을 적극적으로 확대해야 한
다. 현재의 적극적인 수입확대는 소비재나 기초 원자재 등의 수입규
모를 확대하기 위해서만이 아니라, 수입구조 최적화를 통해 국내 첨
단기술 산업의 성장을 지원하고, 국내 기술서비스 수준과 과학기술
연구개발 능력을 향상시키기 위해서이다. 외자유치의 질을 중시하고,

외자이용을 장려하는 정책을 잘 실시해 제도적으로 행정거래 비용을 제거하고, 외자기업이 국내에서 공평·공정하고 합법적으로 경쟁하는 경영활동을 보호하며, 외자기업의 국내발전을 지원하여 중국이 글로벌 산업의 가치사슬에서 중·고급 영역으로 이전하도록 촉진함으로써 국제적 분업과 산업사슬에 더 잘 통합되도록 해야 한다.

통치관리 체계의 완비와 통치관리 능력향상의 관점에서 볼 때, 우리는 국제경제 통치관리 규칙의 제정과 보완에 적극 참여해야 하며, 경제의 세계화를 유지하고 추진하는 과정에서 더욱 큰 역할을 해야 하며, 글로벌 경제 통치관리에 건설적으로 참여하고, 세계경제와 무역성장을 촉진케 하는 엔진역할을 계속 발휘해야 한다.

5. 민생의 보장수준을 높여야 한다

사회보장 방면에서 중국은 현재 사회보험, 사회구조, 사회복지, 우대·무휼제도를 위주로 도시와 농촌주민을 포괄하는 다층적인 사회보장 체계가 기본적으로 형성되었다. 사회보험제도는 사회보장제도의 핵심 내용이자 소득분배의 격차를 줄이는 중요한 수단이지만 아직도 문제가 있다. 예를 들어, 양로보장에 있어서 중국 도시와 농촌주민의 기본 양로보험제도의 보장수준이 높지 못하며, 근로자 기본 양로보험 수준보다 훨씬 낮다. 도시와 농촌 기본 양로보험에서 서로 다른 성·시정부가 책정한 납부기준과 기본 양로금의 기준은 차이가 매우 크며, 따라서 기본 양로보험은 지역 간 차이가 지나치게 크다. 실업보험을 보면 중국은 현재 도시근로자 실업보험 가입률이 55%를 밑돌고 있지만, 실업보험 수익률도 최근 몇 년간 크게 떨어져 실업보험의 재분배 효과가 크게 떨어지고 있다. 중국의 실업보험 가입률과 수익률이 모두 낮은 이유는 주로 농민공 등 고실업 위험군의 보험 가입률이 낮고 공기업 및 사업기관 근로자 등 저실업 위험군의 보험 가입률이 높으며, 실업보험 처우 신청 요건이 높기 때문이다. 이런 문제들은 소득분배를 조정하는 사회보험제도의 역할이 더 강화돼야 함을 보여 준다.

기본 공공서비스의 균등화와 접근성 면에서 성과가 뚜렷하지만 도전에 직면해 있다. 2006년 10월「사회주의 조화로운 사회를 구축하는 데에 관한 중국공산당 중앙위원회의 약간의 중대한 문제에 대한 결정 (中共中央关于构建社会主义和谐社会若干重大问题的决定)」은 "기본 공공서비스의 균등화"를 처음으로 명시했고, "공공 재정제도를 완비해 기본 공공서비스의 균등화를 점진적으로 실현할 것'을 주문했다. 2019년 11월의「결정」에서는 "공공서비스 체계를 완비하고, 기본 공공서비스의 균등화와 접근성을 추진하자"고 제안했다. 이로부터 기본 공공서비스의 균등화와 접근성은 국가경제 통치관리 체계에서 상당한 분량을 가지고 있음을 알 수 있다. 각급 정부는 모두 공공서비스 체계를 완비하고, 기본 공공서비스의 균등화와 접근성을 추진하는 것을 정부의 중요한 직책과 임무의 하나로 삼아야 한다. 공공서비스 제공에 있어서, 중앙정부와 지방정부 간의 직책 구분제도와 메커니즘을 건전하게 하고 보완해야 한다. 중앙정부는 필요한 전국적, 다 지역에서의 기본 공공서비스를 제공하고, 나아가 기본 공공서비스의 기준 제정, 품질 평가 및 규범화와 합리적인 재정 이전지급 등의 임무를 잘 수행해야 한다. 지방정부는 기본 공공서비스 제공에 있어서 더 많은 책임을 져야 한다. 지방정부의 실적 평가 체계를 정비하는 과정에서 기본 공공서비스의 균등화와 접근성 실현 정도를 더 많이 고려해야 한다. 기본 공공서비스의 균등화와 접근성을 실현하기 위해서는 관념의 전환, 입법 추진, 정부 포지셔닝의 명확화, 사회조직의 육성, 재정보장의 완비 등 측면에서 손을 써야 하며, 동시에 선진국의 성숙된 경험을 적극 참고하고, 중국의 국정과 긴밀히 결합하며, 중앙과 지방정부의 관계를 정확히 처리하고, 중국의 경제·사회 발전단계에 적합한 민생보장 제도를 수립해야 한다.

제 5 장

중국 국가 통치관리 배경 하의 재정체제 개혁

쑨위둥(孙玉栋)

신 중국 건국 70여 년 동안 중국 재정·세무 체제의 변천은 크게 세 단계로 나눌 수가 있다. 즉 신 중국 건국 시점부터 일률적으로 출납하고(统收统支), 제1차 5개년 계획시기 이후의 통일적 영도, 등급별 통치관리가 첫 단계이다. 이를 '일어서는(站起来)' 시기라고 할 수 있다. 두 번째 단계는 1980년대 초에 실시된 도급제에서 1994년 후에 시행되었던 분세제(分税制, 국세와 지방세를 분리하는 세금제도)의 개혁과 완비인데, 이를 '부유해지는(富起来)' 시기라고 말할 수 있다. 중국공산당 제18기 중앙위원회 제3차 전체회의의 개최로부터 현대 재정제도 수립까지를 세 번째 단계로 볼 수 있는데 이 단계는 '강해지는(强起来)' 시기로 귀납할 수 있다. 이 세 단계를 체제의 변화과정으로 본다면, 중국만의 독특한 재정체제의 발전경로와 궤적을 분명히 알 수 있다.

1. '일어서는(站起来)' 시기의 재정체제

신 중국 건국 초기, 당시 사회주의 계획경제 시대에 본격적으로 돌입했지만, 주요 모순은 공급이 심각하게 부족한 것이었다. 따라서 필연적으로 전반적 견지에서 전국을 통일적으로 통치관리(全国一盘棋)하는 전략을 선택하게 되었다. 재정·세무 체제에서 수입을 일괄적으로 중앙에 상납하고 지출을 중앙에서 일관적으로 배정했다. 이는 재정활동 전체를 중앙에서 통일적으로 계획하였으므로 지방의 권력이 상대적으로 매우 작았다. 또한 체제 운영에 있어서도 수입과 지출의 상해(上解, supersolution) 혹은 이체 지급(拨付) 비율을 1년에 한 번 정하는 동태적 조정 책략을 취했다. 이 체제는 대체로 신중국의 30년을 관통했다. 이러한 체제의 우위는 중앙이 절대적인 권위를 갖고, 정책결정 차원에서 각 지역의 차이를 균형 맞출 수 있었다는 점이다. 하지만 지방의 적극성을 떨어뜨리는 문제가 있었다. 경제발전이 상대적으로 좋은 지역에서 수입이 많다 하여 지출이 많은 것도 아니고, 낙후한 지역에서 수입이 적다하여 지출이 적은 것도 아니었다. 이런 체제는 공평을 중시했지만 효율에 영향 주었다. 물론 이는 당시의 정치·경제 및 국제환경과도 일정한 관계가 있었다. 생산 회복과 경제발전에 전국적인 힘을 기울일 것이 필요했기 때문이었다. 이 시기에는 소련에 대한 학습과 모방의 흔적이 있었지만, 그래도 독립자주 적으로 비교적 완벽한 공업체계를 초보적으로 구축할 수 있었다. 전반적 견지에서 전국을 통일적으로 통치관리(全国一盘棋) 하는 재정체제의 선택은 그 시대의 필연적 선택이며 중국 특색의 체현이라 할 수 있다.

2. '부유해지는(富起来)' 시기의 재정체제

1) 도급제 체제의 개혁

중국공산당 제11기 중앙위원회 제3차 전체회의의 개최와 더불어 중국은 전면적인 개혁개방을 맞이했다. 도급제 모델도 재정체제 개혁의 일환으로 활용되었다. 당시 이를 위한 돌파구로 일률적 출납(统收统支) 제도를 변화시켜, "하부 기관에 일부 권력을 이양하고, 일정 이윤을 양도하는 것(放权让利)"과 "중앙정부와 지방정부가 세입과 지출을 나누고, 예산 균형을 맞추는 책임을 각자에게 지우는(分灶吃饭, 划分收支, 分级包干) 제도"를 실시하는 개혁이었다. 이 중 "하부기관에 일부 권력을 이양하고, 일정 이윤을 양도하는 것(放权让利)"은 국가와 기업 간의 관계를 타개하기 위한 것이었는데, "이윤의 세제화(利改税, 종래의 국영기업이 원래 국가에 상납하던 이윤을 납세로 전환하는 제도)" 및 "세금과 이윤의 분리(税利分流, 국유기업이 세법에 따라 소득세를 납부하고, 세 후의 이윤을 국가와 기업이 적절히 분배하는 제도)" 두 단계로 나누어 개혁을 시도했다. "중앙정부와 지방정부가 세입과 지출을 나누고 예산균형을 맞추는 책임을 각자에게 지우는(分灶吃饭) 제도"는 중앙과 지방의 관계를 해결하고, 지방의 적극성을 충분히 끌어올리려는 것이었다. 1980년부터 1984년까지 처음으로 5년 동안 변하지 않는 "중앙정부와 지방정부가 세입과 지출을 나누고 예산 균형을 맞추는 책임을 각자에게 지우는(划分收支, 分级包干) 체제"를 실시했고, 1985년부터 1987년까지는 "이윤의 세제화(利改税)" 개혁을 완료한 기초위에서 "세 종류의 구분, 수지에 대한 사정, 예산 균형을 맞추는 책임을 각자에게 지우는(划分税种, 核定收支, 分级包干) 체제"를 시도하여 분세(分税)제의 모습을 보이기 시작했다. 그러나 세제(税制) 설계의 문제로 인하여 1988년에 와서는 다양한 형태의 "재정 대량 도급제(财政大包干)"로 변했다. 이러한 "재정 대량 도급제(财政大包干)"는 도급제 체제의 문제점들을 부각시켰다. 즉 전국 통일시장의 형성을 저해하여 국가의 산업구조 조정, 산업 정책 실시에 불리하게 되었을 뿐만 아니라, 예산 외 자금의 팽창, 토지재정의 발전과 중앙재정의 직능 약화 등의 결과를 가져왔다.

이 시기의 개혁에서 시험적인 것들은 중국 특색을 더욱 뚜렷하게 만들었다. 이 체제는 지방에 적당히 권력을 나누어 주었으므로 이 시기 기업과 지방이 비교적 활성화 되었다. 하지만 전반적으로 국가의 총체적 전략배치에 영향을 주기도 했다. "두 가지 비중(两个比重, 국내총생산에서 재정수입이 차지하는 비중, 중앙 재정수입이 전국 재정수입에서 차지하는 비중)"에 대한 대토론에서 중앙이 재정 도급제에 대한 성찰을 느낄 수 있다.

2) 분세제 체제의 개혁

1992년 중국공산당 제14차 전국대표대회가 개최되었고, 중국은 사회주의 시장경제 체제를 수립했는데, 이는 재정 체제개혁에 가장 큰 거시적 배경을 제공했다. 분세제 체제개혁이 점차적으로 추진되었다. 이중 중국 국가 통치관리의 특징은 구체적으로 다음과 같이 나타났다.

첫째, 이는 행정 주도로 이루어진 개혁으로 정부의 역할이 두드러졌다. 당시 중국은 '예산법'이 제정되지 않았고, 재정·세무 체제의 법률규범은 1991년에 실시된 '국가예산통치관리조례' 밖에 없었다. 이 조례에는 중국 재정·세무 체제에 대한 제도적 규정이 없었다. 그러므로 분세제 개혁은 정부의 추진으로 이루어지게 되었던 것이다.

둘째, 분세제의 시행으로 중앙과 지방이 수입과 지출의 구분에 있어서 중국 특색을 가진 변화가 생겼는데, 이는 사실상 일정한 체제 교정의 속성을 띠고 있었다. 분세제의 실시 전후, 즉 1993년과 1994년 재정수입에서 중앙 재정수입과 지방 재정수입이 차지하는 비중이 현저한 변화를 가져왔는데, 그림 5-1에서 볼 수 있듯이, 이는 아주 뚜렷한 '가위' 모양으로 나타났다.

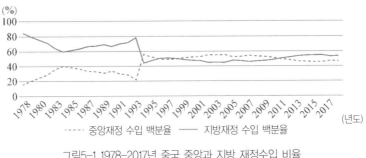

그림5-1 1978-2017년 중국 중앙과 지방 재정수입 비율

그림 5-1을 보면, 분세제 실시 전에는 지방재정 수입의 비율이 높고 중앙재정 수입 비율이 낮았지만, 분세제 개혁 이후 중앙의 비율이 지방보다 높아졌다. 2008년 이후, 금융위기에 대처하기 위해 중앙과 지방의 수입 분배가 조정되어, 지방재정 수입이 중앙재정 수입을 약간 웃돌았다.

다음에는 중앙재정 지출과 지방재정 지출의 비율을 보자. (그림 5-2를 참조)

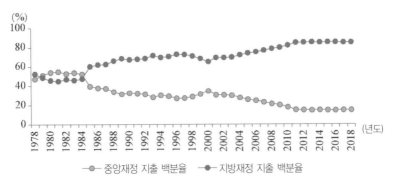

그림5-2 1978-2018년 중앙재정 지출과 지방재정 지출의 비율

그림5-2에서 볼 때, 중앙과 지방재정의 지출 비율은 수입 비율의 변화에 따라 변한 것이 아니라 오히려 지방재정의 지출 비율이 1994년 이후 계속 확대되었다. 그리하여 지방재정 수지의 마이너스 갭(负缺口), 중앙재정 수지의 플러스 갭(正缺口)이 생겼다. 물론 분세제 체제의 중요한 제도적 배치로서 종적(纵向)으로 이전 지급제도가 수립되어 각급 재정의 직권과 재정권 일치를 실현할 수가 있었다. 도급제에 비해 분세제 개혁이 가져온 가장 큰 변화는 중앙의 지방 통제 능력의 강화이다. 또한 세수 체제 측면에서 국세와 지방세 두 개의 세무기구를 설치하고, 1994년에 완성된 세제 개혁의 새로운 세 종류를 중앙세와 지방세, 중앙과 지방의 공유세로 나누었다. 1994년에 완료된 분세제 개혁을 "분권(分权) · 분세(分税) · 분징(分征) · 분관(分管)"으로 요약할 수 있다. 이를 통해 중앙과 지방의 적극성을 동원할 수 있었다. 분세제를 실시한 1994년 이후, 중국의 재정수입은 1994년의 5,218억 1,000만 위안에서 2018년의 18조 3,359억 8,400만 위안으로 35배나 증가했다. 재정지출은 1994년의 7,529억 7,000만 위안에서 2018년의 28조 1,266억 3,200만 위안으로 37배나 증가했다. 재정수지 증가폭이 매우 컸음을 알 수 있다.(그림 5-3 참조)

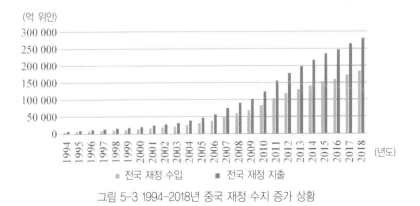

그림 5-3 1994-2018년 중국 재정 수지 증가 상황

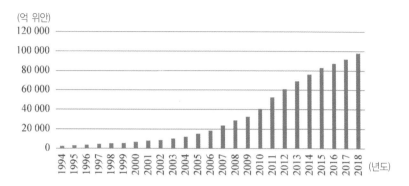

그림 5-4 1994-2018년 중국 일반 공공예산에 따른 재정 적자

이와 함께 중국의 재정적자도 크게 늘었다는 것이 문제였다. 그림 5-4는 일반 공공예산에 따른 재정적자를 보여주는 것으로, 직관적으로 볼 때 증가폭은 고른 편이기는 하지만 절대치는 이미 매우 높아졌다. 그림 5-5는 예산 규모를 조정한 후 해마다 '양회(兩會, 전국인민대표대회와 전국인민정치협상회의)에서 보고되는 재정적자와 적자율이다. 예산 배정 차원에서 볼 수 있듯이, 재정적자의 배정은 중국 재정정책의 주기와 매우 큰 연관성이 있다. 1998년 당시 아시아 금융위기에 대응하기 위해 정부가 제1차 적극적 재정정책(积极财政政策)을 펴면서 적자의 증가속도가 빨라지기 시작했고 2003년에는 재정정책이 점차 온건해지면서 적자 규모도 줄었다. 그러나 2009년 서브프라임 모기지(비우량 주택담보대출) 사태로 인한 경기침체(次贷危机)에 대응하기 위해 제2차 적극적 재정정책을 펴면서 재정적자가 급격히 늘었을 뿐만 아니라 증가폭도 빨라지는 추세를 보였다. 개별 연도의 적자율은 국제 경계선에 근접했다. 재정 적자의 부단한 증가와 동반된 것은 정부채무의 진일보적인 증가이다. 이런 의미에서 분세제 이후 재정의 압력은 결코 줄어들지 않았다고 할 수 있다.

이를 통해 알 수 있듯이, 이 시기 중국의 체제 개혁은 끊임없이 "권리

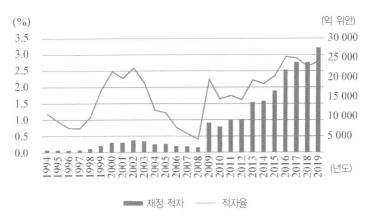

그림5-5, 중국 1994-2019년 재정 적자(예산 구경)와 적자율

를 하부로 이양하는 과정"이었다. 그러나 이 과정에서 "권리를 하부로 이양하면 혼란스러워지고, 권리를 다시 상부로 거두어들이면 활력이 사라지는(一放就乱, 一收就死) 문제"가 끊임없이 나타나 개혁의 실천이 개혁의 최초 설계와 점점 더 위배되는 상황을 초래했다. 1994년의 분세제 개혁의 핵심내용은 재권과 직권을 일치시키는 것이었으나, 재권이 줄곧 요구하는 수준에 도달하지 못했으므로(财权始终没能够到位) 직권과 재력을 일치시키는 것으로 바뀌었다. 그러나 직권과 재력을 일치시킬 때 이 양자는 같은 성격의 것이 아니었으므로 이론상으로는 직접 매치시킬 수 없었다. 그리하여 후에는 지출 책임과 재력을 상호 일치시키는 간접적인 방식을 제안하게 되었다.

3. '강해지는(强起来)' 시기의 재정체제

중국공산당 제18차 전국대표대회에서 국가 통치관리 체계와 통치관리 능력의 현대화라는 개념을 제시하면서 재정체제 개혁도 새로운 장을 열게 되었다. 중국공산당 제18기 중앙위원회 제3차 전체회의는 재정개혁을 매우 높은 위치에 올려놓았으며, "재정은 국가 통치관리의 기초이자 중요한 지주이다. 과학적인 재정·세무체제는 자원 배치를 최적화하고, 시장의 통일을 도모하며, 사회의 공평을 촉진시키고, 국가의 장기적인 안정을 실현하는 제도의 보장" 이라고 했다. 재정체제에 대한 개혁은 세 가지 측면에서 언급했는데 우리는 이 논리적 틀을 현대 재정제도로 정의한다. 이는 재정체제 개혁을 국가 통치관리 체계와 통치관리 능력의 현대화라는 큰 배경에 상감(鑲嵌)시키는 정확하고도 필연적인 선택이기도 하다. 현대 재정제도의 틀 안에는 구체적으로 세 가지 측면의 개혁이 포함된다.

1) 직권의 구분과 지출 책임의 일치

1994년 개혁 당시 국가에서는 전형적인 등급별 분세(分级分税)체제에 따라 직권을 구분했지만, 20여 동안의 실시과정에서 직권의 하부 이양과 재권의 상부 이양이 중앙과 지방의 수입과 지출이 점점 더 일치되지 않게 하여 "중앙에서 한 턱 내면 지방에서 계산해야 하는(中央请客, 地方买单)" 상황이 보편화 되었다. 중앙과 지방의 관계는 하부조직으로 갈수록 빈틈이 많으며, 하부조직이 상급기관에 대한 의존도가 높아진다. 2008년 '4조 위안 계획' 이 가동되면서 토지재정 문제, 지방정부 융자 플랫폼 문제와 음성채무 문제가 점점 더 이론계와 관련 부처의 관심사로 떠오르게 되었다. 중국공산당 제18기 중앙위원회 제3차 전체회의와 '제13차 5개년' 계획은 이런 문제들에 대해 모두 구체적인 개혁 조치들을 제정하였다. 그 개혁 조치들로는 다음과 같은 것들이 있다.

(1) 외부성, 정보의 복잡성과 인센티브 호환성(激励相融)

외부성, 정보의 복잡성과 인센티브 호환성(激励相融) 세 가지 원칙에 따라 중앙과 지방정부간의 직능 구분을 개선한다.

중앙정부는 일부 사회 보장·공중 보건·교육·다 지역 중대 프로젝트·사회관계의 조화와 안정 등에 관련된 직능을 집중한다. 직권과 지출책임이 일치되는 제도를 수립하며, 중앙의 직권과 지출책임을 적당히 강화한다. 2016년 국무원이 발간한 「중앙과 지방 재정의 직권과 지출책임 구분 개혁에 관한 지도 의견 (关于中央地方财政事权和支出责任划分改革的指导意见)」은 이미 기본적인 틀을 갖추었고, 후속적인 세분화와 실행이 관건이 되었다.

(2) 정부 간 소득구분을 적당히 조정한다

세목의 특성에 따라, 공평·편의·효율적 원칙에 따라 합리적으로 세목을 구분하고, 소득 주기 변동성이 비교적 크고, 재분배 역할이 크며, 과세 객체(税基)의 분포가 불균형하고 유동성이 크며, 전가되기 쉬운 세목을 중앙세 또는 중앙의 비율이 비교적 높은 공유세로 구분한다. 기타 수익성·지역성 특징이 뚜렷하고, 거시경제 운행에 직접적인 중대한 영향을 미치지 않는 세목을 지방세 또는 지방비율이 높은 공유세로 구분한다. 세제개혁과 결합하고 세목의 속성을 고려하여, 중앙과 지방의 소득구분을 더욱 합리적으로 조정하고, 부가가치세 구획방법을 보완한다.

(3) 비과세 수입을 규범화 한다

토지자원류의 수입과 각종 특허경영권 수입을 중앙과 지방소득 구분 범위에 점차 포함시킨다.

(4) 이전 지급체계를 완비한다

일반적인 이전 지급을 강화하며 기본 서비스의 균등화를 촉진한다. 중앙정부가 지방정부에 대한 이전 지급제도를 완비하고 일반적 이전 지급제도를 규범화하며, 자금 분배 방법을 완비하고, 재정 이전 지급의 투명성을 제고한다.

(5) 성급 이하 재정 통치관리 체제를 한층 더 완비한다

성급 이하 재정 통치관리 체제를 한층 더 보완하며, 지역 내 종적과 횡적 재력의 균형을 이루며, 기층 보장능력을 증강하고, 지역 내 재력 분배를 최적화하며, 성급 이하 재력 분배 메커니즘을 건전하게 한다.

2) 세수제도의 개혁과 보완

1994년 분세제의 틀에서 국세와 지방세의 분리 및 중앙세, 지방세, 공유세의 구분을 포함한 새로운 모델을 설계했다. 중앙과 지방의 권리와 책임이 재 구분되면서 세제 개혁도 반드시 해결해야 할 중요한 과제가 되었다.

현대 재정제도 하에서 새로운 세제개혁 방향은 기본적으로 명확하다. 그 기본 원칙은 세제구조의 최적화, 거시적 납세 부담의 안정, 법에 따른 세금제도 통치관리 추진 요구에 따라, 세수 법정원칙을 전면적으로 실행하고, 세종이 과학화되고, 구조가 최적화되며, 법률이 건전하고, 규범화되고 공평하며, 징수와 통치관리가 고효율적인 현대 세수제도를 수립하며 직접세 비중을 점차 향상시키는 것이다.

그 중에서 다음과 같은 측면에서 세수제도의 개혁을 분석할 수 있다.

(1) 세수의 법정원칙을 실현한다

전국인민대표대회 상무위원회 법제실무위원회(法工委)는 2015년 3월에 「관철 · 실시 의견」을 출범해 반드시 법률규정에 따라 세금 설치하고, 세금을 징수하며, 세금을 통치관리 해야 한다고 요구했으며, 2020년 전에 현행 세수조례를 모두 법률 차원으로 상승시켜, 모든 세종의 설립, 징수, 통치관리를 법에 따라 규범화하며, 또한 이에 따라 상응한 위탁 제정조례와 규정을 폐지할 것을 명확히 요구했다.[1]

  현재 중국은 모두 18개의 세종에서 세금을 징수하기 시작했다. 2019년 12월 현재 중국 세수 법률제도 틀에서 세수 실체법은 '개인소득세법', '기업소득세법' 등 9부로 입법이 필요한 전체 세종의 1/2을 차지한다. 기타 세종은 여전히 국무원 행정법규의 형태로 규제되고 있다. 2018년 이래 재정부는 도시유지건설세, 인지세, 토지부가가치세, 소비세 등과 관련된 법률에 대한 의견 수렴을 잇따라 발표하여 세수 실체법의 세수 법정원칙의 이행에 박차를 가하고 있지만 세수법정(?收法定) 개혁목표를 달성하려면, 관세, 주택보유세(부동산세), 부동산 취득세, 도시토지사용세 등의 세종도 입법의 속도를 높여야 한다. (도표5-1 참조)

도표 5-1 중국 과세 종류 및 그에 관한 법률

순번	세종		현행 법률 법규	입법 과정
1	유통세	부가가치세	'중화인민공화국 부가가치세 임시 시행 조례'	1993년 12월 13일 공포되어 2008년, 2016년과 2017년에 개정되었다. 2019년 11월 27일, 재정부는 '중화인민공화국 부가가치세법(의견수렴고)'를 발표하였다.
2		소비세	'중화인민공화국 소비세 임시 시행 조례'	1993년 12월 13일 공포되어 2008년 11월 5일 개정되었다. 2019년 12월 3일 재정부는 '중화인민공화국 소비세법(의견 수렴고)'를 발표했다.

1. 王力, 「全面依法治国进程中的税收法制建设」, 『国际税收』, 2015(6) : 7 - 1 0

3	유통세	관세	'중화인민공화국 수출입 관세 조례'	2003년 11월 23일에 공포되어, 2011년, 2013년, 2016년과 2017년에 개정되었다.
4	소비세	기업소득세	'중화인민공화국 기업소득세법'	2007년 3월 16일에 통과되어, 2017년 2월 24일 제12기 전국인민대표대회 상무위원회 제26차 회의에서 제1차 수정을 했고, 2018년 12월 29일 제13기 전국인민대표대회 상무위원회 제7차 회의에서 제2차 수정을 했다.
5		개인소득세	'중화인민공화국 개인소득세법'	2007년 3월 16일에 통과되어, 2017년 2월 24일 제12기 전국인민대표대회 상무위원회 제26차 회의에서 제1차 수정을 했고, 2018년 12월 29일 제13기 전국인민대표대회 상무위원회 제7차 회의에서 제2차 수정을 했다.
6	재산세	부동산세	'중화인민공화국 부동산세 임시 시행 조례'	1986년 9월 15일에 공포되어, 2011년 1월 8일에 개정되었다.
7		토지 부가가치세	'중화인민공화국 토지부가가치세 임시 시행 조례'	1993년 11월 26일 국무원 제12차 상무회에서 통과되었다. 2019년 7월 16일 재정부에서 '중화인민공화국 토지부가가치세법(의견수렴고)'를 발표했다.
8		경작지점용세	'중화인민공화국 경작지점용세법'	2018년 12월 29일에 통과되었다.
9		부동산취득세	'중화인민공화국 부동산 취득세 임시 시행 조례'	1997년 10월 1일부터 시행되었다.
10		차량선박세	'중화인민공화국 차량선박세법'	2011년 2월 25일에 통과되었다.

11	재산세	도시토지 사용세	'중화인민공화국 도시토지사용세 임시 시행 조례'	1988년 9월 27일에 공포되 었고, 2006년, 2011년과 2013년에 개정되었다.
12		도시유지 건설세	'중화인민공화국 도시유지건설 임시 시행 조례'	1985년에 공포되어, 2011년 에 개정되었다. 2018년 10월 19일 재정부는 '중화인민공 화국 도시유지건설법(의견수 렴고)'를 발표했다.
13	행위세	톤세(항만시설 사용료)	'중화인민공화국 선박톤세법'	2017년 12월 27일에 통과되 고, 2018년에 개정되었다.
14		인지세	'중화인민공화국 인지세 임시 시행 조례'	1988년 8월 6일에 공포되었 고, 2011년에 개정되었다. 2018년 11월 1일 재정부는 '중화인민공화국 인지세법(의 견수렴고)'를 발표했다.
15		차량취득세	'중화인민공화국 차량취득세법'	2018년 12월 29일에 통과되 었다.
16		환경보호세	'중화인민공화국 환경보호세법'	2016년 12월 25일에 통과되 었다.
17	자원세	자원세	'중화인민공화국 자원세법'	2019년 8월 26일에 통과되 었다.
18		연초세	'중화인민공화국 연초세법'	2017년 12월 27일에 통과되 었다.

비고: 세종(稅種) 개설 관련 자료를 근거로 정리함.

(1) 실물세 개혁

2014년 이래의 실물세 개혁은 다음과 같은 점에 초점을 맞추었다.

첫째, 영업세를 부가가치세로 개편하는 개혁을 전면적으로 완수하고, 규범화된 소비형 부가가치세 제도를 수립함으로써,

세수 사슬이 완전히 관통되었다.

둘째, 개인소득세를 종합·분류하는 소득세제 개혁은 실질적으로 세수 의식에 영향을 미치었고, 전 사회적으로 개인소득세에 대한 인식을 바꾸어 놓았으며 세수 신용 체계 구축을 추진했다.

셋째, 소비세 제도를 완비하고 납세항목을 조정하였으며, 소비세의 징수 절차를 변화시켰다. 이로부터 소비세가 소비 분야에 대한 조정을 더욱 강화할 수 있었다.

넷째, 자원세의 종가징수(从价计征) 개혁을 실시하여, 점차 징세범위를 확대하는 한편, 환경보호세를 징수하기 시작해, 녹색 세수 체계를 초보적으로 수립할 수 있게 되었다.

다섯째, 부동산세 입법을 추진했다. 이것은 각 측의 이익과 관련된 만큼 많은 사전 작업이 필요한 체계적인 사업으로, 부동산 관련 업종 및 지방세 체계의 완비에도 중요한 역할을 할 것으로 보인다.

(3) 세수의 구조조정

실물세 세금의 종류에 대한 끊임없는 조정을 거쳐, 중국 직접세의 비중은 끊임없이 상승하는 추세를 보였다.(도표5-2 참조) 유통세의 비율은 2009년의 54.2%에서 2018년의 46.1%로 하락했고, 소득세 비율은 2009년의 26.1%에서 2018년의 31.5%로 상승했다. 여기에는 아직 재산세 부분이 포함되지 않았다. 직접세 비중이 높아진 것은 세금부담 전가와 세수 부담을 줄이는데 긍정적인 역할을 했다. 2019년 광범위한 '감세감비(减税降费, 세금 감면, 행정비용 인하)'와 더불어 이 구조는 또 크게 바뀔 것으로 보인다.

도표 5-2 2009-2018년 중국 세수구조의 변화상황(%)

주요세종의 비율	2009년	2010년	2011년	2012년	2013년	2014년	2015년	2016년	2017년	2018년
국내 부가가치세	31	29	27	26.2	26.1	25.9	24.9	31.2	39.1	39.3
국내소비세	8	8.3	7.7	7.8	7.4	7.5	8.4	7.8	7.1	6.8
영업세	15.2	15.2	15.2	15.6	15.6	14.9	15.5	8.8	-	-
합계	54.2	52.5	49.9	49.6	49.1	48.3	48.8	47.8	46.2	46.1
기업소득세	19.4	17.5	18.7	19.5	20.3	20.7	21.7	22.1	22.3	22.6
개인소득세	6.7	6.6	6.7	5.8	5.9	6.2	6.9	7.8	8.3	9.9
합계	26.1	24.1	25.4	25.3	26.2	26.9	28.6	29.9	30.6	31.5

세무기구의 개혁에서 중국공산당 제19기 중앙위원회 제3차 전체회의의 배치에 따라, 국세와 지방세 두 가지 세무기구의 실질적 통합을 완수하였는데, 목표는 세금 징수와 통치관리 방식을 완비하고, 세금징수와 통치관리 효율을 높이며, "기구 간소화와 권한의 하부 이양, 권한의 하부 이양과 통치관리의 결합, 서비스의 최적화(简政放权、放管结合、优化服务)'의 개혁에 협력하여 세수환경을 더욱 최적화하기 위한 것이었다.

3) 중국의 현대 예산제도의 수립

현대화된 국가 통치관리에 있어서의 국가란 반드시 '예산형 국가'여야 한다. 현대 재정제도의 틀 안에서 이루어지는 예산제도 개혁은 사실상 법정 예산, 예산의 강력한 제약, 예산의 실적문제이다. 여기에는 예산 편성·집행·감독의 상호 제약과 상호 조율 메커니즘을 구축하고 건전하게 하는 것들이 포함되어 있다. 전체 규모(全口徑)의 정부 예산체계를 완비하고, 정부성 기금예산·국유자본 운영예산과 일반 공공예산의 총괄 강도를 높이며, 사회보험 기금의 예산편성 제도를 완비해야 한다. 다음 연도까지 걸치는 예산의 평형 메커니즘과 중기 재정계획의 통치관리를 실시하여, 경제·사회발전 계획과의 연결을 강화해야 한다. 예산 실적 통치관리를 전면적으로 추진해야 한다. 정부의 자산보고제도를 수립하여 정부의 채무 통치관리 제도개혁을 심화시키고, 규범적인 정부 채무 통치관리의 위험 조기 경보 메커니즘을 구축해야 한다. 권책발생제(权责发生) 정부 종합 재무보고제도와 재정창고 목표잔액 통치관리 제도 및 예산 공개범위 확대와 공개내용 세분화 등의 제도를 수립해야 한다.

전체적으로 볼 때 도급제 개혁은 지방의 적극성을 동원했고, 분세제 실시 이후 중앙의 조정 능력이 증대되었다. 현대 재정제도 개혁의 목표는 어떻게 중앙과 지방의 적극성을 다시 동원하고 발휘하며, 공평성을 고려하면서 재정운영의 효율을 높일 것인가에 더 많이 나타난다.

중국공산당 제19차 전국대표대회 보고는 현대의 재정제도에 대해 더욱 명확하게 규정하였다. 중앙과 지방의 관계 처리에 있어서 권한과 책임이 명확하고, 재력이 조화롭고, 지역균형을 이루어야 한다는 몇 가지를 언급했다. 아울러 중국공산당 제19차 전국대표대회 보고에서 예산제도 아래에 '예산법' 보다 더욱 세밀한 표현들이 들어갔다. 즉 "전면적이고 규범화되며 투명한 뒤에 표준적이고 과학적인과 구속력이 유력한"이라는 제한을 덧붙였고, 예산 실적의 통치관리를 전면적으로 실시한다는 내용을 단독으로 언급했다. 세수제도에 있어서는 세제의 개혁심화에 대해 더 많이 체현했다.

중국공산당 제19기 중앙위원회 제4차 전체회의에서 통과된「결정」

에는 현대 재정제도 개혁에 관한 내용이 갱신되어, 중국의 국가 통치관리의 내포에 더욱 많은 협동 통치관리 내용이 포함되기 시작했다. 그것들은 주로 다음의 세 가지 측면이 있다.

첫째, 「결정」에서는 "국가 발전계획을 전략적 발전방향으로 하고, 재정정책과 통화정책을 주요한 수단으로 하여, 취업·산업·투자·소비·지역 등 정책이 함께 힘을 내는 거시적 조정·통제 제도 체계를 건전하게 해야 한다"고 제시했다. 사실상 재정과 금융을 정책수단으로 활용해 투자·취업·소비·지역 발전을 거시적으로 조정·통제하며, 이것을 하나의 체계로 구축하기 위해서는 종합화가 필요하다고 볼 수 있다.

둘째, 「결정」은 "세수·사회보장·이전 지급 등을 주요 수단으로 하는 재분배 조정 메커니즘을 완비하고, 세수의 조정을 강화하며, 직접세 제도를 완비하고 그 비중을 점차적으로 높여나가야 한다"고 제기했다. 이 조정제도 수단은 세금으로 사회보장과 이전 지급을 포함한 재분배의 공평성 문제를 해결하고 소득 분배의 격차와 지역 간 격차, 업종 격차를 축소하며 제도의 조정작용을 강화하는 것이다.

셋째, 「결정」은 "정부 간 직권과 재권의 구분을 최적화하고, 권한과 책임이 명확하고, 재력이 조화로우며, 지역 간 균형이 잡힌 중앙과 지방관계를 수립하여 각급 정부의 직권, 지출 책임과 재력이 일치되는 제도를 형성하며", "표준적이고 과학적이며, 규범화되고 투명하며, 구속력이 유력한 예산제도를 완비해야 한다"고 했다. 이 대목은 중국공산당 제19차 대표대회의 보고 내용을 이어받았으며, 미래의 현대 재정제도 건설에 대해서도 새로운 요구를 하였다.

(1) 정부 간 재정 관계 법제화의 문제.

재정의 기본법 제정을 포함해서, 진정한 의미에서의 중앙과 지방정부 간의 관계를 법제화 형식으로 고착시키는 것이다.

(2) 정부 간 직권과 재권의 구분에 대한 건의.

직권과 재권은 일치되어야 한다는 데 중국의 특색이 있다. 이번에 재권 구분문제가 다시 제기된 것은 매우 주목할 만한 일이다.

(3) 직권, 책임, 재권의 상호 결합.

중국공산당 제18기 중앙위원회 제3차 전체회의는 직권과 지출에 대한 책임이 일치되어야 한다고 제기했으며, "중앙에서 한 턱 내면 지방에서 계산해야 하는(中央请客，地方买单) 문제"를 해결하려고 노력하였다. 즉 각급 정부의 권력은 반드시 각자의 책임에 대응되어야 하며, 동시에 재력과도 일치되어야 한다고 강조했다. 여기에서 한 가지 주목해야 할 점은 재력과 재권을 어떻게 규정할 것인지, 양자의 관계를 어떻게 처리할 것인지에 대한 것이다.

(4) 이전 지급 자금에 대한 효과적인 추적과 감독 메커니즘의 구축

이전 지급제도는 중앙과 지방간의 수입과 지출의 빈틈을 조정하고, 지방에서 상호 간 지역 격차를 조정하는 중요한 수단이다. 이 수단에서 이전 지급자금의 규범성과 유효성을 어떻게 해결할 것인가 하는 것도 매우 중요한 문제이다.

(5) 예산제도의 완비

중국은 '예산법'을 다시 개정했지만, 아직도 논의·보완해야 할 문제가 많다. 2018년에 발표된 「예산 성과 통치관리의 전면적인 실시에 관한 중국공산당 중앙위원회와 국무원의 의견

(中共中央国务院关于稳步推进农村集体产权制度改革的意见)」
은 예산의 성과에 대한 통치관리를 전면적으로 시행할 것을 요구
해 앞으로의 돌파구를 마련했다. 어떻게 전 규모(全口径)에서
전부를 커버하고 전 과정에서 전면적으로 성과 있는 통치관리의
틀을 마련할 것인가 하는 것에 데헤 심도 있는 논의가 필요하다
는 내용이다.

(6) 수제도의 개혁

2018년에 단행한 개인소득세 개혁, 2019년에 시행된 '감세감
비(减税降费, 세금 감면, 행정비용 인하)'는 재권의 확정과 직결
되는 동시에 세제구조 최적화의 문제도 있다. 2020년 개인소득
세의 징수는 큰 변화를 가져왔다. 과거에는 직장에서 대리로 공
제하거나 대납(代扣代缴)하는 방식이었으나 선공제·선납
(预扣预缴)하는 방식으로 바뀌면서 납세자가 정해진 납기에 정
산해야 한다. 이는 주민의 세수 의식에 큰 영향을 미친다. 사람마
다 세금개혁 때문에 느끼는 바가 다를 수 있다. 개인소득세 개혁
은 세수제도의 설계가 전체 세수환경·세수의식 및 그 행동에 모
두 큰 영향을 준다는 것을 알려준다.

또 다른 문제는 지방세 체계의 보완이다. 부가가치세 분할 비
율의 조정, 소비세 인하, 부동산세의 과세, 지방 세수의 입법권
등이 모두 다음 시기의 주요 사업이다.

2020년은 중국이 전면적으로 샤오캉(小康)사회를 건설하는 중
요한 해로, 재정체제 개혁의 많은 문제도 시급히 해결해야 한다.
'감세감비(减税降费, 세금 감면, 행정비용 인하)'의 지속가능 문
제, 지방 음성채무 및 위험방지 문제, 특별채권의 발행과 사용 이
익 문제, 적자 율 경계선 돌파 여부, 경기 하방에 대응한 안정적

인 성장과 고품질 발전을 위한 재정정책과 도구들의 조합문제 등
이 그것이다. 이는 신시대적 배경에서 중국 재정체제의 중국 국
가 통치관리가 더 많은 제도혁신이 필요하다는 것을 보여주는 것
이다.

제 6 장
특대 도시 통치관리를 혁신하고 도농(都農)의 민생보장 제도를 총괄 추진하다

예위민(叶裕民)

1. 도농의 민생보장 제도를 총괄하는 것은 중국이 인민 중심 의 새로운 도시화를 추진하는 기초적인 공사이다

중국공산당 제18차 전국대표대회 이래 인민중심은 국가 통치관리 체계와 통치관리 능력 현대화의 기본 이념이 되어 사람들의 마음속에 깊이 자리 잡았다. 시진핑 총서기는 중국공산당 창건 95주년을 경축 하는 대회에서 "당의 근간은 인민에게 있고, 당의 힘은 인민에게 있으 며, 모든 것은 인민을 위하고, 모든 것은 인민에게 의존하는 것을 견지 하고, 광범위한 대중의 적극성·능동성·창조성을 충분히 발휘하여 인민을 행복하게 하는 사업을 끊임없이 앞으로 밀고나아가야 한다."[1] 고 했다. 중국공산당 제19기 중앙위원회 제4차 전체회의 정신은 인민 중심을 전면적으로 체현했으며, 국가 통치관리 체계와 통치관리 능력 의 현대화라는 새로운 이념과 새로운 방법에서 '인민' 이라는 단어가 전문에서 109번 등장했다. 「'중국 특색의 사회주의' 제도를 견지·보 완하고 국가 통치관리 체계와 통치관리 능력의 현대화를 추진하는 데

에 관한 약간의 중대한 문제에 있어서의 중국공산당 중앙위원회의 결
정(이하 「결정」으로 약칭함)」은 중국의 국가제도와 국가 통치관리 체
계가 13가지 방면의 뚜렷한 장점을 가지고 있는데, 그중 하나가 바로
"인민중심의 발전사상을 견지하고 끊임없이 민생을 보장하고 개선하
며, 인민의 복지를 증진시키고, 공동부유의 길을 가는 것"[2]이 이 뚜렷
한 장점이라고 제시했다.

　도농 발전을 총괄하는 것은 중국공산당 제16차 전국대표대회 이래
시종일관 견지하는 발전전략으로, 중국 국가 통치관리 체계와 통치관
리 능력의 현대화라는 유기적인 구성부분이다. 중국의 미래 전환 · 발
전의 주선율은 신형 공업화, 신형 도시화와 농업 · 농촌의 현대화이
며, 도농 발전을 총괄하는 것은 '삼화(三化, 제도화 · 규범화 · 절차
화)' 시스템을 동시에 추진하는 종합적인 방법이다. 도농 종합발전의
핵심내용은 신형의 도시화이다. 그 기본 특징은 체계적이고 질서 있
게 추진하는 것이며, 가장 큰 공헌은 사회주의 제도의 완비화에 대한
효과적인 모색이고, 가장 중요한 결과는 생산력을 해방하고 발전시키
는 것이며, 도농 주민이 같은 도시에서 같은 권리를 누리고, 신형 발전
구도를 함께 창조하고 공유하는 것이다. 도농 발전을 총괄하는 것은
'중등소득 함정'을 안정적으로 뛰어넘는 제도적 배치이고, '중국 특
색의 사회주의' 제도를 보완하는 내적 요구이며, 샤오캉(小康) 사회
를 전면적으로 건설하고 현대화를 실현하기 위한 전략적 선택이다.

　도농의 종합적인 발전은 신형 도시화를 핵심으로 하는 체계적인 프
로젝트이며, 인구 유동과 인간의 공평한 발전이 주선율이다. 이에 따라
도농의 종합발전 경로는 다음과 같은 '4단계' 전략을 따를 수 있다.

---

1. 习近平, 『在庆祝中国共产党成立95周年大会上的讲话』,
　　　北京, 人民出版社, 2016. 18쪽.
2. 『中共中央关于坚持和完善中国特色社会主义制度化若干重大问题的决定』,
　　北京, 人民出版社, ２０１９, ４쪽

첫째, 도시는 신형 공업화를 통해 고용을 확대하여 농촌의 여유 노동력이 발전할 수 있는 공간을 제공한다. 이것은 도농 종합발전의 출발점이다. 농촌의 여유 노동력이 어떻게 '활용하느냐?' 하는 문제를 해결할 수 있다.

둘째, 도시의 시민화와 호적제도를 핵심으로 하는 유기적 제도의 혁신과 개혁을 통해 도시에 진입한 인구 및 그 가족을 진정한 도시민으로 변화시켜 도시의 전체적인 질을 높이고 인적 자본을 축적한다. 이는 도농 종합발전의 핵심 내용이다. 여유 노동력이 어떻게 '도시에 남느냐?' 하는 문제를 해결한다.

셋째, "3개의 집중(三个集中, 공업을 집중 발전지역에 집중시키고, 농민을 도시와 집중 거주지역에 집중케 하며, 토지를 규모화 경영에 집중시킨다)"으로 도농의 생산요소를 질서 있게 유동할 수 있도록 촉진하여 사회자본·재정자본과 토지의 규모화 경영의 효익을 도모한다. 이는 도농의 고 효율적이고 질서 있는 발전을 총괄하는 관건이다. 여유 노동력 및 각종 생산요소가 "어디로 유동하느냐?" 하는 문제를 해결한다.

넷째, 농촌지역의 농업 현대화와 농민생활에 전 방위적이고 균등한 공공서비스를 제공하는 것은 도농의 종합발전을 위한 발판이다. "도시로 유입되지 않고 시골에 남아 있는 주민"의 발전문제를 해결한다.

'4단계' 전략에서 제2단계는 도시에 진입한 농촌인구의 민생을 보장하는 것이고, 제4단계는 농촌지역 주민의 민생을 보장하는 일이다. 도농의 민생을 총괄적으로 보장하는 근본은 농촌 주민의 민생보장 및 도시로 진입한 농촌주민의 민생보장 문제를 해결하는 것이다. 도농주민의 민생보장을 총괄한다는 것은 도농의 종합발전을 추진하고, 더 나아가 신형 도시화를 추진하며, 현대화를 실현하기 위한 기초적인 작업임을 알 수 있다. '4단계'로 가기 전략에서 앞 3단계의 전략은 도시가 농촌의 부담을 덜어주기 위해 대규모로 농촌의 여유 노동력을 흡수함으로써 농촌 노동력이 토지자원에 대한 점유량을 높여, 농업토지의 규모화 경영에 물질적 기초를 마련하는 것이다. 제4단계 전략은 반포(反哺, 부모의 은덕에 보답하는 것 - 역자 주)이다. 공업이 농업을 반포하고, 도시가 농촌을 반포하는 것이다. 즉 자금과 기술의 수입(輸入)을 통해 농촌 노동력의 생산성을 높이고, 농업과 비농업 산업의 효율 일체화를 촉진케 하는 것이다. 또한 농촌의 기술시설과 주거환경을 대대적으로 조성하고, 균등화된 공공서비스를 제공하여, 도농 공공서비스의 일체화를 실현하고 농촌주민에게 기초 민생보장을 제공하는 것이다.

선진국의 현대화 과정에서 제4단계가 가장 어려웠다. 따라서 독일·일본·한국은 모두 농촌이 도시보다 낙후한 난제를 해결하기 위해 새 농촌 건설을 했다. 일본과 한국은 도시전체의 현대화를 전제로, 15~20년에 걸쳐 농촌의 현대화를 이루었고, 나아가 도농 일체화를 이루며 발전했다.

중국은 장기간 농촌발전을 중시해 왔다. 중국공산당 제16차 전국대표대회에서 도농의 종합발전을 추진하는 전략을 실시한 이래, 특히 중국공산당 제18차 전국대표대회에서 국가 농촌진흥 전략계획을 실시한 이래 농촌에 대한 투입을 지속적으로 증가하고 있다. 2013년 11월 시진핑 총서기가 후난성 서부(湘西)를 답사하면서 "실사구시(实事求是)하고, 각지의 실정에 맞게 적절하게 대책을 세우며(因地制宜), 맞춤형 빈민구제(精准扶贫)"를 실시하라는 중요한 지시를 함으로써 맞춤형 빈민구제가 시작되었고, 농촌의 빈곤과 기초적인 민생에 대한 난제가 크게 완화되어 농촌진흥의 방향이 명확해지고 대책이 더욱 뚜렷해졌으며, 농촌주민의 민생보장 수준이 크게 향상되었다.

제2단계 전략, 즉 시민화 전략은 도시가 농촌을 위해 부담을 줄이는 관건이자 도농의 발전을 총괄하는데 있어서의 핵심 난제이다. 중국공산당 제18차 전국대표대회 이래 중앙정부와 지방정부의 차원에서 시민화 정책이 지속적으로 강화되고 있지만, 지방의 시민화는 지지부진하고, 특히 대도시의 시민화 책략은 근본적인 조치가 부족하다. 시민화의 진행이 지장을 받음으로써 도시로 진입한 농촌주민, 즉 도시 일용 노동자는 도시에서 기본적인 주거, 공공서비스, 교육, 취업보장이 부족하여 장기간 도시의 비주류에 속해, 민생보장의 소외계층이 되었다. 시민화의 정체는 또 중국에서 장기간 특대 도시규모를 통제한 데서 기인한다.

2. 특대 도시규모의 조정을 위한 법칙을 존중하고, 특대 도시 통치관리 모델을 혁신하다

1) 특대 도시규모의 조정은 세계적인 과제이다

중국 특대 도시규모의 통치관리는 장기간 체계적인 사고가 부족했다. 특대 도시규모의 통제는 세계적인 난제이다. 파리 · 런던 · 도쿄 · 시카코 · 뉴욕 등 현대화 국가의 특대 도시들도 모두 이 같은 난제에 직면했었는데, 도시마다 대책이 달랐다. 일례로 뉴욕은 범죄율이 높지만 인구를 통제하는 정책을 실시하지 않았다. 뉴욕의 발전역사를 보면, 인구가 쾌속 증가할 때가 바로 경제발전이 가장 좋을 때였다. 인구가 줄어들거나 혹은 인구증가가 더딜 때에는 경기가 침체했다. 인구를 배척하지 않고 인구를 키우며, 문제에 직면하면 거부하는 것이 아니라 해결하는 것이 바로 뉴욕의 경험이었다.

　집결효과와 규모경제의 영향으로 대도시와 특대 도시에 인구와 산업이 몰리는 것은 세계 도시화의 일반적인 법칙이다. 독특한 역사와 제도로 비교적 균형 잡힌 도시체계가 형성된 독일을 제외하고, 대부분의 선진국들은 대도시로 발전을 이끌어 나간다. 일본은 '제2차 전국 종합계획' 으로부터 '제6차 전국 종합계획' 기간 동안 일관된 주제 중 하나가 바로 "전국의 인구가 도쿄 한 곳으로 집중되도록 하는 국토 태세의 통제" 였다. 지금까지도 도쿄도 전체의 인구는 여전히 상승세를 타고 있다. 선진국들은 "법칙을 존중하고 사람을 근본으로 한다" 는 것을 도시규모 조정의 제1 원칙으로 삼고 있는데, 그 공통된 특징으로 다음과 같은 것들이 있다. 첫째, 도시규모가 통제 속에서 증가하는 객관적인 추세를 인정한다. 민심의 흐름과 인간중심을 대도시 규모 조정의 최우선 원칙으로 삼은 것이다. 둘째, 조정 수단이 다원화되어 전국이나 지역의 척도에서는 주로 흐름을 원활하게 하며, 도시 척도에서는 정교화된 통치관리가 위주이다. 셋째, 지속적으로 증가하는 인구를 포용적으로 대하고, 체계적이고 공평한 공공서비스를 실시한다.

2) 중국 대도시의 문제점들은 성질이 다르므로 구별하여 취급해야 한다

　중국은 산업화와 도시화의 신속 발전과 통치관리의 낙후로 인해 특대 도시의 고도화에 따른 도시문제가 복잡하고 첨예하게 되었다. '도시의 병' 은 교통혼잡, 환경오염, 사회적 충돌의 심화 등에서 두드러지게 나타난다. 서로 다른 문제는 성질이 다르므로 구별해서 대해야 한다.

　교통 혼잡의 문제는 세계 각국의 특대 도시들이 안고 있는 공통적인 문제로 계획·통치관리를 통해 완화할 수 있다. 환경문제는 산업화와 도시발전 과정의 공통적인 문제로, 환경통치관리와 도시기능구조 업그레이드를 통해 점차 해결할 수 있다. 그러나 중국 특대 도시의 사회적 갈등과 충돌은 독일, 미국, 일본, 한국 등 다수의 후발 선진국에서 볼 수 없었던 것이며, 다른 한편으로는 '중위소득 함정'에 빠진 개발도상국들이 공통으로 갖고 있는 특징이다. 따라서 사회적 갈등과 충돌은 중국이 반드시 직시해야 할 보다 심층적이고, 위협적이며 도전적인 문제이다.

3) 중국 특대 도시문제의 4대 원인

(1) 인구가 지속적으로 대량 전입한다.

우선 집적경제는 특대 도시만 가질 수 있는 독특한 매력을 부여한다. 중국은 지금 급속한 도시화 단계에 처해 있으며, 인구규모가 거대하고 지역발전이 불균형하다. 특대 도시는 인구 도시화의 주요 담체의 하나로서, 대량의 인구가 전입하는 것은 도농발전법칙의 내적 요구이다. 다음으로 중국은 현재 산업화의 중기에 처해 있으며, 특대 도시는 집적효과가 뚜렷하다. 기업가들의 '발로 하는 투표'로 인해 산업과 인구가 특대 도시로 집중되는 결과를 초래했다. 그 다음으로는 차액지대(差額地代)의 존재로 특대 도시 중심구역의 인구밀도가 고공행진을 하고 있으며, 인구와 자원이 도시구역 차원에서의 최적 배치가 어려워 도시 중심구역에서 도시문제가 특별히 부각되고 있다.

(2) 자원 배치가 특대 도시로 편향되고 있다.

중국은 장기간 특대 도시규모를 엄격히 통제하는 정책을 실시하였지만, 행정 통치관리 제도의 영향으로 국가는 여전히 우수

자질 자원의 배치, 중대한 프로젝트의 배치 등 면에서 장기간 특대 도시에 편향되어 왔고, 특대 도시의 자원 면에서의 우위가 지속적으로 강화되어 지역 차이가 확대되었고, 특대 도시와 기타 급별 도시의 차이가 확대되었다. 특대 도시는 다양한 유형의 인재와 양질 요소의 자원에 대한 매력이 지속적으로 증대되어 많은 인구가 먼 거리에서 장기간에 걸쳐 지속적으로 전입함으로써 특대 도시의 규모는 장기간의 통제 속에서도 계속 증가하였다.

(3) 계획 · 통치관리의 낙후

특대 도시는 통저우(通州), 쉰이(順义), 창핑(昌平)과 같은 대규모의 단일 기능구역을 발전시킴으로써 대규모의 장거리 통근을 초래케 했다. 대중교통시스템 및 서행시스템 건설이 심각하게 정체되면서 단거리 승용차의 주행 비율이 계속 높아졌으며, 교통의 압력과 환경문제를 심화시켰다. 특대 도시의 의료 · 교육 등 서비스 자원이 도시 중심지역에 고도로 밀집되면서 특대 도시 내부의 공간구조를 불균형 화 시켰다.

(4) 인구 통치관리 제도를 시급히 개혁해야 한다.

유동인구의 기본 생존권과 주거권, 발전권이 제대로 보장되지 않아 거대한 규모의 유동인구가 장기적으로 안정성이 떨어지고, 앞날에 대한 기대가 부족하여 도시를 낯설게 생각하고, 더 나아가 저항하는 정서까지 생겨났다. 도시 속 농촌의 유동인구 밀집구역은 사회문제가 두드러진 지대가 되었다. 도시의 창조 · 혁신 동력으로 발전 · 전환되어야 할 유동인구가 점차 도시의 사회문제를 만드는 주체적인 집단으로 변모한 것이다. 배타적인 인구 통치관리 제도는 중국 도시 사회문제의 근원이자 인적 자본의 엄청난 낭비를 초래하여, 중국 구조 고도화의 무기력과 창의력 결여의 중요한 원인이 되고 있다. 인구의 규모를 통제하는 전통적인 법적 조치인 '호구(戶口)'가 시장경제의 조건에서 효과가 없거나 비효율적으로 된 것은, 중국 특대 도시인구의 규모를 통제하는 전통적 모델이 막바지에 이르렀음을 보여준다.

4) 중국 특대 도시 네 가지 유형의 인구 조정 통치관리 모델

중국 대도시마다 도시규모를 통제하는 경로가 다르다는 조사가 나왔다.

첫째, 총량 통제법.

베이징(北京)을 대표로 한다. 직접 보존량을 통제하는 것을 위주로 하며 증량 기능을 조정하는 방법을 보조적으로 이용한다. 전형적인 방법은 종합 단속과 불법 건물 철거를 통해 외부인구 수량을 통제하고 감소시키며, 기업, 심지어 시정부를 이전하는 것으로 도시의 비수도 기능을 축소한다. 이런 방법은 도시 통치관리의 규범화를 촉진하는데 도움이 되고, 단기간에 인구를 통제하는 효과를 거둘 수 있다. 문제는 이런 조치들이 체계성이 부족하고 도시 서비스 기능을 약화시키며, 시장논리에 위배되고, 노동력 시장의 공급부족 갈등을 일으키고 사회모순을 격화시키며, 지속적인 시행에도 어려움이 크다. 베이징의 노동력 시장에서 구인 배율은 장기간 5이상, 소수 업종은 10이상이다. 베이징 전 업종의 평균 임금수준은 허베이성(河北省)의 2배 이상이다.

둘째, 공간구조 조정법.

상하이(上海)를 대표로 한다. 도시 건설용지의 총량, 공간 구조, 대형 공공서비스 시설 배정을 통해 밀도가 낮고 이용공간이 많은 도시

변두리 지역과 뉴타운으로 인구 이동을 유도해 토지로 인구를 통제하는 목적을 달성한다. 상하이의 새로운 마스터플랜은 15분 생활권을 만들어 교외의 생활환경을 더 좋게 만드는 것이다. 교외의 모든 진(鎭)·촌(村)·지역사회(社区)에서 15분이면 주변의 공공서비스 자원을 이용해 기본적인 생활문제를 해결할 수 있도록 하는 것이다. 이런 방법은 특대 도시의 인구 조정 법칙에 부합하며, 도시 공간구조와 기능배치의 최적화를 인구조정과 결합시킬 수 있다. 그러나 이 방법은 조정 효과 주기가 길어서 전국 척도의 공간정책과 미시 척도의 인구정책을 조합해야 한다.

셋째, 산업 구조조정 방법이다.

선전(深圳)을 대표로 한다. 도시 기능과 산업구조를 최적화함으로써 고용구조의 업그레이드를 촉진시키고, 도시의 질 높은 성장을 실현한다. 인구조정 목표와 도시발전은 반드시 상호 일치되어야 한다. 공공서비스가 취업인구와 그 가정을 모두 아우르며 인구발전과 도시발전을 동기화하도록 노력한다. 이런 방법은 장기적 관점에서 시장의 역량을 발휘할 수 있고, 도시기능의 최적화와 인구조정을 결합시켜 발전을 조정할 수가 있다. 또한 선전은 인재혁신 정책의 제정을 중시해 해마다 300만 명의 사람들에게 직업교육을 제공하고 있다. 산업구조 고도화로 연간 400만 명이 선전을 빠져나가지만 또 새로이 400여만 명이 들어오는데, 이는 선전의 노동력 구조가 유동과정에서 업그레이드 되고 있음을 보여준다.

넷째, 서비스 유도·조정법이다.

청뚜(成都)를 대표로 한다. 서부 중심도시로서 청뚜지역의 총인구는 여전히 상승하고 있다. 도시 중심지역의 인구감소를 도모하는 것과 청뚜지역의 인구증가를 결합한다. 서비스 강화, 레이아웃 최적화 및 구조조정을 인구조정의 총체적 방식으로 하고, 총체적 · 장기적 관점에서 미래도시의 규모와 구도를 도모한다. 도농의 계획과 공공서비스 정책의 체계를 편성하여. 주거환경이 도시 중심구역보다 더 좋은 위성도시를 조성한다. 도시 중심구역과 위성도시 간의 쾌속 교통망을 구축하고, 시급의 양질 자원을 위성도시와 뉴타운으로 강력히 밀어 보내며, 상주인구를 모두 아우르는 공공서비스 체계를 구축하여 도시 중심구역 인구가 위성도시와 뉴타운으로 소개되도록 한다. 도시 중심구역은 용량을 줄이고 품질을 향상시키며, 위성도시와 뉴타운은 활력을 불어넣어 발전을 촉진케 한다. 특대 도시의 시내지역은 여전히 인구를 집결하고, 전 성(省) 도시화의 건전한 발전을 이끄는 중책을 맡게 한다. 이런 방법은 인구의 압박이 두드러지지 않고 위성도시와 뉴타운 건설을 하는데 기반이 좋은 특대 도시에서 효과가 있다. 청뚜는 중서부 지역에서 유동인구가 가장 빨리 늘고, 전국에서 경쟁력이 가장 빨리 높아지는 도시이다.

종합적으로 말하자면, 서비스로 조정을 유도하고, 배치와 구조를 최적화하는 것이 대도시 인구규모를 통제 · 조정하는데 비교적 좋은 방법이라고 하겠다.

5) 특대 도시 통치관리 모델을 혁신하고, 인구규모를 조정하는 대책을 보완하다.

포용적 특대 도시규모를 조정하는 정책체계를 구축하는 기본원칙은, 정부가 주도하고, 전국에 입각하여 계획으로 선도하고 다원화된 조치를 병행하여 포용적으로 발전케 하는 것이다. 특대 도시는 중국이 도시 사회질서의 확립을 위한 최전방 기지이다. 인간 본위의 신형 도시화와 특대 도시의 인구 통치관리에 대한 기본이념과 정책 가이드라인은 전국 도시화의 건전한 발전에 깊은 영향을 준다.

특대 도시규모의 조정은 체계적인 프로젝트이기 때문에 체계적인 대책이 필요하다.

(1) 특대 도시규모의 통제는 역사적 과제이며, 전략적으로 해결 해야 한다. 인구의 증가를 엄격히 통제하고 점진적으로 보존 량을 조정해야 한다.

중국은 2030년을 전후로 하여 인구의 정점에 도달할 것이며, 도시화도 성숙기에 접어들 것이다. 전국 도시화의 공간적 구도 가 점차 안정되고 인구의 분포구도가 예측가능하게 될 것이다. 특대 도시는 대체로 도시규모를 정할 수 있게 되며, 실행 가능한 특대 도시규모의 조정과 발전전략 계획을 작성하는데 역사적 배 경을 제공하게 될 것이다. 앞으로는 노동력이 부족할 것이며 특 히 자질 높은 노동력이 부족할 수 있다. 인적 자본의 축적이 뒤 따를 때, 도시와 도시 사이의 경쟁은 양질 노동력에 대한 경쟁이 된다. 문제를 역사적으로 해결해야지 단번에 해결할 수는 없다. 특대 도시인구의 시민화를 추진하는 것과 규모조정이 병행되어 야 한다. 장기간 배제 통치관리 속에서 규모를 조정하면 갈등이 누적될 수밖에 없다.

(2) 특대 도시규모의 통제는 전반적인 과제로 전국과 지역의 척 도에 의해서 해결되어야 한다. 지역에서 각 급별 도시의 기 능을 조화롭게 발전시키고 강화하는 것은 특대 도시규모를 통제하는 기본 경로이다.

첫째, 국가차원에서 "국가의 기본 공공서비스 체계 '12·5' 계 획"을 전면적으로 시행하여 특대 도시와 전국, 특히 주변지역과의 공공서비스 격차를 줄이고, 전국의 인구가 특대 도시로의 제도형 이전을 줄인다. 둘째, 고차원적 서비스 시설이 전국의 지역성 중심도시로서 균형적으로 발전하도록 추진한다. 전국의 각 성도(성 정부 소재지)와 도시군의 중심도시에 고차원의 의료·교육·문화·예술 등 서비스 시설을 배치하고, 전국의 인구가 특대 도시로의 경제형·서비스형 이동을 줄인다. 두 가지 모두 '70% 발전법칙'에 따른다. 즉 도시화의 성숙기에 70%의 인구가 도시에 거주하고, 또 그중 70%의 도시인구가 도시 군 지역에 거주케 하는 것이다.

(3) 특대 도시규모의 통제는 체계적 과제로 정부가 총괄 계획하고, 건설·통치관리하며 발전과 통제의 동적 평형을 실현시킨다.

국제적 경험을 살려 도시와 도시군의 발전계획을 수립하고, 지역차원에서 특대 도시 중심지역의 규모를 통제하며, 인구의 도시주변의 뉴타운 및 도시 군 내부의 도시 중심지역 밖으로의 확산을 유도한다. 대부분의 국제화 대도시가 규모에 대한 통제를 실시하는 주요 목표는 도시 중심지역의 규모를 통제하기 위한 것으로, 도쿄·서울·파리·런던 등 일부 대도시들은 대도시 시내구역에 인구가 집중되는 상황에서 도시 중심지역 인구규모의 감소를 이뤄냈다.

(4) 경제수단으로 특대 도시의 기본적인 경제기능을 통제하고, 공공서비스로 주민들의 삶의 질을 높이며 통제와 발전의 동태적 균형을 실현한다.

중국 선전이 바로 이런 전략을 채택했다. 발전에 따라 위치를 설정하고, 시장의 역할을 발휘케 하며, 토지가격과 세수 등 경제 수단으로 특대 도시의 기본적인 경제기능을 유도하고 통제하며, 구조의 고도화를 촉진시키고, 인구의 합리적인 발전을 이끌어낸 다. 도시 사회통치관리의 개혁을 추진하고, 공공서비스 체계를 대대적으로 발전시키며, 도시에서 안정적으로 취업한 호적이 없 는 상주인구 및 가족에게 공공서비스를 제공함으로써, 주민의 삶의 질을 향상시키고, 조화로운 사회의 구축을 위해 기반을 마 련한다. 특대 도시규모 통제와 호적이 없는 상주인구의 시민 화 를 병행하는 것은 서로 위배되지 않는다.

3. 지급가능 주택공급을 돌파구로 하여 특대 도시의 호적이 없는 인구의 민생보장 체계를 구축한다

1) 특대 도시의 호적이 없는 인구는 도농 인민의 민생을 총괄적으 로 보장하는 선에서 최후의 보루가 되었다.

특대 도시규모의 통제에 대한 인식이 확고해지면, 그 다음 문제는 특대 도시의 호적이 없는 인구의 시민 화를 어떻게 효과적으로 추진 할 것인가 하는 점이다. 즉 어떻게 이들 인민에게 민생을 보장해주고, 그들이 사회에 융합되어 들어가게 하며, 동시에 특대 도시의 혁신과 창조의 주체가 되도록 하는가 하는 문제이다.

아시다시피 2020년은 중국 샤오캉(小康)사회 건설의 원년이다. 전 면적으로 샤오캉을 실현하려면 본래 두 개의 어려운 군체가 있다. 이 들의 하나는 7000만의 농촌빈곤 인구이고, 다른 하나는 특대 도시의 7000만 유동인구이다. 정밀 빈곤구제(맞춤형 빈곤 구제)를 통해 7000 만 농촌빈곤 인구의 민생보장 수준이 대폭 향상되었다. 7000만 명이

나 되는 성의 경계를 넘는 유동인구는 중국 도농인민의 민생보장을
총괄하는 점에서 최후의 보루로 남아 있다. 지금까지 유동인구의 시
민화에 관한 계획을 세운 특대 도시는 없다. 많은 도시가 기초교육,
최저임금 기준, 사회보장 등에서 유동인구를 대상으로 많은 조치를
취하고 있지만, 정작 관건적인 주거문제가 해결되지 않아 유동인구가
가족을 데려오는 비율이 20~25%에 불과하며, 이로부터 일련의 사회
문제가 파생되고 있다.

주택은 특대 도시 유동인구 통치관리의 수준을 끌어올리는 데 있어
서 가장 큰 장애물이다. 유동인구의 주택문제를 해결하지 않으면, 전
면적으로 샤오캉(小康)사회를 건설하는 데 심각한 영향을 줄 수 있다.
어떻게 하면 유동인구에게 지급가능하고 건전한 주택을 제공할 수 있
을까?

2) 특대 도시 유동인구의 '2·2·4·2' 지급가능하고 건전한
   주택의 공급방안

지급가능 건전한 주택 개념은 독일에서 생겨났다. 1880년대 독일은
고속 도시화 단계였는데, 전국 6000만 명 인구 중 2900만 명이 유동인
구로, 전체 인구에서 차지하는 비중이 50%에 육박할 정도여서 도시화
에 큰 도전이 되었다. 이에 독일은 어떤 주택이든, 누가 제공하는 주
택이든 반드시 건전한 주택이어야 하는바, 가구 단위로 제공되는 주
택은 반드시 독립적인 화장실과 주방시설이 갖추어져 일가족이 정상
적인 생활을 할 수 있도록 했다. 동시에 이같은 건전한 주택이 아니면
시장에 공급할 수 없도록 했다.

시장 유도 하에, 중국 도시 주변의 농촌 마을은 유동인구에게 지급
가능한 저렴한 임대주택을 제공해, 도시 속 농촌의 발전을 추진했으

며, 중국 유동인구의 기본 생활에 기초적인 보장을 제공했다. 대도시와 특대 도시의 도시 속 농촌에서 거주 인구 중 유동인구의 비율은 40~70%에 달하는 바, 그 중에서도 심천(深圳)은 80%에 달한다. 도시 속 농촌은 유동인구의 주거문제를 해결하는 중요한 지역임을 알 수 있다. 또한 대도시 인적자본 난제와 공간의 질적 난제도 모두 도시 속 농촌에 집중되어 있어, 도시 속 농촌의 개조는 대도시 현대화의 중점 지역이자, 현재 대도시가 안고 있는 중대한 난제이기도 하다. 따라서 도시 속 농촌 개조와 유동인구의 주택공급이라는 이 두 가지를 결합하여 도시 속 유동인구의 주거문제를 확실하게 해결해야 한다.

국내외 경험을 바탕으로 우리는 '2 · 2 · 4 · 2' 유동인구 건전한 주택 방안을 제안한다. 즉 20%의 고소득 유동인구는 스스로 주택을 구매하거나 임대하도록 한다. 20%의 중저소득 독신 유동인구는 기업이나 경제기술개발구역의 직원 기숙사에 거주하도록 한다. 40%의 중저소득 가정의 이주인구는, 도시 속 농촌에 대한 포용성 개조를 거친 후 농민이 제공하는 합법적이며 지급가능한 건전한 주택을 임대하도록 한다. 20%의 저소득자는 정부가 제공하는 공공주택에 의존하도록 한다. 이렇게 하면 특대 도시에서 유동인구를 위한 공공주택을 최소화할 수 있게 된다.

도시 속 농촌은 포용성 개조를 거쳐 유동인구에게 지급가능한 건전한 주택을 제공할 수 있다. 광저우(广州)시 유동인구에 대해 표본조사를 한 결과, 광저우시 19%의 유동인구는 주택을 구매할 능력이 있었으며, 18%는 도시 속 농촌의 개조를 거친 60㎡ 주택을 임대할 능력이 있었다. 또한 29%의 사람들이 도시 속 농촌에서 개조를 거친 40㎡ 되는 주택을 임대할 능력이 있었고, 25%의 사람들이 도시 속 농촌에서 개조를 거친 20㎡ 주택을 임대할 능력이 있었다. 이를 합계하면

91%에 달한다. 그외 9%는 주택을 구매 · 임대할 능력이 없었다. 전체적으로 2:7:1의 구조를 보인다. (그림 6-1 참조) 따라서 관건은 유동인구의 이 중간 70%에 달려 있다. 조사 결과, 광저우에는 대략 107만 명이 교외에 살고 있는데, 1인 1가구로 계산하면 107만 채의 지급가능한 건전한 주택이 필요하다. 만약 광저우의 도시 속 농촌개조를 전면 가동한다면, 협구경(窄口径)으로 계산해서 85만 채를 제공할 수 있다. 이는 수요량의 79%를 차지한다. 넓은 구경(宽口径)으로 계산하면 157만 채의 지급가능한 건전한 주택을 제공할 수 있다. 이는 수요량의 136%로서, 유동인구의 수요를 충분히 충족시킬 수 있다. 구체적인 건의 방안은 다음과 같다.

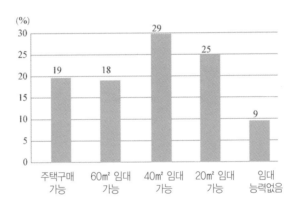

그림6-1. 2014년 광저우 비(州)호적 상주인구 주택 지불 능력 구조

건의 방안 1 : 협구경(窄口径)은 기존의 합법적 건물 면적만 보상하고, 280㎡이상의 불법건물은 면적에 따라 보상하지 않고 건축 원가만 보상해 준다. 광저우의 모든 농촌주택의 합법적 면적은 모두 3,066만㎡로서, 대략 858,000채의 주택이 나올 수 있다. 설문조사의 '4 · 6 · 2' 구조에 따른다면 시장의 수요구조에 완전히 부합된다.

건의 방안 2 : 넓은 구경(寬口径)에 따라 추산한다. 농민의 합법적 주택 면적이 얼마든 간에 상관없이, 통일로 280㎡로 쳐서 보상하여 증축한 후, 1인당 33㎡로 계산하여, 현지 주민에게 필요한 주택면적을 제하고, 나머지 주택 면적을 건전한 주택 형식으로 유동인구에게 공급할 수 있다. 추산해 보면 이 남은 주택 면적으로 70%의 유동인구의 수요를 충분히 충족시킬 수 있다.

이러한 방안은 도시 속 농촌의 리뉴얼된 보존량 자원을 활용해, 신 시민들에게 지급 가능한 임대주택 공급을 대폭 늘리고, 정부와 촌 집단, 마을 주민과 유동인구의 윈윈을 실현할 수 있다. 이는 어느 한쪽의 이익도 크게 훼손하지 않는 파레토 최적성을 갖춘 방안이다. 각 방면의 이익은 아래와 같이 표현된다. a. 유동인구는 거주할 곳이 있게 된다. b. 현지 주민은 신형 임대주택 시장의 공급 주체로서, 지속가능한 자산성 수입을 얻는다. c. 시장화 경로는 정부에 재정부담을 증가시키지 않는다. d. 토지를 새로 더 점유하지 않고, 건물면적을 새로 더 늘리지 않아 토지의 집약적 절약 이용에 유리하다. e. 정부가 부담해야 할 공공주택의 양을 최소화할 수 있다. f. 시민 화를 본격적으로 추진하고 신형 도시화의 고품질 발전을 위해 기반을 마련할 수 있다.

3) 지급가능한 건전한 주택공급을 바탕으로 도농인민의 민생 보장을 전면적으로 실현한다.

지급가능한 건전한 주택이 있고 나면 시민 화와 도농인민의 민생을 총괄적으로 보장하는 것을 추진할 수 있는 기반이 마련된다. 지급가능한 건전한 주택의 시장공급이 충족하게 되면 '7화(七化)'를 통해 호적이 없는 상주인구의 시민 화를 추진하고, 중국 도농인민의 민생을 총괄 보장하는 최후의 보루를 공략할 수 있다. 즉 지급가능한 건전

한 주택의 시장화, 이주 인구의 가정화, 가정생활의 커뮤니티화, 지역
사회 통치관리의 민주화, 지역사회를 대상으로 한 공공서비스의 균등
화, 인적자원의 교육을 통해 호적 없는 상주인구의 현대화를 점차 실
현할 수가 있다.

제 7 장 중국 사회보장 통치관리 개혁

(후홍웨이 胡宏伟)

중국공산당 제19기 중앙위원회 제4차 전체회의는 중국의 국가 통치관리 발전 과정에서 중요한 회의이다. 이 회의의 중요한 의제는 '중국 특색의 사회주의' 제도를 견지하고 보완하며, 국가 통치관리 체계와 통치관리 능력의 현대화 실현을 가속화하는 내용이 포함되어 있다. 사회보장은 전형적인 국가 통치관리 관련 테마로서 국가 통치관리 전반에 걸쳐 중요한 역할과 지위를 가지고 있다. 동시에 사회보장도 뚜렷한 사회 통치관리 특질을 가지고 있다. 사회보장 제도개혁을 견지하는 것은 '중국 특색의 사회주의'를 완정화(完整化)하고, 국가 통치관리 체계를 보완하며, 국가 통치관리 능력의 현대화를 추진하는 중요한 내용이다.

전체회의에서 채택된 「결정」은 민생보장 분야의 건설과 발전목표를 제시했다. 즉 "국민의 복지를 증진시키고, 인간의 전면적인 발전을 촉진시키기 위해 중국공산당이 설립된 것이므로 인민을 위해 집정하는 것은 가장 본질적인 요구이다. 따라서 반드시 자녀의 양육, 교육,

고용, 의료서비스, 노인부양, 주거, 사회 취약층(幼有所育、学有所教、劳有所得、病有所医、老有所养、住有所居、弱有所扶)을 지원할 수 있는 국가 기본 공공서비스 체계를 완비해야 한다. 또한 전력을 다하고(尽力而为), 능력을 다해야 하며(量力而行), 보편적 수혜성(普惠性)·기초성(基础性)·약세군체 보장성(兜底性)을 토대로하여 민생건설을 중시하고 대중의 기본생활을 보장할 수 있도록 해야 한다. 공공서비스의 제공방식을 혁신시키고, 사회역량의 공익사업 참여를 장려하며, 인민의 다층적이고 다양화된 수요를 충족시켜 개혁의 발전성과가 더 많이, 더 공평하게 전체 국민들에게 돌아갈 수 있도록 해야 하는 것이다." 또한 전 국민을 아우르는 사회보장 체계를 보완하는 것을 강조해야 한다. 즉 "완전보장(应保尽保) 원칙을 견지하며, 도농을 총괄하는 보장, 지속가능한 기본양로보험 제도, 기본의료보험 제도를 건전하게 하며, 보장 수준을 안정적으로 향상시켜야 한다. 기본양로보험 전국 총괄제도 수립에 도 박차를 가해야 한다. 사회보험 이전 접속(转移接续), 타 지역 의료보험 결제(异地就医结算) 제도의 실행에 박차를 가하고, 사회보험 기금 통치관리를 규범화하고 상업보험을 발전시켜야 한다. 또 사회구호, 사회복지, 자선사업, 군인 가족·유족, 상이군인 우대와 정착 등에 관련한 제도를 총괄적으로 보완해야 한다. 남녀평등을 촉진시키고, 여성의 전면적인 발전을 위한 제도적 장치를 보완해야 한다. 농촌 잔류 아동·여성·노인에 대한 서비스 체계를 보완하고 장애인 지원제도를 완비해야 한다. 빈곤퇴치에서의 가장 어려운 고비를 이겨내고, 빈곤퇴치의 성과를 공고히 하며, 상대적 빈곤을 해결하는 장기적인 메커니즘을 수립해야 한다. 다주체(多主体) 공급, 다채널 보장, 임대와 구매를 병행하는 주택제도의 수립도 가속화해야 한다."

중국공산당 제19기 중앙위원회 제4차 전체회의「결정」에서의 민생 사회보장 발전에 관한 표현은 중국공산당 제18차 전국대표대회 보고에서 제기한 "최저 선을 정하고, 촘촘한 네트워크를 만들며, 시스템을 수립해야 한다(兜底线、织密网、建机制)는 요구에 따라, 전 국민을 아우르고 도농을 총괄하며, 권력과 책임이 명확하고, 보장이 적절하며, 지속가능한 다차원의 사회보장 체계를 전면적으로 구축해야 한다"는 요구에 호응해, 사회보장의 민생 안전망, 사회 안정 메커니즘으로서의 중요한 역할을 한층 더 부각시켰다. 중국 사회보장 체계의 구축은 체계적인 사업으로 사회보장의 통치관리 체계와 통치관리 능력의 건설도 뚜렷한 체계적인 특징이 있어야 하므로 그것을 구축하는 것이 하루아침에 이루어질 수는 없다. 응당 공평성과 효율성이 조화되고, 권리와 의무가 상호 통일되며, 정부와 시장이 상호 협동하는 통치관리 이념에 기초하여 전체적인 통치관리, 공평한 통치관리, 현대화된 통치관리라는 논리에 따라 전면적이고 깊이 있게, 그리고 객관적으로 현재 중국의 사회보장 제도에 존재하는 문제와 도전을 분석하고 그에 상응하는 대응책을 모색해야 한다.

중국 사회보장 개혁은 내용이 복잡하고, 제도체계의 건설과 능력건설에 관련되는 내용이 광범위하므로, 아래에서는 '작은 절개한 구멍을 통해 큰 것을 본다는 맥락(小切口、大视角的思路)'에 기초하여 '완전보장(应保尽保)'의 원칙을 분석하는 것을 목표로 하고, 기본사회의료보험을 분석 대상으로 하여, 새로운 배경에서 기본사회의료보험제도의 '완전보장' 원칙의 범주와 내포에 대해 상세히 설명할 것이다. 또한 '완전보장' 원칙이 직면해 있는 도전을 분석하는 것에 의하여 제도적인 보험가입 등 5가지 면에서 앞으로의 통치관리 개혁의 중점 방향을 살펴보고자 한다. 사회보장 통치관리 개혁을 분석하는 중

요한 착안점으로 '완전보장' 원칙을 선택한 것은 주로 다음과 같은
두 가지 원인에서이다. 첫째, '완전보장'은 중국공산당 제19기 중앙
위원회 제4차 전체회의 「결정」에서의 사회보장 개혁과 발전의 기본
원칙으로, 이 원칙은 현재와 향후 중국 사회보장 발전의 전반에 명확
한 지향성과 영도성을 가지고 있다. 둘째, '완전보장'은 발전경로와
발전목표라는 이중특성을 가지고 있다. '완전보장'은 중국 사회보장
이 발전하는 중요한 경로이다. 즉 '완전보장'은 더욱 많은 사람들을
아우르고 더욱 많은 사람들에게 혜택을 주는 것과 더욱 높은 대우를
보장해 준다는 것을 통해, 모든 국민의 생활복지를 향상시키고자 하
는 것이다. 동시에 '완전보장'은 또 사회보장의 중요한 발전목표이기
도 하다. '완전보장'은 중국의 미래 사회의료보험 발전 결과의 이상
적인 상태로서, 전 국민을 커버하고, 필요한 보장을 전면적으로 충족
시키는 것을 기본사회의료보험제도 발전의 이상적인 정경이자 근본
목표인 것이다.

1. '완전보장' 원칙의 개념 분석

완전보장' 원칙은 사회보험 사업의 발전과정에서 기본적이고 초기
적인 지향성을 갖고 있다는 의미가 있다. 사회보험 제도의 발전 초기
에는 사회보험 가입자의 범위가 비교적 좁다. 사회보험제도가 보다
빨리 전 국민을 아우르도록 하기 위해서는 이 시기 보통 '완전보장'
원칙이 언급된다. 이 시기의 '완전보장'은 흔히 커버하는 범위와 대
상의 광범위함을 가리킨다. 따라서 중국 기본사회보험 발전의 초기에
는 '완전보장'이라는 원칙이 자주 언급되었다. 이때의 '완전보장'은
본질적으로 보험 가입자 수와 커버의 범위를 가리킨다. 즉 일반적 의
미에서 말하는 "사회보험은 전 국민을 커버해야 한다. 혹은 전 국민이

사회보험에 가입해야 한다"는 것이다. 이 시기에 강조된 '완전보장' 은 제도발전에 있어서 단기적인 목표를 의미하는 경우가 더 많다. 즉 사회보장제도 발전의 단기적 목표는 모든 국민이 사회보험에 가입해 기본사회의료보험제도의 보장을 받게 한다는 것이다. 이 시기의 기 본사회의료보험제도의 '완전보장' 원칙은 제도발전에서의 질적 특질 이 아닌 양적 특질을 강조한 것이다.

그러나 사실 사회보험이 어느 정도로 발전한 후에 '완전보장' 원칙 을 논할 때에는 그 의미가 더는 단순한 커버 범위나 커버 숫자의 문제 가 아니라 점차 그 문자 자체의 의미로 회귀한다. 즉 '완전보장'은 본 질적으로 양적·질적 통합 개념으로, 구체적으로 이 시기의 '완전보 장' 원칙은 양적 효과와 질적 효과, 전체적 효과의 차원과 관점이 담 겨 있는 것이다. '중국 특색의 사회주의'라는 신시대로 접어든 후, 고 품질의 사회보장제도는 중국 사회보장제도 발전의 근본 목표가 되었 다. 고품질 사회보장제도의 발전목표는 사회보장 '완전보장' 원칙에 새로운 의미를 부여하게 된 것이다. 게다가 이 원칙에 군체 차원·수 준 차원·공간 차원·시간 차원을 감입했다. 다시 말해 이 시기의 사 회보장제도는 군체, 수준, 공간, 시간 등 4개 차원에서 모두 충분성과 풍부성을 갖춘 사회보장제도인 것이기에 고품질의 사회보장제도일 수밖에 없다. 이는 또 우리가 현재 추구하는 사회보장 개혁의 중요한 발전목표이기도 하다. 따라서 '완전보장'은 4개 차원의 의미를 포함 한다. 여기서 말하는 군체 차원이란 커버하는 사람들의 범위를 말하 고, 수준 차원이란 보장 수준을 가리키는데, 여기에는 보장 내용과 그 에 상응하는 처우의 수준을 포함한다는 말이다. 공간 차원은 제도의 지역 간 이전 접속(转移接续), 타 지역과의 정산(精算), 도농 지역 간 의 처우 면에서의 차이 등에 치중하는 것이고, 시간 차원은 주로 제도

발전의 지속가능성으로 나타나며, 제도의 지속가능성과 기금 리스크의 효과적인 통제를 강조한다는 것이다.

2. '완전보장' 이라는 목표에 도전하기 위한 분석

현재 '완전보장' 원칙은 도전에 직면해 있다. 이 글은 4개 차원에서 '완전보장' 원칙이 직면한 네 가지 주요 도전을 살펴보고자 한다.

첫째는 '완전보장' 원칙의 군체 차원이다.

사회보험제도가 수립된 이래, 중국의 사회보험은 점차 군체에 대해 전면적으로 커버하는 것을 실현했다. 도시 근로자, 농촌 주민, 도시 주민들이 점차 사회보장제도가 커버하는 범위에 들어갔다. 현재 중국은 이미 도시근로자보험, 도농주민보험이 병존하는 보험 구조를 형성했으며, 군체의 범위로 보면 이미 기본적으로 전면적인 커버가 실현된 것이다.

하지만 여전히 일정 수의 국민이 보험에 가입하지 못하고 있다. 따라서 보험이 완전하게 전체를 커버했다고 할 수 없는 것이다. 2018년 말 현재, 전국 기본의료보험 가입자 수는 13억 4,459만 명으로, 가입률이 96.36%에 달해 기본적으로 커버되었다고 할 수는 있겠지만, 여전히 4% 미만의 국민이 기본사회의료보험에 가입하지 못하고 있는 것이다. 또한 중국 기본사회양로보험 가입자 수도 9억 명 이상이다. 하지만 여전히 상당수의 국민 (특히 농촌주민)이 기본사회양로보험에 가입하지 못하고 있다. 뿐만 아니라 현실적으로 보험가입 중단과 같은 문제가 있어 보험가입의 지속성과 안정성을 높여야 한다. 동시에 보험가입 중의 착오(参保错位) 및 중복 가입 등의 문제가 여전히 존재한다. 이러한 것들은 모두 기본사회보험제도가 전체적으로 커버하는 데에 영향을 준다. 또한 빈곤층 인구에 대한 '완전보장' 이라는 기초위에서 빈곤층 변두리 인구, 상대적 빈곤인구의 지속적인 보험가입 문제와 보험의 처우에 대한 문제도 날로 뚜렷이 나타나고 있다. 이는 포스트 빈곤구제 시기의 기본의료보험을 실현해야 하는 군체를 커버하는 일에 커다란 도전과 개혁방향이 제시되고 있는 것이다.

둘째는 '완전보장'의 수준 차원이다.

수준 차원에서 말하면, '완전보장' 원칙은 보장내용과 보장수준 두 측면 모두를 포함한다. 이 중 보장내용은 주로 보험이 보장목표에 대응하는 범주를 가리킨다. 의료보험의 경우, 의료보험이 커버하는 진료서비스와 약을 제조하는 범위를 말하는데, 현실에서는 기본적으로 세 개의 목록으로 구현된다. 보장수준은 보험의 보장목표 범위 내에서 보험이 줄 수 있는 보상수준을 말한다. 의료보험에서 청구수준은 의료위생 서비스와 약품사용에서 보험이 피보험자에게 줄 수 있는 자금보상을 말한다.

수준차원에서 보면 중국의 기본사회의료보험은 여전히 부족한 점이 있고 여러 도전에 직면해 있다. 보장내용에서도 기본사회의료보험이 어떤 것을 보장해야 할 것인가에 대한 공감대가 부족하다. 예를 들면, 기본사회의료보험이 기본적인 것을 보장해야 하는데, 무엇이 기본적인 보장인가에 대해 사회적으로 이견과 논쟁이 있다는 점이다. 입원을 기본적으로 보장할 것인가 아니면 진료를 기본적으로 보장할 것인가, 중병을 기본적으로 보장할 것인가 아니면 잔병을 기본적으로 보장할 것인가, 치료를 기본적으로 보장할 것인가 아니면 예방을 기본적으로 보장할 것인가 등 보장의 여부에 대한 결정을 어떻게 내리고, 또 누가 그 결정을 내려야 할 것인가, 어떤 기준에 따라 결정을 내릴 것인가, 결정의 과학성과 합리성을 어떻게 담보하겠는가, 어떻게 제한적인 기금을 고 효율적으로 사용하는 것과 사회윤리 간의 관계를

균형 잡게 할 것인가, 어떤 정도의 희귀병을 보장 범위에 포함시켜야
할 것인가 등이 모두 중국 기본사회의료보험 보장범위에 있어서의 고
민거리이다. 또한 정산수준에서 볼 때, 의료보험 기금에 대한 투입이
끊임없이 늘어나지만, 국민의 획득감과 체감도가 높지 못하다는 문제
가 동시에 존재하여 기본의료보험 보장수준에 대한 사회적 비난이 늘
고 있다. 이 중 도농주민 기본의료보험의 실제 정산수준은 대략 50%
정도에 불과해 정책적인 정산비율보다 20%나 낮다. 기본사회의료보
험의 보장수준이 높지 못하다는 문제 외에도, 중국에는 또 도농주민
의료보험의 복지화 문제가 병존하고 있다. 주로 도농주민 기본의료보
험의 자금조달 구조가 불합리하기 때문에, 정부재정이 자금조달 구조
에서 차지하는 비중이 지나치게 높아 주민 의료보험제도가 어느 정도
는 복지의 특성을 가지게 되었다. 자금조달 수준과 자금구조는 필연
적으로 처우와 지급에 영향을 미치게 되고, 자금 조달과 처우 간의 갈
등은 도농주민 의료보험의 지속 가능성 리스크를 어느 정도 심화시켰
다. 도농주민 의료보험제도의 통합과정에서 일부 지방정부에서 과도
한 공약을 하는 바람에, 전반적인 도농주민 의료보험제도가 최근 2년
간 비교적 큰 기금의 압박에 시달렸다. 일부 지방에서 도농주민 기본
의료보험 기금이 바닥을 쳤거나 바닥을 칠 리스크가 존재하여 도농주
민 기본의료보험제도의 지속 가능한 발전에 비교적 큰 도전이 되고
있는 것이다.

셋째는 '완전보장'이라는 공간 차원이다.

공간차원에서 볼 때 '완전보장'은 크게 세 가지 측면에서 나타난
다. 즉 의료보험 관계의 이전 접속, 타 지역에서의 의료 권익의 충분
하고도 즉각적인 실현 및 도농 간· 지역 간 의료보험 처우의 통일 등
이 있다. 중국은 의료보험의 개설 차원(举办层次)이 비교적 낮고, 보

험의 총괄적 단원(举办层次)의 범위가 상대적으로 작기 때문에 객관적으로 기본의료보험제도의 지역파편화적인 특징이 형성되었다. 보험의 군체 특징 및 지방 특징이 상호 얽혀 있어 파편화된 보험제도 구조가 형성되어 보험제도의 연결과 조정 비용을 증대시켰다. 제도의 파편화는 현재 인구의 유동과 산업의 유동이 가속화되고 있는 현실에 적응하지 못하고 있으며, 심지어 제도의 점성을 초래해 정상적인 인구이동을 억제하고 있다. 보험의 연결이 어려운 것은 지역과 보험 종류를 넘나들 때 가장 뚜렷하게 나타나고 있다. 양로보험에서 연결과 이전 접속이 어려운 것은 물론 의료보험에도 어느 정도는 어려움이 있다. 중국은 제도 유형 면에서 여전히 소규모의 국비의료가 존재하고, 동시에 도시근로자 의료보험에서 퇴직노인은 비용을 납부하지 않는 등의 제도를 운영하고 있기 때문에, 제도 간 처우의 차이와 설계상의 차이가 제도의 연결과 통합에 어느 정도는 도전을 받고 있다. 현대사회의 유동성 특징을 고려할 때, 특히 중국에는 대규모의 도농 유동 인구가 있는데다가 의료위생 자원의 지역적 분포가 불균형하기 때문에 우리는 대량의 타 지역 의료수요를 시급히 충족시켜야 한다. 보험제도는 인구의 타 지역 의료행위에 걸맞게 기존제도의 파편화된 한계를 뛰어넘어 보다 높은 차원의 타 지역 의료보험료를 즉시 정산할 수 있도록 실현해야 한다. 비록 지금 타 지역 의료의 결제 개혁이 가속화되어 시와 성을 넘는 보험료 결제가 실현되기는 했으나 타 지역에서 즉시 정산하는 일은 여전히 많은 현실적 도전과 문제에 직면해 있다. 또한 도시와 농촌 간의 의료보험 처우의 차이가 비교적 현저한데다가, 주민의료보험의 정액식 조달방식으로 자금조달 수준의 동태적 조정체제가 부족하여 근로자 의료보험과 주민 의료보험의 자금조달 수준 격차가 축소되는 것이 아니라 더욱 확대되는 결과를 초래하였다.

이는 보험제도 처우의 차이를 가져올 수밖에 없게 했고, 두 보험제도
가 통일된 국민 기본의료보험으로 통합되는 것에 어려움을 더해주고
있다.

넷째는 '완전보장'의 시간차원이다.

'완전보장'의 시간적 차원은 주로 의료보험제도의 지속 가능성을
말하는데, 그 핵심은 의료보험 기금의 지불능력이 지속될 수 있는지
의 가능성문제이다. 그 관건은 의료보험의 재원 조달과 처우에 대한
지불 사이의 관계를 잘 처리하는 일이다. 새 시대 의료보험의 지속 가
능성 문제가 부각되고 있는 것은 의료보험 처우 면에서의 지급 수요
가 끊임없이 높아짐에 따라 의료보험 기금의 조성, 통치관리와 운영
사이에 갈등이 생기기 때문이다. 갈등은 도시근로자 기본의료보험과
도농주민 기본의료보험에서 정도가 다르게 나타난다. 특히 도시와 농
촌에서 주민 기본의료보험 제도가 통합된 후, 일부 지역에서 보험료
의 납입은 낮은 기준으로, 처우는 높은 기준으로 하면서, 자금 조달과
처우의 갈등이 도농주민 기본의료보험 기금 결제 리스크의 직접적인
원인이 되고 있다. 물론 기본사회의료보험의 지속 가능성 문제를 잘
처리하고, 의료보건 서비스의 공급체계 개혁을 중시하여 의료보건 서
비스 체계가 품질을 보장하면서도 가격이 저렴한 서비스를 제공하게
하는 것도, 현재 중국 의료개혁이 나아가야 할 중요한 방향 중의 하나
인 것이다.

3. '완전보장'과 기본의료보험 개혁의 중점 방향

의료보험의 특수성 때문에, 의료보험의 운영은 의료보건 서비스
공급, 의약품 생산과 유통이라는 외부의 영향을 받게 된다. 효과적인
외부 통치관리가 부족한 상황에서 의료보험은 홀로 발전하기는 어렵

다. 따라서 의료보험에 대한 통치관리 개혁은 종합적이고 정합적인 특징을 가지고 있어야 한다. 신시대 '완전보험' 의 원칙 및 그 목표를 실현하려면, 기본의료보험의 내부와 외부의 통치관리를 함께 추진해야 한다. 그 중 외부의 통치관리에는 삼의연동(三医联动, 의료보험의 체제개혁, 보건체제의 개혁과 약품유통체제의 개혁이 연동되는 것)에 주의해야 하며, 내부 통치관리에서는 기본의료보험의 현대화와 정밀화를 추진해야 한다.

1) 외부 통치관리: 체계와 협동의 차원에서 삼의연동(三医联动, 의료보험 체제개혁, 보건체제의 개혁과 약품유통체제의 개혁 연동)을 추진해야 한다.

기본의료보험제도 체계의 운영목표에서 보나, 기본의료보험 체계 운영의 실질적 제약 요소를 보나 모두 삼의연동을 기본의료보험 통치관리 현대화 개혁의 중요한 접점으로 삼아야 한다. 상술한 바와 같이 의료보건 서비스 체계와 약품 생산유통체계는 기본사회의료보험체계의 원활한 운영에 큰 영향을 끼친다. 기본사회의료보험의 운영은 의료보건 서비스의 공급에 높은 의존도를 가지고 있다. 의료보건 서비스의 품질, 가격 및 접근성 등 요소들은 기본사회의료보험 제도의 존속, 운영 효율성 등에 중요한 영향을 미친다. 국가의료보장국 설립 이후, 중국의 기본의료보험은 전략적 구매를 추진함에 있어서 뚜렷한 진전을 가져왔다. 특히 의약품의 집중 입찰구매 분야에서 눈에 띄는 성과를 거두면서 의료보험에 들어가는 의약품 가격이 현저하게 떨어졌다. 하지만 공공의료기관이 주체인 의료보건 서비스 공급분야에는 여전히 개선의 여지가 크다. 의료보험과 의료보건 서비스 공급 사이의 연동개혁은 현재와 향후 한 시기 중국 삼의연동의 핵심 내용이 될 것이며, 기본사회의료보험 제도 통치관리 변혁에 뚜렷한 영향을 주게 될 것이다. 이러한 시각에서 출발한 개혁 발상과 논리는 체계 통치관리와 협동 통치관리의 차원에 선 것으로, 삼의연동의 측면에서 기본사회의료보험 체계의 통치관리와 개혁을 바라본 것이고, 삼의연동의 구도에서 기본사회의료보험 자체의 변혁 및 기본의료보건 서비스체계 변혁과의 상호작용을 고려한 것이다.

체계와 협동 통치관리 개혁의 논리로 볼 때, 향후 기본사회의료보험체계가 삼의연동에 참여하는 중요한 착안점은 두 개의 관건적 측면을 포함한다. 그중 하나는 자신의 능력 경계에 대해 명확히 구분하는 것이고, 다른 하나는 삼자의 협동 상호작용에 대한 공감대를 형성하는 것이다. 기본사회의료보험은 삼의연동을 추진하는 과정에서 최선을 다해야 하지만 또 자신의 능력을 헤아려서 행해야 하는데, 그 관건은 과학적이고 객관적으로 자신의 능력과 책임의 경계를 정하는 데 있다. 기본사회의료보험체계 개혁이 삼의연동에서의 긍정적인 역할에 대해 인식해야 할 뿐만 아니라, 기본사회의료보험의 역할 경계에 대해서도 객관적으로 보아야 하며, 기본사회의료보험 제도의 역할과 능력의 범위를 과장해서도 안 된다. 또한 보험 측과 서비스 공급측은 반드시 연동하고 상호작용하는 구체적인 경로에서 공감대를 형성하고 긍정적인 방향으로 나아가야 한다. 특히 양측 모두가 대폭적인 개혁을 추진하는 배경에서 의료보험과 보건·건강 분야의 부급(部級) 협동을 중시해, 구체적인 개혁방향과 행동적 측면에서 양측 또는 다자간 주장을 융합해 서로 협동하는 개혁을 주장하는 환경을 형성해야 한다. 객관적으로 말하면, 현재 의료보험의 통치관리 개혁논리와 의료보건 서비스 공급체계의 통치관리 개혁논리에는 여전히 일정한 갈등과 부적응이 존재하므로, 진일보한 토론과 분석을 통해 인식의 일치를 가져와야 할 필요가 있다. 그리고 각자 개혁의 구체적인 경로와 행동에서 상호 조화를 이루어야 한다. 이는 중국 삼의연동의 협동과 추진에 필수적인 것이다. 여기에서 강조하고 싶은 것은, 의료보건 서비스 공급체계 개혁과의 협동이 부족하면 의료보험의 자체 변혁만으로는 중국 의료개혁이 성공할 수 없다는 점이다. 기본사회의료보험은 삼의연동의 통치관리 주체이자 또한 통치관리 객체이기도 하다. 각 개혁 사이에는 상호 의존하고 상호 제약하는 것이 있다. 따라서 만약에 외부의 통치관리가 잘 되지 못하면 기본의료보험 통치관리 개혁도 필연적으로 홀로 성공할 수 없는 것이다.

2) 내부 통치관리 : 기본의료보험 통치관리의 현대화 과정을 적극 추진해야 한다.

외부의 통치관리 개혁을 협동적으로 추진한다는 기초위에서, 기본사회의료보험의 통치관리 중점은 여전히 자체 내부 통치관리 개혁에 집중돼야 한다. 기본사회의료보험 자체의 통치관리를 끊임없이 완정화 함으로써, 의료보험 통치관리 체계와 통치관리 능력의 현대화를 추진하는 것이다. 기본사회의료보험 통치관리 개혁을 추진하는데 있어서 관건은 기본사회의료보험 통치관리의 현대화와 정밀화를 추진하는 데 있다. 아래 글에서는 제도적인 보험가입, 보험료 납부와 자금조달, 처우수준, 지불방식, 취급 통치관리 다섯 가지 측면에서 어떻게 의료보험의 통치관리 체계와 통치관리 능력의 현대화를 추진할 것인가에 대해 설명하고자 한다.

첫째는 제도적인 보험가입이다. 기본사회의료보험 제도 체계의 가입 데이터를 보면, 중국은 이미 기본사회의료보험을 전국으로 커버했지만, 여전히 소수 사람들이 가입하지 않았으므로 전반적인 커버작업은 여전히 계속 추진되어야 한다. 이와 함께 중국에는 또 잘못 가입하거나 가입이 누락되었거나 중복 가입하는 등의 문제가 존재하므로 기본사회의료보험의 제도적 가입에 대한 통치관리가 시급히 개혁되고 보완되어야 한다. 제도적 가입과 관련하여, 앞으로는 전 생애와 전 고용상황에 대한 기본의료보험 제도의 장기적인 가입체제를 구축하는 데에 힘써야 한다. 지금의 사회에서는 직업의 유동성이 끊임없이 빨라지고 있으며, 각종 새로운 형태의 유연성을 갖춘 취업방식이 끊임없이 생겨나고 있어, 전통적으로 직장에 의존하는 보험가입 방식은 큰 도전에 직면했으며, 이미 노동자의 취업 형태와 소득방식에는 적응하지 못하고 있다. 따라서 기본사회의료보험의 제도적 가입은 변혁에 순응해야 하고, 노동자의 고용상태의 다양성과 유동성의 특성을 충분히 존중하고, 전 생애주기, 전 고용상태의 장기적인 가입 메커니즘을 확립하는 데 힘써야 하며, 각 직업상태의 사람들이 모두 안정적으로 가입할 수 있도록 보장해야 한다.

둘째는 자금조달이다. 현재 제도적인 자금조달 중에 존재하는 일부 제도설계의 한계를 잘 해결해야 한다. 제도설계와 구조의 한계는 이미 중국 기본사회의료보험체계 개혁의 발전에 영향을 주는 중요한 원인이 되었다. 예를 들면, 직원의료보험 제도 중 퇴직 노인의 보험료 계속 납부여부에 대해 토론하여 개혁할 수 있다는 점이다. 이는 직원의료보험 자금조달 제도의 완정화, 더 나아가 전반적인 기본의료보험 제도 기금의 지속가능성, 제도 간의 형평성을 높이는 데 모두 의의가 있다. 한편 도농주민 기본의료보험 자금조달에서 나타난 문제를 중시하고, 도농주민 의료보험 중 정부와 개인의 자금조달 구조의 비례관계 문제를 토론 및 해결해야 하며, 이 양자의 자금조달 구조에서 차지하는 비중을 단계적으로 조정하고 최적화 하여 개인의 자금조달 비율을 적정하게 높여 도농주민 기본의료보험이 보험의 본질로 돌아가도록 추진해야 한다. 또한 제도적 자금조달에서, 도농주민 기본의료보험의 정액 자금조달 방식을 개혁의 중점으로 하여 토론하고, 개혁을 추진해야 한다. 특히 도농주민 기본의료보험에서 자금조달의 자연성장 제도를 어떻게 수립할 것인가에 대해 토론하고 개혁해야 한다. 현재 도농주민 기본의료보험에서 정액 보험료 납부, 정부의 한도 조정에 의존하는 자금 조달방식을 점차적으로 바꾸고, 점진적으로 비율 자금조달 특징이 있고(具有比例籌資特征), 안정적으로 자금을 조달하는 성장 메커니즘의 구축을 모색해야 한다. 이는 도농주민 기본의료보험의 건실한 발전을 위해서는 매우 중요하다. 또 이에 따른 개혁은 중국 기본사회의료보험제도를 국민기본의료보험제도로 통합하는데도 도움이 될 것이다. 그 외에 2020년 중국에서 절대빈곤을 해소한 후 어떻게 상대적 빈곤의 틀에서 기본사회의료보험의 빈곤 퇴치에 대한 장기적인 효과를 가져올 수 있는 메커니즘을 수립할 것인가, 자금조달과정에서의 상대 빈곤층의 보험가입 문제 등도 다음 단계인 기본의료보험 빈곤퇴치의 장기적인 효과를 가져올 수 있는 메커니즘을 형성하는데 중요한 개혁이 될 것이다.

셋째는, 처우의 수준이다. 기본사회의료보험제도 통치관리에 대한 개혁은 기본적인 문제에 있어서 사회적 공감대를 이끌어내는 것이 시급하다. 예를 들면, 지금도 논란이 많은 '기본보장(保基本)' 문제가 남아 있다. 무엇이 '기본보장'인가에 대해서는 사회적으로 여전히 어느 정도의 논쟁이 존재하고 있다. 특히 중병에 대한 보장, 입원치료에 대한 보장, 거액 의료비 지출에 대한 보장에 관해서 인식의 차이가 여전히 존재한다. 각 이해당사자가 충분한 논의를 통해 더 협력하는 공감대를 형성할 수 있도록 추진해야 한다. '기본보장'과 같은 이념에 대한 공감대를 형성하는 것은 중국에서 기본의료보험 통치관리 개혁을 추진하는 데 있어서는 필수적인 일이다. 다른 한편 기본사회의료보험의 보장능력이 상대적으로 부족하다는 점에도 주목해야 한다. 여기에는 중병의료보험이 중병에 대한 실제적인 효과 및 다차원적인 의료보험 체계로 보장하는 처우의 합력을 형성하게 하는 등은 모두 기본사회의료보험제도 처우수준 통치관리에서의 관건적인 의제이다. 그 외에 기본의료보험 처우수준 통치관리도 제도에 대한 의존과 복지의 함정문제를 막아야 한다. 개혁의 방향으로 볼 때, 보험의 복지화 경향을 피하고, 보험 성질로의 회귀를 중시해야 한다. 또한 비용과 처우 간의 협동성을 고도로 중시하고, 도농주민의료보험 비용납부 수준과 보험 처우 간의 협동성 문제에 주목해야 하며, 권리와 의무의 대등화, 비용납부와 재원조달의 대등화를 위해 기본사회의료보험의 처우를 통치관리 하는 것을 개혁의 중요한 출발점으로 삼아야 한다. 기본도농의료보험의 지방 통치관리자는 제도의 지속가능성에 대해 중시하여 과도한 약속이 재원조달과 비용납부 간의 협동성을 파괴하는 것을 피해야 한다. 현재 일부 지역 도농주민의료보험 기금이 바닥날 리스크에 직면해 있는 점은 지방의 통치관리에 실책이 있다는 점을 알려주는 것이므로 이에 대해 강력한 경고를 보내고 있다. 처우 지불 통치관리 개혁의 성패에 대한 판단기준은 처우와 자금조달의 조화를 바탕으로 한 기금의 지속가능성에 있다고 하겠다.

넷째는 지불방식이다. 현재 중국은 기본사회의료보험 지불에 관한 대변혁·대혁신의 시기에 처해 있으며, 각종 지불방식과 지방에서 실천하는 중에 모색을 꾀하고 있다. 개혁의 총체적 방향은 복합식 지불방식과 정밀화 지불방식을 추진하는 것이다. 여기에는DRGs와 같은 지불방식을 실행하는 의료기관의 정착을 추진하고, 동시에 인구당 총

액에 따른 선불 등의 지불방식이 기층의 만성병 통치관리 등 영역에
서 실시될 수 있도록 적극 추진하는 것 등이 포함되어 있다. 좀 더 정
교화 된 복합식 지불방식을 수립하여, 현재 비교적 조잡한 총액 선불
제도를 개혁하여 "한 번 지불하면 끝" 이하는 총액지불의 간단한 통치
관리 방식을 피하며, 지불제도의 정밀화와 현대화 개혁을 통해 지불
방식의 현대화와 정밀화를 실현하도록 하며, 기본사회의료보험이 삼
의연동(三医联动)에서의 핵심적 통치관리 역할을 향상시키고, 나아
가 전체 의료개혁 사업을 안정적으로 전개해 나갈 수 있도록 추진해
야 한다.

　다섯째는 취급 통치관리이다. 현존하는 기본사회의료보험제도 체
계를 취급하는데 있어서의 통치관리를 계속 보완하여 현존하는 취급
통치관리 체계의 운영효율을 높여야 한다. 취급 통치관리체계의 개혁
과 발전을 중시함으로써 취급 통치관리의 효율을 한층 높이고, 취급
통치관리의 원가를 낮추며, 나아가 취급 통치관리의 발전방향에서의
사회화를 한층 더 추진하기 위해 기초를 다져야 한다. 현재 중국의 기
본사회의료보험제도 체계의 취급 통치관리에는 임무가 많고 부담이
막중하나 통치관리 팀은 규모가 작고 능력도 더욱 향상시킬 필요가
있는 등의 문제가 존재한다. 따라서 지금은 취급 통치관리업무의 혁
신을 중시하고, 사회화된 취급 통치관리 개혁방향을 모색하는 것을
중시해야 한다. 다른 한편, 기본사회의료보험의 포괄적 차원, 즉 얼마
나 많은 지역과 군체 범위에서 의료보험제도를 총괄적으로 통치관리
해나갈 것인가에 대해 중시해야 한다. 통치관리 비용과 형평성의 문
제를 고려할 때, 기본사회의료보험의 총괄 통치관리 차원은 높을수록
좋은 것이 아니라 적절하고 적합한 것만이 합리적이고 실행 가능한
것이다. 현재와 향후 일정기간 동안에는 시급에서 총괄 통치관리를

실현하고, 성급에서 총괄 통치관리의 실현을 안정적으로 추진해야 한
다. 무턱대고 너무 빨리 총괄 통치관리의 차원이 상승하도록 추진해
서는 안 된다. 총괄 통치관리 차원의 상승은 반드시 의료보험의 취급
통치관리 능력에 상응해야 한다. 지나치게 높거나 낮은 총괄 통치관
리 단계는 모두 기본사회의료보험제도의 건전한 발전에 도움이 되지
않을 수 있으며, 총괄과 감독 통치관리의 상향, 기층 감독 통치관리의
인센티브 부족 등의 문제가 발생하지 않도록 해야 한다. '인터넷+',
빅데이터 등 통치관리 도구의 사용을 중시하고, 이 같은 기술적 통치
관리가 전반적인 통치관리 능력의 향상과 통치관리 현대화 과정에서
의 긍정적 역할을 중시해야 하며, 기술적 통치관리로 의료보험 체계
의 통치관리 능력을 대폭 향상시키고, 감독통치관리 등에 상응하는
통치관리 비용을 절감하며, 사회화 통치관리 개혁을 위해 여건과 기
반을 마련토록 해야 할 것이다.

제8장 중국공산당 제19기 중앙위원회 제4차 전체회의 정신으로 건강한 중국의 건설을 지도해야 한다

왕후펑(王虎峰)

중국공산당 제19기 중앙위원회 제4차 전체회의는 중국공산당이 '두 개의 100년' 분투목표의 역사의 합류 지점에서 개최한 매우 중요한 회의로, 전면적으로 개혁을 심화해야 하는 총 목표 즉 '중국 특색의 사회주의' 제도를 완비하고 발전시키며, 국가 통치관리 체계와 통치관리 능력의 현대화를 추진하는 것을 분명히 하였다. 건강한 중국 건설전략은 중국 현대화 건설의 중요한 구성 부분으로서 사회경제발전과 밀접한 연계가 있다. 위생 관련 정책을 포함한 중국 특색 민생체계 발전의 맥락을 파악하여 중국공산당 제19기 중앙위원회 제4차 전체회의의 건강한 중국건설에 관한 최신정신을 깊이 있게 이해하는 것은 국가 건강 통치관리 체계의 완정화에 중요한 현실적 의의가 있다.

1. 중국 특색의 민생체계 및 건강한 중국 건설전략의 중요한 지위

1) 중국 특색 민생체계의 형성

"백성은 나라의 근본이고, 근본이 튼튼해야 나라가 편안하다 (民惟邦本, 本固邦宁)"는 말처럼 인민은 국가와 사회의 기초이고, 민생문제는 인민의 근본 이익과 관계가 있는 문제이다. 민생문제를 잘 해결하는 것은 국가의 부강과 민족의 부흥이라는 위대한 목표를 실현하는 중요한 기초이고 조건이다. 민생사상은 마르크스주의 이론 체계를 연결하는 중요한 맥락이자, 마르크스주의 이론체계의 중요한 구성부분이기도 하다.[1]

근 100년 동안 중국공산당은 마르크스주의를 중국의 구체적인 실제와 결합하여 개척 혁신함으로써 민생에 관한 일련의 새로운 사상과 새로운 방법, 그리고 새로운 로드맵을 창조하여 중국 특색의 민생체계를 형성하였다. 사회주의 혁명과 건설, 개혁의 모든 중요한 역사단계에서, 구세대 혁명가들은 중국공산당 제1세대 중앙지도집단, 제2세대 중앙지도집단, 제3세대 중앙지도집단의 영도 아래, 당과 국가가 직면한 중대한 민생문제를 개척적으로 해결하고, 사회의 끊임없는 진보와 완정화를 추진하였으며, 중국 특색의 민생 실천과 민생 이론을 끊임없이 풍부하게 하고 보완하였다. 2000년대에 들어선 후 민생사업은 빠르게 발전하였고, 당의 민생정책 체계도 더욱 완벽해졌다. 중국공산당 제16차 전국대표대회는 처음으로 '민생'이라는 단어를 대회의 보고에 포함시켰고, 중국공산당 제17차 · 18차 전국대표대회는 점차 교육 · 취업 · 재취업 · 사회보장 · 소득분배 · 의료를 위주로 하는 민생체계를 구축하였다. 중국공산당 제19차 전국대표대회 보고에서는 이를 한층 더 풍부하게 하고 완정화 하여 교육, 취업과 소득, 사회보

1. 李楠 · 周建华, 「９０年来中国共产党解决民生问题的基本经验」. 『学术论坛』, 2011, 34(5), 15쪽.

장, 빈곤 퇴치, 건강한 중국 건설이라는 포함하는 더욱 풍부한 민생체계를 형성하였으며, 나아가 민생 프로젝트의 내용도 더욱 풍부하게 하였다. 의료개혁을 포함한 건강한 중국 건설은 이미 중국의 중요한 민생체계의 중요한 구성부분이 되었다.

2) 건강한 중국 건설전략의 중요한 지위

중국공산당 제18차 전국대표대회 이래, 점차 건강한 중국 건설이라는 전략목표를 제시하였으며, 건강한 중국 건설을 국가전략으로 격상하고, 건강을 우선 발전의 위치에 두었다. 2016년 8월 베이징에서 열린 "전국위생과 건강대회"에 시진핑 총서기가 참석해 중요한 연설을 하였다. 그는 전 국민의 건강 없이는 전면적인 샤오캉사회(小康)도 있을 수 없음을 강조하였으며, 인민의 건강을 우선 발전의 전략으로 삼아 건강한 중국의 건설을 가속화해야 한다고 했다. 중국공산당 제19차 전국대표대회 보고는 이러한 기초위에서 "인민의 건강은 민족이 창성하고 국가가 부강하다는 중요한 표지"라는 논단을 내림과 함께 "건강한 중국의 전략을 실시하고, 국민 건강에 대한 정책을 완정화하며, 인민대중에게 전1방위적인 건강서비스를 제공할 것"을 제시했다. 이는 건강한 중국을 건설하는 전략이 국가의 대계임을 의미하는 중대한 징표라 할 수 있다. 각 분야와 사회 각계는 건강을 모든 구체적인 실천에 융합시키고 건강을 각 분야와 각 방면의 업무와 상호 결합시켜야 한다. 건강한 중국을 건설하는 전략은 더욱 내실 있고 더욱 중요한 전략적 지위를 가지고 있다. 이미 1948년 세계보건기구(WHO) 출범 초기에 확정된 「세계보건대헌장」은 "건강은 병이 없고 허약하지 않을 뿐만 아니라, 신체적·심리적·사회적 기능 등 세 가지가 모두 원만한 상태"라고 명확한 정의를 내렸다. 반세기 이래, '건강'에 대한

WHO의 정의는 끊임없이 넓어지고 있다. 1978년「알마티 선언」은 "건강한 지역사회"를 제시했고, 1980년대 WHO는「건강 도시 프로젝트」를 발의했다. 2000년에는 또 "건강한 국가 건설"에 대해 제시했다. 이러한 것들은 사람들이 건강에 대한 수요에 적응했을 뿐만 아니라 건강 통치관리가 전 세계 통치관리 변혁에 적응해야 하는 추세를 반영했다.[1]

3) 국가 통치관리와 건강 국가

20세기 초, 애덤 스미스로 대표되는 고전경제학파는 자유 시장을 주창하고, 시장은 만능이라며 국가의 개입을 반대했다. 그들은 정부가 야경꾼(守夜人) 역할만 잘하면 된다고 생각했다. 위생제도와 의료보장은 산업화 혁명의 산물로 20세기 초에 태동했고, 동시에 의학의 성취는 주술에 크게 타격을 입히면서도 나름대로 한계를 드러내면서 사회의학을 탄생시켰다. 그러나 1929-1933년 세계적 경제위기와 제2차 세계대전은 자유주의를 선택한 서방국가들로 하여금 시장이 만능이 아니라 무력화될 수 있다는 인식을 갖게 했다. '작은 정부'가 시장의 요구에 부응하지 못하고, 더 많은 사회적 책임을 질 수 있는 강력한 정부를 만들어야 한다는 지적이 나왔다. 이 단계에서 케인스주의가 생겨났다. 정부는 시장 파행에 대비해 공공사업 투자, 사회보장제도의 구축, 실업 구제 등에 나섰다. 공공정책이 보건 분야에 관련되기 시작한 것이다. 1970년대에는 오일쇼크와 경기침체가 케인스주의의 한계를 선언했다. 정부의 개입 조치가 비효율적으로 이뤄지는 문제가 실천에서 불거졌다. 이 시기 WHO가 '알마티 선언'을 통해 '초보적 의료 보건'을 주창하고 중국의 농촌협동의료를 개발도상국

1. 王虎峰. 健康国家建设：源流、本质及治理. 医学与哲学, 2017, 38(3)

의 모델로 내세운 것은 이러한 배경에서 이성적인 선택이라고 볼 수 있다. 1980년대부터 세계화·정보화·지식경제화의 시대를 맞아, 재정난에서 벗어나 국제경쟁력과 정부의 효율성을 높이기 위해 서방 각국은 경영학의 이론·방법과 기술로 시장경쟁체제를 도입하고, 고객지향과 서비스 질을 강조하는 새로운 공공통치관리 운동을 일으켰으며, 정부가 '노 젓기' 보다는 '키 잡기' 에 집중해야 한다는 목소리를 높였다. 이와 함께 이 같은 개혁의 수요가 보건정책과 통치관리학의 발전을 자극했다. 미국 레이건 행정부가 강력하게 추진한 건강유지단체와 영국 대처 정부가 추진한 공공의료시스템 내 시장화 개혁이 바로 이런 사조의 산물이었다. 보건정책과 통치관리학과가 사회의학에서 분화되면서, 사람들은 건강에 대한 인식이 더욱 깊어졌고, 경제사회와 환경이 건강에 미치는 다차원적 영향을 발견했으며, 이로부터 '건강한 도시건설' 을 제안하게 되었다. 1990년대 이후, 미국의 행정학자 로버트 B. 덴하트로 대표되는 행정학자들은 새로운 공공통치관리 이론을 지양하는 기초위에서 새로운 공공서비스 이론을 제시했다. '새 공공서비스' 는 정부의 직능은 이 '서비스' 일뿐 '키잡이' 가 아니고, 국민을 위해 서비스를 하는 것이지 고객을 위해 서비스를 하는 것이 아니며, 생산성만 중시하는 것이 아니라 사람을 중시해야 하며, 특히 민주적 가치와 공공이익을 중시해야 한다고 강조했다. 건강 분야에서는 건강을 최우선의 정치적 이슈로 삼았다. 유엔과 WHO가 '건강한 국가건설' 운동을 주창하고, 건강지표를 「천년 개발목표」와 「2030년까지 지속가능한 발전 어젠다」에 잇따라 포함시키면서 건강국가 건설의 이념과 행보는 국제사회에 더욱 받아들여지게 되었다. 이로부터 '건강한 국가건설' 의 발생과 발전은 우연이 아니라, 국제사회에서 발전의 토대와 이론의 뒷받침, 그리고 시대의 특색을 갖고 있음을 알 수 있는 것이다.

 '건강한 국가건설' 운동은 사회 통치관리의 중요한 영역으로, '건강한 국가건설'을 추진하는 것은 현대화된 통치관리 능력을 시험하는 것이다. 먼저 WHO는 '건강'의 정의를 내리는 것을 시작으로, 1차적 위생보건·지역사회 위생·건강한 도시를 차례로 주창하면서 건강에 영향을 미치는 사회적 요인에 개입하고, 궁극적으로 건강 이슈를 온갖 방책(万策)과 건강 통치관리 문제에 통합시키자고 제안했다. 인식이 깊어지면서, 사람들은 개인의 건강은 군체건강과 집단건강을 벗어날 수 없다는 것을 알게 되었고, 집단건강의 최고 경지는 곧 법률제도 및 그에 걸 맞는 통치관리 모식임을 발견하게 되었다. 이것이 바로 건강국가인 것이다. 다음으로 한 학자는 글로벌 건강 통치관리 모식의 3요소에 대해 제기했다. 첫째는 '탈영토화'이다. 즉 지역 간 협력문제이다. 둘째는, 다부처 차원에서 문제를 고려하는 것이다. 즉 부처 간 협력문제이다. 셋째는, 범위가 더 넓은 공식적·비공식적인 행위체를 포괄하는 문제이다. 즉 전공과 비전공, 전문직과 비전문직의 문제이다.[1] 건강 통치관리 모식의 요소에 초점을 맞추어, WHO 및 관련 학자들은 건강 통치관리의 기본 모식을 종합 및 요약해 냈다. 건강에 영향을 미치는 요소가 다양하기 때문에, 어떻게 자원을 조직하여 대응하느냐가 관건이 된다. 실천과정에서, 종적 통치관리와 횡적 통치관리 두 가지 모식이 형성되었다. 종적 통치관리는 건강에 관련하여 중앙에서부터 지방까지 각 계층 간의 효율적인 분업과 협력을 의미하며, 횡적 통치관리는 건강과 관련하여 정부 각 부처 간 직능의 통합 또는 조정과 협동을 의미한다.[1] 건강은 이미 점 하나, 선 하나, 한

1. DODGSON R, LEE K, DRAGER N. "Global Health Governance", A Conceptual Review, ① 2002, 3(10): 80-108쪽.
2. 刘丽杭. 国际社会健康治理的理念与实践. 中国卫生政策研究, 2015(8). 69-70쪽.

가지 일을 단독으로 따질 수 없을 정도로 '합종연횡(合纵连横)'이 대세가 되었다. 마지막으로, WHO는 1990년대부터 여러 차례에 걸쳐 글로벌 헬스케어 컨퍼런스(세계건강촉진대회)에서 건강 의제를 어떻게 온갖 방책(万策)의 문제, 건강 파트너 문제, 민관 협력문제 등에 접목시킬 것인지를 중점적으로 논의했는데, 여기서 건강 통치관리에 대한 사고의 맥락이 뚜렷하게 보인다. 건강의 최적 목표는 '건강한 국가건설'이고, '건강한 국가건설'의 요체(要义)는 건강에 대한 통치관리라는 사실이 실증적으로 입증되었다.

2. 중국공산당 제19기 중앙위원회 제4차 전체회의 「결정」 에서 건강한 중국에 관한 최신의 정신

2019년 11월 5일 중국공산당 제19기 중앙위원회 제4차 전체회의 「결정」 전문이 발표됐다. 「결정」은 제8부에서 도시와 농촌을 아우르는 민생보장 제도를 견지 보완하고, 날로 늘어나는 인민의 아름다운 생활에 대한 수요를 충족시킬 것을 제안했다. 건강 분야에서, 「결정」은 국민의 건강 향상을 위한 제도적 보장을 강화할 것을 제시했다. 생명의 전 주기, 건강의 전 과정을 배려하는 국민건강정책을 완정화 하여 광범위한 대중이 공평하고 접근가능하며, 체계적이고 연속적인 건강서비스를 누릴 수 있도록 해야 한다고 제시했다. 의약위생에 대한 체제 개혁을 심화하고, 기본 의료위생제도를 완비하며, 공공위생서비스, 의료서비스, 의료보장, 의약품 공급의 보장 수준을 향상시켜야 한다고 제시했다. 현대 병원 통치관리 제도에 대한 개혁을 가속화하며, 기층을 중점으로 하고, 예방 위주로 하며, 예방과 치료를 결합하고, 중의(中医)와 서의(西医)를 다 같이 중시해야 한다고 제시했다. 공중위생 방역과 중대 전염병 방역을 강화하고, 중대·특대 질병 의료보험과 구조제도를 완비해야 한다고 제시했다. 출산정책을 최적화하여 인구의 질을 높여야 한다고 제시했다. 인구 고령화에 적극 대응하고, 재택양로와 지역사회 기구의 조율, 의료·양생(医养) 양로와 건강·양생(康养) 양로가 상호 결합된 양로 서비스 체계의 구축에 박차를 가해야 한다고 제시했다. 국민의 체력을 증강시키고, 전 국민의 건강을 증진시키기 위한 제도적 조치에 초점을 맞추어야 한다고 제시했다.

이 부분의 내용은 제도적 보장을 전체 단락의 선도문으로 한다. 여기에서 건강은 제도적 보장 차원에서 말하는 것이다. 일반적으로 최상위 설계(顶层设计)는 제도적인 것이다. 제도의 아래는 정책이고, 정책 아래는 구체적 통치관리 조치이다. 그러므로 우리가 「결정」의 정신을 이해할 때에는 제도적 설계의 높이에서 보아야 한다. 이 부분의 중요한 내용에 대하여서는 주로 다음과 같이 상세히 해석할 수 있다.

첫째, "생명의 전주기, 건강의 전 과정을 배려해야 한다." 생명주기는 광범위하게 사용되는 개념으로, 그 기본적인 의미는 "요람에서 무덤까지"의 전 과정이라고 통속적으로 이해할 수 있다. 《"'건강 중국 2030' 계획 요강" 지도독본》의 해석에 따르면, 생명 전주기는 "태아에서 생명의 종점까지"를 가리킨다. 즉 사람의 생명은 생식세포의 결합에서 시작하여 생의 종점에 이르기까지를 가리키는데, 여기에는 잉태기, 성장기, 성숙기, 노쇠기, 죽음에 이르는 모든 과정을 포함한다. 이는 현재 중국에서 생명 건강 방면의 인문적 배려를 더욱 중시하고 있음을 설명한다. 과거에는 위생 분야에서 신생아, 급성 전염병에 대해 비교적 많이 관심을 두었다면, 사회가 진보함에 따라 우리는 점차 노인, 만성병의 말기, 호스피스 등에 대해 중시하기 시작했으며, 생명의 모든 단계에 대해 매우 중시하게 되었다. 이 점은 사회전체의 진보인 것이다. 건강의 전 과정이란, 예방, 치료, 재활 및 병이 없으면 예방하고 병이 있으면 치료하는 것을 가리킨다. 건강의 전 과정을 배려하는 것은, 건강 규칙과 질병의 종합적인 예방과치료 규칙에 더욱 부합된다. 이러한 관점에서 건강 관련 정책을 보완하는 데「결정」이 앞장서게 될 것이다.

둘째, "광범위한 대중이 공평하고 접근가능하며, 체계적이고 연속적인 건강 서비스를 누릴 수 있도록 해야 한다". 이것은 또 하나의 발전이다. 2009년의「신(新)의료개혁」방안과 '제13차 5개년 계획' 기간의 의료개혁계획을 대비해 보면, 과거의 표현법은 "공평한 효율"이었다면 지금은 "공평하고 접근가능"이다. "체계적이고 연속적인"이라는 표현법도 처음 나왔다. 과거에는 "등급별 진료가 연속적 의료 서비스"라고 했는데, 지금은 "체계적이고 연속적인 건강 서비스"라고 표현하고 있다. "공평하고 접근가능하다"는 것은 위생·건강업무에서의 가치관이고, "체계적이고 연속적"이라는 것은 건강서비스의 구체적인 실시 기준이다. 이 둘 중 하나는 이념상의 것이고, 다른 하나는 실천에서 통치관리 측면의 것이므로 상호 호응하고 불가분한 것이다.

셋째, "의약위생 체제 개혁을 심화시키고, 기본 의료위생제도를 완비하며, 공공위생 서비스, 의료서비스, 의료보장, 의약품 공급 보장수준을 향상시켜야 한다." 여기에서 음미할 수 있는 것은「결정」에서 "의약위생에 대한 체제 개혁을 심화시켜야 한다."는 내용을 시작으로 바로 그 뒤에 "기본 의료위생제도를 완비해야 한다"'고 언급했다는 점이다. 2009년의「신(新)의료개혁」방안과 "제13차 5개년 계획" 기간의 의료개혁 계획은 모두 "도농의 주민을 커버하는 기본 의료위생제도를 건립하고 건전하게 해야 한다"고 제기했는데, 여기에서 "건전하게 해야 한다"는 「신(新)의료개혁」이래 위생건강체계가 이미 일정한 기초를 닦아 놓은 것이고, 기반이 다져진 것으로 지금은 더욱 완정화해야 한다는 것을 의미한다. 공공위생서비스·의료서비스·의료보장·약품공급 보장수준을 높이는 것도 2009년 「신(新)의료 개혁」방안의 4개 분야로 제시했는데, 이는 중국 의료개혁을 4개 분야로 분류하는 것은 나름의 내재적 논리가 있고, 시간적 검증을 이겨낼 수 있다는 것을 의미한다.

넷째, "현대 병원 통치관리제도 개혁의 가속화이다". 이 점에 대해 말한 것은 현대 병원 통치관리제도 개혁의 중요성을 의미하므로 전문적으로 짚고 넘어갈 필요가 있다. 의료서비스에는 공립과 비공립 부분이 포함되어 있고, 현대적 병원 통치관리제도에도 공립과 비공립 의료기관이 포함되어 있다. 현대 병원 통치관리제도 개혁은 의료위생체제개혁의 중추적인 사업으로 잘만 되면 전체 의료개혁이 위아래로 일사불란하게 진행되고, 잘못하면 의료개혁 분야의 업무가 엉망이 될 수 있는 것이다.

다섯째, "기층을 중점으로 하고, 예방을 위주로 하며, 예방과 치료를 결합시키고, 중의와 서의를 다 같이 중시해야 한다." 2016년 8월 19일 중국공산당 중앙위원회와 국무원은 신세기 제1차 전국위생·건강대회를 개최했다. 회의에서는 새로운 시기의 위생과 건강업무의 지침을 제시했다. 즉 기층을 중점으로 하고, 개혁과 혁신을 동력으로 하며, 예방을 위주로 하고, 중의와 서의를 결합시키며, 건강을 모든 정책 속에 융합시켜 인민이 함께 건설하고 함께 향유할 수 있도록 하는 것이다. 「결정」은 새 시기의 위생과 건강업무에 관한 지침의 몇 가지 핵심 문제에 대해 재확인했다. 원문과 결합해 비교해 보면 약간의 차이점은 두 가지이다. 하나는 "개혁과 혁신을 동력으로 한다"는 내용이 중복되지 않았다는 점이다. 「결정」에는 이미 개혁과 혁신에 관한 내용이 매우 많다. 다른 하나는 "함께 건설하고 함께 향유토록 해야 한다"는 내용이 중복되지 않았다는 점이다. 왜냐하면 「결정」은 국가 통치관리 체계와 통치관리 능력의 현대화에 관한 전문적인 강령으로, 전편(全篇)에 걸쳐 인민이 함께 건설하고 함께 향유해야 한다는 사상을 체현하고 있기 때문이다.

이상은 건강에 관한 중대한 제도와 정책을 명확히 하고 강조한 것이며, 아래에 서술하려 하는 것은 건강 분야의 중점 사업이다.

첫째, "공중위생 방역과 중대 전염병에 대한 통제를 강화하는 것"이다. 이것은 현재 사람들이 건강 분야에서 직면한 만성병과 전염병이라는 두 가지 가장 큰 위협을 조준한 것이다. "중대·특대 질병 의료보험과 구조제도를 건전하게 한다"는 것은 특수 질병과 특정 군체를 중점적으로 배려하겠다는 것이다.

둘째, "출산정책을 최적화해 인구의 질을 높이는 것"이다. 출산정책에서 더는 '계획'에 대해 언급하지 않았는데, 이는 인구정책의 방향, 방식과 방법이 완전히 바뀌었음을 보여준다. 과거에는 인구통제에 초점을 맞췄지만, 앞으로는 점차 출산을 장려하고 인구의 질을 높이는 쪽으로 방향을 잡을 것이다.

셋째, "인구 고령화에 적극 대응하고, 재택양로와 지역사회 기구의 조율, 의료·양생(医养)의 양로와 건강·양생(康养)의 양로가 상호 결합된 양로서비스 체계의 구축에 박차를 가해야 한다"는 것이다. 이는 중국공산당 제19차 전국대표대회 보고와 맥락을 같이하는 것으로 인구와 건강문제를 함께 논술한 것이 분명하다. 중장기적으로 의료·양생(医养) 양로와 건강·양생(康养) 양로의 상호 결합은 양로서비스의 발전방향이고, 미래 사업의 중점이다. 이에 대한 중국공산당 중앙위원회의 목표는 분명하다.

다섯째, "국민의 체력을 증강시키고, 전 국민의 건강을 중진시키기 위한 제도적 조치에 초점을 맞추어야 한다"는 것이다. 이것도「결정」에서 보인 완전히 새로운 표현법이다. 국민건강 증진의 제도적 조치는 앞으로 중국의 중요한 조치가 될 것이다. 이는 국민이 건강수준을 높일 권리를 제도적으로 보장한 것이고, 전 국민건강의 증진을 제창한 것이기 때문이다.

3. 중국공산당 제19기 중앙위원회 제4차 전체회의 정신으로 건강에 관한 통치관리를 지도해야 한다.

건강은 민생 행복의 근간이다. 건강은 이미 전 사회의 책임과 의무가 되었으며 '건강한 국가건설'은 국책이 되었다. 2020년 음력설 전후 신종 코로나바이러스 감염증이 전국에서 기승을 부리면서 국민의 생명과 건강은 심각한 위협을 받았고, 중국사회와 경제에 큰 충격을 주었다. 당과 국가 지도자들이 전 국민을 이끌고 전염병에 맞서 싸웠고 백의전사들이 선봉에 나섰으며, 건강문제의 중요성과 역사적 지위가 더욱 두드러지게 나타났다. 전염병 사태를 완전히 극복하는 데는 시일이 걸릴 것이고, 경험과 교훈을 깊이 있게 정리하고 전문적인 연구로 이어져야 하겠지만, 이미 발견된 문제점들과 결합해, 건강 분야의 통치관리를 강화하고, 통치관리 능력의 수준을 높이는 일이 더욱 시급하다. 중국의 기정방침에 따라 세계적 경험과 결합하여 '건강한 중국건설'과 통치관리 과정에서 반드시 다음의 몇 가지 요점을 파악해야 한다.

1) 건강은 통치관리가 필요한 기본적인 전략목표이며, 예상목표 달성 여부는 통치관리의 수준과 정도에 달려 있다.

세계보건기구(WHO)가 추진하는 건강사업의 맥락을 보면, 건강사업은 사회전체가 참여해 종적·횡적으로 끝까지 도달하는 것이다. 즉 이른바 종적 통치관리와 횡적 통치관리의 경험을 통합적으로 운용하는 것이다. 오직 합종연횡(合纵连横)만이 건강의 강력한 '적수'에 대처할 수 있는 것이다. "건강을 온갖 방책에 융합시켜야 한다(將健康融入万策)"는 측면에서 보면, 건강은 개인의 생활행위 습관일 뿐만 아니라 제도적 배치와 보편적 정책이 더욱 중요하다. 오직 모든 정책이 건강 이념을 구현하고 활용해야만 "건강을 지지하는 환경(支持性的健康环境)"이 조성될 수 있다. 건강문제는 단순히 위생부문이나 몇몇 부서의 일이 아니라, 사회 전체의 중요한 일이다. 일부 경우에 건강은 국운과 운명에 관계되므로 반드시 매우 중시하고 진지하게 대해야 한다.

2) 통치관리 방향에서 보면, 횡적 통치관리가 중요한 돌파구이다.

종적 통치관리에서 우리는 이미 어느 정도 기초를 갖추었다. 현재의 두드러진 문제는 횡적 통치관리가 부족하여 많은 건강정책이 위생 시스템의 경계를 벗어나지 못한다는 것이다. 횡적으로 비협동적이고, 종적으로 원활하지 못한 문제가 두드러져, 시스템 내에서도 상하층 간, 지역 간에 조화롭지 못하고 연결되지 않는 부분이 많다. 이것이 바로 학자들이 제기한 '탈구역화(解辖域化)' 문제이다. 이런 난제를 해결하지 않고는 건강정책은 시종 '파편화'·'패치화'되어 체계화와 네트워크화가 불가능하다. 이에 따라 정부부처 간 협력체제 구축이 시급하고, "주요 고리를 돌파하는 것"도 피할 수 없는 추세이다. 체계적 협력 메커니즘이 부족하면 건강에 영향을 주는 다원적인 문제를 어떻게 맞춤형으로 풀지가 상상하기 어렵다.

3) 정부 및 사회단체와 시장 메커니즘의 합리적은 분업과 배합은 건강한 중국건설에서의 필수조건이다.

정부의 직책으로 볼 때, 첫째는 건강에 유리한 "지지성 환경 (支持性环境)"을 조성하는 것이다. 현재, 공기 · 물 · 토양의 보호와 식품위생 안전보장이 매우 중요하다. 중장기적으로 보면 이것도 건강 기반의 결정적인 영향 요소이다. 둘째, 건강 분야의 산업 계획 · 업종 기준 · 품질기준을 서둘러 마련해야 한다. 건강과 관련해서는 사소한 일이란 없다. 계획과 품질기준이 부족하면 거시적 조정과 규제강화는 근거가 없게 된다. 셋째, 통계와 정보공개를 완정화해야 한다. 건강문제는 주민 모두가 관심을 두는 문제 중 하나이며, 또한 국가경제와 국민생활의 대사로서 사회 발전의 흐름에 맞춰 제때에 통계를 내고 정보를 공개해야 한다. 넷째, 새로운 상황에 맞는 감독 · 통치관리 체계를 서둘러 구축해야 한다. 과거의 감독 · 통치관리 조항과 내용 및 수단은 이미 현실의 수요에 비해 뒤떨어진 만큼 서둘러 제정하고 완정화해야 한다. 사회단체 발전에 있어서도 서둘러 단점을 보완해야 한다. 14억 인구의 건강문제에 대해 정부가 모든 서비스를 다 해준다는 것은 불가능하다. 중국은 "건강 관련 비정부기구 수가 적고, 기초가 약하며, 국제 협력 참여가 적다."[1] WHO의 호소에 호응하고, 세계적 경험을 살려 건강분야의 사회조직을 우선적으로 발전시키는 한편, 건강업계 기존의 사회조직 기구도를 재건해야 한다. 이와 같은 자원을

---

1. 张明吉, 侯志远, 钱熠 等. 「中国全球健康相关非政府组织的发展策略浅析」, 『中国卫生 政策研究』, 2016, 9 (11)

활성화시켜야만 건강한 국가건설에 무궁무진한 동력을 제공할 수 있다. 시장 메커니즘의 활력을 살리는 데 있어서 역점은 산업의 융합을 장려하고, 경쟁을 규범화하며, 시장 메커니즘을 충분히 발휘시키는 것이다. 이 세 가지 역량을 유기적으로 결합하면 거대한 에너지가 생겨날 수 있고, 돌발적 공중위생사건이 발생했을 때 비로소 유연하게 대처할 수 있으며, 건강한 국가건설이 지속가능한 발전의 빠른 길을 갈 수가 있다.

4) '건강한 중국건설'을 증량(增量)하고, 증량으로 존량(存量)개혁을 이끌며, '다섯 가지 제도' 개혁을 심도 있게 추진한다.

중국은 제13차 5개년 계획 기간 동안 의료개혁은 '다섯 가지 제도'를 중점적으로 수립할 것을 분명히 했다. 즉 등급별 진료제도(分级诊疗制度), 현대병원 통치관리제도, 전민의료보험제도, 약품공급보장제도, 종합감독·통치관리제도이다. 건강한 중국건설은 전 건강분야의 발전을 이끌었고, 동시에 '다섯 가지 제도' 개혁도 추진했다. 이 두 가지 임무를 총괄적으로 고려해 전반적으로 배치하고, 증량(增量)개혁으로 존량(存量)개혁을 이끌며 "막는 것도 있지만 소개하는 것도 있다(有堵有疏)", "적당한 성장을 유지하면서도 지나친 팽창을 억제한다(有保有压)", "앞으로 나아갈 줄도 알지만, 뒤로 물러설 줄도 알아야 한다(有进有退)"는 식으로 해야만 순조롭게 각종 개혁 임무를 완수할 수 있다. 위생과 사회서비스 각 분야의 건강 관련 자원을 통합하고 최적화하여 배치해야 하는데, 특히 약품 생산·유통과 결합하여 종합적으로 통치 관리해야 한다. 산업 배치와 취업 방향을 순차적으로 이전하고 첨단기술, 신흥 융합산업, 신서비스 모델의 혁신성장을 장려하고 지원해야 한다.

5) 몇 가지 정책을 조정하여 '건강한 중국건설'이 전개되도록
   조력해야 한다.

건강 관련 교육과 홍보를 지속적으로 전개하여 주민의 건강소양을
높여야 한다. 인구의 건강수요에 따라, 우선 투입분야와 원가효과가
있는 개입조치를 확정해야 한다. 위생건강 분야의 경제대권(財权)과
직권을 다시 획분하고, 새로운 자금조달 메커니즘을 수립해야 한다.
서로 다른 종류의 건강기구에 따른, 재정세수와 감독·통치관리 체계
를 재정립해야 한다. 중의약의 귀중한 자원을 발굴하고, 약과 음식의
상동성(药食同源)의 장점을 발휘하여 식품업계의 연구개발과 생산
수준을 향상시켜야 한다. "의약품은 업계의 발전을 대표한다"는 찬반
양면의 경험을 종합하여 주요 업종에서 업계와 인원의 접근기준을 세
우고, 업계 자율조직의 설립을 모색해야 한다. 위생 관련 입법 과정에
서 건강의 책임소재를 명확히 하고, 국가·사회·고용부문(직장) 및
개인의 권리와 의무를 명확히 하여 법에 따라 나라를 다스리는 것을
추진해야 한다. 이와 함께 건강지표를 정부업무 성과지표에 포함시
켜, 다른 개혁내용과 "마찬가지로 배치하고, 요구하며, 검증할 수 있
도록" 해야 한다. '건강한 중국건설'이라는 국책을 실천하고 성과를
내도록 해야 한다.

6) 건강의 차원에서 사회경제적 요소를 조정하는 것은 현재
   '건강한 중국건설' 전략을 실행하는 중요한 내용이다.

새 시기 위생건강 업무의 지침은 "건강을 모든 정책 속에 융합하는
것"이다. 이것은 매우 바람직한 것이며, 국제적 공감대와도 일치한
다. 구체적으로 사회정책에 있어 교육, 취업, 소득분배에서 공평성과
접근가능성을 더욱 강조해야 한다. 이러한 요소들은 중장기적으로 건

강에 중대한 영향을 끼친다. 현재 시행되고 있는 건강 관련 빈곤구제는 빈곤퇴치와 결합해야 공평성과 접근가능성의 실현에 도움이 된다. 동시에 생활환경에 대한 개선도 매우 중요하다. 여기에는 공기·물·토양 등 방면의 통치관리가 포함된다. 이와 같은 공감대는 현재 중국의 거시정책에도 지도성과 목표성이 강한 만큼 사회경제적 요인, 생활환경 요인을 중점 요인으로 삼아 관여하는 데 주력해야 한다.

7) 건강과 의료개혁의 관계를 더욱 잘 처리해야 한다.

건강에 영향을 미치는 요인은 주로 사회적 요인이지만 의료개혁은 의학적 요인에 초점을 맞추고 있다. 앞으로 건강에 관해서 더욱 많이는 사회경제정책의 조정과 군체에 대한 관여를 중점적으로 해야 한다. 의료개혁은 더욱 많이는 의료위생 분야의 개혁을 하는 것이며, 동시에 양쪽의 연동과 조화에 주의를 기울여야 한다. 필자가 쓴 「의료개혁 주기: 15개국 100여 년의 의료개혁 사건에 기초한 구조화 분석(医改周期：基于１５国百余年医改事件的结构化分析)」에 따르면, 현재 중국의 의료개혁은 이미 체제형 개혁에서 통치관리형 개혁으로 전환되었다. 또한 통치관리형 개혁은 '건강한 중국건설' 전략과도 긴밀하게 연계되어 있어, 양자 간 연결을 더욱 잘 할 수 있고, 연동과 협동을 실현할 수 있기 때문에 우리는 더 많은 건강정책의 조작 공간과 발전 잠재력을 추진해야 한다.

8) 질과 효율의 관계를 더욱 과학적으로 파악해야 한다.

위생의료 시스템의 발전에 있어 텍스트 분석의 결과를 보면, 관심도는 공정, 접근성, 효율성, 품질, 효율, 반응성 순으로 높다. 나라마다 역사적 단계에 따라 다를 수 있지만, 여기에는 일정한 법칙이 반영돼

있다. 우선 항상 공정성이 우선시되고 있으며, 그 다음에 상황에 따라
다른 두드러진 문제를 순차적으로 해결해야 한다. 전민의료보험이 이
미 실현되고, 의료 서비스 접근성이 크게 개선된 조건하에서, 앞으로
중국의 의료개혁은 공정, 품질, 효율, 접근성과 반응성의 순으로 관심
이 많을 것이다. 과거에는 공정과 효율을 따졌는데 이런 표현법은 의
료분야에서 적절하지 않을 수 있다. 국제 경험으로 보나 국내현실에
서 보나 질은 효율 앞에 놓여야 한다. 따라서 품질은 다음 단계 업무
의 중점이 될 것이며, 효율 때문에 품질을 희생해서는 안 된다.

9) 건강에서 사회와 개인의 역할을 더 중시해야 한다.

건강의 참여 주체만 놓고 보면, 정부가 제1의 주체이고 다른 참여
주체보다 관심 정도가 훨씬 높다. '신(新)의료개혁' 이래, 중국정부는
자금조달과 계획, 감독·통치관리 등의 역할을 끊임없이 강화해 왔지
만, 사회적 분야는 관심 정도가 높지 않아, 중점적으로 강화해야 한
다. 구체적으로 사회조직의 역할을 충분히 발전시키고, 사회역량을
충분히 발굴·동원해 기층(基層)에서 건강을 증진하는 네트워크와
기반을 구축해야 한다. 또한 건강에 있어서의 개인의 역할에 대한 연
구도 더욱 강화해 정책을 보완할 필요가 있다. 건강은 권리이자 의무
이고 더욱이는 책임이다. 현재 정책은 주민과 환자의 획득감을 강조
하지만, 책임과 의무에 대한 언급이 부족해 국제적 공감대와는 거리
가 멀다. 앞으로 입법과 선전에 있어서도 개인의 역할수행에 대한 완
정성을 추구하고, 권리와 의무, 책임을 결합시켜야 한다. 이것이야말
로 국제적 공감대와 발전법칙에 부합되는 방법인 것이다.[1]

---

1. 王虎峰, 「全球健康促进３０年的共识与经验: 基于全球健康促进大会宣言的文本分析」,
   『中国行政管理』, 2019(12), 126-132쪽.

건강한 중국의 전략은 어렵고 복잡하며 장기적이고 체계적인 사업이다. '신의료개혁'은 가동된 이래 일련의 강력한 개혁조치를 통해 대중의 진료가 어려운 문제, 치료비용이 높은 문제들이 어느 정도 완화되었다. 하지만 현재의 의료개혁에 존재하는 일부 모순과 문제점들에 대해서도 명확히 보아야 한다. 의료자원 배치에서의 '역삼각형' 문제, 중심 도시의 대형 병원에 '사이펀(虹吸)' 식으로 환자가 몰리는 현상이 다소 억제되었지만 완전히 해결된 것은 아니다. 공중위생 영역의 통치관리가 취약하여 위험한 현상이 속출한다. 다양한 조치를 취해 기층의 의료 역량을 강화하고, 기층 의료위생 기구가 인재를 확보할 수 있도록 하고, 또한 그 인재들이 잘 활용되도록 하는 것이 급선무이다. 공립병원 개혁은 더 정교하게, 개혁조치는 더 구체적이고 실용적이 되도록 해야 한다. 개혁의 경로와 모식은 더욱 규범화돼야 하고, 정부의 감독과 통치관리가 제대로 이루어져야 한다. 동시에 인사 관계·노임에 대한 개혁에 있어서도 권력을 하부에 이양해, 진정으로 병원을 과학적이고, 효율적이며, 정교하고도 인간적 배려가 넘치는 서비스기관으로 만들어야 한다. 중국의 기본의료보험제도가 전면적으로 커버됨에 따라 의료보험 통치관리 서비스의 수준과 기금의 사용을 하는데 있어서 효율을 한층 더 높여야 할 필요가 있게 되었다. 지급제도는 의료보험기구가 비용을 통제하는 중요한 수단으로, 지급제도 개혁을 의료보험 통치관리 체제개혁의 관건으로 삼아 강력하게 추진해야 한다. 지급방식 개혁을 등급별 진료, 공립병원 개혁과 연결시켜 서로 다른 차원의 의료기구, 서로 다른 유형의 서비스에 맞는 지급방식을 확정하고, 총액 선불, 질병종류별 지급 등 다양한 지급방식을 모색해야 한다. 기본약물제도는 전체 의약품의 생산·유통체제를 대체할 수 없으며, 신약의 혁신, 산업의 고도화, 의약품 생산·공급·

판매의 완전한 생태계를 재창조하도록 장려해야 한다. 약품생산·유통질서를 재편하는 것은 장기적이고, 힘든 임무가 될 것이다. '인터넷+', 유전자 진단 등 바이오 신기술의 출현은 전 요소 및 전 과정에 걸친 장기적 감독·통치관리 체제를 구축할 것을 필요로 한다.

샤오캉사회(小康社会)가 전면적으로 구축됨에 따라 국민생활 수준이 대폭 향상될 것이므로 다층적이고 다양한 건강서비스의 수요는 더욱 증가할 것이다. '건강한 중국 건설'은 중국 의료위생 업무가 병 치료 중심에서 국민건강 중심으로 전환한 것을 요구한다. 앞으로 의료개혁은 방안의 제정, 부수적 조치의 실시와 정책의 실현을 더욱 중시해야 하며, 효율 향상, 품질 보증, 횡적 통치관리와 종적 통치관리의 상호 결합을 더욱 중시해야 한다. 또한 주민건강에 유리한 사회 환경을 조성하는데 힘써 국민의 건강수준을 향상시키고, '건강한 중국건설'을 위해 기반을 다져야 할 것이다.[1]

---

1. 潘锋, 「七十年医改攻坚路, 以人为本探求世界难题: 访国务院医改专家咨询委员会委 员、中国人民大学王虎峰教授」, 『中国医药导报』, 2019(24), 1-6쪽.

제 **9** 장   공동 구축 · 공동 통치관리 · 공동
향유 - 신시대 사회 통치관리에
있어서의 중국 방안

(쑨바이잉 孫柏瑛)

1. 통치관리 목표 - 사회 통치관리에서 중국의 국가 통치 관리 비전

중국공산당 제19기 중앙위원회 제4차 전체회의에서 채택된 ''중국 특색의 사회주의' 제도를 견지·보완하고 국가 통치관리 체계와 통 치관리 능력의 현대화를 추진하는 데에 관한 약간의 중대한 문제에 있어서의 중국공산당 중앙위원회의 결정'(이하 「결정」으로 약칭함) 은 국가전략 발전의 차원에서 국가 통치관리 체계와 통치관리 능력에 관한 중차대한 문제를 제기했다. 사회 통치관리는 국가 통치관리 체 계의 중요한 구성부분으로서 사회안정을 유지하고 국가의 안전을 수 호하는 중대한 사명과 임무를 맡고 있으며, 국민이 편안히 살면서 즐 겁게 일하고(安居樂業), 사회가 안전하고 질서정연하며, 나라가 장기 간 태평하고 사회질서와 생활이 안정되도록 하게 하는 기초이다. 사 회 통치관리는 국가와 사회관계 질서의 구축과 관련되며, 국가의 효 과적인 통합과 사회의 역동성 사이의 유기적인 균형과 관련된다. 사회 통치관리의 질은 국가 통치관리 능력을 검측하고 평가하는 중요한 지표가 된다.

「결정」은 총체적으로 중국사회 통치관리의 기본원칙과 체계적 보장, 주요 임무 및 통치관리 목표를 규정하고 "누가 통치관리하는가?", "무엇에 의거해 통치관리하는가?", "무엇을 통치관리하는가?", "어떻게 통치관리하는가?" 등의 문제를 명확히 했다. 첫째, 「결정」은 사회 통치관리 개념의 틀을 제시했다. 즉 사람마다 책임이 있고, 사람마다 책임을 다하며, 사람마다 다 누리는 "사회 통치관리 공동체"를 구축하고, 중국공산당 제18차 전국대표대회 이래의 '공동 구축', '공동 통치관리', '공동 향유'의 통치관리 원칙에 따라 신시대 '중국 특색의 사회주의' 국가 통치관리의 의미를 더욱 풍부하게 하는 것이다. 둘째, 사회 통치관리 체계의 구성 요건을 증가시켰다. 기존의 당위원회의 영도, 정부의 책임, 사회의 협동, 대중의 참여, 법치로의 보장 등 통치관리 체제를 보존하는 토대 위에서 '민주 협상'과 '과학기술로의 지탱'이라는 표현을 증가시켰다. 이는 기존의 통치관리의 실천을 바탕으로 하여 중국사회 통치관리의 경로에 대한 혁신과 통치관리 방식의 전환을 추진하는 의미를 강조했음을 설명한다. 셋째, 신시대 사회 통치관리가 따라가야 할 주요 영역을 규정하였다. 이익 조정과 충돌 해소, 사회치안 방제(防除), 공공안전과 응급 처치, 기층사회에 대한 통치관리, 국가 안전체계 구축 등 다섯 가지 중대한 임무를 사회 통치관리의 주요 내용으로 삼았다. 사회 전환과 변천 과정에서 발생하는 사회문제에 초점을 맞춰, 사회의 이익을 조정하고, 사회행위를 규제하며, 사회의 역량을 동원해 중국의 사회 통치관리 질서를 재건하는 데 주력했다. 넷째, 사회 통치관리의 근본적인 목표에 대해 서술했다. 즉 사회 통치관리가 '인민중심'에 입각해, 인민을 사회 통치관리의 주체로 추진하겠다는 것이다. 인민은 사회구조와 복잡하게 얽힌 사회모순 속에 처해 있으며, 사회 통치관리의 경험자이다. 인민은 사회 통치관리 성과의 수혜자이자, 사회행위의 규칙을 구축함에 있어서의 기본 배역으로, 통치관리 질서유지와 구축의 향유자이다. 다른 한편으로 더욱 중요한 것은 인민은 사회 통치관리의 직접 참여자로서 통치관리 주체의 기능을 담당하고 있다는 점이다. 사회 통치관리의 장에서 만약 대중의 참여를 이끌어내지 못한다면, 통치관리는 그것을 유지해 나갈 수 있는 사회적 기반을 잃게 된다. 이는 사회 통치관리에서의 공동 구축, 공동 통치관리, 공동 향유의 필요성과 중요성을 잘 보여 준다.

신시대 중국사회의 통치관리는 여러 가지 압력에 직면해 있고, 복잡한 사회적 전환은 초대형 국가의 적응성에 큰 도전을 가져왔으며,[1] 국가가 효과적인 대응을 하여 양성의 국가 사회질서를 구축하도록 했다. 이와 동시에 신시대 중국의 사회 통치관리는 중요한 기회를 포착하고 있는데 이것이 바로 다원적인 사회 통치관리 주체들이 더 많은 인식과 공감대를 얻고, 공동 도모 · 공동 통치관리 · 공존을 통치관리의 기본관념이 되게 한 것이다. 다원적인 행동주체들은 "네 안에 내가 있고, 내 안에 네가 있는 통치관리 구도"를 만들고, 제도 · 정책 · 행동을 통해 사회를 통치관리 하는 공동체가 운행되도록 주력한다. 이 글에서는 사회의 다원적 공동 통치관리의 중국경험을 통해 사회 통치관리 분야에 관한 「결정」의 정신을 해석하고자 한다.

2. 통치관리의 상황 - 중국사회 통치관리의 문제점에 대한 대응

---

1. 李培林. 『社会改革与社会治理』, 北京, 社会科学文献出版社, 2014, 190-197쪽.

중국사회 통치관리 개념의 제시 및 그 사상의 발전은 뚜렷한 본토적 및 현실적 특징을 띠고 있는데, 개혁개방 이래 중국의 급속한 경제발전과 다중적인 사회전환에 대응하고, 적응성 제도에 대해 모색한 산물이라고 할 수 있으며, 자주적 전환의 길을 모색한 뚜렷한 시대적 낙인을 가지고 있다. 중국의 사회 전환은 글로벌화, 산업화, 도시화, 인터넷화가 중첩되어 변천하는 큰 배경을 가지고 있으며[2], 이로 인해 사회 통치관리 영역에서는 일부 뚜렷한 특징을 나타내고 있으며, 매우 다원적이고 이절적이며 복잡한 통치관리 분야가 되었다.

중국사회 통치관리의 복잡성을 초래하는 원인은 매우 많다. 통치관리의 환경, 통치관리의 구조와 제도, 통치관리의 행위 등 요소들이 포함되는데, 보통 사회문제와 사회 대중의 복잡성을 빌려 나타나며, 사회 통치관리에서의 어려움을 초래한다. 사회문제 측면에서 보면, 급속한 사회변천과 다중 전환이 사회 통치관리의 어려움을 가져온다. 요약하면 통치관리 문제 자체가 구조적, 후치적(后置性), 연대적(連帶性), 권력과 이익의 상관성, 갈등의 충돌성, 복구성 등 여섯 가지 기본 속성을 갖고 있다. 사회 통치관리는 일정한 단계의 중대한 사회문제를 해결하는 것을 출발점과 방향으로 하고, 문제 성격의 발생 요인, 전도 메커니즘 및 그 발생 가능한 결과에 초점을 맞추어 문제해결에 다가서야 한다. 이는 문제 - 위기 - 이념에 기반을 둔 대응과 통치관리의 구동모식이다. 다년간의 사회 통치관리 과정을 통해 사회 통치관리 문제는 대부분 경제적 전환, 도시화 진행의 가속화, 사회구조의 변화에 따라 이익 분배의 구도가 바뀌는데서 나타나는데, 새로운 이익 분배의 규칙과 의사결정 메커니즘은 이러한 구조적 문제로 인해 야기된다는 것을 발견하기란 어렵지 않다. 이는 사회의 권리 · 사회의

---

2. 何增科. 『中国社会管理体制改革路线图』. 北京, 国家行政学院出版社, 2009, 1˜8쪽.

이익관계 조정과 사회복지 정책의 변천이 일련의 경제체제 변천을 따라가지 못하고, 조화롭고 적절한 발전으로 이어지지 못했기 때문에 생긴 결과이다. 또한 통치관리문제는 사회 권리와 사회 이익관계의 분배와 밀접하게 관련되어 있다. 보통 비교적 강력하고 분화적이며 다원적인 이익이나 가치 소구로 나타난다. 또한 이익(권리)의 분배 및 손실보상 규칙을 둘러싸고 개체 · 단체, 나아가 조직의 불만, 갈등과 충돌을 유발한다. 이에 중국의 사회 통치관리는 경제 · 정치 · 사회의 변천 속에서 이해관계를 조정하고, 갈등을 봉합하며, 공공의 질서와 선량한 풍속을 수립하고, 공공의 가치를 형성하며, 공공안전을 지키는 막중한 책임을 지게 되었다. 중국공산당 제18차 전국대표대회 이래, 경제와 사회의 발전이 불균형한 상황에서 시진핑 총서기는 국가 통치관리 체계 및 '오위일체(五位一体, 경제 건설, 정치 건설, 문화 건설, 사회 건설과 생태문명 건설의 오위일체)'라는 총체적 구성의 체계성, 전체성, 협동성에 각별히 관심을 기울이었다. 사회 군체의 측면에서 보면, 40여 년의 개혁개방을 거치면서, 사회의 계층구조에 중요한 조정이 일어났고, 정보기술이 뒷받침하는 큰 배경에서 사회대중은 삶의 질, 정신적 요구에서부터 가치인식, 행위방식에 이르기까지 이미 변화가 일어났으며, 그 주체의 존엄과 권리의식이 끊임없이 향상되고, 요구의 차별성, 다양성도 날로 증가되었으며, 권익보호를 위한 행동도 날로 뚜렷해졌다. 사회통치관리 과정에 개입하는 주체의 구성원으로서, 사회대중의 복잡한 군체성 특징도 오늘날의 사회 통치관리에 많은 도전을 가져다주었다.

첫째, 낯선 사람 사회 및 그 개체화 · 원자화의 특징. 도시화가 빠르게 진행되면서 기존의 지인 사회 구조가 대폭 해소되고, 전통적인 인간관계 네트워크가 점차적으로 대체되면서, 직업 지향과 성취 경향의 평가가 사람과 사람 사이의 교제 방식에 심각한 변화를 가져왔으며, 개체화·원자화된 생활 상태를 형성하였다. 사회 통치관리에 이에 답해야 할 것은, 어떠한 '접착제'로 사회의 이산과 파편화 상태를 극복하고 사회의 '유기적 통합'을 이루며, 어떻게 사회 공동체 생활을 재건할 것인가이다. 둘째, 사회의 계층화, 이익의 분화와 이질성, 다양화의 존재. 사회 이익 관계 구도의 조정과 상응하게, 사회 구조 변천은 사회 이익 분화를 촉진하였고, 이로 하여 이익 소구(요구) 및 그 표현에 차이와 다양화가 나타났으며, 대중의 요구는 개성, 차이, 다원, 품질 특징을 나타냈다. 사회 통치관리는 복잡한 다양성 속에서 이익 분배와 이익 통합의 공평한 메커니즘을 찾고 기본적인 사회 복지의 공급을 보장해야 한다. 셋째, 주체 관념과 권리의식의 장력. 개혁개방은 시장과 사회에 분권했고, 대중의 주체관념을 방출했다. 이는 이익 소구의 표현 요구를 장려하였으나, 이와 동시에 대중이 공공영역에서의 행동규범, 권리주장과 권리의 균형관계는 아직 법치의 규범을 얻지 못했다. 어떻게 질서 있고 효과적인 이익 표현 경로와 전도 메커니즘을 형성하고, 권리 조정과 이익 통합 제도를 수립하며, 사회문제에 적극적으로 응답하는가는 사회 통치관리 능력에 대한 큰 시험이다. 넷째, 사회 이산 상태와 사회 통치관리 조직 메커니즘 재건. 전환기 사회의 분화와 이산화 정도에 비해, 사회 조직화의 정도가 현저히 떨어지면서 이익과 가치의 파편화를 초래했다. 전통 사회의 조직 메커니즘이 쇠퇴한 후, 어떻게 대체성 있고 정형화된 국가 사회관계제도를 수립하여, 사회를 효과적으로 조직하고 통합하며, 사회관계를 조정하는가가 중국 사회 통치관리에서 사회의 '재조직화' 모식을 선택하는 중요한 문제가 되었다.

중국 사회통치관리는 복잡한 통치관리 환경과 통치관리문제에 직면하였다. 이런 복잡성은 사회통치관리 주체에 '다양화된 구도에서 어떻게 통치관리가 자유와 질서, 통합과 활력, 규제와 자치, 지도와 참여 등 다원적 가치를 상호 조화시키고 균형을 이루게 할 것인가', '어떻게 협력·공동통치관리의 제도 및 그 운행 메커니즘을 형성하고, 충분하고 필요한 협력 통치관리의 여건을 창조하며, 다원화된 주체가 참여할 수 있도록 그 동력을 개발·동원하며, 공감대에 입각해, 일심협력하고 공동으로 국가 대사를 상의하여 공동으로 문제를 해결할 것인가' 등에 대해 응답하게 한다. 신시대, 중국의 사회통치관리는 반드시 자신만의 특색을 갖춘 통치관리방안을 찾아내야 한다.

3. 이론적 성찰 - '이원적 대립'을 넘어선 중국 사회 통치 관리의 관념

중국 사회통치관리 이론과 실천이 근 20년간 발전해온 관념을 종합해 보는 것은 오늘날 중국의 사회통치관리 경로와 모식의 선택에 매우 필요하며, 원래의 이론사유와 그 논리적 한계를 타파하고 통치관리에서 혁신의 길을 찾는 데 도움이 된다. 2000년대 초, 중국 국내 이론계에서 사회통치관리 연구가 흥기하여 '현학(顯學)이 되었을 때, 학계는 국가 사회관계 이론의 틀에서 중국 사회통치관리 전환과정 및 사회역량의 발흥을 분석하는 경우가 많았다. 고전 사회학 분석 방법, '사회중심주의' 이론 및 자유주의 사조의 영향을 많이 받았기 때문에, 관련 규범성 이론을 도입하는 과정에서 구미 국가의 현대화 발전과정에서의 경험을 많이 참조했다. 또한 '서구본위'의 시각에서 청(清)말 이래 중국 국가 사회관계의 여러 차례의 진화·변천 과정을 살펴보고, 시기별 중국 국가 사회관계의 기본 특징 및 그 메커니즘의 논리를 설명했다. 따라서 중국 국가 사회 기본구조와 그 상호작용 관

계에 대한 판단이 다소 선입견을 가지고 설정되었고, 본토 사회 통치
관리 실천에 기초한 구성 요건과 중요한 특징에 대한 관심이 부족
했다.

이전의 국가와 사회에 대한 분석의 틀은 국가와 사회를 이원적으로
대립하는 관계의 조합으로 보는 경우가 많아, 이것이 아니면 저것이
라는 식으로 둘 사이에는 장력으로 충만하여 항상 대립의 상태에 놓
이게 했다. 한편으로, 시민사회의 성장은 필연적으로 국가 권력의 수
축과 후퇴를 전제 조건으로 한다고 보았다. 사회 역량의 확대는 국가
역량과의 권력 쟁탈의 결과이며, 국가와 사회 사이의 역량 대비는 이
것이 올라가면 저것이 내려가게 되는 것이라고 했다. 그러므로 국가
가 권력을 양도해야만 사회가 실질적인 영향력을 형성할 수 있고, 반
면 국가 권력의 성장은 사회의 능력을 침식하게 된다고 보았다. 다른
한편, 국가와 사회의 관계는 항상 총체화, 추상화와 절대화로 묘사되
었다. 사회를 국가에 대항하고 국가의 절대 권력을 방지하는 힘으로
보지 않으면, 국가를 사회의 무질서한 상태를 통제하는 예리한 무기
로 보았다. 그러나 국가와 사회가 통치관리 분야에서 중간적인 혹은
미시적인 차원에서의 복잡환 상호작용 관계와 관련 메커니즘을 경시
하면 서로 다른 공공사무 분야에서 국가와 사회가 수행하는 역할과
방출 능력을 설명하기 어렵다. 따라서 이데올로기화된 '마땅히 어떠
해야 된다'는 이론적 사유로 실제 세계의 '도대체 무엇인가' 하는 문
제를 대체할 수 없다.[1]

국가와 사회의 관계에 대한 관찰은 경험 차원에 깊이 들어가, 더욱
미세한 운행 메커니즘과 다양한 통치관리 형태를 발견하고, 그 통치
관리 실적을 평가함으로써, 국가와 사회의 복잡한 관계 행위에 대한

---

1. 顾昕, 「当代中国有无公民社会和公共空间: 评西方学者有关论述」,
『当代中國研究』, 1994(4) 27-49쪽.

인식을 증진할 것이 필요하다.

이와 함께, 신(新)공공통치관리운동 이후, 신자유주의 침윤 하에, '작은 국가, 큰 사회'를 주장하는 '탈국가화'가 하나의 유행으로 자리잡았다. 그 당시, 국가는 경제·사회 생활에서 기능, 역할 및 능력이 과소평가되거나 심지어 경시돼, 국가는 정당성이 결핍하고 관료체제가 비효율적인 존재로 묘사되었다. 그러나 '국가회귀파' 연구자들은 국가가 이익집단을 초월한 독립성과 자주능력이 있을 뿐만 아니라, 공적 권위를 대표하는 행동자로 자리매김하고 있음을 발견했다. 또한 국가는 실제로 사람들의 사회생활에 끼어들어, 강제적인 도구 외에도 권리 부여, 협상, 끼워 넣기, 성형, 통합 등 다양한 형태로 사회와의 관계를 구성함으로써 서비스, 통제와 협력을 겸비한 다양한 통치관리 모식을 형성할 수 있다. 폴라니의 말처럼 "역사는 사실 사회변혁과 상호 적응하고 있으며, 국가의 운명도 그 변혁 과정에서 맡은 역할과 직결된다. 이런 공생관계는 사물의 본성 속에 오래도록 존재해 왔다".[2] 국가와 사회관계는 제로섬의 이원적 대결형태에서 다원적 행동주체들이 공감대를 형성하고, 서로 협력하는 방식으로 변화하고 있으며, 상호 권리 부여, 협력과 공동 통치관리를 통해 강한 국가, 강한 사회로 나아가는 통치관리 형태를 모색하고 있다.

신시대 중국 사회 통치관리의 기본 구조는 국가가 주도하고 다원적 주체가 참여하며, 다양한 정책 도구가 협동하는 복합 통치관리 모델로, 그 이론적 출발점은 정당 - 정부 - 사회 간의 양성 상호작용이며, 동시에 '사회 통치관리 공동체'를 구축하는 것이다. 따라서 중국 사회 통치관리의 이론은 '사회 통치관리 공동체'가 형성되는 환경조건, 가치이념, 목표근거, 제도설계, 주체 사이의 역할, 권력과 책임의 관계, 운행 패턴, 행동 모식을 논증하고 설명하여, 협력 통치관리의 제도

화 기반을 설명해야 한다. 특히 국가의 통치관리 능력 강화에 관심을
가져야 함과 동시에, 국가가 어떻게 사회의 다양화에 적응하고 개방
적인 마음가짐으로 공동 통치관리(共治) 공간을 형성하며2, 제도 혁신
에 힘쓰고, 사회의 활력과 참여 의지를 자극하고, 사회 이익의 표현 통
로와 사회 역량의 흡수 통로를 넓히고, 정부와 사회의 상호작용과 협
력 통치관리 방안을 탐색해, 통치관리 이론에 다원화된 공동통치관리
의 경험과 방안을 제공해야 한다.

4. 통합형 공동 통치관리(共治) - 중국 사회 통치관리 이론과 실천의 방향과 경로

최근 20년 중국의 사회 통치관리 실천은 부단한 탐색 속에서 점차
진화·발전되어, 이념·목표에서 관심의 중점, 기능의 배치와 통치관
리 방식에 이르기까지 단계적인 변화를 보여왔다.3

중국의 사회 통치관리는 단일한 목표에서 다목표로, 단일한 통치
관리 도구에서 여러 가지 통치관리 도구로 발전했으며, 덕치, 법치, 자
치의 원칙을 겸비하고, 핵심가치 규범, 정치와 행정의 감입(嵌入), 시
장과 기업의 개입, 사회의 자치, 스마트 기술 논리의 복합과 연동을 겸
비한 통치관리 시스템이다. 중국공산당 제18차 전국대표대회 이래,
사회 통치관리 분야에서는 끊임없이 갈등을 해소하고, 공공서비스의
공급과 공공안전 위험의 방범을 강화한 기초에서 사회 통치관리 과정
의 '재조직화'를 대폭 향상시켰다. 즉 중국공산당이 사회 통치관리
분야에서의 영도권과 이익 조정 기능을 강화하였다. 특히 대중의 끊
임없는 물질적, 정신적 요구에 대응하여, 사회 통치관리 문제 및 그 갈

2. 波兰尼, 『大转型: 我们时代的政治与经济起源』. 杭州, 浙江人民出版社, 2007, 23쪽.
3. 孙柏瑛, 「开放性、社会建构与基层政府社会治理创新」, 『行政科学论坛』, 2014(4), 10-15쪽.

등을 대상으로, 속지 통치관리 체제를 바탕으로 '일핵다원(一核多元)'의 기층사회 통치관리 구조를 수립 및 강화했다. 정당·정부 조직은 자원, 조직, 통치관리의 하부이양 방식을 통해 사회 네트워크에 끼어들었고, 정당이 영도하고, 정부가 책임지며, 다원화된 주체 역량이 참여하는 통치관리제도 체계를 구축해 사회 영역의 공공문제를 공동으로 통치 관리했다. 이 체제는 중국 특색의 '통합적 공동 통치관리'의 사회 통치관리 모식이라 할 수 있다.

당은 사회 통치관리 체계에서 핵심적인 영도 지위에 있고, 다원화된 이익 요구를 이끌고 통합하였으며, 역량을 결집하고, 파편화된 구조를 통합하며, 관건적인 정치 의제를 선택하는 지주로서, 공동 건설·공동 통치관리·공동 향유의 통치관리 구조를 구축하는 데서의 특수한 기능과 역할을 가진다. 근래의 통치관리 실천 과정에서 볼 수 있듯이, 당의 영도하는 사회 통치관리의 다원화된 공동 통치관리 모식은 일련의 완전한 제도 설계를 통해 실현되었다. 당은 자신의 정치·조직 건설과 사회 통치관리 제도의 구축 목표를 하나로 결합시켰다. 사회 통치관리를 당이 대중노선을 걸고, 대중의 참여를 동원하는 공간과 플랫폼으로 삼았고, 사회 통치관리를 당의 통치관리 사명과 임무로 삼았으며, 이익 조율, 서비스 공급, 갈등 해소와 사회조직의 상호작용 등 메커니즘을 통해 당조직과 당원을 현실의 통치관리 과정에 유기적으로 감입시켰다. 동시에, 당과 정부는 '메타 거버넌스(元治理)'의 역할로서, 조직화를 중축(中軸)으로 하여 사회 통치관리의 '일핵다원(一核多元)'의 구조를 구축하고, 당이 중심축 위치에 있으면서, 책임감을 가지고 당의 리더십을 발휘했다.

사회 분야의 리더십을 실현하기 위해, 정당은 그 정치적 지위와 조직화 우위를 이용해, 다섯 개 측면의 사회 통치관리 역할의 결정 및 직능 책임을 지고, 다양하고 복합적인 통치관리 도구와 책략을 활용해 그 직능을 수행한다. 첫째, 정당의 통치관리가 사회 네트워크 속에 감입되어 사회 자본과의 광범위하고 깊은 관계를 유지하는 것은 중국 사회 통치관리의 뚜렷한 특징이다. 이를 위해 당은 조직화 감입, 공직 당원의 감입과 서비스 협력의 감입 등 다양한 방식으로 기층 사회와 접촉한다. 당의 조직 시스템은 조직 설치를 통해 현실 사회의 공간과 가상의 사회 공간 모두에 커버되며, 조직을 각 유형의 단위(단체·기관 등)나 관할 구역에 건설한다. 당 조직은 비교적 높은 사상 정치 자각, 이론 정책 수준과 능력 자질을 갖춘 정부 공무원, 인민대표대회 대표, 정치협상회의 위원 등 당원 군체를 선발하여 기층사회 통치관리 영역에 들어가 지도자 직을 맡도록 한다. 신(新) 경제조직과 사회조직('두 개의 신조직'이라 약칭함)의 서비스 직책의 기능 전환을 강화함으로써 '두 개의 신조직' 발전을 이끌고 상호 협력할 수 있도록 한다. 둘째, 엘리트들을 흡인하고 사회 자원을 동원하는 기능을 수행한다. 당은 그 체제적 흡수, 즉 효과적인 제도 설계와 방법·전략을 통해 현대화 과정에서 나타난 '두 개의 신조직'과 새로운 계층의 엘리터들을 기존의 체제에 편입시켜, 체제를 위해 일하게 하며, 더 나아가 이러한 흡수를 바탕으로 각종 사회자본을 동원, 결집하고 사회자원을 통합하여 사회 통치관리를 위해 봉사하게 한다. 셋째는 다원적 이익 조정 및 통합자의 기능을 수행한다. 분산적이고 다원적인 이익과 갈등에 직면해, 당은 중간에서 조율하고 주선하는 기능을 발휘하고, 협의 조직과 플랫폼, 공무 논의에서의 협상 메커니즘을 활용해 공공의 문제를 논의하고 공감대를 형성한다. 또 당은 각계의 목소리에 귀를 기울이는

---

1. 孙柏瑛, 蔡磊. 「十年来基层社会治理中党组织的行动路线：基于多案例的分析」,
　　『中国行政管理』, 2014(8), 56-62쪽.

토대 위에서 각종 이익 소구를 통합해, 중대하고 관건적인 공공의제를 정책의제로 끌어올려 궁극적으로 통치관리 정책을 형성한다. 넷째는 공공사무 통치관리와 참여의 주창자 기능을 수행한다. 당은 공공 통치관리 의제를 주창함으로써 정책 수립과 집행에 이해관계자의 참여를 촉진한다. 다자 참여 과정에서 당은 주창자로서 공공생활의 보편적인 관심사인 정책 의제를 제안하고, 통치관리 주체의 상호작용의 장을 마련하며, 의사(议事) 규칙이 형성되도록 촉진하며, 효율적인 공공 참여 도구의 활용을 추진할 수 있다. 다섯째, 문화가치관의 선도자 기능을 수행한다. 가치관은 이데올로기와 문화의 핵심으로서, 사회 집단의 심리와 행동을 통합하고 동화하며 규범화하는 기능을 한다. 당의 가치 선도는 정당 자체가 추앙하는 가치 기준을 제공해, 대중이 가치 판단을 할 수 있도록 인도해, 사회적 가치 공감대를 형성하며, 더 나아가, 사회 집단을 동원하고 통합하여 정해진 목표를 향해 행동할 수 있도록 한다. 공동 통치관리(共治)는 통합을 통해 이익 소구를 실현하고, 통치관리 역량과 통치관리 자원을 결집한다.

이와 동시에 통합은 공동 통치관리(共治)의 기반 형성을 촉진하는 데 초점이 맞춰져 있다. 당과 정부가 사회 통치관리에 대해 선도하는 목적은 사회의 다원화된 공동 통치관리(共治) 제도의 형성 및 운행을 추진하기 위한 데 있다. 즉 그 목표는 '사회 통치관리 공동체'를 가동시키고 한마음 한뜻으로 사회 통치관리 분야의 문제에 임하기 위한 것이다. '일핵다원(一核多元)'의 틀에서, 다원적 공동 통치관리(共治)의 통치관리 구도를 구축하려면 반드시 집단 공동 행동의 책임 및 규칙을 확립하고 사회자본의 참여를 위해 제도화된 보증을 수립해야 한다. 첫째, 정당과 정부는 '인민중심'을 견지하고, 개방적이고 실무적인 정신과 태도로 '사회 통치관리 공동체'에서 통제보다는 민의를 선도하고, 봉사하며, 수렴하는 역할을 담당해야 한다. 정당의 영도, 정부의 책임은 공동 통치관리(共治)의 관건이고 심지어 전제이기도 하다. 영도하고 책임을 지는 것을 도맡아 처리하거나 독단적으로 처리하는 것으로 이해할 것이 아니라, 해야 할 것과 하지 말아야 할 것, 누가 직능을 수행하고, 어떤 직능을 수행하는가, 시장조직·사회조직·자치조직에 집단행동의 공간을 내어주는 것은 공동 통치관리(共治) 제도를 구축하는 데 있어서 매우 중요하다. 정당·정부는 '인민 중심'을 지향하며, 공공의 이익을 바탕으로 관건적인 사회문제를 발견하고 구별하여, 등급별, 계층별로 문제를 해결하는 시스템을 형성해야 한다. 통치관리 과정에서 당과 정부는 개방적이고 평등한 자세로, 다원적 통치관리 주체와 공동으로 토론·협의하며, 사회인재의 참여를 유도하고, 사회 통치관리를 위해 아이디어를 내고, 다양한 협력 메커니즘이 형성되도록 추진해야 한다. 둘째, 다원적 주체의 통치관리 역량과 도구의 장점을 효과적으로 운용하고, 기본 제도로써 보증해야 한다. '동시에 여러 가지 방법으로 일하는 것(多管齐下)'은 중국 사회 통치관리의 중요한 특징 중 하나로, 흔히 '한마음 한뜻으로 협력하는 것', '여러 부처가 공동 통치관리 하는 것'으로 귀결하지만 이는 운동식 통치관리의 특징을 띠고 있다. 다원적 주체의 협력과 공동 통치관리(共治)로 전환하려면, 한편으로는 현재의 관습적인 동원이나 설득 모식을 통해 다원적 주체가 통치관리에 참여하도록 구동해야 한다. 또 다른 한편으로, 서로 다른 통치관리 주체가 통치관리에 개입할 때의 장점 및 결함에 대해 인식하고, 시장조직, 지방의 사회자본, 지약사회 자치체의 역량을 운용함에 있어서 그 능력과 장점을 충분히 발휘시키고, 다원적 주체들이 통치관리 정보와 통치관리 자원을 공유하고, 통치관리 성과를 공유하도록 제도적 플랫폼을 마련해야 한

다. 셋째, 권한을 부여하여 에너지를 늘리고(賦权增能), 지역사회의
자주성을 제고하며, 기층 지역사회 자치를 위한 공간을 끊임없이 넓
혀야 한다. 기층사회의 통치관리에서 대중의 무관심, 무력감, 무기력
함을 해결하려면 지역사회의 주민자치조직에 권한을 부여하고 위로
부터 아래로의 정책 제창 과정을 통해, 그것이 작동되고 실제로 조직
되도록 해야 한다. 지역 주민의 대표성을 담고 있는 지역 자치체는 주
민 이익을 조직하고 대표하며, 지역 이익과 자신의 이익의 상관성에
대한 주민들의 의식을 증대시키고, 정부에 사회 통치관리 문제와 요
구를 제기하도록 하며, 협동과 협상, 계약을 통해 정부와 함께 지역사
회 공동체를 건설도록 한다. 요컨대, 다원적 통치관리 주체가 참여는
공공의 가치가 있다는 것을 인정하고, 각 주체들이 통치관리 신념을
수립해야만 사회공동체의 질서가 좋아질 수 있으며, 모든 사람에게
책임이 있고, 모든 사람이 책임을 다하며, 모든 사람이 다 누릴 수 있
는 사회 통치관리의 다원적 공동 통치관리(共治)의 취지를 실천할 수
있다.

제 10 장

기층사회의 활력을 불러일으켜
'사회 통치관리 공동체'를 구축하다

(웨이나 魏娜)

　　신중국은 건국 70여 년 이래, 경제가 빠르게 지속적으로 발전하고 국민 생활수준이 안정적으로 향상되었다. 특히 개혁개방이래 거대하고 심각한 사회 전환과 더불어 기층에 대한 통치관리는 끊임없이 새로운 도전에 직면하게 되었다. 기층사회는 광범위한 민중의 사회생활 공간으로서, 국가의 정치적 통치와 사회 통치관리를 실현하는 기초이다. 오늘날 '중국 특색의 사회주의'가 신시대에 접어들면서 대중이 아름다운 생활에 대한 수요는 날로 광범위해지고 있으며, 물질·문화생활에 대한 요구는 물론, 민주·법치·공평·정의·안전·환경 등 분야의 요구도 날로 증가하고 있다. 민생의 새로운 수요에 대해 어떻게 더 좋고, 더 빠르고, 더 정교하게 대응하며, 대중의 새로운 기대를 충족시킬 것인가는 신시대가 기층 통치관리에 대한 요구이다. 중국공산당 제19기 중앙위원회 제4차 전체회의에서 채택된 '중국 특색의 사회주의' 제도를 견지·보완하고 국가 통치관리의 체계와 통치관리 능력의 현대화를 추진하는 데에 관한 약간의 중대한 문제에

있어서의 중국공산당 중앙위원회의 결정'(이하 「결정」으로 약칭함)
이 제시한 "모든 사람에게 책임이 있고, 모든 사람이 책임을 다하며,
모든 사람이 다 누릴 수 있는 사회 통치관리 공동체"는 기층사회 통치
관리 추진을 위해 이론과 실천의 가이드라인을 제공했다. 본문은 근
본을 탐구하여, 중국사회의 여론 환경(语境)에서 어떻게 '사회 통치
관리 공동체'에 대해 이해하고, 어떻게 기층의 활력을 불러일으켜
'사회 통치관리 공동체'의 구축을 추진함으로써 "공동 구축 · 공동
통치관리 · 공동 향유"의 사회 통치관리의 새로운 구도를 실현할 것
인가에 대해 연구하고자 한다.

1. '사회 통치관리 공동체' 의미의 정의

사회 통치관리 공동체'는 사회 통치관리 분야에서 제기된 새로운
개념으로서, 어떻게 과학적으로 정확하게 그 기본적인 의미를 파악하
느냐 하는 것은 그 이론적 연원과 정책 문건의 분석과 해독이 필요
하다.

1) '공동체'의 개념

"'공동체'란 무엇인가?'에 대해, 동서고금의 학자들은 서로 다른
시대적 배경과 학문적 차이에 근거하여, 서로 다른 각도에서 해석을
하였다. 서구 이론에서 '공동체' 개념은 주로 아리스토텔레스에서 유
래한 것으로, 고대 그리스가 야만에서 문명으로, 부족제도에서 국가
제도로 나아가는 배경에서 '공동체'를 "그 어떤 공동의 선(善)을 달
성하기 위해 맺어진 관계와 단체" 즉 '정치적 공동체(political
community)'[1] 라고 보았다. 공동체라는 개념을 처음으로 공식화한

---

1. 아리스토텔레스(亚里士多德), 『政治学』, 北京, 商务印书馆, 1 9 6 5.

것은 독일의 사회학자 페르디난트 퇴니스로 1887년에 발표한 "공동
사회와 이익사회: 순수사회학의 기본개념"에서 산업화에 따른 변천
을 논하고, 'Gemeinschaft'(독일어)라는 단어를 제시했으며, 자연의
의지를 바탕으로 하는 모든 유기적 조직형식을 가리킨다고 했다. 그
는 '공동체(공동사회)'란 "같은 가치 지향이 있고, 인구의 동질성이
비교적 강한 사회 공동체로서, 그 인간관계는 친밀하고 서로 도우며,
권위에 복종하면서도 공동의 신앙과 공동의 풍속습관이 있는 인간관
계이며, 이런 공동체 관계는 사회적 분업의 결과가 아니라, 전통적인
혈연·지연과 문화 등 자연이 조성한 것"[1] 이라고 보았다. 제2차 세계
대전 당시에 태어난 위르겐 하버마스는 1962년의 『공공분야의 구조
전환』과 1973년의 『적법성 위기』에서 당시 시민사회에서 일어난 중
대한 변화 및 그 결과를 예리하게 분석하였으며, 시민사회 특히 그중
에서도 "공공분야의 발생, 발달과정과 그 기능"에 대해 분석하였다.
그는 공공분야는 각종 비공식 조직이나 기구로 구성된 사적 유기체로
서, 공공의 이익에 관한 사안을 토론하고 논쟁할 수 있는 장이나 포럼
을 마련함으로써, 사회통합을 촉진하고 집단적 동질성을 증대시키는
역할을 하며, 국가와 정치의 서브시스템에 합법적 토대를 마련하였다
고 주장했다.

　마르크스의 공동체 사상은 인류사회, 특히 자본주의 사회에 대해
깊이 연구한 기초 위에서 형성된 것이다. 그는 인류사회 발전의 실제
와 역사적 흐름에서 출발해, 공동체를 '자연 공동체', '추상적 혹은
허황한 공동체'와 '진정한 공동체' 등 세 역사적 단계와 형태로 구분
했다. '진정한 공동체'를 실현하여,[2] 사람마다 전면적이고 자유롭게
발전할 수 있도록 하는 것은 마르크스의 끈질긴 추구였다. 이후 도시
화가 빠르게 진행되고, 사회적 분업이 더욱 세분화되면서 영국의 사

회학자 앤서니 기든스가 언급한 '현대성'의 특징이 날로 더 두드러지게 나타났다. 그는 『현대성의 결과』와 『제3의 길』에서 '탈영역 공동체'라는 개념을 제시하였다. 그는 현대성의 한 특징은 "원거리에서 일어나는 사건과 행위가 끊임없이 생활에 영향을 미치고, 그 영향이 갈수록 심화되고 있다"[3] 고 보았다.

　중국의 사회학자 우원자오(吳文藻), 페이샤오통(費孝通) 등은 영어에서의 'community'를 중국어로 '서취(社区)'라고 번역했다. 1920년대만 해도 중국 사회학은 서양식 모델을 베끼거나 그대로 가져오는 상태였다. 우원자오는 '사회학의 중국화'를 내세우며, 중국 각 지역의 촌락과 도시의 실태를 조사하고, 현장의 지역사회(社区) 연구를 주장하는 등 중국의 국정에 대한 연구를 제안했다. 그는 「지역사회의 의미와 지역사회 연구의 최근 추이(社区的意义与社区研究的近今趋势)」라는 글에서 처음으로 '지역사회(社区)'에 대해 명확한 정의를 내렸다. '지역사회(社区)'란 한 지역민의 실제 생활에 대한 구체적인 표어이며, 실질적인 기초가 있어 관찰할 수 있는 것이다.[4] 페이샤오통(費孝通)은 1948년 출판한 『향토중국(乡土中国)』에서 영어의 'community'를 '서취(社区)'라고 번역해, '사회(社会)'라는 단어와 대응시켰다. 그는 "공동체란 항구적이고 진정한 공동생활"[5] 이라고 보았다. 지역사회(社区)는 상호 협력하고, 자아 조정하며, 고도의 자치가 이루어진 생활 시스템으로 주민의 경제, 정치, 문화, 정서 등 각종 요구를 충족시키는 총체적인 기능을 가진 공동체이다. 『향토중국(乡土中国)』에서 말한 지역사회(社区)는 거의 공동체의 동의어이다.

1. 滕尼斯. 『共同体与社会：纯粹社会学的基本概念』, 北京, 北京大学出版社, 2010.
2. 马克思, 恩格斯, 『马克思恩格斯选集：第2卷』, 北京, 人民出版社, 2012, 74쪽.
3. 吉登斯, 『现代性的后果』, 南京, 译林出版社, 2000. 『第三条道路：社会民主主义的复兴』, 北京 北京大学出版社 2000
4. 吴文藻, 『论社会学中国化』, 北京, 商务印书馆, 2010.

이를 통해 알 수 있듯이, 공동체는 역사적 낙인과 사회적 수요를 가진 산물로 구체적인 시공간 발전에서 그 진면목을 밝혀야 한다. 상기 학자들의 공동체의 핵심 관념에 대한 이해를 비교해 보면, 전통사회에서 공동체의 형태는 자연적으로 전승된 풍속습관을 바탕으로 형성된 상호 의존적인 감정공동체이다. 산업사회에서는 업연(業緣)과 취미를 바탕으로 하는 직업공동체와 취미동맹이 형성되고 주도적 지위를 차지하기 시작했다. 현대사회는 특정한 임무나 목표를 바탕으로 모여 공동행동을 전개하는 임무공동체 혹은 목표공동체이다.

2) '사회 통치관리 공동체'에 대한 해석

20세기 후반부터, 서구 국가들의 정부 통치관리는 '시장 효력 상실'과 '정부 효력 상실'이라는 이중고를 겪으면서 단순한 정부와 시장 조정만으로는 자원배치의 최적화에 이를 수 없다는 것을 깨달으면서 통치관리이론이 생겨났다. 서구 언어에서의 통치관리는 전통적인 통치와 통치관리방식(管理方式)에 대한 혁신과 초월을 강조하며, 공공과 개인 등 사회 다원화된 통치관리 주체가 공공사무에 대한 협력통치관리를 주장한다. 중국의 통치관리는 중국공산당의 영도 아래 인민이 국가에 대한 통치관리이다. 공산당은 국가 통지관리에서 영도적 역할을 하고, 인민은 통치관리에서 주체적 역할을 한다. 중국공산당 제17차, 제18차, 제19차 전국대표대회 보고에서는 모두 "당이 인민을 영도하여 국가를 효과적으로 통치관리 할 것을 보증해야 한다"고 했다.

'사회 통치관리 공동체'는 중국공산당 제19기 중앙위원회 제4차 전체회의에서 채택된 「결정」의 키워드이다. 「결정」은 "공동 구축·공

1, 費孝通, 『乡土中国』, 北京, 北京大学出版社, 2012.

동 통치관리 · 공동 향유의 사회 통치관리 제도를 견지하고 완정화하
며, 사회 안정을 유지하고 국가 안전을 수호해야 한다", "사람마다 책
임이 있고, 사람마다 책임을 다하며, 사람마다 다 누리는 사회 통치관
리 공동체를 구축해야 한다"고 제시했다. '사회 통치관리 공동체' 의
핵심 키워드는 "공동 구축 · 공동 통치관리 · 공동 향유"와 "사람마다
책임이 있고, 사람마다 책임을 다하며, 사람마다 다 누리는" 것이다.
"공동 구축 · 공동 통치관리 · 공동 향유" 이념은 주체의 공동 구축,
행동상의 공동 통치관리 및 성과의 공동 향유를 포함하고 있다. '공동
구축' 은 당위원회의 영도, 정부의 책임 하에 각 유형의 사회 주체가
협상 · 협력하고, 다원화된 주체가 사회 통치관리에서 갖는 독특한 장
점과 특수한 작용을 충분히 발휘하여, 사회 통치관리에서 주체의 다
원화를 실현하고 사회 통치관리 구조의 합리화를 촉진시키는 것이다.
'공동 통치관리' 는 당이 전체 국면을 총괄하고, 각 측을 조율하는 정
치 장점과 정부의 자원 통합 장점, 기업의 시장경쟁 장점, 사회조직의
대중동원 장점을 유기적으로 결합하여 사회 통치관리 구조를 최적화
하고, 다원화된 주체의 협동 통치관리를 추진하는 것이다. '공동 향
유' 는 모든 사회 구성원들이 사회 통치관리의 성과를 향유하도록 하
는 것이다. 궁극적으로 '사회 통치관리 공동체' 는 인민의 아름다운
생활에 대한 수요를 끊임없이 충족시키고, 인민대중이 사회 통치관리
의 성과를 공동으로 향유할 수 있도록 하기 위한 것이다.

　'사람마다' 라는 단어를 특별히 부각시킨 것은 '인민중심' 을 강조
한 것이다. "사람마다 책임이 있다"고 한 것은 의식문제를 해결하고,
정부가 모든 일을 도맡아 해야 한다는 관념을 전변시키기 위한 것으
로, 사람마다 모두 공공의 사무에 참여해야 한다고 강조한다. "사람마
다 책임을 다해야 한다"고 한 것은 행동상의 문제를 해결하기 위한 것

이다. 기층 자치의 메커니즘을 완정화하고, 사회의 주체가 공공 사무에 참여하는 적극성을 동원하기 위한 것이다. "사람마다 다 누려야 한다"고 한 것은 결과적으로 문제를 해결하기 위한 것이다. 공공서비스 체계를 완정화함으로써 사람마다 다 누릴 수 있고, 사람마다 만족할 수 있도록 보장하기 위한 것이다. '사회 통치관리 공동체'에 대해 제시한 것은 중국공산당이 현재의 사회 통치관리 문제에 대한 연구에서의 새로운 시각으로, 사회 통치관리 법칙에 대한 인식이 한층 더 심화된 결과이다. 중국의 언어 환경에서, 정부 주도의 '사회 통치관리 공동체'의 구축은 하나의 체계적인 공사이다. 중국의 특정된 문화 · 체제 · 발전 수준 등 여러 가지 요인의 영향을 받아 장기간에 걸쳐 강한 정부의 전통적인 통치관리 색채를 가지고 있으며, 현실의 국가 통치관리 실천에서 시장, 사회, 국민은 장기적으로 정부에 의지하고 복종해 왔으며, 정부를 제외한 기타 주체가 공공 사무 통치관리에 참여하는 능동성이 부족하다. 이는 '사회 통치관리 공동체' 구축에 있어서의 단점이며, 특히 기층사회 통치관리 체제에서 많이 나타나고 있다.

2. '사회 통치관리 공동체' 구축에서 기층 통치관리에 존재하는 문제점에 대한 분석

"아홉 층의 누대도 흙을 쌓아 올리는 데로부터 시작한다(九层之台, 起于垒土)." 기층사회의 상황은 전체적 의미의 '사회 통치관리 공동체'의 구축에 직접적인 영향을 미친다. 중국의 기층조직 형태는 도시와 농촌이라는 이원 체제와 직접적인 관련이 있다. 도시에서는 주로 구(区)정부, 가도(街道), 지역사회(주민위원회), 부동산소유주위원회(业主委员会), 지역사회조직, 주민으로 나타나고, 농촌에서는 주로 향(진), 촌민위원회, 농촌사회조직, 촌민으로 나타난다. 이 중에는 정부기관(도시의 구정부, 가두와 농촌의 향과 진)과 정부의 파견기관(도시의 가두)도 있으며, 또 실질적으로 '행정화'의 색채가 짙은 대중적 자치조직(도시의 지역사회 주민위원회와 농촌의 촌민위원회)도 있다. 그외 최근 몇 년간 도시의 아파트단지에서 생겨난 부동산 소유주의 자치 집행기구인 부동산소유주위원회 및 도시와 농촌의 각종 사회조직 등이 있다. 기층사회 통치관리에서 그들의 역할은 날로 두드러지게 나타나고 있다. 사회의 전환과 더불어 기층사회의 갈등이 점차적으로 뚜렷해지고 있으며, 또한 격화되기도 쉬운데 도농 통치관리에서는 주로 다음과 같은 것으로 나타나고 있다.

1) 기층에서 통치관리 업무는 부담이 과중하지만, 책임만 있고 권한이 없어 통치관리의 난국이 조성되고 있다.

중국에서는 장기간에 걸쳐 도시에서는 '직장' 제도와 '가두 주민위원회' 제도를 실시해 왔고 농촌에서는 '인민공사'와 '중국공산당 촌당지부위원회와 촌민자치위원회' 제도를 실시해 왔다. 이처럼 상명하달의 정치적·행정적 동원과 공공자원의 끊임없는 투입을 통해, 당과 정부의 조직 역량이 기층사회에 깊이 들어갔으며, 행정은 사회의 역량을 흡입해 체제 안으로 포용해 들였다. '직장'제가 해체된 후, 개혁개방의 물결 속에서 각급 정부는 끊임없이 속지통치관리를 강화해 더욱 많은 사무가 하급조직에 하방되었다. '압력형 체제' 속에 처해 있는 기층정부(구정부와 가두 및 향진)는 상부에서 하달한 각종 지표와 심사를 완수해야 하지만, 인력부족과 권한 제한 때문에 하달된 임무를 효과적으로 수행할 수가 없었다. 그리하여 임무를 기층의 대중적 자치조직인 지역사회와 촌민위원회에 더욱 이관시켰다. 오랫동안 책임만 있고 권한은 없으며, 사무만 있고 자금은 없으며, 일만 하고 쉴 새가 없는 것이 기층조직의 업무에 대한 진실된 묘사라 할 수 있다. 상급정부의 각종 정책이 최종 모두 기층조직을 통해 전달되고 실시되며, 상급정부의 각종 책임이 최종 모두 기층조직에 집중되는 현상으로 인해 기층 통치관리에는 임무가 많으나 인력은 제한적이고 책임은 반드시 져야 하는 난국이 나타나게 되었다. 특히 일부 지방과 부문에서 형식주의가 끊임없이 기층으로 뻗어나가면서 각종 불합리한 부담이 크게 증가되어 기층 통치관리의 효능을 제약하였다. 특히 근년에 기층업무에서 추적통치관리 모델이 널리 활용되면서, 모든 사무처리를 추적할 수 있도록 해야 함으로써 기층에 큰 부담이 되었다. 일례로 한 번 청소하는데 9개의 공문서를 남겨야 하는 등 지나친 추적통치관리로 인해 기층은 부담이 한없이 커졌다. 동시에 기층의 속지통치관리는 책임속지로 바뀌었지만, 권한과 책임이 대등하지 않기에 기층에서는 상급이 준 임무를 완수할 권한이 없는 경우가 있다. 특히 일부 기술성이 강한 분야에서 더욱 그러하다. 예를 들면 세 가지 방지(화재 방지, 사고 방지, 재해 방지)에서 기층은 전문적인 역량이 없어 대처하고 실행할 수가 없었다. 이 때문에 기층에서는 문제점을 파악해도 통치관리를 할 수가 없었고, 상급조직에서는 통치관리를 할 수는 있지만 문제점을 찾아낼 수 없는 난감한 상황이 발생했었다.

또한 정부·가도(향진)의 임무와 요구가 주민위원회(촌민위원회) 업무의 지휘봉이 되므로, 상급의 감독과 심사는 주민위원회(촌민위원회)가 진실로 주민(촌민) 이익에 응답할 동력이 부족하게 만들므로, 기층자치가 실제로 실현되기 어려운 상황이다.

2) 도시와 농촌의 이원적 구조와 사회 전환은 복잡하고 다원적인 모순을 낳았다.

신중국 건국 초기, 도시와 농촌의 구조가 다르기에 자원을 쾌속 집중하여 산업화를 추진했고, 이로부터 점차 도시와 농촌이 분할된 이원체제가 건립되었다. 경제발전 과정에서, 시장자원과 자본의 '도시이익(利城市)' 성격에 따라 도시와 농촌의 차이가 나날이 뚜렷해졌다. 도시와 농촌의 발전이 불균형한 국면을 시정하기 위해 국가적으로 향촌진흥 전략이 시행되고 있지만, 일정 기간 동안은 '대도시'와 농촌의 '공동화'는 여전히 존재할 것이다. 한편으로 호적통치관리 제도는 새로 도시에 진입해 일하는 농민이 균등하게 공공서비스를 누리는 것을 제약하였고, 다른 한편으로, 도시화율의 향상과 유동인구의 증가로 기층의 '지인사회'가 점차 '반(半)지인사회' 심지어 '낯선 사람사회'로 변모하면서 기층사회의 전통적인 통치관리 방식에 도전하게 되었다.

또한 '직장제'의 해체와 도시 주택제도의 개혁과 더불어, 도시 기층사회의 생활과 통치관리체제에 큰 변화가 발생하였다. 특히 주택의 시장화 개혁이 심화되면서 부동산 소유주와 부동산통치관리회사의 갈등이 점차 기층사회 통치관리에서의 주요한 모순이 되었다. 신축 상품주택단지에서는 재산권과 부동산통치관리의 문제로 일촉즉발의 권익보호에 대한 갈등이 많이 나타났다. 노후 된 주택단지에서는 공공보수 자금이 없어 부동산 통치관리를 포기하는 현상이 자주 발생했고, 이 때문에 주민들의 의견이 매우 많았으며, 기층사회 통치관리에 거대한 압력과 도전을 가져왔다.

요컨대 도시화와 사회전환이 가속화되면서 기층사회의 갈등은 갈수록 복잡해지고 다양해졌으며, 민생·민의·민정에 관련된 갈등과 충돌이 빈번하게 일어나는 등 뚜렷한 특징을 보이고 있다.

3) 정부와 사회의 책임경계가 분명치 않아 민중의 참여동력이 부족하다.

기층사회에 대한 통치관리에서 중국정부는 오랫동안 전능형 정부의 역할을 담당해왔다. 정부는 지나치게 많은 사회의 사무를 도맡아 보았고, 인력 · 조직 · 투자금 등에 대한 원스톱 서비스를 해왔다. 그리하여 사회의 사무를 처리함에 있어서 보통 정부가 모든 걸 도맡아 처리해 왔었다. 국민은 어려움이 있으면 모두 정부에 의존했고, 모든 일은 응당 정부가 맡아야 한다고 생각하게 되었다. 과거 직장제 체제 하에서 직원들의 생로병사는 모두 직장에 의존하였고, 직장에서 사회의 사무를 운영함으로써 사회와의 경계가 불분명하고, 국민의 자주의식이 희박했으며, 조직화 능력이 비교적 약했다. 시장경제 여건에서 국민은 생존과 발전에 필요한 자원, 이익과 기회를 획득할 권리를 가지게 되었고, 자유롭게 이동할 수 있는 공간을 얻게 되었다. 그러나 오랜 기간 정부와 직장에 의존해 온 탓에, 사회 분야에서 정부 측과 구별되는 주민이 효율적으로 참여할 수 있는 통치관리 체제가 제대로 구축되지 못했다.

현재, 중국의 기층사회의 조직과 자치조직은 발달이라는 측면에서 매우 불충분하다. 예를 들어, 부동산소유주위원회와 자원봉사조직, 농촌자치협회 등은 현대의 기층 통치관리 네트워크에서 대중의 자기교육, 자기 통치관리, 자기 서비스 역할을 제대로 발휘하지 못하고, 기층의 대중은 정부의 자원 수송에만 의존하고 있다. 다른 한 편으로 기층의 공공사무에 대한 대중의 참여의욕이 부족해 기층의 사무를 처리함에 있어서 "지역사회(촌민위원회) 간부들이 분주하게 일을 하고 있지만, 일반 백성들은 팔짱을 끼고 구경만 하는 난감한 국면"이 나타나고 있는 것이다. 책임감의 결여와 참여의 능동성 부족은 '사회 통치관리 공동체'를 구축하는데 어려운 점이 되고 있다.

3. 사회의 활력을 불러일으키고, '사회의 통치관리 공동체' 를 구축함에 있어서의 사고방식

1) 기층의 자치 권력을 존중하여 사회의 활력을 불러일으켜야 한다.

기층의 통치관리를 혁신하고, 기층의 내생동력을 자극하는 것은 '사회 통치관리 공동체'의 요구이며, '공동 통치관리(共治)'와 '사람마다 책임을 다 하는 것'을 실제로 기층에서 실현하는 구체적인 구현이다. 첫째, 기관 사이의 수직적 통치관리 시스템과 지역 사이의 수평적 통치관리 시스템의 관계를 정리하고, 기층 정부의 통치관리 능력을 향상시키며, 기층에 권한을 부여해야 한다. 베이징에서 "향진과 부서의 책임과 권한이 일치하지 않고, 협동 메커니즘이 완정화되지 않은 등의 문제를 해결하기 위해 연합 법집행 체인을 설치한 것(街乡吹哨、部门报到)"이 바로 기관 사이의 수직적 통치관리 시스템과 지역 사이의 수평적 통치관리 시스템의 관계를 정리한 것이며, 속지 정부의 통치관리 역량을 강화해 부서 간의 직책과 권한을 명확하게 하고, 직능 부서 간 각자가 독단적으로 일하고, 직책이 교차하는 문제를 해결한 것이다. 또한 문제 중심으로 규범적이고 실용적인 기층의 통치관리 프로세스를 확립하고, 의사일정 설정권을 기층 정부에 두며, 기층정부의 통치관리 능력을 강화하였다.

둘째, 기층사회의 조직을 적극 육성해 사회 통치관리 주체의 다각화를 추진해야 한다. 사회 통치관리는 능력 있는 정부, 건전한 시장, 잘 발달된 사회조직 등 주체의 다변화를 요구한다. 이 삼자는 사회 통치관리에서 각각의 특징과 강점을 가지고 있으며, 삼자가 함께 역할을 발휘하는 것이 좋은 사회 통치관리의 기초가 된다. 사회구조의 변화와 사회 전환의 필요성에 따라, 기층 사회조직은 기층 통치관리의 중요한 역량이 되므로, 그 조직의 성장과 능력을 적극 육성해야 한다. 기층 사회조직을 육성하려면, 우선 기층문제와 기층자원을 발견하는 능력을 양성해야 한다. 그 다음 서비스 구매와 공익 벤처투자에 대한 참여 등 방식을 통해 실천 속에서 성장하고 장대해지도록 독려해야 한다. 도시에서는 주민위원회, 부동산소유주위원회, 각종 자원봉사자 조직이 있고, 농촌에서는 촌민위원회, 촌민소조, 농촌경제협력조직 등 주체가 있는 기층의 자치체계를 형성하여 민주적 선거·의사결정·통치관리·감독을 실시하며, 관할 구역 내 주민(촌민)에게 전문화·사회화·차별화된 서비스를 제공하고, 나아가 "기층을 서비스 플랫폼으로 하고, 사회조직을 서비스의 담체로 하며, 자원봉사로 효과적으로 보충하는 기층 통치관리의 새로운 구도"를 전면적으로 구축해야 한다.

셋째, 협상민주를 핵심으로 하여, 신형의 자치·공치(自治共治)의 장을 마련해야 한다. 정부와 기층 사회조직의 상호작용을 원활하게 하고, 주민(촌민)위원회와 정부의 자원을 통합하며, 주민(촌민)과 주민(촌민)간, 주민(촌민)과 주민(촌민)위원회, 주민(촌민)과 기타 사회조직, 주민과 정부 간의 관계를 조율하고, 정부 통치관리·사회 조율·주민(촌민)자치가 기층에서 조화를 이루게 하며, 자치의 공간을 확대하여 점차 주민(촌민)자치를 목표로 하고, 협상민주를 핵심으로 하는 협상의사당, 이동식 문제 해결의 장 등 자치·공치의 장을 단계적으로 구축해야 한다.

2) 기층 사회의 복잡성과 다양성을 존중하고, '화이부동(和而不同)' 의 통치관리 이념을 수립해야 한다.

첫째, '화이부동(和而不同, 남과 어울리면서도 맹종하지 않고 자기 입장을 지키다)' 의 통치관리 이념을 수립해야 한다. '화이부동(和而不同)' 은 철학적으로 깊은 의미가 있다. 여기에서 '화(和)' 는 통일과 조화를 말한다. 이는 추상적이고 내적인 것이다. '부동(不同)' 은 구체적이고 외적인 것이다. 오직 '부동(不同)' 을 용납해야만 '화(和)' 의 경지에 이를 수 있다. 사회 통치관리의 중심은 기층에 있다. 현 사회는 전환기에 있으며, 기층의 사회구조는 점점 더 복잡해지고, 기층의 통치관리 문제와 민생 서비스 수요도 다원화 · 복잡화 · 개별화되고 있어 기층 통치관리는 갈수록 도전으로 충만 되고 있다. '사회 통치관리 공동체' 를 구축하려면, '화이부동(和而不同)' 의 이념을 견지하고, 통일적으로 모델화하지 말아야 하며, 구체적인 문제를 구체적으로 분석하고, 각 주체의 차이성과 소구의 다양성을 충분히 존중하고, '경청 - 협상 - 행동' 의 통치관리체제를 구축해야 한다.

둘째, 서로 다른 기층 통치관리의 탐색모델을 존중해야 한다. 날로 번잡하고 복잡한 기층사회의 통치관리 과제에 직면하여 각지에서는 실제상황에 따라 탐구함으로써 중국 특색을 지닌 기층사회의 통치관리 경험을 종합해 내었으며, 따라서 여러 가지 모델의 기층사회 통치관리 모델이 나타났다. 예를 들면, 北京(北京)에서 "향진과 부서의 책임과 권한이 일치하지 않고, 협동 메커니즘이 완정화 되지 않는 등의 문제를 해결하기 위해 연합 법집행 체인을 설치한 것(街乡吹哨、部门报到)" 이 바로 기관 사이의 수직적 통치관리 시스템과 지역 사이의 수평적 통치관리 시스템의 관계를 정리하고, 기층에 권한을 부여하는 차원에서 유익한 탐색을 한 것이다. 또 다른 일례로, 상하이에서는 각 방면의 역량을 동원해 '쓰레기 분류'를 실시해, 도시의 녹색발전을 적극 탐구했고, 선전(深圳)에서는 「선전 경제특별구 부동산 통치관리 조례」를 개정하여, 정부와 부동산 업주 간의 공동 통치관리 메커니즘을 구축했으며, 저장(浙江)에서는 "대중에 의지하여 사회의 모순을 해결한 '풍교(枫桥) 경험'"을 모색해 냈다. 이러한 유익한 탐구는 모든 기층사회의 통치관리에 대한 시도이며, 일부 지역에서는 좋은 사회적 효과를 거두었다. 이들의 기층사회의 통치관리 모델은 서로 배우고 거울로 삼을 수 있지만, 그대로 베껴서 획일화해서는 안 된다.

요컨대 기층의 통치관리는 기층의 다중적 차별성을 고려해야 하며, 도시와 농촌의 서로 다른 경제기초와 발전수준, 각지에 적합한 발전 모델을 탐색할 수 있도록 허용해야 하며, 기층문제의 표현형식, 중점 문제, 구체적인 정도 등의 차별성을 분석하고, 구체적인 상황에 따라 맞춤형으로 법률과 규정, 경제조정, 행정 통치관리, 도덕적 구속, 심리 소통, 여론유도 등 다양한 수단을 동원해 최대한 갈등을 해결하고 문제를 풀어야 한다.

3) 책임 있는 정부와 책임 있는 국민이 '사회 통치관리의 공동체'를 구성해야 한다.

'사회 통치관리 공동체'의 구축은 다양한 주체들이 주체의식을 수립하고 실천할 것을 요구한다. 특히 '사회 통치관리 공동체'의 주도자와 수혜자, 즉 책임감 있는 정부와 책임 있는 국민을 만들어야 한다.

정부의 입장에서 말하면, '권한 부여'와 '에너지 증가'가 다 같이 중요하다. 중국은 오랫동안 정부가 기층체제를 주도해 왔고, 정부가 대부분의 책임을 비교적 잘 맡아왔다. 정책의 제정으로부터 자원의 투입에 이르기까지 모두 풍부한 공공재를 제공해 왔다. 그러나 양호한 기층의 통치관리를 실현하려면 책임감 있는 정부는 공공사무를 도맡아 처리할 것이 아니라 "권력을 하부로 이양하고(权力下沉)", 동시에 기층 정부의 역량강화에 적극 나서야 한다. "권력의 하부 이양"에서 정부는 수요 지향(需求导向), 문제 지향(问题导向), 효과 지향(效果导向)을 견지하고, 정부와 시장, 사회의 직능 경계를 분명히 하고, 기층정부에 더 많은 자주권을 부여하며, 가도(향)의 서비스 기능을 강화하며, 가도(향)의 정무 서비스 효율과 질을 전면적으로 향상시키고, 인민대중의 획득감과 행복감을 확실히 증진시켜야 한다. 아울러 기층정부는 혜민정책의 진정한 정착을 강화하고, 민중이 사회 문제를 반영할 수 있는 통로를 적극 열어놓으며, 사회 통치관리 종합 플랫폼을 마련하고, 시장참여와 사회역량을 도입하여 사회 통치관리가 기층에서의 실현에 응분의 책임을 져야 한다.

공민의 입장에서 말하면, "관념을 전변시키고, '적극적으로 참여하는 것'"이 필요하다. 역사적인 이유로 중국의 공민은 참여의식이 강하지 못하고 적극성이 높지 않다. 우선 "관념을 전변시켜야 한다". 사회 통치관리에서 공민의 책임을 인식하고, 더 많은 공민이 기층사무에 참여해야만 기층사회의 화합을 가져올 수 있고, 개인의 행복감과 획득감도 더 오래 갈 수 있다는 것을 깨닫게 해야 한다. 그 다음으로는 "적극적으로 참여하도록 해야 한다." 공민의 잠재력을 이끌어냄으로써 공민이 사람마다 의사결정에 참여하도록 하는 것이다. 첫째, 공민이 아파트단지의 사무에 적극 참여하도록 함으로써 자치능력을 높이게 한다. 실생활에서 공민이 촌민소조 혹은 아파트 라인의 선거, 민주협상, 자원봉사 등의 활동에 참여하도록 함으로써 참여의식과 주인공으로서의 책임감을 양성한다. 둘째, 주민(촌민)위원회가 민중의 자치 참여를 유도하는 역할을 충실히 수행하고, 기층민중의 간절한 소망과 요구를 반영하여 기층민중의 신뢰와 지지를 얻어야 한다. 정부와 주민(촌민)이 상호작용할 수 있는 다리를 놓아 사회 통치관리의 성과를 모든 민중에게 보급해야 한다.

종합하면 기층의 활력을 북돋우는 것은 바로 중국 기층사회의 역사 및 그 복잡성을 존중하고, '사회의 통치관리 공동체'의 이념을 운영하여, 당이 영도하고, 정부가 책임지며, 각 유형의 사회주체가 협상·협력하며, 기층사회의 조직에 대한 참여도와 지역사회 주민의 능동성을 높여 창조적으로 '인민중심'의 기층사회에 대한 통치관리를 진행해야 하는 것이다.

제 11 장

사회 통치관리 현대화의 제도적 수요와 행동 경로

(양홍산 杨宏山)

중국공산당 제19기 중앙위원회 제4차 전체회의에서 채택된 '중국 특색의 사회주의' 제도를 견지 보완하고 국가 통치관리 체계와 통치관리 능력의 현대화를 추진하는 데에 관한 약간의 중대한 문제에 있어서의 중국공산당 중앙위원회의 결정」(이하 「결정」으로 약칭함)은 신시대 국가 통치관리의 제도 건설에 초점을 맞춰 중국 국가 통치관리의 제도적 기반을 체계적으로 정리하고, 몇몇 중대한 분야의 제도발전에 대해 체계적인 계획을 세웠다. 사회 통치관리는 국가 통치관리의 중요한 측면이다. 「결정」은 사회 통치관리의 강화와 혁신, 사회 통치관리의 현대화 추진에 대해 구체적인 배치를 하였다. 「결정」은 "공동 구축 · 공동 통치관리 · 공동 향유하는 사회 통치관리 제도를 견지하고 보완하며", "당위원회의 영도, 정부의 책임, 민주 협상, 사회의 협동, 대중의 참여, 법치로의 보장, 과학기술로 지탱하는 통치관리 체계를 완정화하며", "당 조직이 영도하는 자치 · 법치 · 덕치(德治)를 결합한 도농 기층의 통치관리 체계를 건전하게 하고", "국민이 안거낙업하고, 사회가 안전하며 질서정연한 보다 높은 수준의 안정적인 중국을 건설하는 것을 확보해야 한다"고 제시했다.

　사회 통치관리의 현대화를 추진하는 것은 여러 분야의 제도적 수요를 가지고 있다. 행정조직과 행정자원을 통합하고, 기층 사무의 전반적인 통치관리 능력을 제고시키는 것을 포함할 뿐만 아니라, 또 정부와 사회의 대화를 증진하고, 공동 협의의 장을 마련하여 사회 통치관리의 협상민주성을 제고시키는 것을 포함한다. 사회 통치관리는 또 지역사회의 조직과 주민의 주체적 역할을 발휘케 하며, 사회의 역량 및 그가 통치관리하고 있는 자원을 동원하여 지역사회 사무의 자주적 통치관리 능력을 향상시켜야 한다. 본문에서는 도농 사회 통치관리가 직면한 도전을 분석한 기초에서 사회 통치관리 현대화의 세 개 차원 및 그 제도적 수요를 제시하고, 사회 통치관리 현대화를 추진하는 행동 경로를 탐구고자 한다.

1. 도농(都農)사회의 통치관리가 직면한 도전

1) 기층의 업무는 '제한된 자원, 전면적인 책임(有限資源、全面 責任)'의 모순에 직면해 있다.

　개혁개방 이후 중국 도시와 농촌의 기층조직체계에는 중대한 변화가 생겼다. 경제·사회의 개혁이 추진되고, 직장제가 무너지면서 원래 직장에서 담당하던 사회 통치관리의 기능이 떨어져 나와 기층정부와 그 파출 기관이 떠맡게 됐다. 이런 배경에서 가도(街道)는 가장 기층의 행정조직 단원과 공공서비스의 단체로서 도시 기층 통치관리 체계에서의 역할이 뚜렷이 증대되었다. 1990년대 말 각지에서 속지화 차원의 통치관리가 추진되면서 가도는 도시기층 통치관리의 중요한 행정 주체가 되어 관할구역 내의 당과 군중관계의 업무, 평안적 건설, 지역사회의 건설 등 각종 임무를 맡게 되었다.

가도는 엄청난 양의 업무를 맡게 되었지만, 가처분적인 공공자원은 그만큼 많아지지 않았다. 시장화 개혁에서 체제 밖의 경제사회 자원은 갈수록 많아졌지만, 기층정부가 직접 지배하는 자원의 비율은 오히려 현저히 낮아졌다. 게다가 가도는 직접 지역사회 주민을 대상하기에 기타 행정주체에 그 책임을 이양할 수 없다. "직능 관할 영도(条条领导)와 지역 관할 책임(块块负责)"이라는 구도 하에 가도는 속지통치관리의 1차적 책임을 지지만 행정집행 주체로서의 자격이 없으며, 행정편성과 재정자원, 통치관리 권력이 매우 제한적이다.[1] 이로부터 기층의 행정조직은 권한과 책임이 어울리지 않고, 업무수행에 있어 "제한된 자원, 전면적인 책임"이라는 행동의 패러독스에 직면했음을 알 수 있다.

2) 사회 통치관리는 "직능 통치관리와 속지 통치관리가 분할되고(条块分割), 협동이 부실한(协同不力)" 문제에 직면해 있다.

중국의 사회 통치관리는 통일체제 하에서 정부기구 설치에 있어서 상하를 일치하게 하는 원칙에 따라, 상하가 일치하고 종적으로 관통되는 '벌집형' 통치관리의 구조를 형성하고 있다. 지방의 행정조직은 직능관할 영도를 받아야 하는 동시에 또 속지관할 영도를 받아야 한다. 실제 운영에서, '직능부문'은 비교적 강한 통제력을 가지고 있으며 자원의 배치에서도 주도적 지위를 차지하고 있어, 상급부문의 결정이 매우 빨리 실현될 수 있다. 하지만 횡적으로는 장벽이 비교적 많다. 기층의 '속지관할'에 있어서 '직능부문'의 자원을 동원하기 어려

---

1. 杨宏山, 「赋权增能: 首都城市基层治理的新经验」, 『北京日报』, 2018-12-24(15).

위 부처 간 문제를 효과적으로 처리하기가 어렵다. 구체적으로 도시의 기층 통치관리의 경우, 가도판사처가 직접 지배할 수 있는 행정자원의 제한으로, 일부 공공사무를 단독으로 처리할 수 있는 완전한 권한을 가지고 있지 않는데다 기타 직능부서를 동원하기도 어려워 업무를 전개함에 있어서 "직능 통치관리와 속지 통치관리가 분할되고(条块分割), 협동이 부실한(协同不力)" 문제에 직면하게 된다. 체계적이고 전체적인 사회 통치관리의 특성상 관련 행정부처의 조율과 협조가 필요하다. 그러나 직능관할과 속지관할의 복잡한 관계 속에서 가도가 업무를 추진하려면 핵심적인 돌파구가 부족하다. 가도는 기층 제일선에 있어 가장 먼저 문제를 발견할 수 있는 조건을 갖추고 있지만, 많은 사무에 대해서는 처리할 능력이 없다. 상급 법 집행 부서는 자원을 동원할 수 있는 능력을 갖추고 있지만, 제때에 문제를 발견해 낼 수 없으므로 기층사회 통치관리에서 "문제를 발견할 수 있는 부처는 통치관리를 할 수 없고, 통치관리가 가능한 부처는 문제를 발견할 수 없는" 현상이 빈번하게 나타난다.

3) 도농 주민의 권리의식이 강화되어 기층의 통치관리 수준에 더욱 높은 요구를 제기하고 있다.

사회경제의 발전과 생활수준의 향상과 더불어 도시와 농촌 주민의 지역사회 환경과 서비스의 질에 대한 요구도 끊임없이 향상되고 있다. 또한 국가에서 법치건설을 추진하고 국민의 교육수준이 높아짐에 따라 지역사회 주민의 권리의식과 참여의식이 뚜렷하게 증대되었고, 법에 의해 정당한 요구를 표명하고, 합법적인 권익을 수호하는 능력도 뚜렷이 높아졌다. 최근 몇 년간 일부 도시에서는 공공서비스의 응답성을 향상시키기 위해, 주동적으로 부처 간 핫라인 통합을 추진하였고, 통일된 시장 핫라인을 설치하였으며, 주민 신고의 처리율과 처리 결과의 만족도 등 지표를 성과평가의 체계에 포함시켜, 매달과 매년의 평가제도를 형성하였고, 이로부터 공공부문이 확실하게 "민간의 호소에 호응(民有所呼、我有所应)"하도록 독려하였으며, 주민이 기층 사무의 통치관리에 참여하는데 편리한 루트를 제공하였다. 주민 신고가 늘어나는 것도 행정부문의 응답성에 더욱 높은 요구를 제기하고 있다.

지역사회 주민들의 아름다운 삶에 대한 동경과 추구는 수많은 일상적인 사소한 일과 구체적인 공공 수요로 응집된 것이다. 지역사회의 아름다운 생활은 국가 공공서비스 체계의 정교한 연결에 달려 있을 뿐만 아니라 기층사회 통치관리 체계의 완정화에 달려 있고, 사회 통치관리 능력의 향상에 달려 있다. "민간의 호소에 호응하고, 자신에게 호응하는(民有所呼、我有所应)" 기층 통치관리의 요구를 실현하고, 주민의 요구에 보다 정밀하게 대응하기 위해서는 사회 통치관리에 대중의 참여 루트를 넓히고, 지역사회의 사무를 논의하는 플랫폼을 구축해 다양한 방면의 의견과 요구를 청취하는 것을 중시해야 한다. 기층사무의 처리에서는 주민과의 소통과 협상을 강화하는 것이 필요한 것이다.

2. 사회 통치관리 현대화의 제도적 요구

「결정」은 "기층 사회 통치관리의 새로운 구도를 구축하고", "정부의 통치관리와 사회에 대한 조정, 주민자치의 양호한 상호작용을 실현하고 기층사회 통치관리의 기초를 다지며", "사회 통치관리와 서비스 중심의 하부로의 이동을 추진함으로써 더욱 많은 자원이 기층으로 내려갈 수 있게 하여 더욱 정확하고 정밀한 서비스를 제공하여" 사회

통치관리의 혁신을 추진하기 위한 기본노선을 제공해야 한다고 제시
했다. 사회 통치관리 체계를 완정화 하려면, 정부내부의 종횡적인 권
력관계를 조율하고 운영의 효율을 높여야 할 뿐만 아니라, 사회의 활
력을 불러일으켜 사람마다 책임이 있고, 사람마다 책임을 다하며, 모
든 사람이 함께 누릴 수 있는 지역사회의 통치관리 공동체를 구축해
야 한다. 사회 통치관리의 현대화를 추진하는 것은 세 개 차원의 제도
적 수요와 관련된다. 첫째, 당 건설의 선도 하에 통합적인 통치관리를
추진하고, 다부서 운영 메커니즘을 구축하여 각 부서가 협동하여 운
영될 수 있도록 추진함으로써 합력을 형성케 한다. 둘째, 정부의 책임
하에 협상 통치관리를 추진하고 협상민주의 제도적 배치를 발전시켜,
공동 구축·공동 통치관리·공동 향유하는 플랫폼을 구축한다. 셋째,
다자가 참여하는 상황 하에서, 규칙에 의한 통치관리를 추진하고, 협
상과 대화를 통해 사회 통치관리의 기본규칙을 제정하며, 지역사회
규칙의 제약 하에서 부동산업주 조직·부동산통치관리 기업 등 다원
적 주체의 역할을 발휘시키며, 규칙이 주도하는 기층의 통치관리 체
계를 완정화 해야 한다.

1) 공공부문 간 관계: 통합적인 통치관리를 추진하다

직능 통치관리와 속지 통치관리가 분할되고(条块分割), 기층의 법
률집행 능력이 부족한 문제를 해결하기 위해서는 공공부문 간의 관계
를 한층 더 조화시키고, 다(多)부문의 행정자원을 통합하여 기층의 법
집행이 전체성, 협동성과 정확성을 향상시켜야 한다. '통합 통치관
리'는 정치적 권위의 주도 하에 행정부문 간 협력체제를 구축해 공공
서비스의 대응성·책임성·협동성을 높여야 한다. 중국의 제도적 상
황에서 당·정 관계는 사회의 통치관리를 이해하는 중요한 차원이다.

당 조직은 그 중에서 접착제의 역할을 발휘해 서로 다른 부문과 급별
을 하나로 묶어, 어떤 일을 하는데 반드시 필요한 협력을 개선토록 한
다.[1] 국가의 통치관리에서 당 조직의 중요한 임무의 하나는 바로 국가
적 시스템을 운용하여 효과적인 사회 통치관리를 실현하고, 사회적
진보와 주민 획득감의 향상을 추진하는 것이다.[2]

중국공산당 제19차 전국대표대회 이래, 중국의 통치관리는 당위원
회가 "전체적인 국면을 총괄하고 각 측을 조율하는 영도제도 체계"를
완비하고, 당의 영도를 국가 통치관리의 각 분야, 각 방면, 각 단계에
실현시키며, 각종 국가 기구들의 행동을 조정하고 힘을 합치도록 추
진하게 하였다.

'통합 통치관리'는 각급 당 조직이 사회 통치관리에서 총괄적인 역
할을 할 것을 요구하며, 각급 당 조직에 의거해 상하가 관통하고 집행
이 유력한 범부처 조직체계를 형성케 하며, 각 분야·각 급별의 공공
부문을 통폐합하여 각 부문 간 행동을 조율하고, 당 건설로 기층사회
통치관리를 이끄는 새로운 모델을 형성토록 해야 한다.[3]

구체적으로는 당 건설의 선도 하에, 사회 통치관리의 중심을 하향
조정하여, 기층의 직능 통치관리와 속지의 통치관리가 분할된
(条块分割) 상태를 타파하고, 부처 간 협력의 난제를 해결해야 한다.[4]

「결정」은 "다분야 적으로 범 부처에서 종합하여 법 집행을 할 수
있도록 계속 모색하고, 법 집행의 중심을 하향 조정하며, 행정 법 집행
의 능력을 향상시켜야 한다"고 제시했다. 최근 몇 년간, 법 집행의 역
량이 지나치게 분산되고, 법 집행의 능력이 부족하다는 등의 문제가
도마에 오르자 일부 지방정부는 주동적으로 법 집행 시스템의 혁신을

1. 弗兰泽奇, 『技术年代的政党』, 北京, 商务印书馆, 2010, 347쪽.
2. 林尚立, 「执政的逻辑: 政党、国家与社会」, 『复旦政治学评论(第三辑)』, 上海, 上海辞书出版社, 2005, 7쪽.
3. 刘建军, 「上海基层党建的新使命」, 『中国社会科学报(3)』, 2017- 10-19.
4. 杨宏山, 「赋权增能: 城市基层治理的新经验」, 『北京日报』, 2018-12-24(14).

추진하고, '통합 통치관리'의 운영체제를 적극 모색하고 있다. 예를 들어, 베이징 시는 가도 통치관리 체제의 개혁에서 기층 도시의 통치관리 법 집행 팀을 가도판사처(街道办事处)로 전속시키고, 도시의 통치관리를 위한 법 집행 팀을 주체로 하여 기층의 법 집행 역량을 통합시켜 합동적인 법 집행제도를 구축하였다. 공안, 소방, 교통, 시장 감독 등 부서에서 전문인력을 가도에 상주하도록 배치하고, 가도에서 관련된 법을 집행하는 역량을 통일적으로 조율하여 연합적으로 법을 집행함으로써 기층의 법 집행 능력을 뚜렷하게 향상시켰다.[5] 네이멍구(内蒙古) 아라산(阿拉善) 맹(盟)은 기층의 법 집행 역량이 부족하다는 현실 문제를 해결하기 위해, 기층의 '전체 부문의 의사(全科医生)'에게 전체 부문(全科)의 의료서비스 이념을 참고로 하여 '전체 부분(全科)에 대한 법 집행'을 시범적으로 전개하였다. 아라산(阿拉善) 좌기(左旗)는 도시통치관리국을 바탕으로 주택건설, 시장 감독, 환경보호, 수도 산업, 민정, 교통 등 부문의 행정 법에 대한 집행권을 통합하여 "한 팀에 의한 법 집행(一支队伍管执法)" 모델을 형성케 하였다. 이러한 '전체 부문(全科)을 통합한 법 집행'은 일반적으로 종합적인 법 집행형식으로 흔히 볼 수 있는 위법문제를 처리하고, 분야별로 위법상황에 따라 각각의 법 집행 기록물을 만들었다. 상황이 복잡하고 모순이 얽혀 처리하기 어려운 법 집행 문제는 기층의 법집행 팀이 해당 행정부문에 상황을 보고한 뒤 담당기구에서 전담하는 법 집행 팀을 배치해 처리하도록 했다.

2) 정부와 사회의 관계 - 협상적 통치관리를 추진하다.

사회체제의 개혁이 추진되면서 각종 기관단체의 사회 서비스기능

---

5. 孙柏瑛, 张继颖, 「解决问题驱动的基层政府治理改革逻辑: 北京市 "吹哨报到" 机制观察」, 『中国行政管理(4)』 2018-12-24.

이 점차 미미해지면서 지역사회가 이미 주민생활의 주요 공간이 되었다. 주민의 권리의식과 참여의식이 높아짐에 따라 기층의 통치관리는 협상민주의 발전이라는 제도적 장치가 마련되어야 하며, 다자간 참여하는 대화의 채널을 구축하고, 상호교류를 통해 공감대를 모으며, 서로에 대한 공감대를 바탕으로 하여 집단적으로 의사를 결정케 하고, 집단행동을 조직하여 공동 구축 · 공동 통치관리 공동 향유의 구도를 형성토록 해야 한다. "협상 통치관리(協商之治)"는 상호의 대화가 공공통치관리에서의 가치를 부각시켰으며, 평등한 대화, 공개 토론, 공동 협상의 방식으로 공공 규칙을 제정하는 것을 제창하여 참여자들이 모두 평등하게 서로 다른 의견을 청취하고, 경청과 교류과정에서 자신의 요구와 입장을 조정할 수 있게 한다. 공공의 의사 결정이 공론화 과정을 통해 결정되며, 모든 참여자가 자유롭게 의견을 발표하고, 다양한 의견을 평등하게 청취하고 고려하고자 할 때, 이 통치관리의 과정이 바로 협상민주의 성질이라고 보는 것이 일반적이다.[1] 협상과정은 각 분야의 지식을 습득하고, 자신의 인식을 개선하는 데 도움이 되며, 공감대를 찾는 기본적인 길이다.

구체적인 제도적 배치에서 볼 때, '협상 통치관리(協商之治)'는 기층의 선치(善治)를 실행 가능하게 하는 투트를 제공한다. 중국공산당 제14기 중앙위원회 제4차 전체회의는 "사회주의 협상민주라는 독특한 장점을 견지하고", 기층의 협상 및 사회조직 협상을 총괄적으로 추진하며, 유사시 잘 상의하고, 여러 사람의 일은 여러 사람이 상의하는 것이라는 제도적 실천을 풍부하게 해야 한다고 제시했다. 이는 협상민주가 사회 통치관리 체계에 편입돼 새로운 가치 지향으로 자리 잡고 있음을 보여준다. 협상민주의 본질은 공감적 의사결정이며, 평등

---

1. MauriziOPasserin d'Entreves, 『作为公共协商的民主: 新的视角』, 北京, 中央编译出版社, 2006, 139쪽.

한 대화로 일방통행적인 행정명령을 대체하는 것을 강조한다. 이를 위해 정부 부처는 '노 젓는 자' 에서 '조타자' 로, 지역사회 내부에서 해결할 수 있는 일은 가급적 지역사회에 맡겨야 하며, 협상·대화의 채널을 통해 풀 수 있는 갈등은 통제와 명령의 방식으로 풀지 않는 쪽으로의 전환이 필요하다. 최근 몇 년 동안, 도시와 농촌의 기층의 통치관리 실천과정에서 '협상 통치관리' 가 점점 더 많이 응용되고 있다. 도시지역의 부동산 통치관리가 직면한 현실적 모순에 대해, 베이징시 차오양구(朝阳区)는 당 건설을 추진해 부동산 서비스기업과 업주위원회가 기층 통치관리 체제의 구축에 참여하도록 이끌었다. 즉 가도판사처의 지도와 지역사회 당위원회의 주도로 시범아파트단지에서 업주위원회를 구성하고, 지역사회 사무를 위한 공동 상의와 공동 통치관리를 위한 플랫폼을 구축하고, 지역사회 주민위원회, 업주위원회, 부동산 통치관리 기업, 지역사회에 자리 잡은 회사(단체·기관), 주민대표를 포함시켜 "하나의 핵심이 이끌고 다섯 측이 공동으로 통치 관리하는 운영체제"를 구축하였다. 노후된 아파트단지에는 부동산 통치관리 서비스를 도입해 우선 지역사회의 기능을 업그레이드시킨 뒤, 규약을 세우고 제도를 정립하는 업무를 추진함으로써 노후된 아파트단지의 통치관리가 되지 않던 데로부터 공동 통치관리로 나아가게 했다. 지역사회가 스스로 해결할 수 없는 공공의 문제에 대해서는 공공부문이 개입하여 보조적으로 지원함으로써 '협상 통치관리' 를 보완하고, 원주체(元主体)의 공동 구축·공동 통치관리·공동 향유의 지속가능성을 제고시켰다. 실천은 협상민주의 운영체제를 구축하고, 상호 교류 속에서 호혜적인 제도적 장치를 마련하는 것이 지역사회의 자주적 통치관리의 지속가능성을 제고하는 데 도움이 되었음을 보여주었다.

3) 지역사회의 공동체 건설 - 규칙이 있는 통치관리(規則之治)를 추진하다.

시장화 개혁이 추진되면서 도시 사구(社區, 말단 행정조직)는 복잡성과 다양성의 특징을 보이고 있다. 신축 상품주택 아파트단지 외에도 도시 사구에는 철거민 주택단지, 보장성 주택단지, 노후 아파트단지 등 다양한 유형의 주거 공간이 있다. 아파트단지들이 부동산 서비스에 대한 수요와 공급방식에도 차이가 있다. 상품주택 아파트단지는 주로 부동산 통치관리 기업이 지역사회에 대한 서비스를 제공하고 있다. 많은 노후 아파트단지는 아직 부동산 통치관리 회사들이 도입되지 않은 채 공공부문에 의존해 기본적인 지역사회 서비스를 제공받고 있다. 따라서 사회 통치관리 체계의 '만병통치약' 을 추구하는 것은 비현실적이다. 고정된 패러다임과 통일된 기준을 갖춘 사회 통치관리 체계는 서로 다른 지역, 서로 다른 지역사회의 요구를 충족시킬 수 없다. 공공사무의 통치관리에서 정부화 운영이나 사유화 경로만 있는 것이 아니라, 복수의 행동자가 자율적인 조직을 통해 스스로 규칙과 집단행동을 제공하는 것도 공공자원의 효율적인 통치관리를 실현하는 길이다. 사람들은 소통과 교제를 통해 점차 공동의 행동 준칙과 호혜적 사무처리 모델을 형성하고, 신뢰·약속과 호혜적 원칙에 입각하여 문제해결을 위한 새로운 제도적 공급을 형성할 수 있다.[1]

'협상 통치관리(協商之治)' 가 프로세스 지향의 통치관리 모델이라면, '규칙 통치관리(規則之治)' 는 사회 통치관리의 실제적 결과를 더욱 강조한다. '규칙 통치관리(規則之治)' 는 사람들이 규칙을 보편적으로 준수하고 집행하는 것의 중요성을 강조한다. 충분한 협상으로

---

1. Elinor Ostrom(奧斯特羅姆), 『公共事物的治理之道: 集体行动制度的演进』. 上海, 上海三联书店, 2000, 144쪽.

형성되었지만 아무도 지키지 않는 규칙은 겉치레에 지나지 않는다. 규칙 형성의 과정의 적법성은 기초적인 문제이지만, 규칙이 보편적으로 지켜질 수 있는지의 여부도 중시해야 하며, 이는 규칙의 내용과 형식에 일정한 요구를 제기한다. 덩쑤이신(邓穗欣)은 '규칙 통치관리(規則之治)'를 추진하는 10가지 원칙을 종합해 냈다. 그것들로는 다음과 같은 것들이 있다. (1) 규칙의 난이도를 낮춘다. (2) 명확하고 이해하기 쉬운 규칙을 제정한다. (3) 비공식적인 규칙들로 하여금 정식 규칙을 강화하게 한다. (4) 규칙에 따른 사회적 기대를 광범위하게 세운다. (5) 법 집행에 있어서 공평하고 합리적이어야 하며, 처음과 끝이 같아야 한다. (6) 규칙은 실제상황에 맞게 제정해야 한다. (7) 규칙은 영향 받는 사람들과 가장 가까운 계층에서 제정한다. (8) 현행 규칙이 효력을 상실할 때 대안이 있도록 보조 메커니즘을 마련한다. (9) 규칙 제정자와 집행자가 준수할 수 있도록 구속 장치를 마련한다. (10) 규칙을 운용하여 개인이 자신의 이익을 정확하게 이해하도록 한다.[1]

현재 중국의 기층사회 통치관리는 보편적으로 "제한된 자원, 전면적인 책임(有限资源、全面责任)"이라는 모순에 직면해 있다. 기층정권은 행정편제와 재정자원이 매우 부족해 관할구역 내에서 벌어지는 각종 문제에 대해 신경 쓸 겨를이 없다. 이러한 배경에서 지역사회의 사무를 논의하는 플랫폼을 구축하고, 지역사회의 통치관리 규칙을 제정하는 것을 추진하여, 주민이 참여하는 공동 통치관리 메커니즘이 더욱 잘 운영되도록 하는 것은 이미 사회 통치관리 제도혁신의 중요한 흐름이 되었다. 중국공산당 제19기 중앙위원회 제4차 전체회의는 사람마다 책임이 있고, 사람마다 책임을 다하며, 모든 사람이 다 같이 누리는 '사회 통치관리 공동체'를 구축하자고 제시했다.[2] 기층사회

---

1. 邓穗欣, 『制度分析与公共治理』, 上海, 复旦大学出版社, 2019, 247-248쪽.
2. 「中共中央关于坚持和完善中国特色社会主义制度化若干重大问题的决定」, 『人民日报』, 2019-11-06(1)

통치관리의 제도적 장치를 개선하려면 사회의 역량이 역할을 발휘토록 하는 것을 중시해야 하며, 상호신뢰와 호혜의 규범, 참여 네트워크로 형성된 사회자본에 기초하여 계약정신을 형성하고, 주민의 공동 상의로 형성된 지역사회 사무애 대한 논의 규칙을 바탕으로 하여 하여 집단행동의 곤경을 해결하고 지역사회의 자율적인 통치관리를 추진해야 한다.[3] 최근 몇 년 동안 베이징시 하이뎬구(海淀区) 상디(上地) 가도는 지역사회의 민주협상을 바탕으로 한 '규칙 통치관리'를 적극적으로 모색하여 비교적 좋은 성과를 거두었다. 가도와 지역사회 당위원회의 지도와 지원을 받아, 2002년 베이징 하이뎬구 상디시리(上地西里) 지역사회의 일부 부동산 업주들은 자발적으로 집단행동을 조직해 재산권자 대표대회를 열고 부동산 통치관리위원회(업주위원회)를 선출해 업주위원회를 지역사회 통치관리 시스템에 포함시켰다. 상디시리 지역사회 재산권자들은 단체 협의를 통해 '상디시리 업주 공약(통치관리규약)', '상디시리 업주 의사규칙', '상디시리 업주 자치기구 임원 선거와 파면 방법', '상디시리 업주대표 총회의 의사규칙', '상디시리 업주위원회 업무규칙', '상디시리 부동산통치관리위원회 정관' 등의 단체규약을 제정하였다.[4]

   2002년 업주조직을 준비한 이래, 상디시리 업주조직은 18년 동안 '규칙 통치관리(規則之治)'의 길을 걸어왔다. 실천은 이 같은 민주협상에서 형성된 호혜적인 규칙이 다자간 주체의 적극성을 동원해 지역사회에 대한 자주적 통치관리의 지속가능성을 높이는데 도움이 된다는 것을 보여주었다.

---

3. 帕特南，『独自打保龄球：美国社区的衰落与复兴』，北京，北京大学出版社，2011.

4. 郭卫建，『上地西里小区业主代表大会实践／／和谐社区2018』，北京市海淀和谐社区发展 中心，2018.「协商＋共治：构建社会治理新机制」.『半月谈』，2019(23).

3. 사회 통치관리 현대화의 행동경로

1) 행정을 통합하는 것과 사회의 협상을 결합해야 한다.

중국사회의 통치관리가 직면한 현실적 도전에 근거해, 본문은 세 가지 차원의 제도적 수요, 즉 통합 통치관리, 협상 통치관리, 규칙 통치관리 등 제도의 건설을 추진할 것을 제시한다. 시진핑 총서기는 "사회 통치관리는 과학적이어야 하기 때문에 통제가 너무 유연성이 없어도 안 되고, 너무 느슨해도 안 된다"고 했다. 사회 통치관리의 현대화를 실현하려면, 실질적인 문제를 해결하는 것을 지향해야 하며, 기반을 공고히 하고, 장점을 살리고 단점을 보완하며, 약세를 강화하고 협력 통치관리, 공동 통치관리의 메커니즘을 대대적으로 발전시키고, 자주적 통치관리 메커니즘을 적극 모색하여 사회가 활력이 넘치면서도 질서정연하게 해야 한다. 한편으로 사회 통치관리의 혁신을 추진하려면 직능 통치관리와 속지 통치관리(条块)의 통합을 추진하고, 공공부문 간의 협력 메커니즘을 보완해야 한다. 기층 통치관리에서 존재하는 "제한된 자원, 전면적인 책임(有限資源、全面責任)"의 모순과 "직능 통치관리와 속지 통치관리가 분할되고(条块分割), 협동이 부실한(協同不力)" 문제에 대해서는 권력의 하부 이양과 자원의 하향 조정을 추진하고, 가도와 향(乡)의 속지 통치관리 책임을 강화하며, 당위원회가 영도하고 정부가 책임지는 제도적 장치를 보완하고, 다부처간 통합과 운영 메커니즘을 구축하며, 부문 간 의사조정 메커니즘을 더욱 최적화하여 기층 통치관리의 전체성과 대응성, 공공서비스 능력을 향상시켜야 한다. 다른 한편 정부와 사회의 관계에 있어서는 민주적 협상, 사회적 협동, 대중 참여의 제도적 장치를 더욱 보완하고, 사회 역량의 역할을 발휘시키는 것을 중시하며, 사회 통치관리에서의 사회화·민주화·협동화 수준을 향상시켜야 한다. 중국사회의 구조가 심각하게 변화되고, 이익 구도가 심각하게 조정됨과 더불어, 대중의 권리의식과 참여의식이 뚜렷이 증강되었고, 사회 통치관리는 협상민주를 발전시키고 다원 주체의 참여를 포용하는 의사 메커니즘을 구축하여 공공부문과 사회 주체간의 상호작용을 증진시킬 필요가 있게 되었다.[1] 사회 통치관리는 사람을 대상으로 하는 일이므로 정부 본위주의를 타파하고, 인민대중의 절실한 이익에 관한 사항을 민주협상의 방식으로 해결하고, 소통과 대화를 통해 공감대를 모토로 합력을 형성해야 한다.

2) 최상층 설계와 지방의 시험을 결합해야 한다.

사회 통치관리의 현대화를 추진하려면 사회 통치관리의 기본규칙을 종합하고, 위로부터 아래로의 경로를 통해 제도의 구축을 추진해 국가의 안전체계를 보완하고, 국가의 안전능력을 증강하며, 공공안전 메커니즘을 건전하게 하고, 사회치안에 대한 통제체계를 보완하며, 다원화된 모순 조정 메커니즘을 발전시켜야 한다. 또한 지방의 자주권을 확대하고, 각지에서 실제상황에 따라 정책을 혁신하고, 각지의 실천 속에서 축적된 성공경험을 종합하여 이용 가능한 경험을 제때에 국가정책 체계 속에 포함시켜야 한다. 사회 통치관리는 상황성이 강하며, 일부 경험은 특정지역, 특정 발전단계, 특정 환경에서 적용성이 강하지만 기타 환경에서는 유효성이 떨어질 수도 있다. 특정지역, 특정단계, 특정 환경에 적용되는 사회 통치관리의 경험은 적용대상을 구분하고 맞춤형으로 지역성·업종성·주제별 교류활동을 조직해, 유사한 상황에서의 사회 통치관리의 혁신경험을 종합해 경험을 따라 배움에 있어서의 목표성과 유효성을 높여야 한다.

  사회 통치관리 혁신의 실천경험을 관찰해 보면, 많은 성공경험은
기층의 혁신적인 탐색에서 온 것이다. 예를 들면, 베이징시가 기층에
대한 통치관리의 난제에 직면해 "향진과 부서의 책임과 권한이 일치
하지 않고, 협동 메커니즘이 완정화 되지 않은 등의 문제를 해결하기
위해서 연합적으로 법집행 체인을 설치한(街乡吹哨、部门报到)"것
과 "고소를 받은 즉시 처리하는(接诉即办)" 개혁은 아주 좋은 효과를
거두었으며, "직능 통치관리와 속지 통치관리가 분할되고(条块分割),
협동이 부실한(协同不力)" 문제를 푸는데 소중한 경험을 축적하여
중앙 지도부의 인정을 받았다. 베이징시 차오양구(朝阳区)는 주민들
이 부동산 통치관리 서비스에 대한 불만이 많은 것과 관련해 지역사
회 당위원회의 지도하에 아파트단지 의사(议事) 플랫폼을 구축하고,
주민위원회·부동산 서비스 기업·업주위원회·지역사회 주재 회사
(기관)·주민대표 등 관련 주체들을 포함시켜 "하나의 핵심으로 인도
하고, 다섯 측이 공동으로 구축"하는 운영 메커니즘을 형성하여 지역
사회 사무의 협상민주와 자주적 통치관리 능력을 향상시켰다. 네이멍
구(内蒙古) 아라산맹(阿拉善盟)은 현지 사회의 통치관리가 직면한 현
실 모순에 근거해 정부에서 정책적으로 지원하고 경비를 보조하는 방
식으로 농목민이 초원 '순찰대'를 조직하도록 인도해 그들이 순찰 경
계의 자치 역량이 되도록 하였으며, 이로부터 초원을 시키는데 중요
한 역할을 발휘하도록 하였다. 저장성(浙江省) 퉁샹시(桐乡市)는 자
치(自治)·법치(法治)·덕치(德治) 등 '삼치합일(三治合一)'을 전개
하여 지방에서 학문과 덕행으로 존경받는 사람들을 기층사회 통치관
리 체계에 포함시켜 그들이 사회적 갈등 조정에 참여하는 운영체제를
형성케 하였다. 이는 중국공산당 중앙위원회 정법위원회로부터 "신
시대의 '평차오(枫桥)경험'"이라고 인정받았다. 각지에서 사회 통치

관리 혁신을 추진한 전형적인 경험을 종합하는 것은 정부 간의 학습을 증진하고, 성공한 경험을 보급하고 확산하는데 유리하다.

요컨대 사회 통치관리의 현대화를 추진하려면 행정통합과 사회협상의 결합을 견지해야 하고, 최상위 설계와 지방의 시험을 결합하는 것을 견지해야 하며, 협상민주를 충분히 발전시키고, 활기찬 '사회 통치관리 공동체'를 구축하여 기층사회 통치관리의 새로운 구도를 형성토록 해야 한다. 기층정부와 그 파견기구가 가진 자원은 한정되어 있다. 사회 통치관리는 다원화적 사회 주체 및 그들이 장악하고 있는 자원을 동원하여 사람마다 책임이 있고, 사람마다 책임을 다하며, 사람마다 다 누리는 '사회 통치관리 공동체'를 구축하여, 인민이 안거낙업하고, 사회가 안전하고 질서정연하도록 보장해야 한다.

제12장 중국 시역(市域)사회 통치관리의 방법론 탐색

(허옌링 何艳玲)

　　중국공산당 제19기 중앙위원회 제4차 전체회의에서 채택된 「'중국 특색의 사회주의' 제도를 견지·보완하고, 국가 통치관리 체계와 통치관리 능력의 현대화를 추진하는 데에 관한 약간의 중대한 문제에 있어서의 중국공산당 중앙위원회의 결정」(이하 「결정」으로 약칭함)은 중국공산당 제18기 중앙위원회 제3차 전체회의에서 제시한 '총 목표'를 바탕으로, 심후한 역사적 투과력과 시대적 감화력으로 중국 국가 통치관리의 '총 목표'를 제시했다. 즉 '중국 특색의 사회주의' 제도를 견지·보완하고 국가 통지관리 체계와 통치관리 능력의 현대화를 추진하는 것이다. '중국 특색의 사회주의' 제도는 본질적으로 더 나은 생활로 이어지는 과학적 설계를 지향하는데, 그 생명력은 각종 생생한 통치관리 실천 및 그 통치관리 실천 이면의 방법론, 즉 중국 국가 통치관리의 방법론에 있다. 방법론은 방법이나 경험에 비해 특정행위의 기본논리에 치중해 보편성과 복제성이 강하다. 본문은 중국공산당 제19기 중앙위원회 제4차 전체회의 정신을 접목해 시역(市域)사회 통치관리의 관점에서 중국 국가 통치관리 방법론의 기본 내용을 논술하고자 한다.

1. 도시에 대한 통치관리는 국가 통치관리 현대화의 필수적인 길이다

개혁 · 개방 이후 중국은 세계에서 가장 규모가 크고 속도가 빠른 도시화 과정을 거쳤다. 집결은 도시의 기본 성격이며, 또한 도시발전의 주요 원인이다. 2015년 중앙도시업무회의는 "도시는 중국의 각종 요소자원과 경제사회 활동이 가장 집중된 곳"이라며, "전면적으로 샤오캉사회를 건설하고 현대화의 실현을 앞당기려면 반드시 도시라는 이 '기관차'를 잘 틀어잡아야 한다"고 제시했다. 도시의 자가 증식하는 장점 및 공간에서의 복사 역할은 그 발전의 장점이 고정된 일부 도시에 국한되지 않고, 그 효과가 확대되고 경제와 밀접한 관계가 있는 도시로 방사되기 때문에, 중국의 도시발전은 줄곧 국가발전 전략을 위해 복무하고, 국가경제 개혁의 임무를 담당하는 특징을 나타냈으며, 도시화도 중국경제의 전환 및 경제성장의 중요한 메커니즘이 되었다.

그러나 도시의 발전도 양면성이 있어서 시역(市域)사회의 통치관리 능력에 더욱 높은 요구를 제기했다. 한편으로 도시는 경제성장을 촉진시키고 규모가 커짐으로 인한 이익을 얻는데 이것은 도시발전이 가져오는 의의이다. 하지만 또 다른 한편으로 도시규모의 확대, 인구증가와 함께 교통체증 · 환경오염 · 범죄 등으로 대표되는 혼잡한 공공서비스 문제를 야기한다. 이러한 것들은 발전이 가져온 부정적인 영향이라 할 수 있다. 규모의 확대로 얻는 이익(발전에 치중하는 것)과 공공서비스 공급(통치관리에 치중하는 것)은 도시 통치관리의 양면을 이루고 있으며, 도시의 제도설계, 정책설계와 도시정부의 행위를 형성케 하는데, 이는 도시 통치관리에도 많은 영향을 미치고 있다.

2019년 11월 시진핑 총서기는 상하이(上海)를 시찰하면서 사회주의 현대화 국제 대도시의 통치관리 능력과 통치관리 수준을 높여야 한다고 강조했다. 도시성과 도시화 과정에 따라, 시역(市域)사회 통치관리에는 여러 가지 특유의 층차(차원)가 있게 된다. 시장화는 서로 다른 사회구조의 차이성을 창조하고 심화시킨 반면, 도시화는 서로 다른 측면에서 사회구조를 바꾼다. 도시화 과정에서 사회의 다원성·개방성은 사회의 중요한 특질이 되는데, 특히 인터넷이 가져온 제로한계(零边际) 사회는 정치·경제 구조를 재편성한다. 정보의 투명성과 공개성은 사회의 편평화(扁平化, 넓고 평평하게 퍼지는 것 - 역자 주)를 심화시킨다. 누구나 다 내막을 알고, 누구나 다 발언할 수 있으며, 누구나 다 발언권이 있음으로 하여 사회구조에 중대한 변화가 일어난다. 사회 리스크와 사회의 갈등은 도시화 과정에서 점점 더 유동적이 된다. 집적성·이질성·유동성을 통치관리 하는 것이 바로 시역(市域)사회 통치관리의 핵심이라고 볼 수 있다. 어떻게 리스크와 갈등의 유동성 도전에 대처하여, 보다 장면적(场景性)이고 이성적인 언어체계와 전파 인터페이스를 구축하는가 하는 것은 시역(市域)사회 통치관리에서의 중대한 도전이다. 이런 의미에서 중국에 있어 도시 통치관리는 국가 통치관리 현대화를 위해서는 반드시 거쳐야 할 길이며, 시역(市域)사회 통치관리는 또 사회 통치관리의 현대화를 위해서는 반드시 거쳐야 할 길이다.

2. 중국 시역(市域)사회 통치관리의 기본 방법론

특정시기 발전의 기적은 글로벌 통치관리 체계에서 중국 통치관리의 역할을 더욱 중요하게 만들었고, 수십 년의 발전과정에서 더욱 많은 경험이 축적되었으며, 더 보편적인 의미의 시사점을 형성하였다. 중국 시역(市域)사회의 통치관리 실천에 대한 오랜 관찰을 바탕으로 나는 이러한 시사점을 다음의 몇 가지로 요약했다. 즉 당 건설로 인도하는 것, 인민중심, 지역사회의 행동, 주민과의 재 연결이다. 이러한 것들은 중국 도시의 통치관리, 나아가 중국 국가의 통치관리에서 어느 정도 방법론에 대한 탐색이라고 이해할 수 있을 것이다.

1) 당 건설로 인도하다.

중국의 현대화는 후발 외생형 현대화에 속하며, 중국공산당은 현대화의 리더이자 추진자이다. 중국 현대화 과정에서 공산당의 영도적 역할과 기능은 정치문명 부흥의 새로운 비전을 제시했으며, 인류 정치문명의 다원적 발전에도 기여했다. 사명형 정당의 실질은 사회의 기본모순을 연구 판단하여 인민의 요구를 파악함으로써, 인민의 아름다운 생활에 대한 요구에 부합되는 수준 높은 통치관리를 제공하는 것이다.

중국공산당 제19차 전국대표대회 보고서는 "전 당은 반드시 누구를 위하고, 누구에 의지하느냐 하는 문제는 정당과 정권의 성격을 검증하는 시금석임을 명심해야 한다"고 지적했다. 이는 권력 중심의 정당이 아니라, 인민 지상주의와 인간의 전면적 발전을 실현하는 것을 핵심 귀착점으로 하는 사명을 갖는 정당의 본질을 뚜렷이 보여준 것이다. 중국의 개혁과정은 표면적으로는 서로 다른 모순 성질의 변화인 것 같지만, 실질적으로는 정당 사명의 역사적 연속과 인민에 대한 인식의 지속적인 발전인 것이다(표12-1 참조). 정당의 사명, 기본 모순, 중심 업무는 중국 국가 통치관리에서 세 가지 관건적인 개념이 되었

연도	기본 모순	중심 업무
1977-1981년	인민의 날로 증가하는 물질문화 수요와 낙후된 사회생산 사이의 모순	사회주의 현대화 건설
1982-1987년	인민의 날로 증가하는 물질문화 수요와 낙후된 사회생산 사이의 모순	계획경제를 위주로 하고, 시장조정을 보조로 함
1988-1992년	인민의 날로 증가하는 물질문화 수요와 낙후된 사회생산 사이의 모순	사회주의 상품경제를 발전시켰음
1993-2017년	인민의 날로 증가하는 물질문화 수요와 낙후된 사회생산 사이의 모순	사회주의 시장경제 체제를 세웠음
2018년부터 지금까지	인민의 날로 증가하는 아름다운 생활에 대한 수요와 불균형하고 불충분한 발전 사이의 모순	인민중심의 발전

표12-1 개혁개방 이래 사회의 기본 모순과 정부의 중심 업무

고, 중국 특색이 뚜렷한 개혁논리의 체인을 구축하였다.

시역(市域)사회에 대한 통치관리의 실천 속에서 사명형 정당은 당 건설로 인도하는 것으로 구체화되고, 여기에서 파생된 것이 기층 당 조직의 이중 속성이다. 그 중 하나는 도시 기층 정권의 영도 핵심, 즉 정치적 속성이고, 다른 하나는 도시사회 건설에서의 인민의 대표, 즉 사회적 속성이다. 이 이중 속성은 긴밀하게 연결되어 있다. 당은 집권 당이고 영도 핵심이다. 이는 당 조직의 정치적 속성이다. 정당의 조직 화된 힘으로 현대 국가건설의 사회주의 방향을 보장하고, 사회의 안 정을 보장하며, 경제의 고도성장을 촉진시키며, 정당의 역사적 사명 을 완수한다. 동시에 인민을 지상(至上)하는 원칙을 지키고 인간의 전

면적인 발전을 실현한다는 취지를 실현하는 것이 당 조직의 사회적
속성이다. 도시 통치관리 과정에서 사회적 속성은 정치적 속성을 실
현하기 위한 전제이자 관건적인 로드맵이다. 최근 몇 년간 많은 도시
에서의 '당 건설로 인도하는' 탐색은 당의 영도와 실제 업무가 도시
실천 속에서 긴밀하게 결합될 가능성과 실현 가능성을 의미하며, 또
한 시역(市域) 사회 통치관리에서 적절한 '작은 절개구'를 찾아내어
전체적인 통치관리 효율을 높일 수 있다는 것을 의미한다.

2) 인민중심

2015년 중국공산당 제18기 중앙위원회 제5차 전체회의에서 "인민
중심의 발전사상을 견지하고 인민의 복지 증강, 인간의 전면적 발전
을 추진하는 것을 출발점과 지향점으로 삼아야 한다"고 강조한 데 이
어, 중국공산당 제19차 전국대표대회 보고에서도 "반드시 인민중심
의 발전사상을 견지하고, 끊임없이 인간의 전면적인 발전과 전체 인
민의 공동 부유를 추진해야 한다"고 공식 제시했다. 그리고 또 중국공
산당 제19기 중앙위원회 제4차 전체회의에서 "국가의 모든 권력은 인
민에게 있다"고 했다. 이는 인민중심의 의의를 거듭 부각시킨 것이
다. 개혁·개방 초기 시장에 대한 적응에서부터 신시대의 인민중심에
이르기까지 이는 중국 국가 통치관리의 내적 논리의 교체이자 통치관
리의 가치 지향을 돌파한 것이다. 인민중심은 하나의 내포된 복합체
로서 인민을 근본으로 하는 것, 인민을 우선시하는 것, 인민을 위주로
하는 것 등의 깊은 의미를 포함한다.

인민을 근본으로 하는 것은 인민의 수요를 충족시키는 것이다. 특
히 아름다운 생활에 대한 수요를 충족시키는 것은 발전과 개혁의 근
본 임무이다. 성장은 수단이고 인민은 근본이다. 시장은 수단이고 인

민은 목표이다. 만약 도시에서의 성장이 인민의 더욱 아름다운 생활로 이어지지 못한다면 이러한 성장은 실패이고 심지어 아무런 의미도 없는 것이다. 인민을 근본으로 하는 것은 도시 성장 방식을 재구성했고 시장경제의 사회주의 색채와 중국의 특색을 살렸다.

인민을 우선시한다는 것은 다양한 개혁 목표와 임무가 충돌할 때 인민의 수요를 우선시한다는 뜻이다. 정보사회에서 인민이란 단순하고 변하지 않는 실체가 아니라, 모든 관계가 그 안에 동시에 존재하고 또 상호의존적인 사회의 유기체이며, 변화할 수 있고 또한 항상 변화 과정에 놓여 있는 유기체이다. 동태성, 복잡성과 수요의 다양성, 자아 권한의 부여(自我赋权)는 당대 인민의 특징이 되었고, 그들은 통치관리 과정에서의 가치 가중치(权重)와 우선순위에 대해 확실한 요구를 제기하고 있다. 따라서 다양한 가치 충돌 속에서 "인민을 우선시 하는 것"은 정부의 이념적 변화일 뿐만 아니라, 더욱이는 통치관리 능력에 대한 심각한 도전이기도 하다.

인민을 위주로 하는 것은 인민의 참여성뿐만 아니라 인민의 주체성을 강조하고 있다. 인민의 주체성은 제도적 측면에서 매우 분명하다. 인민공화국의 국가성격, 사회주의 국가의 기본 제도적 장치 및 중국 공산당의 인민대표성은 인민이 참여자일 뿐만 아니라 더욱이는 공공사무의 협력자이고 건설자이며 정책 입안자임을 의미한다. 인터넷 환경에서 인민의 자아 권한 부여(自我赋权) 능력이 크게 향상되었고, 그 주체성과 자각성도 더욱 심화될 것이다.

시진핑 총서기는 "도시의 핵심은 사람이고, 인민대중을 위해 세밀한 도시 통치관리와 양호한 공공서비스를 제공하는 것이 도시 업무의 중점이다"고 말했다. 인민중심의 도시 통치관리는 사람을 통계학적 의미의 인구로만 간주하여 도시의 공간계획과 공공서비스의 부대조치를 예측하는 것이 아니라, 사람의 수요와 느낌, 전면적인 발전으로 생산과 생활의 생태공간을 잘 배치토록 하는 것이다. 거시적 차원에서 산업발전 인프라와 공공서비스 등 자원의 보다 균형 있고 효율적인 배분을 추진해야 할 뿐만 아니라, 미시적 차원에서 인민대중의 관심사인 교육, 의료, 주택, 노후, 녹색 등에 대한 개방 공간, 지역사회의 생활권, 도시안전 등 요구에 적극 대응해 공간 배치를 최대한 안전하고 편리하며, 쾌적하고 살기 좋으며, 아름답고 질서정연하도록 해야 한다. 한마디로 인민중심의 발전사상을 견지하고 끊임없이 민생을 개선하는 것을 발전의 근본 목적으로 삼아야 한다.

도시에서 인민중심 이념의 구체적 표현은 도시의 공간을 인간중심의 공간으로 만드는 것이다. 도시의 발전은 더 이상 무질서하게 확장되고 만연되지 말아야 하며, 도시의 통치관리자는 반드시 도시와 기타 요소의 관계를 총괄하여 도시계획과 도시건설, 도시설계를 '장소 조성의 예술'이 되게 해야 한다. 현재 '인민'은 점점 더 핵심 의제로 떠오르고 있다. 이는 다(多)중심 이론과 협력적 통치관리가 쏟아져 나온 배경이자 많은 연구자들이 글로벌 통치관리주의가 민주체제에 대한 위협을 경계해야 한다고 호소하는 배경이기도 하다. 중국의 신시대 인민중심 이념에 대한 정의는 시역(市域)사회 통치관리가 어떻게 인민의 수요를 바탕으로 시장화, 세계화, 정보화의 발전에 대응하느냐가 점점 더 중요해지고 있으며, 이미 완전히 새로운 도시 공공통치관리의 변혁이 되었음을 보여준다.

3) 지역사회의 행동

인민중심의 관점에서 볼 때, 도시의 적절한 척도는 지역사회이다. 지역사회는 가족생활의 핵심이며, 가족생활은 지역사회에서 이루어지고, 가족관계는 지역사회에서 끊임없이 친밀해진다. 가정은 모든 사람에게 다 중요하기 때문에 지역사회도 모든 사람에게 다 중요해지는 것이다. 현재 중국의 행정구조에서, 지역사회는 도시와 농촌의 기층 행정단위이다. 국가 통치관리 중심이 전환될 때 지역사회 통치관리는 필연적으로 국가 통치관리의 시작점과 종점이 된다. 정책설계가 지역사회 건설에 높은 관심을 두고 초점을 맞춘 것은 개혁·개방 이후, 특히 고속 도시화 이후 중국 시역(市域)사회 통치관리의 중요한 경험에서 비롯된 것이다.

도시는 복잡하다. 사람들의 요구, 느낌, 척도 및 사회관계에 따라 조직되고 건설되며 통치관리 되어야 하며, 이웃 간의 교류와 장소감(場所感)을 중시해야 한다. 지역사회는 도시의 똑똑한 성장을 실현하는 관건이고, 민감한 단원이며, 인민이 직접 느낄 수 있는 공간으로, 인민의 진실한 요구와 불만을 반영할 수 있다. 그러므로 도시의 통치관리는 반드시 문제가 집중되고 주민들이 민감하게 반응하는 지역사회에 떨어져야 한다. 도시와 지역사회의 관계는 본질적으로는 발전과정에서의 경제와 사회의 관계이다. 도시는 경제발전의 중요한 용기로서, 경제성장의 기능은 무시할 수 없고, 심지어 오랜 기간 동안 도시의 가장 중요한 기능으로 여겨져 왔다. 다른 한편으로 도시는 인민생활의 보금자리이고, 문화, 학습, 비지니스 등 기능의 종합체이다. 따라서 도시의 업무는 체계적인 것으로, 경제발전과 상부상조하여 서로 촉진케 해야 할 뿐만 아니라 도시의 지속적이고 건전한 발전을 보장하고 사람들의 아름다운 생활에 대한 갈망을 충족시켜야 한다.

중앙 도시업무회의에서 "정부·사회·시민 등 3대 주체를 총괄해서 도시발전을 추진하는 적극성을 높이자"는 제의는 3대 주체가 한마음 한뜻으로 행동하여 유형의 손, 무형의 손, 부지런한 손이 함께 힘을 발휘하도록 해야 함을 요구한 것이다. 이 이념은 "국가 통치관리 체계와 통치관리 능력의 현대화 추진"이라는 이 핵심정신을 도시업무 분야에 구현한 것으로, 시역(市域)사회 통치관리에 대한 더욱 높은 요구이다. 따라서 지역사회를 도시발전의 착력점으로 하고, 정당의 사명을 실천하는 중요한 장소로 삼아, 가장 직접적이고 민감한 지역사회 통치관리 문제부터 시작하여 작은 척도로써 지역사회에 대한 최적화된 통치관리를 조성하는 것이 중국 시역(市域)사회 통치관리의 중요한 경험이기도 하다. 광동(广东) · 저장(浙江) · 쓰촨(四川) 등의 많은 도시들에서는 사구가 여러 사람들이 모이는 최소의 민감한 단원(單元)이라는 점에 착안해, 인식 가능한 공간을 바탕으로 통치관리(거버넌스)를 구축하여 시역(市域)사회 통치관리가 더욱 인성화 되고 세밀화 되도록 했다.

4) 주민과의 재 연결

전통적인 중국 향토사회는 안정적이고, 비유동적이며 단일한 사회이다. 사람들은 익숙한 환경 속에서 관습과 종법 등에 의해 갈등과 분쟁을 해결하였고, 관계되는 통치관리의 역할은 장기간에 걸쳐 효과적으로 발휘되었으며, 향토사회의 안정을 유지하였다. 향토생활의 안정성과 비유동성, 그리고 단일성도 전통적인 향토사회가 통치관리를 하는데 용이하다는 점을 결정하였다. 개혁개방 이후 시장화와 도시화 과정이 시작되면서 사회적 유동과 도시의 낯설음을 촉진시켰다. 과거 도시에 대한 통치관리가 효력을 잃게 된 관건은 주민과의 교류와 일상적인 관계, 일상생활에 대해 소홀히 하고, 도시에 대해 강제적으로 통치 관리하는 데에만 치중했기 때문이다. 도시는 낯선 사람들의 사회이다. 도시의 통치관리 목표 중 하나가 바로 도시를 진정한 의미의 일상생활 공간으로 재탄생시키고 주민들과 다시 연결시키는 것이다. 도시의 사회적 특징은 주민들의 사교를 위한 공간을 창출할 것을 요구할 뿐만 아니라 도시가 지역사회의 사회성을 이용해 도시의 통치관리를 전개할 것을 요구한다. 근본적으로 도시의 통치관리 특히 시역(市域)사회의 통치관리 목표는 바로 지역사회의식, 시민의식, 참여의식이 있는 인민을 육성하여 이웃을 지켜주는 것이다. 주민과의 재 연결은 주민들 간의 관계를 재구성할 것이며, 인간관계에 대한 충분한 이용은 도시 통치관리의 성과를 효과적으로 높일 수 있을 것이다.

중국공산당 제19기 중앙위원회 제4차 전체회의에서 제시한 "사람마다 책임이 있고, 사람마다 책임을 다하며, 사람마다 다 누리는 '사회 통치관리 공동체'"가 바로 도시 차원에서의 중점이 바로 주민의 도시 통치관리에서의 주체성과 책임감을 강조하는 것이며, "주민과의 연결을 재구성하고, 사회구조를 재건"하는 것이다. 갈수록 복잡해지는 사회구조에 직면해, 사회의 수요와 도시의 공공서비스 공급 사이에는 상호 불일치와 호환 불능이 나타나고 있다. 어떻게 하면 도시 통치관리에서의 변혁과 메커니즘의 혁신을 통해 이 양자 사이의 '틈새'를 메울 것인가 하는 것은 다시 생각해야 할 문제이다. 사람마다 책임이 있고, 사람마다 책임을 다하며, 사람마다 다 누리는 '사회의 통치관리 공동체'는 이에 대한 전략적 포석이라고 할 수 있다. 그중 "사람마다 책임이 있다"는 것은 "누가 통치관리 하느냐?" 하는 문제이다. 즉 도시 통치관리의 주체성 문제는 누가 주도하고 참여하느냐 하는 것이다. "사람마다 책임을 다 해야 한다"는 것은 "누가 책임지느냐?"와 "어떻게 할 것인가?"에 대한 문제이다. 즉 정책설계, 자원조달, 구체적 집행은 누가 할 것인가 하는 것이다. "사람다마 다 누린다"는 것은 "누가 획득하느냐?" 하는 문제에 대한 것이다. 즉 도시의 발전은 누구를 위한 것이며, 누가 발전성과를 누리는가 하는 것이다. 사람마다 책임이 있고, 사람마다 책임을 다하며, 사람마다 다 누리는 '사회 통치관리 공동체'는 서로 인과관계를 이루고 긴밀하게 연결되며, 신시대 도시 통치관리의 길, 특히 시역(市域)사회 통치관리의 현대화를 모색하기 위해 체계적인 방안을 제공했다.

최근 몇 년 동안 도시 통치관리 실천에서, 많은 도시들은 특히 주민의 사회 정체성을 강조하고 강화했으며, 주민센터를 이용하여 사회자원을 인입하고, 관할구역 내의 생활을 풍부하게 하였으며, 이웃 간의 짙은 분위기를 조성해 '지인 커뮤니티'를 만들어, 상향식의 사구(社區) 참여와 주민들이 자조(自助)·호조(互助), 지역사회 문화의 재건을 실현했다. 이것으로써 다원화된 공치(共治)의 실현을 위한 이념 선도와 정신통령(統領)을 만들어 서로 다른 이익 심지어 이해 갈등까지 존재하는 다양한 주체들이 평등하게 협력할 수 있는 여건을 마련토록 하였다.

3. 시역(市域)사회의 선치(善治)를 향한 다음의 행보

개혁의 새 시대는 발전에 고품질 요구를 제시하고, 성장과 인민의 소득, 성장과 지속성장이라는 양대 시장화 개혁의 구조적 문제, 그리고 세계화 배경에서의 사회 다원성, 개방성과 유동성 문제를 잘 처리할 것을 요구한다. 중국에 있어서 이 문제의 본질은 제도적 장점을 어떻게 통치관리의 효능을 높이기 위해 더 잘 전환시키느냐 하는 것이다. 비록 이러한 전환이 이미 큰 성과를 거두었지만, 도시의 복잡성·집적성·규모성·위험성으로 인해 통치관리에 있어서 여전히 전례에 없는 도전에 직면하게 했으며, 시역(市域)사회의 선치(善治)를 지향하는 개혁 임무는 어렵고도 무겁게 되었다.

1) 중국공산당의 영도는 제도적 우위가 도시 통치관리 능력으로 전환하는 보증이다.

진정으로 고품질 발전을 추진할 수 있는 것은 고품질의 통치관리이다. 고품질 통치관리의 핵심은 본토 문화에 뿌리를 두고 또 글로벌 문명의 제도 및 그 체계에 감입되게 하는 것이다. 중국에서 이 제도는 '중국 특색의 사회주의' 제도이고, 이 제도의 근본은 중국공산당의 영도이다. 집권당으로서 중국공산당은 자신의 역사적 위치를 정확하게 찾아냈으며, 개혁과 개방으로 전국 인민이익의 최대 공약수를 찾아내는 데 성공했다.

중국공산당은 중국발전 기적의 창조자이자 중국 국가 통치관리 이론의 창조자이다. 중국의 현대화 과정은 가시밭길을 헤쳐 온 70여 년 동안의 고된 탐구이자 이론적 검증이며, 나아가서는 세계에 대한 명시이다. 시역(市域)사회 통치관리에서 당의 영도는 서로 다른 층위의 도시의 기층사회 건설에서 체현되었다. 즉 기층 통치관리 실천에서 민심을 모았고, 대중의 지혜를 모았으며, 힘을 모으고, 국민의 복지를 도모해 중국공산당이 영도하는 '일핵다원, 협력공치(一核多元, 合作共治)'의 통치관리 메커니즘을 형성했다. 첫째, 기층 통치관리에서의 선도적인 역할과 장점을 발휘하여 중국공산당의 영향력·결속력·구심력을 증강시켰다. 둘째, 건전하고 입체적인 조직 네트워크를 건립, 건전하게 하였고, 다양한 형식의 통치관리 체계를 혁신했으며, 기층 당 조직의 정치 선도와 대중에 대한 서비스 기능을 발휘했다. 셋째, '다원화된 주체, 다원화된 플랫폼, 다원화된 서비스'라는 다원화된 공치(共治)의 합력을 모았고, 지역사회 자치조직, 사회조직, 주민 개체 등 서로 다른 통치관리 주체의 능동적인 역할에 주목했으며, 지역사회 자치와 서비스 기능을 강화하였고, 지역사회 발전 통치관리 능력을 향상시켰다.

중국공산당의 영도를 견지한 것은 신 중국 건국 초기의 역사적 선택이고, 개혁·개방 초기의 역사적 필연이라는 것을 실천이 증명하였다. 신시대에 와서 중국공산당의 영도를 견지하는 것은 이미 '네 가지 자신감(四个自信, '중국 특색의 사회주의'에 대한 자신감, 이론 자신감, 제도 자신감, 문화 자신감)'의 굳건한 버팀목이 되었다. 이런 배경 하에서는 정당의 현대화된 집권능력이 특히 중요한데, 이는 '중국 특색의 사회주의' 제도의 장점을 만드는 관건이자 또한 '중국 특색의 사회주의' 이론의 정수를 다지는 기초이기도 하다.

2) 도시적 사고로 시역(市域)사회 통치관리의 현대화를 추진하다.

파란만장한 도시화는 도시를 국가발전의 핵심동력으로 만들었지만, 대규모 인구 이동, 자원의 글로벌 배분, 자본의 자유로운 유통, 그리고 글로벌 경쟁도 가져왔다. 번영과 쇠퇴, 축적과 불균형, 집적과 혼잡, 도시의 구조적 긴장도 마찬가지로 개인의 도시 체험을 만들어낸다. 금융자본주의 체계의 부상은 자본에 대한 국가의 통제력을 약화시켰다는 평가를 받지만, 도시의 통치관리 전환은 여전히 국가 차원의 구조적 대응이 필요하다. 시역(市域)사회 통치관리의 현대화는 중국에 있어 글로벌 이슈와 중국 문제, 정당의 사명을 승계하는 중요한 루트이다.

도시적 사유는 한편으로는 도시가 복잡하므로, 사람의 요구, 느낌, 척도 및 사회관계에 따라 조직되고 건설되고 통치관리 되어야 하며, 이웃 간의 교류와 장소감(場所感)을 중시해야 함을 의미한다. 다른 한편, 도시는 문화·학습·상업 등 기능의 종합체이므로, 도시적 사유는 도시공간의 특성을 중시하고, 공간사물에 대해 신속하고 효율적으로 분석 판단한 후, 조정 처분해야 한다. 도시적 사유를 응용해 도시공간을 통치관리 하는 핵심은 도시 공간에서 인간중심의 지향을 보장하는 것이다. 또 다른 한편, 도시는 집합적인 것이다. 이는 생산규모의 집적을 의미할 뿐만 아니라, 사람의 집적과 리스크의 집적도 의미한다. 혹은 도시에서의 리스크는 매우 연관성이 높고 또한 고도화될 가능성이 있음을 말한다. 일단 리스크가 발생하면 그 후과도 더욱 심각하다. 따라서 도시 사유의 본질은 도시발전의 법칙을 존중하고 도시성을 깊이 이해하는 것이다.

특히 도시적 사유는 도시에서 권리의 분배와 인민의 아름다운 생활과의 연관성에 주목해야 한다. 권리의 불균형은 사실상 이익의 분류와 권력과 책임의 유도 역할을 하는데, 이러한 불균형은 공간 권리의 총체성과 구조적 특성에 기인한다. 도시의 전체 자원과 서비스는 파급효과를 갖고 있으며, 전통적인 기본권인 거주권, 재산권, 노동권 등 권리의 범위는 공간권리보다 작다. 사실 사람들이 도시에서 살 집을 구했다 해도 집과 관련된 공공서비스, 삶의 질, 소득수준 등은 사람들이 아름다운 삶에 더욱 중요하고 직접적인 영향을 미친다. 따라서 도시 권리의 공간화는 공간이 도시생활에 확장성(延展性)과 전체성을 가지도록 하기 때문에, 단순히 어느 하나의 권리로 분해할 수 없으며, 총체성, 구조성, 전체성의 차원에서 권리 · 주체 · 공간 삼자 사이의 변증법적 관계를 인지하고 조화시켜야 한다.

도시 통치관리의 현대화는 국가 통치관리 현대화의 필요한 조건이며, 또한 국가 통치관리 현대화의 충분한 조건이다. 이 기본적인 판단은 현재 발생하고 있는 심각한 역사적 변화에서 비롯된 것이다. 공동체적 의미에서 국가로서의 중국적 사회특성은 현재 변혁 중에 있으며, 농촌국가에서 도시국가로 변화하고 있다. 도시국가에서 도시는 필연적으로 국가행정의 가장 주요한 단원이고, 국가 통치관리의 주요 내용도 도시 통치관리이다. 시역(市域)사회 통치관리는 갈수록 국가 통치관리에서 피할 수 없는 의제가 될 것이며, 그 핵심은 통치관리 과정의 설계를 통해 도시에서의 개인생활 위기와 긴장감을 해소토록 하는 것이다.

3) 제도의 생명력은 통치관리에서의 보편적 문제에 대응하는 데 있다.

'중국 특색의 사회주의' 제도는 '특색'이라고 하지만, 근본적으로는 일반적인 법칙을 구현하고 있으며, 기존 생산력의 틀에서 어떻게 제도를 생산력의 발전에 더욱 적응시키고, 생산력을 더 높은 수준으로 발전시키는가에 대한 문제이며, 그 생명력은 보편성 문제에 대한 대응에서 나타난다. 이러한 문제들은 중국발전 역사의 두 가지 중대한 난제들을 가리킨다. 그중 하나는 어떻게 생산력 발전수준이 낮은 기초에서 단시간에 고속발전을 이루는가 하는 것이며, 다른 하나는 어떻게 고속 발전하면서 동시에 정치 질서와 사회 안정을 유지하는가 하는 것이다. 이 두 가지 난제를 둘러싸고, 구체적인 통치관리를 실천하는 속에서 우리는 이미 해결하기 매우 어려운 일련의 문제들을 창조성적으로 해결하였다. 예를 들면, 사회 평등 문제, 군체의 조화문제, 빈곤문제 등이 그것이다. 또한 시장과 정부, 경제와 생활, 공평과 효율 등 처리하기 쉽지 않은 관계들을 창조적으로 처리하였다. 이러한 것은 모두 중국적 방안이 응축된 것이고 또한 중국적 지혜가 응축된 것이다.

미래 시역(市域)사회 통치관리가 추구하는 것은 특정제도의 혁신이 아니라, 서로 다른 체제, 제도, 정책 간의 연계와 연결에 더욱 많은 중점을 두는 것이며, 계층 간, 업계 간 조직기능을 효과적으로 통합하는 것이다. 2020년 음력설을 시작으로 일어난 미증유의 코로나19 감염병

사태는 개방적이고 과학적인 의사결정 메커니즘과 조직 기능의 협동 통합이 통치관리를 최적화하는 데에 있어서의 중요성을 더욱 잘 보여 준다. 인간중심의 통치관리 이념, 온당한 제도설계, 매칭된 관계구조 와 개방된 사회시스템으로 도시질서의 변화와 글로벌 질서의 재건에 대응하고, 개인이 도시에서 존엄을 얻고, 안착할 수 있도록 하는 것이 시역(市域)사회 통치관리의 다음 단계이다. 따라서 향후 중국 도시 통 치관리의 구조전환은 가치에 대한 주장과 가치에 대한 추론의 차원에 그칠 것이 아니라 더욱 중요한 것은 통치관리 로드맵의 선택을 형성 하는 것이다. 캠페인 식의 통치관리로부터 정상적인 통치관리(노멀 거버넌스), 정상적인 통치관리에서 응급 통치관리, 비상 통치관리에 서 체계적인 통치관리에 이르기까지 이러한 것들은 정당과 정부, 그 리고 사회 자체의 지속적인 학습 과정이자, 또한 중국 국가 통치관리 가 현대화되는 과정이기도 하다.

요약하자면, "국정에서 출발하고, 실제에서 출발하는 것은 오랜 기 간에 걸쳐 형성된 역사적 전승을 파악하고, 중국공산당과 인민이 중 국 국가제도의 구축과 국가 통치관리에서 걸어온 길, 축적된 경험, 형 성된 원칙을 파악하는 것"이다. 이는 중국 시역(市域)사회 통치관리 방법론의 방법론이다. 우리는 진정으로 실효성 있는 통치관리, 특히 효과적인 체제와 제도설계는 단순한 모방이나 폐쇄로 만들어 낼 수 있는 것이 아니며, 중국공산당이 인민을 영도하여 실천 속에서 갈고 닦으며 앞으로 나아가는 과정에서, 깊이 있는 반성 속에서만 탐구해 낼 수 있는 것임을 점점 더 깊이 의식해야 한다.

도시의 집적성, 규모성, 유동성은 도시사회의 활력을 배가시킬 뿐만 아니라 도시사회의 리스크도 배가시킨다. 중국 시역(市域)사회가 더 나은 통치관리로 나아가는 것은 시역(市域)사회 통치관리 영역의 문제일 뿐만 아니라, 전체 사회 통치관리의 문제이기도 하다. 앞으로 우리가 중국공산당 제19기 중앙위원회 제4차 전체회의에서 확정한 총체적 목표를 달성할 수 있느냐 없느냐 하는데서 가장 중요한 것은 여전히 통치관리의 능력이다. 이러한 능력은 인민의 복지 증가를 실천을 검증하는 기준으로 하고, 정해진 법률절차와 규정을 지키고, 더욱 개방적인 의사결정 과정, 더욱 세밀한 부대정책, 더욱 현대화된 통치관리 도구를 형성하고, 이견을 포용하며 지속적으로 학습하는 것으로써 나타난다.

따라서 중국 시역(市域)사회 통치관리 방법론의 핵심은, 도시화 중국과 글로벌화 중국을 향해 나아가는 과정에서 지속적으로 자성하고 반성하며, 시대에 걸 맞는 발전 이성을 지속적으로 구축해 나가는 것이다. 이러한 이성적인 영혼은 발전이 '사회'의 수요에 복종하고, 인민의 수요에 복종하며, 최종적으로 사회의 발전목표를 실현하는 것을 보장하는 데 있다. 즉 상대적으로 공평하고, 고도로 신뢰하며, 효과적으로 사회 질서를 통합한 기초위에서 "안전하고 살기 좋으며 활력이 있고 조화롭고 아름다운 도시 사회"를 구축하는 것이다!

제 13 장

신시대 중국 특색의 비상 통치관리 체제를 구축하다

(왕훙웨이 王宏伟)

    2019년 10월 31일, 중국공산당 제19기 중앙위원회 제4차 전
체회의에서 채택된 "'중국 특색의 사회주의' 제도를 견지·보완하고
국가 통치관리 체계와 통치관리 능력의 현대화를 추진하는 데에 관한
약간의 중대한 문제에 있어서의 중국공산당 중앙위원회의 결정' (이
하 「결정」으로 약칭함)은 '안전생산 책임과 통치 관리제도를 보완·
실행하고 공공안전 취약점 점검과 안전예방 통제체계를 구축해야 한
다. 지휘가 통일되고, 전문직과 일반직을 모두 갖추고(专常兼备),
민감하게 반응하며, 상하가 연동되는 비상 통치관리 체제를 구축해,
국가 비상 통치관리 능력 체계의 구축을 최적화하고 재해 예방과 감
소 및 재해 구제 능력을 높여야 한다"고 제시했다. 중국공산당 제19
기 중앙위원회 제4차 전체회의가 막 폐막되자마자, 중국공산당 중앙
정치국은 11월 29일, 중국 비상 통치관리 체계와 능력 구축에 관해 제
19차 집단학습을 실시했다. 시진핑(习近平) 총서기는 집단 학습을 주
재하면서 "비상 통치관리는 국가 통치관리 체계와 통치관리 능력의

주요한 구성 부분이며, 중대한 안전 리스크를 방지하고 각종 재해·
사고를 적시에 대응·처리하는 중요한 직책을 맡았으며, 인민대중의
생명과 재산을 보호하고 사회 안정을 수호하는 중요한 사명을 맡았
다"고 말했다. 신시대 비상 통치관리 체제를 구축하는 것은 중국 비상
통치관리 기구 개혁의 핵심 내용이며, 국가 통치관리 체계와 통치관
리 능력의 현대화를 추진함에 있어서의 필연적인 요구이다.

1. 신시대 비상 통치관리 개혁

중국의 새로운 비상 통치관리 개혁은 2018년 봄에 시작되었다. '당
과 국가의 기구 개혁 심화 방안'에 따라, '중대·특대 안전 리스크를
방비하고, 공공안전 시스템을 건전하게 하며, 응급역량과 자원을 통
합·최적화하며, 지휘가 통일되고, 전문직과 일반직을 모두 갖추고
(专常兼备), 민감하게 반응하며, 상하가 연동되고, 평시와 전시 이중
활용이 가능한 중국 특색의 비상 통치관리 체제가 형성되도록 추진하
기 위해', 중국은 11개 부서의 13개 직책을 통합하고, 자연재해와 안
전생산사고 대응을 총괄하는 완전히 새로운 응급통치관리부를 구성
했다. 1년여의 실천을 거쳐 중국은 이미 중앙에서부터 지방까지 비상
통치관리 부서를 설치하였으며, 새 비상체계의 틀을 기본적으로 확립
했다. 개혁의 효과는 진사강(金沙江)과 야루짱뿌강(雅鲁藏布江)의
언색호(堰塞湖, 지진으로 인해 골짜기나 냇물이 막혀서 생긴 호수),
태풍 '리치마' 등의 돌발 사태를 대처할 때 나타났다.

비상 통치관리 개혁은 중국이 국가 통치관리 체계와 통치관리 능력
의 현대화를 추진한 중요한 조치이다. 70여 년의 끈질긴 분투와 노력
으로 중화민족은 끝내 일어섰고, 부유해졌으며, 강해지는 데로 전환
되고 있으며, 세계무대의 중앙에 점점 더 다가서고 있으며, 중화민족

의 위대한 부흥인 '중국의 꿈'을 이루는 목표로 다가서고 있다. 하지만 강해지려 하는데도 아직 강해지지 못한 단계에 있는 우리는 도전과 위험으로 충만 되어 있는 중요한 시기에 서 있다. 국제적으로 세계는 100년에 한 번도 없었던 큰 변화를 겪고 있다. 동양이 떠오르고 서양이 지는 것은 그 주요한 추세이자 특징이다. 서방국가들은 중국을 압박하고 억제하는 강도를 높여서 중국이 "차선을 바꿔서 추월하거나 커브에서 추월"하지 못하도록 막고 있다. 동시에 중국의 경제는 고속발전에서 고품질 발전으로의 전환기에 처해 있으며, 경제의 하방압력이 증대되고, 전환기의 사회모순이 뚜렷해져 사회 안정을 유지하는 것이 매우 어렵다. 중화민족의 부흥에 영향을 주거나 심지어 지연시킬 수 있는 대내외적인 리스크가 중첩되고 있고, 연쇄적으로 상호작용하면서 언제든지 중대한 리스크를 형성할 수 있으며, 중국의 국가안보와 공공안전에 전례 없는 도전을 제기할 수 있다. 비상 통치관리는 국가안보와 공공의 안전을 지키는 수단으로서 비상한 책임을 지고 있다.

현대화는 동태적인 과정이다. '현대(modern)'라는 단어는 시간적 차원에서 "비교적 가깝다"는 뜻이 있으며, 가치 차원에서는 "비교적 새롭다"는 뜻이 있다. '현대의(modernus)'라는 단어는 서기 5세기에 등장해 막 자리 잡은 기독교사회와 옛 이단 로마사회를 구별하여 현재와 과거의 단절을 의미했다.[1] 이로부터 현대화는 필연적으로 단절을 동반했고, 현대사회란 전통사회를 이반하는 과정이라는 것을 알 수 있다.

인류발전의 역사를 보면, 농업사회가 산업사회로 전환된 것은 제1차 현대화이고, 산업사회가 포스트 산업사회로 이행된 것은 제2차 현

---

1. 1. 任民安, 『現代性』, 南京, 南京大學出版社, 2012, 1쪽.

대화라고 하고 있다. 현재 중국의 경제사회 발전은 다양성과 차별성의 특징을 보이고 있다. 세계의 다른 나라들과는 달리 중국은 현대화가 중첩된 특수한 상황에 직면해 있다. 현대화는 필연적으로 이익 구조의 거대한 조정과 신구 가치의 충돌로 인한 요동을 수반하며, 돌발사태의 고조, 다발, 빈발, 재발이 태세(態勢)를 이룬다.

산업사회에서 포스트 산업사회에로의 전환이 중국 현대화의 주요한 내용이라면, 산업사회가 축적한 돌발 사태에 대한 경험과 모델은 심각한 충격과 도전을 받고 있다. 포스트 산업사회에 비해, 산업사회의 리스크는 비교적 단순하고 확실하며, 돌발 사태는 주로 통상적인 것이었다. 사람들은 관료조직의 명확한 역할분담에 의존해, 통제수단을 통해 만일의 사태에 효율적으로 대처할 수가 있었다. 그러나 포스트 산업사회로 가는 과정에서 리스크는 갈수록 복잡성과 불확실성이 높아지고, 돌발사태도 비통상적이 되어 관료제의 조직 및 과거에 효과가 좋았던 그들의 통제조치들이 효력을 잃을 수 있다. 예측된 위기와 재해(기존에 발생했고, 주기적으로 발생할 수 있는 재해)에 대비할 때 정부는 선방할 수가 있었다. 그러나 독특하고 예측할 수 없는, 통상적으로 대규모 또는 급속한 변화의 위협에 직면했을 때 그 대응에 대한 문제가 생길 수 있는 것이다.[2]

새로운 공공안전 상황에 맞춰 각종 돌발 상황에 종합적으로 대처하기 위해 2003년 사스 이후 '1안3제(一案三制, 1안이란 비상대응 방안을 수립·수정하는 것을 말하며, 3제란 비상체제·메커니즘과 법제를 구축하고 건전하게 하는 것을 말함)'를 핵심으로 비상 통치관리체제의 구축에 나섰다. 국무원 판공청으로부터 현급의 시 인민정부

2. BOIN A, HARTP. Organizing for Effective Emergency Management: Lessons from Research. The Australian Journal of Public Administration, 2010(4): 361.

판공실에 이르기까지 모두 돌발 사태에 대비한 비상 통치관리 판공실을 만들어 '비상판공실'이라 약칭했으며, 비상 당직서기, 정보수집과 종합 조율 등 3대 기능을 수행하도록 했다. 그중에서도 종합 조율은 비상판공실의 핵심기능이다. 그러나 급이 너무 낮고, 권한과 직책이 대등하지 않는 등의 문제를 줄곧 해결하지 못해 "작은 말로 큰 차를 끄는"식의 비상판공실이 고도로 복잡하고 불확실성이 높은 돌발 사태에 대처할 때 종합 조율기능을 제대로 수행할 수가 없었다. 예를 들면 2008년 남방에서 저온 우설(雨雪) 냉해가 발생했을 때, 국무원은 긴급 구조와 석탄·전기·석유·운수 지휘부를 비상 통치관리판공실이 아닌 국가발전개혁위원회를 설치했던 것이 그 예이다.

한 부처가 대체 불가능한 위치를 찾지 못하면 결국 교체되는 것이 순리다. 새 비상 통치관리 개혁에서 국무원 비상 통치관리판공실은 새로 구성된 비상 통치관리부에 통합되었다. 개혁 후 비상 통치관리부는 중대 안전 리스크의 해소를 주요 직책으로 하며, '큰 싸움(打大仗)', '어려운 싸움(打硬仗)'을 할 것을 강조했다. 이는 사실상 포스트 산업사회로 가는 과정에서 까다롭고 복잡하며 고도로 불확실한 돌발 사태에 대비하는 것이다. 이는 신시대의 위험 특징과 응급이 요구하는 바에 부합된다고 하겠다.

2. 비상 통치관리 체제 변화의 원인

비상체제는 비상 통치관리를 위한 조직제도로, 주로 기구 설치, 직능 배치, 직능에 따른 사무 통치관리 제도 및 권력의 획분 등에서 나타난다. 2007년 중국에서 반포 실시된 '돌발사건 대응법'은 "국가의 통일 영도, 종합 조율, 분류 통치관리, 급별 책임, 속지 통치관리 위주의 비상 통치관리 체제를 구축한다"고 규정하고 있다. 이 중 '비상 통치관리체제'의 내용은 22글자이다. 2018년 「당과 국가 기구의 개혁 심화 방안」은 이를 "지휘가 통일되고, 전문직과 일반직을 모두 갖추고(专常兼备), 민감하게 반응하며, 상하가 연동되고, 전시와 평화 시기 모두 이용 가능"이라고 서술했다. 중국공산당 제19차 중앙위원회 제4차 전체회의에서 채택된 「결정」은 "전시와 평화시기 모두 이용 가능(平战结合)"을 삭제하고 "지휘가 통일되고, 전문직과 일반직을 모두 갖추고(专常兼备), 민감하게 반응하며, 상하가 연동되어야 한다"만 남겨놓았다. 비상 통치관리 체제는 비상 통치관리에서의 요점이고, 한 가지가 전체에 영향을 미치는 주도적인 제도이다. 서술의 변화와 글자 수의 감소에는 깊은 원인이 있으며, 중국 특색의 비상 통치관리 체제의 특징에 대한 우리의 인식이 끊임없이 심화되고 있음을 반영한다.

중국은 돌발 사태를 자연재해, 사고재난, 공중위생사건, 사회안전사건 등 네 가지로 분류하고 있다. 새로 구성된 비상 통치관리부는 자연재해와 사고재난에 대응하는 주요 직책을 통합시켰다. 그러나 공중위생사건과 사회안전사건에 관련된 직책은 언급되지 않았다. 이는 주로 공중위생사건과 사회안전사건은 각각 위생부문과 공안부문에서 그에 대응하는 직능을 가지고 있기 때문이다. 예컨대, 공중위생사건의 대응은 의료서비스를 제공하는 병원에 의존해야 하기 때문이다. 돌발 사건에 대응하기 위해 별도의 의료기관을 설립하는 것은 불필요할 뿐만 아니라 자원의 유휴와 낭비를 초래할 수도 있다. 만약 위생비상판공실을 위생부문으로부터 새로 구성된 비상 통치관리부로 옮기면 오히려 새로 부서 간 조정 문제가 생길 수 있다. 따라서 신시대 중국 특색의 비상 통치관리 체제에 대해 해독해 보면, 우선 대형부서제도(大部制) 원칙에 따라 구성된 비상 통치관리부는 사실상 '작은 응급'이지만, 비상 통치관리 체제에 대해 정의를 내릴 때는 반드시 '대응급'의 차원에 서야 한다. 즉 각 유형의 돌발사건을 모두 커버해야 한다는 점을 분명히 해야 한다.

비상 통치관리 체제는 한 나라의 행정 통치관리 체제와 밀접한 관련이 있어 상대적으로 안정성을 갖고 있다. 그러나 비상 통치관리 체제도 시대의 변화에 따라 역동적으로 조정돼 역사의 진화를 보여주어야 한다. 그러므로 신시대에 진입한 후 비상 통치관리 체제도 시대에 맞춰 변화가 생기는 것이 당연한 일이다.

비상판공실 시대에 중국의 비상 통치관리 체제는 "통일 영도, 종합 조율, 분류 통치관리, 급별 책임, 속지 통치관리 위주"로 표현되었다. 새 비상 통치관리 체제는 '통일 영도'가 '지휘가 통일되다'로 바꾸었다. 이는 '영도'와 '지휘'가 다르기 때문이다. 영도는 '통솔하고' '인도하는 것'이다. '영도'는 전체 국면을 컨트롤하는 방향성을 결정하며 상대적으로 비교적 초탈하다. '지휘하다'는 "명령을 내리고 일을 배치하는 것"으로 구체적이고 실질적인 배치를 하는 것이다. 「돌발사건 대응법」제9조는 "국무원과 현급 이상 각 지방 인민정부는 돌발사건 대응 업무를 수행하는 행정 지도기관이며, 그 사무기구 및 구체적인 직책은 국무원이 정한다"고 규정하고 있다. 기존 체제에서 정부의 비상 통치관리 영도기관으로서의 위상은 비교적 모호하고 추상적이며 신축성이 크지만, 비상 통치관리 경험의 축적에는 불리하다. 개혁 후 비상 통치관리부는 상시적으로 존재하는 비상기구로서 장기간의 비상 통치관리 경험을 쌓을 수 있으며, 대오를 반복적으로 호흡을 맞추게 함으로써 효율적인 비상행동으로 당 중앙과 국무원의 어려움을 해결할 수 있다.

기존의 비상 통치관리 체제에서 판공청(판공실)의 내설 기구로서의 응급판공실은 정부를 대표해 돌발사건에 대응할 때 종합 조율직능을 수행하고, 돌발사건에 대한 구체적인 처리는 관계부처가 수행하도록 돼 있다. 새로 구성된 비상 통치관리 부서는 종합적인 총괄 역할뿐 아니라 비상 대응과 구조 측면에서 재난사고 수습의 구체적인 업무를 수행해야 하는 실전적·운용적 비상기구이다. 따라서 '종합 조율'은 더 이상 신시대 비상 통치관리 체제의 현실과 맞지 않는다.

새 시대에 우리의 비상 통치관리 능력에 도전하는 것은 복잡성과 불확실성이 높은 비상 돌발사건이다. 이런 돌발사건은 보통 사슬형으로 집단발생하고, 심지어 네트워크형으로 집단발생하며, 정부 부처 간 경계와 정부 급별 간 경계를 뛰어넘으므로 횡적·종적인 통합 대응이 필요하다. 이로 인해 '분류 통치관리'와 '급별 책임'이 더 이상 비상 통치관리 체제의 특징이 될 수 없게 되었다.

기존의 '분류 통치관리'의 의의는 책임주체를 명확히 하고, '단일 재해(单灾种)' 통치관리를 '재해 구분 유형(分灾类)'에 통합시켜 통치관리하기 위한 것이다. 현대사회의 리스크는 갈수록 월경성과 침투성이 높아지는데, 한 가지 돌발사건은 또 다른 돌발사건을 일으킬 수 있다. 이러한 제한적인 통합으로는 재해 사슬 모두를 돌볼 수가 없어서 대처하기가 어렵다. 또한 '급별 책임'은 정부의 행정등급에 따라 돌발사건의 대응 범위를 정하고, 대응 미흡이나 과잉대응을 피하자는 것이 취지이다. 과거 4대 유형 돌발사건 중에서 사회 안전 사건의 진화는 비선형적이고 등급을 나누지 않았다. 기타 세 가지 유형의 돌발사건은 특별히 중대한 것, 중대한 것, 비교적 큰 것과 일반적인 것으로 나누었으며, 최고 대응주체(响应主体)는 각각 국무원, 성 정부, 지구급 시정부, 현 급 시정부였다. 하지만 돌발사건은 순식간에 변해 급속히 번지고 고도화되면서 선명한 급별 대응제도가 종종 무력화될 수 있었다.

「국무원 기구개혁 방안에 관한 설명」은 "급별 책임의 원칙에 따르면, 일반적인 재해는 지방 각급정부가 책임지고, 비상 통치관리부는 중앙정부를 대표해 통일적으로 대응하고 지원한다. 특별히 중대한 재해가 발생했을 때, 비상 통치관리부는 지휘부로서 중앙에서 지정한 담당자를 협조해 비상처리 업무를 조직하고, 정령(政令)이 막힘 없이 잘 통하고 지휘가 효과적이 되도록 보장한다."고 했다. 이로부터 우리는 비상 통치관리 체제개편 배경에서, 급별 책임은 중앙과 지방의 비상 통치관리 직권의 분할을 강조하는 것이지, 급별 책임을 아주 미세하게 나눌 것을 주장하는 것이 아님을 알 수 있다. 현대사회는 결합성(耦合性)과 연관이 뚜렷해지고, 자연재해 · 사고재난 · 공중보건 사태도 사회 안전 사건처럼 '나비효과'를 일으킬 수가 있어, 돌발사건에 대한 지나친 세분화를 무의미하게 만들고 있다.

새 시대 비상 통치관리 체제에 대한 설명에서는 '속지 통치관리 위주'라는 서술을 보류하지 않았다. 이는 속지통치관리가 중요하지 않다는 뜻이 아니다. "모든 재해가 본토화한 것"이기 때문이다. 속지 통치관리에 대한 책임을 철저히 하는 것은 리스크의 예방과 통제에 유리할 뿐만 아니라, 돌발사건을 맹아 상태나 초기 상태에서 소멸시킬 수 있기 때문이다. 하지만 새 시대 비상 통치관리에서 중점적으로 주목하는 부분은 비상규 돌발사건이 빠르게 원래 발생 지역을 넘어서거나 속지통치관리의 능력범위를 넘어서는 일이다. 동시에 속지통치관리의 본질은 지역적인 횡적 통치관리이다. 이에 대응하는 것은 업종 통치관리, 즉 종적 통치관리이다. 중국에서 발생한 많은 중대한 돌발사건, 특히 위험화학품 관련 중대 돌발사건, 예를 들면 총칭(重庆) 카이현(开县) 유정 분출, 칭따오(青岛) '11 · 22' 송유관 폭발, 톈진(天

津) '8 · 12' 폭발, 장자커우(張家口) 폭발연소 사건 등은 모두 속지와
중앙 국영기업의 관계가 매끄럽지 않음을 설명한다. 종적 직능통치관
리를 실시하는 중앙 국영기업은 직급이 속지정부보다 높기에 감독·
통치관리의 사각지대가 생기는 것이다. '속지 통치관리 위주' 의 원칙
을 적용하기 어려운 것은 권한과 책임의 불일치라는 딜레마에 봉착했
기 때문이다. 돌발사건에 대응함에 있어서, 횡적 통치관리와 종적 통
치관리가 상호 결합되어야 한다. 즉 속지정부와 업종통치관리 부서가
함께 매진하고 공동으로 통치관리하며 협력하여 처리해야 한다.

　이상과 같이 사스(SARS중증급성호흡기증후군) 이후, 중국이 구축
한 비상 통치관리 체제는 복잡성·불확실성이 낮은 일상적인 돌발사
건에 대응하는 데 적합하다. 새 시대에 접어든 후 중국은 포스트 산업
화 사회로 빠르게 전환하면서 원래의 비상 통치관리 체제에 뚜렷한
부적응성이 나타났다. 비상규적(非常規)인 돌발사건 대응이라는 시
각에서, 중국은 비상 통치관리 체제의 특징에 대해 새로운 정의를 내
렸다. 중국의 비상 통치관리 체제는 시대에 따라 변하고, 조류에 순응
하는데, 이는 새 시대 비상 통치관리의 새 요구에 부응하기 위한 것이다.

3. 중국 특색의 비상 통치관리 신(新)체제

　비상 통치관리 개혁 초기, 사람들은 비상 통치관리 체제에 대한 설
명(서술)에 나타난 새로운 변화에 대해 포괄적이고 심각하게 이해하
기가 어려웠다. 비상 통치관리 기구개혁 1년 이래의 실천경험은 중국
특색의 비상 통치관리 체제의 의미를 더욱 분명하게 했으며, 당 중앙
과 국무원이 비상 통치관리 체제의 총체적 설계에서 구상이 높고 심
원함을 분명하게 드러냈다. 새 시대 중국에서 구축한 비상 통치관리
체제는 다음과 같은 네 가지 측면으로 기술된다.

첫째, "지휘가 통일되어야 한다"는 것은 각종 비상 통치관리 역량과 자원을 유기적으로 통합해 다중통치관리를 피하고 서로 발목을 잡거나 충돌하는 일이 없도록 한다는 의미이다. 특히 중대 돌발사건 대응 과정에서 정부, 군대, 기업, 사회조직, 자원봉사자 등 다양한 역량이 짧은 시간 내에 사고재해 현장에 모였을 때 서로 예속되지 않으면 협력하기가 어렵다. 지휘가 통일되면 비상 통치관리 활동이 상호 조화를 이루어 각자 자기방식으로 일하는 것을 피하고 무질서와 혼란을 막을 수 있으며 더 나아가 비상 통치관리의 효율성을 높일 수 있다.

사회주의 국가로서 당의 집중 통일영도를 견지하는 것은 중국의 가장 큰 제도적 장점이다. 동시에 중국은 단일제 국가이다. 중대한 돌발사건이 닥칠 때마다 국가는 전국적 범위에서 각 방면의 자원을 동원해 큰일을 하는데 역량을 집중할 수 있다. 그 외에 당이 인민군대에 대한 절대적인 영도를 통해 군대는 돌격대의 중요한 역할을 발휘할 수 있으며, 돌발사건이 발생했을 때 '최후의 방어선'이 될 수 있다.

비상 통치관리 개혁에서 중국은 국가 수해·가뭄대책지휘부(防汛抗旱指揮部), 국무원 지진·재해구조지휘부(抗震救災指揮部), 국가 재난감소위원회(減災委員会), 국가 삼림방화지휘부(森林防火指揮部), 국무원 안전생산위원회(安全生産委員会) 판공실을 모두 비상 통치관리부에 통합해 통일지휘의 강도를 높였다. 자연재해에 대한 예방·퇴치 능력을 높이기 위해 비상 통치관리부는 앞장서서 자연재해 관련 부(部) 간 연석회의제도를 만들었다. 또한 32개 부처와 협력관계를 맺고 군대·무장경찰과 합동으로 돌발사건에 대응하는 시스템을 완비하고 사회역량의 응급구조 참여능력을 높였다. 비상 통치관리부는 돌발사건 대응 과정 후방에서 다부처 간에 공동으로 상의하고, 전방에서 파출한 합동업무반이 지도하는 체제를 모색하여 응급지휘의 통합과 편평화(扁平化, 통치관리의 단계를 줄이고 통치관리 효율을 높이는 것)를 이뤄냈다. 앞으로 국가비상 통치관리지휘부와 6개 지역성 응급구조센터도 설치될 것이다. 이런 지역성 응급구조센터에는 모두 일정한 수의 '선봉장'과 '강유력한 역량'을 배치해, 비상 통치관리부가 통일적으로 움직이게 함으로써 신속한 동원 능력과 비상 대응 능력을 끌어올릴 것이다.

둘째, "전문직과 일반직을 모두 갖춘다(专常兼备)"는 말의 의미는, 상시적이고 종합적인 비상 통치관리 부서 즉 새로 구성된 비상 통치관리부를 설치하는 한편, 위생·공안·교통·기상 등 기타 부문이 일상적인 통치관리와 운영과정에서 돌발사건의 발생을 예방하고 필요한 비상 통치관리 능력을 유지하여, 중대재해 사고발생 시 비상 통치관리 부서와 협조해 대처할 수 있도록 하는 것을 말한다. 재해사고는 발생과 발전과정이 있으며, 그 예방과 구제는 절대적 분할이 어려운 고리를 형성한다. 대(大)비상 통치관리는 범정부·범사회가 공동으로 참여하고, 협동하여 대응해야 한다.

따라서 예방과 구제의 관계를 잘 처리하려면, 책임을 단순화하고 절대적으로 규명하기보다는 관련 책임을 빈틈없이 잘 연결할 수 있어야 한다. 시진핑 총서기는 중국공산당 중앙위원회 정치국 제19차 집단학습회의에서 "비상 통치관리 부문의 종합적 우위와 기타 부문의 전문적 우위를 발휘해야 한다"고 강조했다. 또한 "전문직과 일반직을 모두 갖춘다(专常兼备)" 것은 "모든 재해 종류(全灾种)·대비상 통치관리(大应急)"의 원칙에 따라 국가 종합 소방구조 역량을 구축하고, 안전생산 구조팀과 상시 종합구조 역량을 형성해 자주 발생하는 재해 사고에 대응할 것을 주문하는 한편, 전문기술을 갖춘 전문구조팀을 만들어 특수 유형의 재해 사고에 대비할 것을 요구하는 것이다.

셋째, "민감하게 반응한다"는 것은 중국 비상 통치관리 체제에 대한 최신 설명(서술)이다. 포스트 산업사회로 나아가는 오늘날, 우리가 직면한 돌발 사건들은 복잡성·불확실성·결합성(耦合性)·연관성·신기성(新奇性) 등의 특징이 뚜렷하다. 복잡한 것을 단순하게 대응하려 하거나, 불확정적인 것을 확정적인 것으로 대응하려 하거나, 경험으로 미래에 대응하려 하거나 혹은 변화하지 않는 것으로 변화하는 것에 대응하려는 사고방식은 계속되기 어렵다. 따라서 새 비상 통치관리 체제는 민감하게 반응할 것을 요구한다. 즉 돌발사건에 대해 예리한 감지력을 가지고 민첩하고 신속하게 비상 통치관리 자원과 대오를 배치 및 통합해 돌발사건에 대해 즉각적이고 효과적으로 대응할 것을 요구한다.

지역성 응급구조센터를 구축하는 것은 중국이 국토가 넓은 현실에 대비해, 위기에 대한 민감성을 높이기 위한 중요한 조치이다. 비상 통치관리부는 출범 이후, 줄곧 정보화를 통한 비상 통치관리 현대화를 추진, 빅테이터·클라우드·인공지능·블록체인 등 신기술을 활용해 위험정보를 종합적으로 검토하고, 신속히 보고함으로써 정확한 경보 발령과 적시 행동 실현에 주력하고 있다. 예를 들면, 위험화학품의 감독·통치관리 경우, 비상 통치관리부는 중대한 안전생산 사고를 예방하기 위해 전국적으로 '인터넷+감독·통치관리' 모델을 도입했다. 비상 통치관리부는 중대 돌발사건에 대한 경보 정보가 발령될 때마다 미리 대오와 자원을 배치해 신속하게 대응능력을 높였다. 그 외에 비상 통치관리부는 항공 비상 통치관리 구조시스템을 구축하고 있으며, 고속철도 시스템을 활용한 비상 통치관리 대오의 기동력 향상과 물자 수송능력 향상도 모색하고 있다.

넷째, '상하 연동'은 중앙과 지방이 협력해 일체화된 비상 통치관리 능력을 갖추는 것을 말한다. 야안(雅安) 루산(芦山)지진 이후 중국의 재난구조 패턴에는 중대한 변화가 생겼다. 중앙정부가 모든 것을 도맡아 하던 데로부터 지방에서 주도하고 중앙정부가 지원을 제공하는 것으로 바뀌었다. 그러나 재해가 지방의 대응능력을 넘어서면 중앙정부가 과감히 나선다. 이러한 패턴은 지방정부가 재해 상황을 과장하여 중앙의 구조를 얻으려는 충동을 피하면서도 반응의 민감도를 높일 수 있다. 왜냐하면 지방정부는 재해에 대응하는 데 필요한 '지방지식'을 갖추고 있기 때문에 가장 먼저 판단하고 행동할 수 있기 때문이다. 상하 연동은 중앙정부 차원에서 통일적인 계획을 세우고 조율하는 역할을 할 것을 요구함과 동시에 지방 당위원회와 정부도 역할을 다 할 것을 요구한다. 새 시대 자연재해와 안전생산 사고는 모두 당위원회와 정부가 동일한 책임을 지고, 하나의 직위에 두 가지 책임을 지도록 하여, 직책을 다 했으면 면책하고 직무유기에 대해서는 책임을 추궁해야 한다. 그러나 책임 추궁은 과학적 조사와 평가에 바탕을 두어야 하며 감정적인 문책을 삼가 해야 한다.

　지방의 비상 통치관리 체계가 이미 구축되었으므로, 앞으로 중국은 등급별 대응 메커니즘을 더욱 완정화할 것이다. 돌발사건 대응 중 비상 통치관리부는 지방에 필요한 지도를 한다. 돌발사건이 지방정부의 비상 통치관리 능력을 초월했을 때에는 비상 통치관리부가 지원한다. 물론 중국은 미국 등 연방제 국가들과 달라서 민감한 돌발사건이 발생했을 때에는 주도적이고 선제적으로 개입해야 한다. 주목할 점은 중국공산당 제19기 중앙위원회 제4차 전체회의에서 채택한 「결정」에서 중국 특색의 비상 통치관리 체제에 대해 서술할 때, "전시와 평화 시기 모두 이용 가능(平战结合)"이라는 부분을 삭제한 것이다. "전시와 평화 시기 모두 이용 가능(平战结合)"이라는 서술이 다른 뜻으로 해석될 수도 있기 때문이다. "전시와 평화시기 모두 이용 가능 (平战结合)"이란 서술은 보통 두 가지 의미가 있다. 하나는 상시 통치 관리와 비상구조를 병행하면서 일상적인 위험 통치관리와 예방통제, 응급처치를 병행하는 것이고, 다른 하나는 응급과 응전을 병행해 '평시 응급, 전시 응전'이 가능하도록 하는 것이다. 세계 여러 나라의 비상 통치관리는 제1차 세계대전 이후 나타난 민방위에서 비롯됐다. 미국·러시아 등의 비상 통치관리는 모두 민방위의 혈맥을 이어받았다. 예를 들면, 러시아의 긴급상황부 산하에는 3만 명의 민방위 부대가 있어 지뢰제거 기술 등은 물론 경화기까지 갖춰 국제 인도적 지원 의무를 이행하고 있다. 중국은 국제민방위조직에 가입했지만 전쟁위협에 대비하는 것이 주 임무이다. 2018년 당과 국가기구 개혁에서 많은 지방에서는 과거 '민방위'라고 개칭했던 부문들을 다시 '인민방위(人防)'라고 고쳤다. 이는 "군은 군이고, 경찰은 경찰이며, 민간인은 민간인"이라는 원칙에 더 부합된다.

비상 통치관리 능력체계의 구축과 비상 통치관리체제의 구축은 상호 보완된다. 2018년 2월 28일 중국공산당 제19기 중앙위원회 제3차 전체회의에서 채택된 「당과 국가의 기구개혁 심화에 관한 중국공산당 중앙위원회의 결정」은 "국가의 비상 통치관리 능력구축을 강화하고 최적화하며, 통일 통치관리하고, 영도가 통일되고 권한과 책임이 일치하며, 권위가 있고 효율적인 국가 비상 통치관리 능력체계를 구축하고, 안전생산을 담보하고, 공공안전을 수호하며, 재해를 예방·감소하고 구제하는 등 방면의 능력을 높여 인민의 생명·재산 안전과 사회 안정을 확보해야 한다"고 제시했다. 비상 통치관리 능력체계의 구축은 비상 통치관리 체제의 구축에 목표를 제시했고, 비상 통치관리 체계의 구축목표는 비상 통치관리 체제의 구축행동으로 이루어진다. '통일 영도'란 바로 비상 통치관리에서 당의 영도를 견지해야 함을 가리킨다. 중국에서 공산당은 모든 사무를 다 영도한다. 당 조직은 수평·수직으로 끝까지 뻗었으며, 모든 역량을 총괄할 수 있기 때문에 어려운 시국을 함께 극복할 수 있는 강력한 합력을 형성할 수 있다. 당의 집중통일 영도를 강화해야만 비상 통치관리에서 전반적인 통치관리와 지방의 통치관리(统与分), 예방과 구조, 상하관계를 잘 처리할 수 있으며, 전문직과 일반직을 모두 갖출 수 있고, 상하가 연동될 수 있다. 이른바 "권한과 책임의 일치"란 비상 통치관리 부문이 져야 할 책임과 부여된 권리 혹은 능력이 상호 일치되게 하는 것을 말한다. 그렇지 않으면 "지휘가 통일되기" 어렵다. 이른바 "권위가 있고 효율적"이란 비상 통치관리 기구가 비상시에 행정 긴급권을 행사하고 각종 자원을 징발해 돌발사건을 효율적으로 대처할 수 있는 능력을 말한다.

시진핑 총서기는 중국공산당 중앙위원회 정치국 제19차 집단학습에서 "비상 통치관리 체계와 능력의 구축을 강화하는 것은 긴박하고도 장기적인 임무"라고 강조했다. 1년여의 개혁 실천을 거쳐 신시대 중국 특색의 비상 통치관리 체제의 틀이 이미 기본적으로 확립됐다. 이를 바탕으로, 중국 비상 통치관리 능력의 향상을 제약하는 제도적 병목을 해소하고, 비상 통치관리의 현대화 수준을 지속적으로 끌어올리기 위해서는 장기간 힘써야 한다.

제 14 장　신시대 생태문명제도의 건설

(장잔루 张占录)

　　2019년 10월 31일 중국공산당 제19기 중앙위원회 제4차 전체 회의에서「'중국 특색의 사회주의' 제도를 견지·보완하고 국가 통치관리 체계와 통치관리 능력의 현대화를 추진하는 데에 관한 약간의 중대한 문제에 있어서의 중국공산당 중앙위원회의 결정」(이하「결정」으로 약칭함)이 채택되었다. 전회는 중국 국가제도와 국가 통치관리 체계의 13개 방면의 뚜렷한 장점을 체계적으로 종합하고, 중국 국가제도와 국가 통치관리 체계에서 무엇을 견지하고, 무엇을 공고히 해야 하며, 어떤 중대한 정치 문제를 완비하고 발전시켜야 하는지에 대에 전면적으로 대답했다. 반드시 견지해야 할 중대한 제도와 원칙을 천명하였을 뿐만 아니라, 또 제도건설을 추진하는 중대한 임무와 조치를 배치했다. 근본제도, 기본제도, 중요한 제도가 서로 맞물리도록 견지하며, 최고위층 설계와 계층 간 연결을 총괄하고, 제도개혁과 제도운영을 총괄하며, 중국 제도의 장점을 국가 통치관리의 효능으로 더욱 잘 전환하기 위한 전진 방향을 제시했다.

1. 생태문명 건설의 제도화

중국공산당 제19기 중앙위원회 제4차 전체회의는 생태문명 건설에 대한 전략적 배치를 발표, 생태문명제도의 체계를 견지하고 보완하며 인간과 자연이 조화롭게 공존할 수 있도록 촉진할 것을 요구했다. 생태문명 건설은 단순히 환경에 대한 보호와 이미 파괴된 생태환경에 대한 복구가 아니라 현재에 입각한 미래지향적 새로운 발전 모델의 중요한 상징이다.[1] 생태문명 제도건설은 '중국 특색의 사회주의' 제도 건설의 중요한 내용과 분리할 수 없는 유기적인 구성 부분으로서, '중국 특색의 사회주의' 제도의 내적 요구에 의해 결정되었다. 「결정」은 중국공산당 제18차 전국대표대회 이래 당 중앙의 생태문명 건설에 관한 결정과 배치를 전면적으로 관철하였으며, 생태문명제도의 체계를 견지하고 보완하는 데에 관한 총체적 요구를 더욱 명확하게 하였다. 시진핑 총서기는 "우리가 건설하려는 현대화는 인간과 자연이 조화롭게 공존하는 현대화이며, 더 많은 물질적·정신적 재부를 창출해 인민의 날로 증가하는 아름다운 생활에 대한 욕구를 충족시키고, 더 많은 양질의 생태제품을 공급해 인민의 날로 증가하는 아름다운 생태환경에 대한 요구를 충족시켜야 한다"고 강조했다. 생태문명 건설은 중화민족의 영속발전에 관계되는 천년대계이고 근본대계이므로 반드시 생태문명 제도 체계를 견지하고 보완해야 할 중대한 의의에 대해 부단히 인식을 심화해야 한다. 동시에 생태문명 건설은 하나의 장기적인 임무이다. 생태문명 건설의 장기화, 제도화, 규범화를 보장하기 위해서는 중국공산당 제18차 전국대표대회 이래의 생태문명 건설의 경험과 방법을 귀납하고 종합하여 제도를 형성하며, 이 제

---

1. 马峰, 「坚持和完善生态文明制度体系」, 『浙江日报』, 2019-12-23(9).

도를 견지하고 보완하며, 동시에 엄격하게 집행해야 한다. 이는 아름다운 중국을 건설하기 위한 필연적인 요구이다. 중국공산당 제18차 전국대표대회 이래, 시진핑 동지를 핵심으로 하는 중국공산당 중앙위원회는 개혁의 전면적인 심화를 추진하고, 생태문명 제도체계에 대한 최상층 설계와 건설을 가속화 했으며, 「생태문명 건설의 추진을 가속화하는 데에 관한 의견」, 「생태문명 체제 개혁의 총체적 방안」을 잇따라 내놓았고, 40여 개의 생태문명 건설에 관한 개혁방안을 제정했고, 「환경보호법」을 수정하여, 총체적인 목표·주요 원칙·중점 임무·제도적 보장 등 방면에서 생태문명 건설에 대해 전면적이고 체계적으로 배치했다. 이로써 중국의 생태문명 체계는 신속히 형성되었으며 생태문명 제도의 기본 틀이 형성되었다. 생태문명 체제에서 근원적으로 엄격히 방비하고, 과정에서 엄격히 통치관리하며, 생태문명에 대해 손상을 주면 배상시키고, 엄벌하는 등 기초 제도의 틀이 초보적으로 세워졌다. 이러한 일련의 제도건설은 생태문명의 근원, 과정으로부터 후과에 이르는 전 과정을 포괄한다. 여기에는 환경 통치관리, 공간 통치관리, 자원의 절약 등 여러 방면이 포함되어 있으며 매우 체계적이고 전체적이며 협동성과 운영성이 구비되어 있다. 이는 중국 생태문명 건설에서 중대한 진전을 이룩하고 생태환경 보호에서[1] 역사적, 전환적, 전반적인 변화가 나타나도록 했다. 이러한 제도의 성과는 어렵게 얻은 것이며, 그 경험은 매우 귀중하므로, 계속 견지하고 끊임없이 공고히 하며, 지속적으로 심화시킬 필요가 있다. 중국공산당 제19기 중앙위원회 제4차 전체회의는 창조적으로 제도체계를 총괄적으로 고려하여, 가장 엄격한 생태환경 보호제도를 시행하고, 자원의 효율적인 이용제도를 전면적으로 수립하며, 생태보호와 복구제도를 건

---

1. 穆虹, 「坚持和完善生态文明制度体系」, 『经济日报』, 2019-12-16(9).

전하게 하고, 생태환경 보호책임제를 엄정하게 해야 한다고 제안했
다. 이것은 기존의 생태문명 개혁성과를 공고히 하고 견지한 것으로,
중국공산당이 생태문명건설의 법칙성에 대한 인식의 심화를 반영하
며, 생태문명건설 중 제도의 엄격한 구속 작용을 더욱 잘 발휘하기 위
한 기준을 제공하였으며, 생태문명 제도체계의 견지와 보완이 국가
통치관리 능력의 현대화를 추진함에 있어서의 중요한 의의를 보여주
었다.

1) "생태문명 건설은 중화민족의 영속적인 발전에 관계된 천년 대계이다."

인간과 자연의 관계는 인류사회의 가장 기본적인 관계이다. 자연계
는 인류사회의 생산, 존재와 발전의 기초이자 전제이다. 인류는 사회
의 실천활동을 통해 자연을 목적 있게 이용하고 개조할 수 있다. 그러
나 인류는 결국에는 자연의 일부분인 만큼 맹목적으로 자연 위에 군
림해서는 안 된다. 인류의 행동방식은 반드시 자연법칙에 부합해야
한다. 시진핑 총서기는 "인간과 자연은 생명공동체이다. 인류는 반드
시 자연을 존중하고 자연에 순응하며 자연을 보호해야 한다"고 말했
다. 인간과 자연은 상호 의존적이고 상호 연관적인 일체이므로 자연
계에서 얻어 내기만 하고 투입하지 않으면 안 되고, 이용하기만 하고
건설하지 않으면 안 된다. 자연을 보호하는 것은 인간을 보호하는 것
이고, 문명을 건설하는 것은 인간을 행복하게 하는 것이다. 생태문명
은 인류사회 진보의 중대한 성과이며, 사람과 자연의 조화로운 공존
을 실현하기 위한 필연적인 요구이다. 생태문명을 건설하려면 자원
과 환경의 수용능력을 바탕으로 하고, 자연 법칙을 준칙으로 삼으며,
지속가능한 발전, 인간과 자연의 조화를 목표로 하여, 생산이 발전하

고 생활이 부유하며 생태가 양호한 문명발전의 길을 가는 것을 견지하여 아름다운 중국을 건설해야 한다. 중국공산당 제19차 전국대표대회 이후, 중국공산당 제19기 중앙위원회 제4차 전체회의 「결정」에서 재차 "생태문명 건설은 중화민족의 영속적인 발전에 관계되는 천년대계'라고 한 것은 생태환경의 기초적 지위가 끊임없이 강화되었기 때문이며, 환경을 저가의 생산요소로만 여겨 경시해서는 안 되며, 발전을 지탱하는 수용조건으로만 여겨서는 안 되기 때문이다.[1] 한편으로는 생태환경이 이미 희소성 재산이 되어 높은 표준의 보호를 필요로 하기 때문이며, 다른 한편으로는 양질의 생태제품이 본래 발전의 유기적인 내포이기 때문에 생태환경 보호업무를 강화는 것이 곧 고품질의 발전을 촉진하는 것이 된다. 이를 둘러싸고 국가는 천연자원 부채표(负债表), 이임 감사, 주체기능 구획, 생태 보호 레드라인, 총량통제 등의 제도를 내놓았다. 이는 의식과 이념이 제도를 통해 구현되고 변화되고 있음을 말해준다. 사회주의 현대화는 인간과 자연이 조화롭게 공존하는 현대화이다. 더 많은 물질적 재부와 정신적 재부를 창조하여 인민의 날로 증가하는 아름다운 생활의 수요를 충족시켜야 할 뿐만 아니라, 더 많은 양질의 생태제품을 공급하여 인민의 날로 증가하는 아름다운 생태환경에 대한 요구를 충족시켜야 한다.

2) '양산(两山) 이론' 과 '아름다운 중국건설'

금산 은산과 녹수청산의 관계는 결국 경제발전과 생태환경 보호의 관계를 정확하게 처리하자는 것이다. 이는 지속가능한 발전을 위한 내적 요구이며, 녹색성장을 견지하고 생태문명 건설을 추진함에 있어서 우선 해결해야 할 중대한 과제이다. 어떤 사람들은 발전은 불가피하게 생태환경을 파괴하므로, 느리게 발전할지언정 빨리 발전하지 말

아야 하며, 그렇지 않으면 득보다 실이 많을 것이라고 말한다. 하지만
또 어떤 사람들은 빈곤에서 벗어나기 위해서는 빠른 속도로 발전해야
하며, 일부 생태환경의 대가를 치르는 것도 불가피하며, 또 필수적이
라고 한다. 이 두 가지 관점은 생태환경 보호와 경제발전을 대립시킨
것이다. 시진핑 총서기는 일찌감치 금산 은산, 녹수청산으로 경제발
전과 환경보호 사이의 변증법적 관계를 생생하게 밝혔고, "녹수청산
은 바로 금산 은산"이라는 중요한 이념을 제시해, 우리가 생태문명을
건설하고, 아름다운 중국을 건설할 수 있도록 근본적인 근거(遵循)를
제공했다. 녹수청산은 인민의 행복한 생활의 중요한 내용이며, 돈으
로 대체할 수 없는 것이다. 녹수청산과 금산 은산은 결코 대립되는 것
이 아니다. 일부 지방은 생태환경 자원이 풍부하지만 상대적으로 가
난하다. 이런 지방에서는 개혁과 혁신을 통해, 생태환경을 이용해 빈
곤에서 벗어나는 길을 찾을 수 있다. 빈곤지역의 토지, 노동력, 자산,
자연풍경 등의 요소들을 살려, 자원이 자산으로, 자금이 출자금으로,
농민이 주주로 바뀌도록 해야 하며, 녹수청산을 금산 은산으로 변화
시켜야 한다. 녹수청산이 바로 금산 은산이라는 이념은 또 중대한 실
천 가치가 있다. 중국사회의 주요 모순이 변화함에 따라, 인민대중의
아름다운 생태환경에 대한 수요는 이러한 모순의 한 측면이 되었고,
점차 생태제품이 발전에 불가결한 부분임을 인식하게 되었으며, 생태
제품의 필요성에 대해 더욱 높은 요구를 제기하게 되었다. 이를 위해
서는 인민대중이 아름다운 생태환경에 대한 새로운 기대에 부응하고,
생태제품을 제공하는 것을 발전에 있어서 당연한 내용으로 삼아, 생
태환경이 본래 가지고 있는, 인간의 의지로 전이되지 않는 가치를 구
현해야 한다. 중국공산당 제18기 중앙위원회 제3차 전체회의 이래,
자연자원 자산 부채표를 작성하고, 시장화 되고 다원화된 생태보상

메커니즘을 구축하는 일련의 조치를 통해, 생태제품의 가치 실현 방식을 탐색했으며, 녹수청산이 금산 은산으로 변할 수 있는 구체적인 경로를 탐색했다. 더 나아가 생태환경 자원이 일정한 조건에서 전환될 수 있는 부가가치를 구현하여 생태환경 우위를 경제적 우위로 전화시켰다. 생태환경 보호의 성패는 결국 경제 구조와 발전방식에 달려 있다. 경제발전은 자원과 생태환경을 고갈시켜 얻는 것이 아니고, 생태환경 보호도 경제발전을 포기하고 실현하는 것이 아니라, 발전 속에서 보호하고 보호 속에서 발전하도록 해야 한다.[1]

중국공산당 제19기 중앙위원회 제4차 전체회의에서 채택된「결정」은 "녹수청산이 곧 금산 은산이라는 이념을 실천하고, 자원절약과 환경보호를 위한 기본 국책을 견지하며, 절약우선·보호우선·자연회복 위주의 방침을 견지하고, 생산이 발전하고, 생활이 부유하며, 생태가 양호한 문명발전의 길을 확고히 나아가는 것"은 "아름다운 중국을 건설하는 근본적인 로드맵"이라고 강조했다. 녹수청산이 곧 금산 은산이라는 이념을 수립하고 실천하기 위해서는 경제발전과 생태환경 보호의 관계를 정확하게 처리해야 하며, 환경보호와 경제발전의 관계는 '천년 대계' 논술에 기초해 더욱 순화해야 한다. 녹수청산이 바로 금산 은산이라는 발전이념은 경제와 환경이 협동발전하는 새로운 길을 제시하였다. 이는 인민의 날로 증가하는 아름다운 생활에 대한 욕구를 충족시켰을 뿐만 아니라 자연에 평온함, 조화로움, 아름다움을 돌려주었다. 시진핑 총서기는 "우리는 녹수청산도 원하지만 금산 은산도 원한다. 그러나 녹수청산을 원할 지언정 금산 은산만 원하지는 않는다. 따라서 녹수청산이 바로 금산 은산이다"고 했다. 이는 중요한 발전이념으로 인간과 자연이 조화롭게 공존하는 가치 지향성을 구

1. 中共中央文献研究室, 『习近平关于社会主义生态文明建设论述摘编』, 北京, 中央文献出版社, 2017, 56쪽.

현한 것이다. 중국은 경제가 고품질 발전단계에 들어서면서 생태환경의 지탱작용이 갈수록 뚜렷해지고 있다. 생태환경 보호와 경제발전은 대립되고 분열되는 것이 아닌 변증법적 통일관계이다. 환경을 보호하는 것은 생산력을 보호하는 것이고, 환경을 개선하는 것은 생산력을 개선하는 것이다. 양호한 생태환경은 가치를 창조할 수 있다. 동시에 녹색성장 방식과 생활방식의 전환은 하루아침에 해결되는 일이 아니고, 야단법석을 떨어서 실현되는 것도 아니기 때문에 끊임없이 거듭 강조해야 한다.

2. 가장 엄격한 생태환경 보호제도를 실시하다

생태문명 제도체계는 가장 엄격한 생태환경 보호제도를 시행하는 데로부터 시작되고, 가장 엄격한 생태환경 보호제도의 시작점은 "사람과 자연이 조화롭게 공존하고, 자연을 존중하고·자연에 순응하며·자연을 보호하는 것을 굳게 지키는 것"이다. 사람과 자연은 생명공동체이다. 사람과 자연의 관계는 생태문명 제도체계의 논리적 시작점을 구성한다. 생태문명의 핵심은 바로 사람과 자연의 조화로운 공존을 견지하는 것이다. 시진핑 주석은 "우리의 생태환경 문제는 이미 아주 심각한 수준이라 최대한 엄격한 조치를 취하지 않으면 생태환경이 악화되는 총체적 태세를 근본적으로 되돌리기 매우 어려울 뿐만 아니라, 우리가 구상한 기타 생태환경 발전목표도 달성하기 어렵다"고 지적했다. 중국공산당 제19기 중앙위원회 제4차 전체회의에서 채택된 「결정」은 "가장 엄격한 생태환경 보호 제도를 실시할 것"을 강조했다. 생태환경 보호제도는 "가장 엄격하다"는 데 중점을 두고 있다. 이는 레드라인 사유를 체현한다. 가장 엄격하고 엄밀한 법치로 생태환경을 보호하고 공업문명이 가져온 부정적인 외부성 문제를 해결한다는 것이다. 그리고 이에 근거하여 일련의 구체적인 요구를 제시했다. 그중에는 원천적 예방으로부터 책임 추궁까지 전 과정을 아우르는 생태문명 제도 체계가 포함될 뿐만 아니라, 또 다규합일(多規合一)의 국토 공간규획과 토지통치관리법에 규정된 토지용도 관제제도를 포괄적으로 조정·획정하는 '세 개의 레드라인'도 포함된다. 또한 주요 관심사인 주체기능구와 농업·농촌 환경문제 및 시장지향적 녹색기술 혁신, 오물·폐수 배출 허용제를 핵심으로 하는 고정오염원 감독통치관리 제도체계 등도 포함된다.

중국공산당 제19기 중앙위원회 제4차 전체회의에서 채택된 「결정」은 '생태 보호 레드라인', '영구 기본 농지', '공간통제 변계', '해역 보호선' 등의 내용을 명확히 제시했는데, 이는 결코 짓밟아서는 안 되는 가장 엄격한 제도임을 의미한다. 생태환경 보호를 강화하는 과정에서 최저선 사유와 생태보호 레드라인 의식을 확고히 수립해야 하고, 자연환경의 수용능력을 경제사회 발전과정에서의 최저선과 레드라인으로 삼아야 하며, 생태보호 최저선과 레드라인을 넘어서는 행위는 모두 가장 엄격한 제도에 따라 엄중히 처리할 수 있다. 가장 엄격한 제도와 가장 엄밀한 법치로 생태환경을 보호하고, 제도혁신을 가속화하며, 제도의 집행을 강화하여 이러한 제도가 강력한 구속력을 가진 불가 접촉의 고압선이 되도록 해야 한다.

국토공간계획과 용도를 전반적으로 조율하고 통제하는 제도의 수립과 완정화를 가속해야 한다. 국토공간계획 체계건설을 효과적으로 추진하고, 당 중앙위원회의 중대한 결정과 배치를 전면적으로 실현하여, 국가의지와 국가발전계획의 전략성을 구현해야 한다. 위에서부터 아래로 각급 국토공간계획을 편성하고, 국가안보전략, 지역의 조화로운 발전과 주체기능 구역전략을 실천하며, 공간발전의 목표를 명확히 해야 한다. 도시구도, 농업생산구도, 생태보호 구도를 최적화하고, 공간발전 전략을 확정하며, 높은 표준으로 전국 국토 공간개발과 보호의 그림을 그려야 한다. 가능한 한 빨리 주체기능 구역의 계획, 토지이용 계획, 도시와 농촌계획 등 공간계획을 국토공간 계획에 통합하고, 진정으로 '다규합일(多規合一)'을 실현하며, 각종 유형의 계획이 서로 연결되지 않고 조율되지 않는 문제를 해결해야 한다.

3. 자원의 효율적인 이용제도를 전면적으로 구축하다

경제발전 방식을 바꾸고, 지속가능한 발전을 추진함에 있어서, 자원이용 방식을 변화시키는 것이 그 착력점이다. 자원의 효율적인 이용의 전제는 재산권이 명확해야 하는 것이다. 중국공산당 제19기 중앙위원회 제4차 전체회의에서 채택한 「결정」은 자원의 고효율 이용제도를 전면 수립하고, 자연자원의 통일적인 권리등록의 법치화·규범화·표준화·정보화를 추진하며, 자연자원 재산권 제도와 자연자원 감독·통치관리체제를 완비할 것을 제시했다. 이는 생태환경 보호를 강화하고, 생태문명 건설을 촉진하는 중요한 기초제도이다. 중국공산당 제18차 전국대표대회 이래, 중국은 자연자원 재산권 제도를 점차 건립하기 시작했으며, 자원자원의 절약과 집약적 이용, 효과적인 보호 방면에서 적극적인 작용을 발휘하였다. 그러나 이와 동시에 자연자원 자산의 저수(底数)가 분명하지 않고, 소유자가 적격이 되지 못하며, 권리와 책임이 분명하지 않고, 권익이 제대로 실현되지 못하며, 감독·통치관리와 보호제도가 미비하다는 등의 문제점도 있다. 이는 재산권 분쟁의 다발, 자원 보호의 무력화, 개발이용의 조방(粗放), 심각한 생태 퇴화 등의 문제를 야기하고 있으며, 자연자원 자산권 제도를 더욱 건전하게 할 것이 절실히 필요하게 만들었다.

중국공산당 제19기 중앙위원회 제4차 전체회의 「결정」은 자원이용의 체제적 장애를 해결하기 위해 제도적 도구를 제공했다. 자원이용의 중점분야에 초점을 맞추어, 유상 이용·총량 통치관리·전면적인 절약과 순환 지속적인 자원이용 제도체계를 확립함으로써 자원이용의 효율을 높였다. 쓰레기 분리수거를 보편적으로 실시할 것이고, 자원화 이용제도와 청정 저탄소·안전 고효율의 에너지체계를 의제에 포함시킬 것이다.

4. 생태보호와 복구제도를 완비하다

인간은 자연계의 일부이며, 인류사회의 존속과 발전은 생태계의 기초 위에 세워졌다. 생태계는 각 요소가 상호 의존하고, 유기적으로 통합된 순환 체인이다. 따라서 생태계 보호와 복구를 위한 제도체계를 갖추는 것도 제도구축의 전체성과 협동성을 중시해야 한다.[1] 생태보호는 일체양면(一体兩面)이다. 생태보호와 오염방제는 불가분하고 상호 협조적이다. 즉 중국공산당 제19기 중앙위원회 제4차 전체회의 「결정」에서 제시한 생태보호와 복구제도를 완비하는 양자의 관계는 더욱 밀접하다. 시진핑 총서기는 "계통론적 사상방법으로 문제를 봐야 한다. 생태계는 하나의 유기적인 생명체이므로, 치수(治水)와 치산(治山), 치수(治水)와 치림(治林), 치수(治水)와 치전(治田), 치산(治山)과 치림(治林) 등에 대해 통일적인 계획을 세워야 한다"고 강조했다. 현재 생태문명 제도체계의 체계성·전체성·협동성에 대한 수요가 갈수록 높아지고 있다. 중국공산당 제19기 중앙위원회 제4차 전체회의 「결정」에서 제시한 산·물·수림·밭·호수·초원의 일체화 보호와 복구, 국가공원 보호제도의 완비, 큰 강 생태보호와 체계적인 통

---

1. 郝栋, 「以制度利器助推生态文明建设」, 『经济日报』, 2019-12-31(15).

치관리, 대규모 국토 녹화캠페인 전개, 간척 전면 금지 등은 우리가 생태 통치관리에서 제도의 구축을 강화한 유익한 탐색을 구현하였으며, 체계성과 완전성 측면에서 보호와 복구를 강화하는 것을 구현하였다. 산·물·수림·밭·호수·초원은 생명공동체로서, 통일적으로 계획하고 여러 면을 고루 돌보아야 하며, 전체적으로 정책을 실시하고, 여러 가지 조치를 병행하며, 전방위·전 지역·전 과정에 걸쳐 생태문명건설을 전개해야 한다.

5. 생태환경 보호책임 제도를 엄격하게 하다

제도의 생명력은 집행에 있다. 생태환경 보호책임 제도는 과거의 생태문명 건설 혹은 생태환경 보호업무의 문제이자 또한 미래업무의 착력점이며, 더욱이는 '중국 특색의 사회주의' 제도의 장점을 충분히 발휘할 수 있는 것이기도 하다.[1] 책임제는 위 세 가지 제도를 총괄적으로 추진하는 역할을 그대로 보여준다. 중국공산당 제19기 중앙위원회 제4차 전체회의 「결정」에서 제시한 엄명한 생태환경 보호책임 제도는 이전의 생태문명 건설목표에 대한 평가와 심사방법을 제도화한 통치관리 궤도에 포함시키는 것이다. 즉 생태문명 건설목표의 평가·심사 제도를 수립함으로써 구속성 지표에 대한 통치관리를 강화하여 기업의 주체책임과 정부의 감독책임을 엄격히 실천하는 것이다. 환경보호 제도가 이미 초보적으로 체계를 갖추었지만, 실시과정에서 여전히 효과를 보지 못하는 것은 결국 실시의 강도가 부족하고 환경 행위주체의 위법행위에 대한 처리가 엄격하지 못하기 때문이다. 그러므로 반드시 원천적으로 엄격히 방지하고, 과정에 대해 엄격히 통치관리하며, 후과에 대해 엄중하게 처벌하는 원칙을 견지해야 한다. 또한 환경

---

1. 吳舜澤, 「以生态文明制度体系化推动生态文明建设自觉化」, 『中国环境报』, 2019-11-12(3).

에 대한 감독 · 통치관리, 환경 관련 법률 집행, 환경에 대한 통치관리
와 통제, 환경 사법과정에서의 강성(剛性)과 강도를 강화해 엄밀한
환경보호망을 형성하고, '가장 엄격한' 요구사항을 실제에 적용하며,
위법행위는 비용이 낮고 준법행위가 오히려 높은 비용을 지불해야 하
는 문제를 단호히 해결해야 한다.

중앙 생태환경 보호감찰 제도를 실시하다. 중앙 생태환경 보호 감
찰제도가 수립된 후, 이미 제1차 감찰을 마쳤으며, 제2차 감찰을 시작
해 31개 성(구 · 시)에 전면적으로 실시되었다. 이를 통해 각 지역에
존재하는 대량의 생태환경 관련 문제를 제때에 발견하고 독촉하여 해
결함으로써, 효과적으로 각지의 생태환경의 질을 향상시켰으며, 대중
의 광범위한 인정을 받아 비교적 좋은 효과를 보았다. 실천이 증명한
바와 같이, 중앙 환경보호 감찰제도는 각급 당위원회와 정부가 환경
보호 책임을 다 하도록 촉진하였고, 상향 · 하향식 환경보호 합력을
형성할 수 있었다. 이는 실천의 검증을 거친 효과적인 제도적 배치이
다. 중앙 생태환경 보호감찰을 끊임없이 종적으로 깊이 있게 발전시
키려면 감찰내용을 확대하여, 생태환경 보호에 대한 일방적인 감찰로
부터 경제 · 사회 발전의 추진과 환경보호가 상호 협조하면서 추진되
도록 해야 한다. 성급 생태환경 보호의 감찰 강도를 높이도록 지도 ·
독촉하고, 환경보호법 위반 행위에 대한 시정에 역점을 두던 데로부
터 위법행위 시정과 준법능력 향상이 결합되도록 전변하는데 역점을
두어야 하며, 지방에서 생태환경 보호능력을 전면적으로 높일 수 있
도록 지도해야 한다.

6. 생태문명 제도체계를 '견지' 하고 '완비' 하다

현재 중국의 생태문명 제도건설은 이미 심화단계, 즉 법규제정에서

부터 책임의 구체화 단계에 이르렀다. 중국공산당 제18차 전국대표대회 이래, 중국의 생태환경 보호는 인식으로부터 실천에 이르기까지 역사적, 전환적, 전반적 변화가 발생했고, 생태문명건설은 뚜렷한 효과를 거두었으며, 중국의 생태문명 건설과 생태환경 보호는 효과가 가장 좋은 시기에 진입해, 사상인식의 정도, 오염 통치관리의 강도, 제도 도입의 빈도, 감독·통치관리에 대한 집행척도와 환경의 개선속도 등 여러 면에 큰 변화가 발생했으며, 생태문명의 건설작업을 더욱 진전시키기 위한 기초를 마련하였다. 비록 생태문명 건설은 안정된 가운데 좋은 추세를 보이고 있지만, 효과가 안정적이지 않다. 압력이 중첩되고, 무거운 짐을 지고 전전하는 관건적인 시기에 처했다. 더 많은 양질의 생태제품을 공급하여 인민의 날로 증가하는 아름다운 생태환경에 대한 욕구를 충족시켜야 하는 공방기에 들어섰으며, 또한 생태환경의 두드러진 문제를 해결할 조건과 능력이 구비된 창구기(窗口期)에 이르렀다. 그러므로 중국공산당 제19기 중앙위원회 제4차 전체회의 「결정」은 '견지할 것'과 '완비할 것'을 강조한 것이다. 앞으로 생태문명 건설을 추진하는 것은 바로 이러한 제도들을 견지하고 완비하며 단호하게 집행하여, 인민대중이 생태환경 개선에 대한 요구를 더욱 잘 충족시키는 것이다.

　생태문명 제도 건설은 이미 생태문명의 표식이 되었으며, 생태문명 제도의 개혁으로 방출된 순익은 생태문명 건설에 매우 중요하다. 생태문명 건설은 사상관념과 이념의 심각한 혁명이며, 또한 생산방식과 생활방식의 녹색전환 과정이기도 하다. 다른 분야에 비해, 중요한 분야의 개혁을 심화하고, 과학적 발전을 저해하는 모든 사상 관념과 체제 메커니즘의 폐해를 단호히 타파하며, 체계적이고 완전하며, 과학적이고 규범화되고, 운행이 효과적인 제도체계를 구축하는 것이 더욱 필요하다. 이런 의미에서 제도건설은 '오위일체(五位一体 경제건설, 정치건설, 문화건설, 사회건설, 생태문명건설을 오위일체로 전면적으로 추진함)'의 총체적 배치에서 단점을 보완하고, 취약부분을 강화하는 관건이자 아름다운 중국건설의 관건이기도 하다. '중국 특색의 사회주의' 제도는 과거 중국이 발전과 진보를 가져온 근본적 보증이었으며, 또한 앞으로의 더 큰 발전과 진보를 위한 근본적인 보증이기도 하다.

중국공산당 제19기 중앙위원회 제4차 전체회의 「결정」은 가장 엄격한 생태환경 보호제도로부터 시작하여, 생태환경 보호책임을 엄명하게 하는 것을 뒷받침으로 하고, 중국공산당 제18기 중앙위원회 제3차 전체회의의 국토 공간개발 내용을 생태환경 보호제도 혹은 생태보호와 복구에 통합하고, 「생태문명 체제 개혁 총체적 방안」의 8개 분야에 대한 개혁을 재구성해, 중국공산당 제19기 중앙위원회 제4차 전체회의 「결정」의 4개 방면에 통합한다. 효과적인 중앙 생태환경 보호감찰제도 등을 강조하며, 중앙 개혁전면심화소조에서 심의하여 시행하는 몇 가지 생태환경 모니터링 품질통제 등 개혁과제를 생태환경 모니터링과 평가제도로 확대하며, 당위원회와 정부의 여러 가지 제도와 규범성 문건의 요구를 목표에 대한 평가심사, 구속성 지표에 대한 통치관리와 정부의 감독통치관리 책임으로 농축한다.

이전의 40여 개의 생태문명건설 제도개혁의 단일 항목 돌파와 비교하면, 중국공산당 제19기 중앙위원회 제4차 전체회의 「결정」은 생태환경 보호제도, 자원의 고효율적인 이용제도, 생태보호와 복구제도, 생태환경 보호책임제도 등 4개의 측면을 요약하고 종합하여, 서로 연결된 제도체계를 형성하고, 제도체계의 집적과 시너지 효과를 더욱 강조하여 역사와 미래지향적 통일을 체현하였으며, 생태문명 제도가 더욱 성숙되고 정형화되도록 하였다.[1] 이는 이론적 돌파구이자 생태문명 건설의 실천을 함께 추진하는 것이다. 생태문명 제도건설의 네 가지 방면은 내용적으로 유기적으로 연결되어 있고, 논리적으로 서로 관통되어 있으며, 실천 상 서로 관련되어 있다. 환경·자원·생태·정부의 책임을 유기적으로 연결시켰으므로 실천에서 운영성이 있다. 정부 기능의 통합조정과 결부해, 문제지향으로 각 부문이 직책상 분업도 있고 상호 협력할 수 있게 하기도 하였다. 또한 기존제도에 대한 견지와 보완부분을 포함하며, 상황에 따라 새롭게 추가된 업무를 증가시켜, 현재와 미래의 발전요구를 모두 고려하고, 정책의 연속성과 실행력을 보장하였다.

시장의 혼란과 마찬가지로, 제도의 혼란도 생태문명 건설에 중요한 영향을 미칠 수 있다. 중국 생태문명 건설 중의 경험과 방법을 계통적으로 종합하여, 미래 발전지향의 생태문명 제도체계를 구축하고, 오염의 방지와 퇴치의 공방전에서 승리하는 것은 인민의 아름다운 생태환경에 대한 욕구를 충족시키는 필연적인 행동이며, 또한 인간과 자연이 조화롭게 공존하는 현대화의 길을 추진하는 중요한 제도적 보장이기도 하다.[2] 시진핑 총서기가 지적한 것처럼, 생태환경 보호는 반드시 제도와 법치(法治)에 의존해야 한다. 앞으로 중국은 더욱 제도와 법치에 의존하게 될 것이므로, 반드시 제도의 혁신, 제도의 공급증가, 제도의 시스템 보완, 제도의 집행강화를 가속화해, 제도가 강성 구속력을 가진 불가촉의 '고압선' 이 되도록 하여, '아름다운 중국건설' 의 목표를 실현토록 해야 한다.

---

1. 吳舜澤, 「以生态文明制度体系化推动生态文明建设自觉化」, 『中国环境报』 2019-11-12(3).
2. 郝栋, 「以制度利器助推生态文明建设」, 『经济日报』, 2019-12-31(15).

제 15 장 중국 국가 통치관리의 도구 기반

(장장 张璋)

　　중국은 대국이고, 국토가 광활하며 인구가 매우 많다. 하지만 자연 지리조건이 특별히 우월한 편은 아니다. 이러한 나라에서 선치(善治)를 실현하는 것은 결코 쉬운 일이 아니다. 고대에는 국가 통치관리의 성공을 성군(聖君)과 현신(賢臣)에게 공로를 돌렸다. 당대에는 사회발전에 따라 사람들은 양호한 국가 통치관리가 양호한 제도에 의존한다는 것을 점차 인식하게 되었다. 1980년대 이래 중국공산당과 정부는 제도건설에 박차를 가했다. 덩사오핑(邓小平)의 「당과 국가의 영도제도 개혁」이라는 연설을 시작으로 1999년 '헌법'에서 법에 따라 나라를 다스린다는 규정을 표지로, 제도가 중국 국가 통치관리에서의 위상과 역할이 두드러지게 나타나기 시작했다. 중국공산당 제19기 중앙위원회 제4차 전체회의에서 제도는 더욱 전대미문으로 중요한 위치에 놓이게 되었다. 회의에서는 중국경제와 사회발전에서 거둔 위대한 성과를 제도적 장점으로 돌렸고, 이러한 제도를 분류해 각각의 내용을 분명하게 하고, 향후 이런 제도를 견지하고 발전시킬 조치들을 배치했다. 이 회의에서 채택된 「결정」은 중국의 제도적 자신감을 보여주었을 뿐만 아니라, 사람들에게 중국의 미래발전에 대한 비교적 안정적인 전망을 제공했다.

"국가를 다스려 인민이 평안하고 질서 있게 하려면 각종 제도를 완비해야 한다(经国序民，正其制度)"라는 말이 있다. 제도가 국가 통치관리에서의 중요성은 이미 공감대가 형성되었으므로 더 말할 필요도 없다. 제도는 일정한 인센티브·구속 공간을 만들어 사람들의 선택 선호도에 영향을 주고, 결국 사회상황에 영향을 미친다. 덩샤오핑은 "제도가 좋으면 나쁜 사람이 제멋대로 할 수 없게 되고, 제도가 나쁘면 좋은 사람이 좋은 일을 충분히 할 수 없게 되고 심지어 그 반대로 가게 된다"[1] 고 말했다. 물론, 제도의 역할은 나쁜 사람이 악행을 멈추고, 좋은 사람이 선행을 하게 하는 것만이 아니다. 더 이상적인 제도는 나쁜 사람과 좋은 사람이 모든 선행을 할 수 있도록 하는 것이다.

주의해야 할 점은 제도의 이론상 이런 중요한 역할은 자동적으로 실현되는 것이 아니다. 제도가 아무리 좋아도 효과적으로 집행할 수 없다면, 허울에 불과하다. 즉 제도적 장점은 국가 통치관리의 효과성을 높이는 전제조건일 뿐이며, 이를 국가 통치관리의 효과성으로 바꿀 수 있느냐 하는 것은 제도의 효율적 집행에 달려 있다. 제도 - 집행 - 효과는 완전한 국가 통치관리 시스템의 운영사슬을 형성한다. 제도 자체의 우월성과 집행에서의 효율성은 모두 중국 국가 통치관리의 전제로, 양자 중 어느 하나도 없어서는 안 된다. 이 글에서는 국가 통치관리 도구의 측면에서 중국 국가 통치관리가 어떻게 진행되는지를 살펴보고, 중국 국가 통치관리의 행동기반을 제시하고자 한다. 우리는

---

1. 邓小平，『邓小平文选』（제2권），北京，人民出版社，1994，333쪽.

중국 국가 통치관리의 실현은 확실히 효율적인 제도집행과 관련이 있으며, 효율적인 제도집행은 어느 정도 자체의 우월성에 의해 결정된다는 것을 발견할 수 있을 것이다.

1. 국가 통치관리의 도구(거버넌스 툴) - 제도적 장점을 국가 통치관리 효과로 전환하는 열쇠

"제도의 생명력은 집행에 있다." 제도가 우월한 지는 효과성 있게 집행되느냐에 달려 있고, 효과성 있게 집행된 후에는 좋은 사회적 효과를 거둘 수 있느냐에 달려 있다. 이는 본래 소박한 이치이지만 경제학계에서 응당 받아야 할 중시를 받지 못하고 있다. 경제학계는 제도의 유형학 연구를 더욱 선호하고, 구분된 각종 제도의 장단점을 논쟁한다. 이러한 논쟁은 사회주의 제도와 자본주의 제도에 집중되었다가 더 일반적인 정부 메커니즘과 시장 메커니즘, 그리고 더 구체적인 복지주의와 자유주의로 확대되었다. 오랫동안 사회주의 제도·정부 메커니즘·복지주의에 공감하는 쪽과 자본주의·시장 메커니즘·자유주의를 고취하는 쪽이 서로 힘을 겨뤄왔고, 시계추처럼 오락가락했다. 자유주의자들은 최소 정부의 원칙을 고수하고, 시장 메커니즘이 가장 큰 역할을 할 수 있도록 불개입주의를 채택하면 경제와 사회가 반드시 더 잘 발전할 것이라고 믿었다. 경제학계의 이런 견해는 공공행정학과 같은 다른 학문에도 큰 영향을 미쳤고, 사람들의 사회적 실천에도 직접적인 영향을 주었다. 최근 30여 년간 전 세계적으로 유행한 새로운 공공통치관리운동이 바로 "정부와 멀리하고 시장과 가까이한다(远政府, 亲市场)"는 책략이다.

학계가 제도의 집행을 경시한 것은 학술연구를 넘어 실천에 부정적인 영향을 미친 측면이 있다. 실제로 국가 기능과 역할의 범위가 좀 더 큰지 아니면 작은지, 혹은 시장이 더 많은지 아니면 정부가 더 많은지 하는 것이 이론적으로 정립된 것은 아니며, 실천에서 국가별로 다르기도 하다. 하지만 한 가지 확실한 것은 국가의 제도 집행력이 약해지면 경제와 사회가 건전하고 빠르게 발전하기 어렵다는 점이다. 시에라리온과 같은 시장 메커니즘이 지배적이고 국가기능의 범위가 비교적 좁은 나라나 브라질처럼 정부 메커니즘의 역할이 커지고, 국가기능의 범위가 더욱 넓은 나라는 모두 그러하다.[1]

　제도의 집행력이 비교적 약한 '약소 국가'와 비교할 때 중국은 명백히 '강대한 국가'이다. 이는 중국공산당의 강력한 리더십 덕분이고, 중국이 사회자원의 조직과 동원, 통제능력이 막강하기 때문이다. 중국정부가 야심차게 설정한 경제·사회 발전목표가 순항 혹은 초과 달성된 것도 바로 이 때문이다. 브라질·아르헨티나·인도 등 20세기 중반 성장기반이 비슷하거나 더 나은 나라들과의 경쟁에서 중국이 두각을 나타낼 수 있었던 것도 이 때문이다.

　"장인이 자신의 일을 잘하려면 반드시 먼저 그 연장을 날카롭게 해야 한다(工欲善其事, 必先利其器)" 중국 국가 통치관리 제도 집행의 효과성은 그 통치관리 도구의 효과성에 힘입은 바 크다. 이러한 도구들은 단순히 발전계획에 그치지 않고 경제·정치·사회와 사람들 생활의 모든 측면에서 폭넓게 활용되고 있다. 이른바 통치관리 도구란 때로는 정책도구라고 불리는데, 정책목표를 달성하기 위한 수단을 가리킨다.[2] 혹은 공적 문제해결이나 공적 목표달성을 위한 권위 당국의 행동방식을 가리킨다. 대기오염·초원의 퇴화·모조품 성행·진료난과 같은 사회적인 문제가 나타났을 때, 혹은 국가가 어느 한 목표

1. 福山, 『国家建构: 21世纪的国家治理与世界格局』, 北京, 中国社会科学出版社, 2007.
2. Shafritz J M, "international encyclopedia of publicpolicy and administration", Colorado westview press, 1998, 997-998쪽.

(예를 들면, 경제발전, 사회화합, 충분한 고용)를 달성하려고 할 때, 일정한 규칙체계를 설정하고, 일련의 방법으로 이 규칙체계를 시행해야 한다. 이 규칙체계가 바로 앞에서 말한 제도이고, 이 규칙을 시행하는 방법이 바로 우리가 말하는 통치관리 도구이다.

통치관리 도구는 제도의 실제 집행방식과 관련된다. 그 과학적 합리성은 제도의 취지와 목표의 달성여부에 직결된다. 예를 들면, 현대의 국가들은 빈곤퇴치를 자신의 직능목표로 삼고 있지만, 모든 현대의 국가들이 다 이 목표를 달성할 수 있는 것은 아니다. 그 결정적 역할은 어떤 통치관리 도구, 즉 어떤 방식으로 빈곤을 퇴치하느냐에 있는 것이다. 마찬가지로 충분한 고용은 현대 국가들이 직면한 공통의 과제이지만 국가별로 고용을 촉진하는 통치관리 도구가 다르면 그 통치관리 목표의 달성 정도도 다르게 된다.

통치관리의 도구는 많은 단계와 내용을 담고 있는 복잡한 시스템이다. 앞에서 언급한 경제와 사회의 발전계획이 바로 통치관리의 도구이다. 발전계획을 통해 정부는 공공부문의 자원을 집중할 수 있을 뿐만 아니라, 시장과 사회에 발전비전을 제시함으로써 사회와 시장자원의 집중을 유도하고, 자원의 집중효과를 발휘할 수 있다. 권위 당국은 계획뿐 아니라, 강제·보조·세수·홍보 등 다양한 수단을 동원해 사람들의 행동을 조정하고, 사회자원의 흐름을 유도할 수 있다.

일부 학자들은 일련의 개념적 틀을 개발하여 우리가 통치관리 도구의 복잡한 유형과 체계를 이해하는 데 도움을 주고자 한다.[1] 이런 연구 성과를 종합하면, 권위 당국의 자원소비의 크기와 강제성의 정도에 따라 국가 통치관리 도구를 조직도구, 강제성 도구, 경제도구, 정보

1. Christopher C. Hood, "The Too ls of Government" London Basing stoke, 1983.

萨拉蒙, 『政府工具: 新治理指南』, 北京, 北京大学出版社, 2016.

彼得斯, 冯尼斯潘, 『公共政策工具: 对公共管理工具的评价』, 北京, 中国人民大学出版社, 2007.

도구 및 기타(시장, 사회와 자기 서비스)도구 등 5가지 유형으로 나눌 수 있으며, 각 유형은 또 몇 가지 등급과 내용의 하위분류가 포함되어 있다. 이런 종류의 지식이 있고 나면 우리는 국가 통치관리 도구의 선택 목록을 가지게 된다. 이 목록에 따라 사회문제에 직면했을 때 우리는 공공부문을 구성하여 직접 처리할 수도 있고, 강제적 수단을 이용하여 개인 혹은 기업이 처리하도록 할 수도 있다. 또한 경제적 유도나 정보의 홍보방식으로 개인 또는 기업이 행동을 취하도록 유도할 수 있으며, 시장 메커니즘과 사회 자발적 메커니즘을 직접 이용하여 문제를 해결할 수도 있으며, 혹은 이러한 도구들을 종합적으로 사용할 수도 있다.

2. 중국식 국가 통치관리 - 중국 국가 통치관리 도구의 특색

중국 고대에는 유가·법가와 도가문화의 영향을 받아 오랫동안 국가 통치관리에서 도덕 교화와 규범의 상호 보완과 결합, 적극적인 관여와 자연무위(然无为)를 교대로 운용하는 통치관리 특색이 형성되었다. 바로 이러한 도구들의 활용으로 중국의 봉건제도는 오랫동안 강력한 발전추세를 유지하였고, 2000여 년 동안 생명력을 유지하였다. 신 중국 건국 후, 중국 국가 통치관리는 한편으로는 고대국가 통치관리의 전통을 일부 계승 발양하였고, 다른 한편으로는 서구 산업화 국가의 통치관리 경험을 흡수하고 거울로 삼았으며 동시에 많은 신형 통치관리 도구를 창조하였는데 주로 다음의 몇 가지 방면에서 구현되었다.

1) 조직도구를 적극 구축하고 이용하였다.

국가 통치관리는 비록 전문적인 분야에 속하고 권위 당국의 통제를 받지만, 필경은 전 국민의 공익에 관련되므로 전 국민의 공동노력이 필요하다. 조직도구는 어떻게 전 국민을 조직해 국가 통치관리에 더욱 잘 봉사하게 하느냐 하는 것이다.

이런 점에서 고대중국은 관료의 선발제도를 발전시키고 제도화하여, 사회의 가장 뛰어난 엘리트들을 가능한 한 관료의 대열에 들도록 선발하는 한편, 민간 엘리트들을 최대한 동원하였는데, 가족 · 지방유지 · 동업조합 등 사회역량을 충분히 활용해 국가 통치관리를 보조하였다. 신 중국 출범 이후, 중국정부는 정당과 간부체제를 운용해 강력한 엘리트 대오를 만들었다. 이들은 사회의 다양한 측면과 영역에 퍼져 국가 통치관리의 리더, 발동자, 조직자와 시범자가 되었다. 바로 이 같은 강력한 엘리트 대오가 있었기에 중국공산당과 정부의 강력한 리더십과 집행력이 있게 되었다. 뿐만 아니라 계획경제 시절 중국정부는 중국공산당의 영도 아래, 인민공사(人民公社)와 직장(單位)을 기본으로 하는 포괄적 공유제 조직체계를 구축해, 모든 사람을 공유제 체제에 포함시켰다.[1] 이는 정부 통치관리의 대상을 대폭 줄일 수 있었다. 또한 공사(公社)와 직장(單位)에서 대부분의 책임을 맡았으므로 정부는 보통 직접 통치관리 할 필요가 없었다. 이런 조직도구의 운용은 비용이 매우 작았지만, 시장과 사회조직의 생존공간을 크게 압축하여 사람들이 적극성을 발휘하도록 영향을 주었다. 1970년대 말, 중국은 농촌에서 세대별 생산량 연동 도급책임제(家庭联产承包责任制)를 실시하고 도시에서는 경제개혁을 실시하여, 농민과 시민이 사회주체로 되었고, 당위원회와 정부는 정권조직으로 회귀했다. 정부 및 그 부속 공유조직이 통제할 수 있는 성원의 수와 통제력 즉 조직도구의 강도는 크게 낮아졌다.

---

1. 李汉林, 『中国单位社会: 议论、思考与研究』, 北京, 中国社会科学出版社, 2014.

개혁개방 이후, 시대발전에 따른 새로운 국가 통치관리 문제에 효과적으로 대응하기 위해, 중국공산당과 정부는 조직도구의 건설을 강화하려고 노력했는데, 크게 다음과 같은 몇 가지 측면이 있다.

(1) 당과 국가기구의 개혁을 심화시키고, 국가 통치관리 조직 체계의 효력을 향상시켰다.

신 중국 건국 후, 중국은 해방구의 경험을 바탕으로 소련의 당정체제를 배우고 본받아 국가의 실정에 맞는 당정기구의 체계를 세웠다. 개혁개방 이후, 사회주의 시장경제의 체제개혁과 사회주의 민주정치의 발전에 부응하기 위해, 중국공산당 중앙위원회와 국무원은 잇따라 당과 국가기구에 대해 대대적인 개혁을 진행했다. 특히 2018년부터 2019년까지 진행된 당과 국가기구의 개혁은 일부 당의 직능 부문과 정부기구 간의 관계를 대폭 조정하고, 당 부문 기구의 권한을 내실화하고, 분산된 정부직책을 통합했으며, 시장의 법 집행 체제를 정비하고, 정부의 공공서비스와 환경보호를 강화하고, 지방과 기층에 일부 권력을 하방했다. 이러한 개혁은 경제사회의 발전 수요에 비교적 잘 적응하여, 양호한 국가 통치관리를 위해 강력한 조직적 보장을 제공했다.

(2) 기층의 대중적 자치 조직을 대대적으로 발전시켜, 국가 통치 관리의 기반을 다졌다.

중국의 국가정권 체계에는 중앙기관, 성(省)·시(市)·현(縣)·향(乡) 등 지방기관 외에도 또 촌과 주민위원회급 기층 대중성 자치조직도 포함하고 있다. 1980년대에는 기존의 대대(大队) 1급 조직을 바탕으로 농촌지역에 촌(村) 1급 대중성 자치조직이 보편적으로 건립됐다. 이후 도시의 기층에도 주민위원회가 설치됐다. 2018년까지 전국에 촌민위원회 54만 2,000개, 주민위원회 10만 8,000개가 설치돼 전국의 모든 국토와 사람들을 망라했다.[1] 기층 대중 자치조직은 자기통치관리, 자기교육, 자기서비스, 자기감독 제도를 시행한다. 촌민 · 주민위원회 차원의 비정부적 공공사무에 대하여 민주협상의 방식으로 공동 통치관리하며, 기층 사회의 안정을 유력하게 유지하였고, 기층 사회의 모순을 해소하고, 촌민 · 주민위원회 경제와 기층 공공서비스의 발전을 촉진하였다.

동시에 기층 대중적 자치 조직에 입각하여, 국가는 체계적으로 지역사회 건설을 전개하였다.[2] 선후로 중요한 민정서비스, 주민 생활서비스와 일부 정부서비스를 지역사회로 이양했으며, 지역사회 서비스 체계를 수립하여, 지역사회를 인민의 행복한 생활의 터전이 되게 하였다. 지역사회 통치관리 체계의 건설을 대대적으로 추진하고, 기층의 대중 자치조직에서의 당의 영도를 건전하게 하였으며, 지역사회 협상의 제도화, 규범화와 절차화를 추진했다. 정부 서비스를 완벽화 하고, 그리드화(罔格化) 된 통치관리를 실현하였으며, 기층의 대중적 자치조직과 정부업무의 효과적인 연계를 추진하였다. 사회 통치관리의 중심을 기층으로 이동시키고, 사회조직의 역할을 발휘시켰으며, 정부 통치관리와 사회조정, 주민자치의 양성적 상호작용을 실현하였다. 이 모든 것은 국가 통치관리의 제도를 실제로 실현함으로써, 국가의 장기적인 안정을 보장하였다.

---

1. 中华人民共和国民政部, 「2018年民政事业统计公报」, 民政部官网, 2020-02-02.
2. 向德平, 华汛子, 『中国社区建设的历程、演进与展望』, 中共中央党校, 『國家行政学学报』 2019(3), 106-113쪽.

(3) 사회조직의 통치관리를 개선하여, 사회조직이 국가 통치
    관리에서의 중개역할을 발휘토록 했다.

　　개혁개방 초기에는 사회조직의 정체성이 불분명하고 보조적
인 업종으로만 여겨 등록 통치관리에 있어서 높은 기준과 엄격
한 절차를 시행하였다. 시간이 흐름에 따라, 국가 통치관리에서
의 사회조직의 역할이 날로 중시를 받게 되었다. 2017년에 시행
된 '민법총칙' 은 3대 유형의 사회조직을 사업기관과 함께 비영
리 법인으로 분류해, 사회 조직의 법적 신분과 통치관리 주체의
지위가 법적 보장을 받게 되었다. 중국공산당 제19차 전국대표
대회 보고는 사회조직을 '중국 특색의 사회주의' 사업의 총체적
배치에 포함시켜, 사회조직이 신시대의 국가 건설에 전 방위적
으로 참여할 수 있도록 정치적 보증을 제공했다. 중국공산당 제
19기 중앙위원회 제3차 전체회의의 배치에서는 사회조직에 대
한 개혁을 당과 국가기구 개혁의 어젠다에 포함시켰다. 국가의
지원 아래, 중국의 사회조직은 빠르게 발전하였다. 기존에는 일
반사업 기관이나 인민단체, 사회단체에 포함되었던 자선조직,
일부 정부기구가 개혁 후 변화되어 생긴 업종조직, 민간에서 대
량으로 나타난 자원봉사조직ㆍ중개조직 등 전에 없던 사회조직
이 번영하는 국면을 형성하였다. 민정부의 통계에 따르면 2018
년 말 현재 전국적으로 81만 7,000개의 사회 조직이 있는데, 이
중 사회단체가 33만 6,000개이고, 재단이 7,000여 개이며, 비영
리 민간단체가 44만 4,000개이다. 기부수입은 919억 7,000만 위
안에 달하며, 각 유형의 사회인원 980만 4,000명을 취업시켰다.[1]
　　이들 사회조직은 시장과 정부의 부족한 부분을 어느 정도 보

---

1. 中华人民共和国民政部, 「2018年民政事业统计公报」, 民政部官网, 2020-02-02.

완해, 생산 · 생활 서비스, 정책 어젠다 제창, 소수자에 대한 서비스 제공, 사회의 중대 활동 참여, 사회질서의 수호, 사회의 자선 공급 증가, 민간의 대외 왕래 등 방면에서 큰 역할을 발휘해 국가 통치관리의 중요한 역량이 되었다.

2) 지식 · 가치 등 정보도구를 잘 이용하였다.

중국공산당은 전통적으로 정신적 요인의 역할을 중시해 왔으며, 이를 대중을 영도하고 단결하며 격려하는 중요한 수단으로 삼았다.

(1) 이론적 지도

중국공산당과 정부는 마르크스 레닌주의, 마오쩌둥 사상, 덩샤오핑 이론, '3개 대표' 중요 사상, 과학발전관과 시진핑 신시대 '중국 특색의 사회주의' 사상이 국가 통치관리에서의 지도적 역할을 견지하였으며, 구체적인 정책 활동은 물론, 사람들의 일상적인 일과 공부, 생활에서 모두 이론의 선전과 학습을 최우선으로 해왔다. 이 이론들은 중국의 사회건설과 발전의 법칙을 종합했으며, 사회의 미래발전 추세를 지적하였고, 국가 통치관리의 방향과 내용을 분명하게 하였다. 이론에 대한 선전과 학습을 통해, 사람들은 공감대를 결집하고, 자신감을 증강하였으며, 국가 통치관리의 합법성 기반을 부단히 다져, 정책집행의 효율이 끊임없이 높아졌고, 구체적인 정책의 논증에 도움을 주었다.

(2) 사상교육

신 중국 건국 후, 곧 완전한 국민 교육시스템을 구축하고, 9년제 의무교육제도를 수립하였다. 중국정부는 국민교육 외에도 청소년의 정치적 자질 함양을 중시해, 국민 교육시스템에 전문적인 사상정치 교육시스템을 건립하고, 정치 자질을 포함한 '덕(德)'을 국민교육의 기본 내용으로 삼았다. 양호한 국민 교육시스템은 중국인구의 자질을 크게 향상시켰고, 사람들의 노동과 생활의 적극성과 능동성을 증강시켰다. 양호하게 작동하는 정치 사상 교육시스템은 직접적으로 학생들의 정치의식 함양에 효과적인 루트를 제공했다.

(3) 본보기를 세우다

모범사례는 개혁·개방 전 정부의 전형적인 정보 통치관리의 도구이다. "본보기의 힘은 무궁무진하다". 각 분야에서 각양각색의 모범을 수립하는 것은 사람들의 학습과 진보에 구체적이고 생생한 패러다임을 제시하며, 인민대중이 끊임없이 정부가 제창하는 행동규범에 접근하도록 유도하는 것이다. 본보기에 걸맞게 다양한 표창제도를 만들어 더 많은 사람이 본보기의 행렬에 들어서도록 하는 것은 일반인에게 인센티브를 주는 역할을 한다.

개혁개방 이후, 중국정부는 신시대와 환경의 변화에 부응하기 위해 상술한 정보의 통치관리 도구를 계속 이용하는 동시에 대량의 새로운 정보 통치관리 도구를 개발했거나 혁신했다. 예를 들면, 본보기의 시범도구를 수립하고 건전하게 하기 위해, 국가영예제도를 통합하고 규범화하였다.[1] 공공지식의 사회 선도적 역할을 중시하고, 집중되고 통일된 인증제도를 수립하였으며, 강제적인 제품인증을 실시하고, 비(非) 강제적 인증을 대대적으로 보급하였다.[2] 정무의 정보공개를 대대적으로 전개하여 당과 정부 기구에 대한 사회의 감독을 강화하는 동시에 대중의 만족

1. 彭怀祖,「我国国家荣誉制度建设的回顾与展望」,『南通大学学报(社会科学版)』, 2017(1), 49-55쪽.
2. 许增德,「国家质量基础: 认证认可事业的发展」,『上海质量』, 2015(12), 11-14쪽.
3. 徐丽枝, 任海伦,「我国政府信息公开的理论与实践」,『西部法学评论』, 2016(4), 41-50쪽.

도를 높였다.[3]

3) 현대의 관제도구를 적극적으로 발전시키고 운용하였다.

관제는 정부의 흔한 도구로, 그 전형적인 특징은 강제성이다. 중국에서 계획경제 시대의 관제도구는 주로 통치분야에 쓰였으며, 정치상의 적(범죄자 포함)을 겨냥하였다. 여기에서 말하는 관제도구는 주로 1980년대 이후 정부가 경제 분야에서 실시한 강력한 수단을 가리킨다.

1970년대 말, 상품경제를 발전시키고, 시장의 질서를 유지하기 위해 국가는 시장 감독·통치관리 기구를 설립했다. 또한 계획경제 시대부터 경제 통치관리를 해 온 일부 부서도 직책 범위 내에서 업종별 감독·통치관리(예를 들면, 진입자격, 업종기준)를 해왔다. 일부 종합 통치관리 부서는 기구의 직책에 따라 관련 통치관리(예를 들면 가격)를 해왔다.

1990년대 이후, 시장의 급속한 발전에 따라, 국가는 행정개혁을 가속화하고, 대량의 업종에 대한 경제 통치관리 부서를 철폐하는 동시에 경제관제를 강화하였다. 전신·석탄·교통·전력·수리·철도 등 업계의 독점경영을 타파하고, 시쟁경쟁 체제를 도입한 동시에 표준·접근 자격·가격·품질 등 관제도구의 운용을 강화하였다. 금융·증권·선물·보험·에너지·민간항공·인터넷 등 업종에 전문적인 감독·통치관리 하는 기관을 설립하여, 맞춤형의 관제를 실시하였다. 다업종 일반 감독·통치관리를 강화하고, 가격·반독점·광고·지적재산권 등 방면의 감독·통치관리를 강화하였다.

2000년 이후, 국가는 경제에 대한 감독·통치관리를 강화함과 동시에 사회에 대한 관제를 대폭 강화하였다. 식품약품 감독·통치관리 체제를 구축하였으며, 제품품질에 대한 관제를 강화하고, 생산의 안전에 대한 모니터링을 강화하였으며, 경제활동 규제 위반 행위에 대한 사법적 단속수위를 높였다.

중국정부는 관제 외에도 정부·사회·기업과 개인 행위를 규범화하기 위해 법제화 건설을 적극 추진해 왔다. 1980년대 이후 시장경제와 관련된 법률법규가 대량으로 출범되어 정부의 행위를 규범화하고 시장제도를 보호하기 위해 강력한 보장을 제공하였다. 또한 법에 의한 행정의 추진과 '행정소송법', '국가배상법', '행정처벌법', '행정허가법' 등 일련의 행정 법률법규의 시행은 정부행위의 규범화를 위한 기본 의거를 제공하였다. 개혁개방의 발전은 중국 법률체계에 더욱 많은 국제법과 국제적 관례를 더했다. 행정 재결의 절차화, 행정집행의 전문화, 행정부문과 인원의 책임추궁제도 등 정부 내 통치관리체제개혁도 정부의 법치화를 보장하는 동력을 제공했다.

4) 경제 인센티브 도구를 대대적으로 개발하고 활용하였다.

개혁개방 후, 당과 정부는 경제체제 개혁을 통해 시장경제와 일치되는 일련의 도구를 개방·운용하였다.

(1) 시장도구

시장 메커니즘의 가장 큰 장점은 경쟁 메커니즘이 독점으로 인한 비효율성을 제거할 수 있다는 점이다. 개혁개방 이후, 당과 정부는 시장경제를 대대적으로 발전시켰을 뿐만 아니라, 국가 통치관리 분야에서도 시장 메커니즘을 적극 운용하여 국가 통치관리의 효율을 높였다. 그 주요 전략은 다음과 같은 것들이 있다. 첫째, 공공서비스에 대한 독점을 타파하고 시장 메커니즘을 적극 도입하였다. 정부는 공공사업의 체제개혁을 질서 있게 추진하였다. 도시의 수도·전기·난방·가스 등 서비스 업종을 적극적으로 개방하고 도시의 교육·위생·교통·문화와 오락 등 분야의 공공 독점을 타파하고, 비영리부문 조직 간의 효과적인 경쟁을 촉진하였다. 둘째, 서비스 공급과 생산방식을 혁신하여, 인프라 건설과 중대공사 건설 분야에서 정부조달제도를 널리 채택하여 공공사업 서비스 주체의 다각화를 추진하였다. 공공서비스에서는 특허·계약 외주·행정계약과 정부의 서비스 구매 등 방식[1]을 통해 과거 공공조직이 담당하던 서비스 직책을 기업과 사회조직에 맡겼다. 셋째, 시장을 시뮬레이션하고, 경쟁 메커니즘의 역할을 적극적으로 발휘케 하였다. 객관적 조건의 제약을 받거나(외부시장이 없는 경우) 혹은 특정 필요에 의해 시장화 메커니즘을 도입할 수 없는 공공서비스 분야의 경우, 정부는 일부 분야의 독점조직을 파편화 방식으로 기능이 비슷한 여러 개의 소 조직으로 나누거나 또는 조직복제의 방식으로 같은 분야에 몇 개의 같은 유형의 소 조직을 새로 만들어(예를 들면, 한 거리에 여러 개의 버스노선을 설치하거나 한 도시에 두 세트의 응급 서비스 팀을 설치하는 등), 이러한 소 조직들이 서로 경쟁하게 함으로써, 경쟁 속에서 우수한 것을 선택할 수 있도록 하여 끊임없이 통치관리 효능을 높이는 목표를 달성케 하였다.

(2) 소유권과 소유권의 거래도구

1970년대 말 이래로, 국가는 단일 공유제에 대해 개혁을 진행하여, 소유제가 다원화된 발전을 보였다. 농촌에서는 세대별 생

---

1. 「공공서비스 분야에서 정부와 사회 자본의 협력 모델을 보급하는 데에 관한 재정부·발전개혁위원회·인민은행의 지도의견 통지 전달」. 중국정부넷, 2015-05-19. 转发财政部、发展改革委、人民银行关于在公共服务领域推广政府和社会资本作模式指导意见的通知. 中国政府网, 2015-05-19. 唐祥来. 「ＰＰＰ模式的治理逻辑、工具7属性及其绩效」, 『经济与管理评论』, 2016(4), 20-27쪽.

산량 연동 도급책임제(家庭联产承包责任制)를 실시하여 농민에게 토지 등 생산수단에 대한 경영권·사용권과 수익권을 부여하였고, 도시에서는 기업의 도급경영제를 모색하였다. 동시에 외국 사영기업의 중국 내 존재와 발전을 허용하고, 자영업과 사영경제의 발전을 허용하고 장려하였다. 1980년대 이후, 기업의 재산권 체제개혁을 심화시키고, 플랫폼을 구축하여 기업의 재산권 거래를 지지하고 장려하였다. 집단(향·진) 재산권 조직을 대대적으로 발전시켰다. 노동력의 자유로운 이동을 허용하였다. 삼림·초원·토지·간석지의 재산권 개혁을 추진하였다. 1990년대 이후 지금까지 국유기업의 개혁에 적극 나서 국유기업의 경영능력을 향상시켰다. 금융·주택·토지·지식저작물·발명특허·광물자원 등에 대한 재산권 개혁을 대대적으로 추진하고, 전통적인 공유제 분야(예를 들면, 도시 기반시설 건설, 자연 독점 업종, 공공서비스 등)에 시장화 메커니즘을 적극 도입하였다.

이러한 재산권 제도의 개혁은 정부·기업·사회조직·개인의 이익을 확정하고 보호하였으며, 각 방면의 적극성을 극대화하였다. 그 외에도 미시적 분야에서 정부는 또 재산권 거래수단을 적극 활용해 목표 군체의 행위를 유도하였다. 예를 들면, 전국적으로 오물 배출권 거래제도를 시험적으로 실시해 오물 배출의 총량을 통제하고 감소시켰다.[1]

도시 토지사용권의 출양(出让)·전양(转让)·임대·저당에 대해 명확히 함으로써 토지의 이용 효율을 높였다. 탐광권(探矿权)과 채광권(采矿权)을 규정된 범위 내에서 양도할 수 있

---

1. 余阿梅, 张宁, 「中国排污权交易制度的发展历程及展望」,
   『环境与安全』, 2016(14), 145-146쪽.
   "国务院办公厅关于进一步推进排污权有偿使用和交易试点工作的指导意见",
   中国政府网, 2014-08-25.

도록 허가했다. 농촌의 집단 토지 이전제도를 모색하고, 토지를
이용한 주식 취득을 통해 생산·경영에 참여할 수 있도록 허용
함으로써 농민의 수익을 증대시켰다. 임업·초원 자원의 경영권
의 전이를 확대하고, 임업에 종사하는 농민과 목민의 수익을 증
대하는 것을 모색했다.

(3) 재정금융도구

재정의 중요한 고리는 수입과 지출을 포함하며, 각 고리는 모
두 운용할 수 있는 일련의 도구를 포함하고 있다. 소득은 세금·
납입금·공채, 지출은 보조금·매입 등이 주를 이룬다. 세금 및
수수료 방면에 있어서 중국정부는 최근 서로 다른 도구를 개발
했다. 예를 들면, 정책 결정의 거시적 세수도구(다른 세목·과세
기준·세율을 채택), 서로 다른 지역에서 서로 다른 업종의 기업
과 개인에 대한 서로 다른 세제혜택이나 감면(감세·면세·과세
기준점·세금 감면 금액을 포함), 조건에 부합되는 기업(활동)에
세수 공제, 우대 환급, 세액 이중과세 방지 등을 실시하는 것이
다. 또한 기업에서 감가상각 가속화와 세수 이연(遞延) 등을 실
시하여 비교적 체계적이고 전면적인 세수도구 바스켓을 형성하
였다. 보조 방면에서의 주요 형식은 재정예산 지급, 재정이자 보
조, 재정 반환, 무상 분배 등이 있으며, 산업육성·가격보조·생
활보조 등을 목적으로 한다. 보조금 정책은 전통산업, 민족산업,
신흥전략산업, 사회보장 등 분야의 주요 추진기이다. 예를 들면,
농업분야의 경우 2017년 중앙 재정보조정책인 강농혜농
(强农惠农) 정책 사업에만 31건에 400여 억 위안이 포함됐다.[2]

---

2. "农业部财务司·农业部· 财政部发布2017年重点强农惠农政策",
   农业部官网, 2018-03-23.

정부 조달도구를 적극 활용하였다. 정부운영을 유지하고, 사
회의 수요를 자극해 경제에 동력을 제공하는 동시에 특정한 정
책목표를 달성할 수가 있었다. 예를 들어, 2016년 중국정부가 우
선적으로 구매한 환경보호 관련 제품의 규모는 1,360억 위안에
달했고, 중소기업과 영세기업에 준 총 구매액은 2조4,036억2,000
만 위안으로, 에너지 절약과 환경보호 산업을 강력히 지원하고,
중소기업의 발전을 촉진하였다.[3]

금융도구 방면에서 중국정부는 국제적으로 통용되는 통화도
구(예를 들면, 신용대출 규모, 예금 지급준비금, 금리, 재할인, 환
율정정책 등)를 사용하는 것 외에 국유 상업은행에 창구지도
(窗口指导)와 직접지시를 했다. 금융조직과 그 행위에 대해 간
접적 또는 직접적으로 통제함으로써, 중국정부는 금융자원 배치
에 비교적 쉽게 영향을 미쳐 시장과 주민의 경제행위를 조정하
는 목표를 달성할 수 있게 했다. 최근 20년간, 세계 금융 시스템
이 몇 차례의 큰 위기를 겪었지만, 중국 금융시스템이 무사한 것
은 금융 도구의 과학적 운용과 무관치는 않다.

3. 중국식 국가 통치관리 이면의 제도적 장점

국가 통치관리 도구는 국가 통치관리 목표를 달성하기 위한 행동
메커니즘으로, 그 선택과 운용은 국가 통치관리의 효율과 직결된다.
총괄적으로 보면, 신 중국 건국 이래, 특히 개혁개방 이래, 중국공산당
과 중국정부는 모든 것을 받아들이고, 시대와 함께 전진하며, 대량의
통치관리 도구들을 계승하고 흡수하고 개발하고 혁신하여, 현대 국가

3. 曾金华,「2016年全国政府采购规模25,731亿元, 增长221%」.
中国经济网, 2017 08 25.

통치관리 법칙을 반영하였을 뿐만 아니라, 중국 특색이 뚜렷한 도구 체계를 형성하였다. 여기에서 짚고 넘어가야 할 점은, 국가 통치관리 도구체계의 형성은 임의의 선택이 아니라, 통치관리 행위자의 의사와 국가기존의 제도적 전통의 제약을 받는다는 것이다. 바로 이러한 측면에서, 우리는 중국 국가제도가 가지고 있는 특정 우위들이 중국특색의 국가 통치관리 도구의 운영을 위한 기초와 보증, 방향을 제공한다는 것을 볼 수 있다.

1) 중국공산당의 영도를 견지하여, 국가 통치관리 도구의 기본 특색을 형성하다.

중국공산당의 영도는 중국 국가 통치관리의 기본적인 사실이고, 국가 통치관리 도구 운용의 기본적인 특색을 구성했다. 중국공산당의 국가 통치관리에서의 영도는 공식적인 국가기구에 대한 영도뿐만 아니라, 기층의 공식과 비공식 사회조직(시장조직을 포함함)에 대한 영도에서 나타나며, 인민대중에 대한 영도에서도 나타난다. 실천 속에서 이런 전 방위적인 영도를 실현하려면 그 기본 중심은 중국공산당 조직과 당원이다. 현대 당의 기층조직은 450여 만 개, 당원은 9,000여 만 명이다. 국가의 각 계층, 각 분야, 각 조직에 모두 당 조직이 존재하며 당원들의 활동이 있다. 따라서 당의 자체 건설사업을 잘 함으로써 각 분야와 업종, 지역의 사업을 이끌어 나가는 것은 중국공산당 영도 하의 국가 통치관리의 중요한 특색이 된다. 즉 당 조직이 국가 통치관리의 영도적 역량이자 통치관리의 중심이라는 뜻이다. 개혁개방 이후 중국공산당은 당의 건설을 대대적으로 강화하고, 당의 영도적 역할을 강화하였으며, 일련의 학습과 교육, 통치관리와 정돈, 개발과 훈련, 반부패와 청렴결백(廉潔) 제창, 규율검사 업무를 지속적으로 전개해 당

조직의 영향범위를 확대하고, 당 조직의 영도력과 규율성을 강화하였으며, 당 조직과 당원이 신시대 국가 통치관리에서의 중요한 역할이 더욱 두드러지도록 했다.

2) 인민이 나라의 주인이 되는 것을 견지하여 국가 통치관리 도구 혁신의 주요 방향을 보장하였다.

인민이 나라의 주인이 되는 것은 중국 국가 통치관리의 뚜렷한 특징이다. '헌법'은 "중화인민공화국의 모든 권력은 인민에게 있다"고 규정하고 있다. 인민은 인민대표대회를 통해 권력을 행사하고, 법이 정한 경로와 형식에 따라 정보를 얻고, 국가 통치관리에 참여하며 정부를 감독한다. 국가 통치관리 도구의 선택에서도 이 점은 잘 드러난다. 기층의 민주주의를 공고히 하고 발전시켜 당의 통일적인 영도 아래 대중적 자치조직과 각급 정부조직을 효과적으로 연결시켜, 국가 통치관리, 지방 통치관리와 지역사회 통치관리가 매끄럽게 연결된 통치관리 체계를 구축했으며, 국가 통치관리의 사회적 기반을 다졌다.

사회조직의 발전을 적극 지지하였다. 최근 몇 년 동안 국가는 사회조직 등록 통치관리 제도를 끊임없이 개선하여 적극적으로 허브형 사회조직을 탐색하고 구축하였다. 사회조직 인큐베이터 구축, 사회조직을 상대로 한 서비스 구매 관련 전문징책을 제정하는 등 사회조직의 육성과 신장을 도모하였다. 정무 정보공개를 추진하여, 인민의 알 권리와 감독권을 보장하고, 인민이 국가 통치관리에 참여할 수 있도록 지원하였다. 2004년 이후 정부는 정보공개에 박차를 가했다. 2008년 「정부정보 공개조례」를 제정해, 정무공개에 법적 근거가 생기게 하였으며, 그 후 재정예산과 결정, '3공(三公)' 경비(정부 부처 공무원의 공무로 인한 출국비용, 공무접대비, 공무용 차량의 구입과 운행 유지비)

지출 등 중점 분야에서 정보를 공개하고, 정부 사이트, 정무 웨이보 (微博, 미니블로그), 정부 위챗(微信) 등을 활용해 정보를 게시했다.

협상민주를 견지하고 문명적 통치관리를 대대적으로 추진하였다. 중국공산당과 정부는 의사결정의 민주성과 과학성을 강조하고, 중대하고, 대중의 절실한 이익과 관련된 분야에서 협상제도를 실시하여 실질적인 민주주의를 실현하는 것을 중시했다. 중국은 조화로운 사회건설을 추진하였으며, 경제도구와 신형 정보도구를 개발하고 사용하는 노력을 아끼지 않음으로써, 국가 통치관리가 더욱 유연하고, 문명되며, 대중이 더욱 자유롭도록 하였으며, 중국정부와 시장·사회·공민의 관계가 더욱 조화롭게 되도록 하였다.

3) 정신문화의 선도를 견지하여 국가 통치관리 도구의 중요한 특징을 구성하다.

사명감이 강한 정당으로서 중국공산당은 이론상의 선진성을 견지해 왔다. 중국공산당은 설립 초기부터 마르크스주의 지도를 견지하였다. 장기간의 역사발전 과정에서, 중국공산당은 점차 중국의 혁명·건설과 개혁의 실천과 결합해, 끊임없이 이론을 혁신해 마오쩌둥(毛泽东) 사상, 덩샤오핑(邓小平) 이론, '3개 대표(三个代表)' 중요사상, 과학발전관과 시진핑(习近平) 신시대 '중국 특색의 사회주의' 사상을 형성했다. 이러한 이론의 혁신 성과는 당 자체가 사상적으로 선진성을 유지하게 하였을 뿐만 아니라, 이데올로기의 과학성과 선진성에 대한 이론적 뒷받침을 제공하였으며, 선전과 동원, 학습과 교육, 정책 논증을 위해 견고한 내용 비축을 제공하였다.

구대부터 세계문명을 이끌어 온 나라로서 중국은 심후한 문명의 축적과 강력한 문명의 동력, 강렬한 문명에 대해 추구해 왔다. 오랜 문명의 발전과정에서, 중국인들은 "몸과 마음을 닦아 집안을 안정시킨 후 나라를 다스리고 천하를 평정한다(修身齐家治国平天下)"는 개인적 이상뿐 아니라, "내 집 어른을 모시는 마음으로 남의 집 어른을 모시고, 내 집 아이를 사랑하는 마음으로 남의 집 아이를 사랑하라(老吾老以及人之老. 幼吾幼以及人之幼)", '협화만방(协和万邦)'과 '천하대동(天下大同)'이라는 공통의 비전을 형성했다. 이는 중국공산당과 정부가 공통의 신념, 가치와 도덕으로 인민대중을 교육하고 이끌어갈 수 있는 사회적 심리와 정서적 토대를 제공했다.

4) 인민중심의 개혁을 견지하고, 국가 통치관리 도구의 혁신을 선도하다.

70여 년 동안 중국공산당과 정부는 시대와 함께 전진하였으며, 국정과 민의, 국가 발전의 목표에 따라 끊임없이 국가 통치관리 도구의 운용 유형과 중심을 변화시켰으며, 기존의 낙후된 도구를 버리고 새로운 도구를 개발하고 사용하였다. 조직도구의 개선, 정보도구의 혁신, 그리고 경제적 인센티브 도구와 시장·사회 도구의 대량 사용은 이를 극명하게 보여준다.

인민중심의 사상을 견지하고, 대량의 신형 시장도구를 창조적으로 사용하였다. 1970년대 말 이래 중국은 시장 지향적인 경제체제 개혁을 시작하였다. 이와 동시에 시장과 재산권 제도는 기본적인 통치관리 도구로서 역시 많이 채용되었다. 그리하여 서방과 유사한 1세대 도구에서 2세대 도구로의 전환이 이루어졌다. 미시 분야, 특히 의료·고용·빈곤 퇴치·구제·환경 분야에서 대량의 시장도구를 운용하여, 시장주체와 사회개체의 이익을 충분히 배려해 사회전체를 활기차게 하였다.

인민의 참여를 유도하여 국가 통치관리가 인민의 의지를 반영하도록 하였다. 중국정부는 경제 분야에 여러 가지 경제성분을 도입하였을 뿐만 아니라, 일부 공공사업 통치관리와 서비스 분야도 시장과 사회에 개방하였다. 현재 공공서비스의 절대다수는 정부·시장과 사회조직·공민 등이 공동으로 제공하고 있다. 정부는 단독 행동자로부터 영도자와 조직자로 바뀌었고, 다른 통치관리 행동자와 함께 '협력 통치관리'를 형성하였다. 이에 발맞춰, 중국정부의 통치관리 도구의 유형도 행정허가, 계약 외주화, 정부와 기업의 협력, 정부와 사회의 협력, 협상과 소통 등이 추가되어 인민에게 더 많은 발언권과 선택권이 생겼으며, 인민의 이익은 더욱 많은 실현과 보장의 경로를 가지게 되었다.

인민중심의 지도사상 아래, 중국정부는 분권화 조치와 인센티브 조치를 통해, 각 부처·각지의 통치관리 도구의 혁신을 독려하였다. 실제로 전국적으로 시행되고, 규범화된 많은 정부의 통치관리 도구들, 예를 들면, 오염물 배출권 거래, 계약 외주화, 모의 시장, 사회관제 등은 모두 지방의 탐색에서 비롯된 것이다. 장기적인 실천 속에서 중국도 시험·시험지역·시범 등 다양한 혁신 경로를 형성해, 통치관리 도구의 혁신을 위해 끊임없이 지식과 경험을 제공했다.

한마디로 1949년 이후, 중국발전의 역사적 과정은 끊임없이 통치관리 제도를 수립하고 개선하고 보완하는 과정이자 또 끊임없이 실천하고, 혁신하며, 통치관리 도구를 개발하는 과정이기도 하였다. 중국 통치관리 도구의 창조적 발전과 효과적인 운용은 중국의 제도적 우위를 공고히 하고 실현하였으며, 국가 통치관리의 효율을 창조하고 향상시켰다.

중국 국가 통치관리 도구의 창조적 발전과 효과적인 운용은 중국공산당과 정부자체의 실천탐색의 결과이다. 그것은 문제 지향과 목표 지향을 견지하고, 실천 중의 통치관리 문제에 대한 성찰을 출발점으로 하였으며, 통치관리 효과의 획득을 입각점으로 하여, 끊임없이 배우고, 끊임없이 시행착오를 반복하며, 끊임없이 지양(止揚)하였으며, 끊임없이 풍부하게 함으로써 최종 현대 국가 통치관리의 요구에 부합되면서도 뚜렷한 중국 특색을 지닌 도구체계를 형성하였다. 이러한 시스템은 중국식 국가 통치관리의 주요 내용을 구성하였으며, 중국 국가 통치관리가 형성된 직접적 로드맵이 되었다. 중국 통치관리 도구의 창조적 발전과 효과적인 운용은 중국 국가제도를 견지하고, 제도적 우위를 발휘한 기초 위에서 진행된 것이다. 중국공산당은 70여 년 동안 중국인민을 이끌어 중국역사와 현실에 뿌리내리고, 완전한 국가 통치관리 제도를 구축해 냈다. 이러한 제도들은 통치관리 도구의 혁신과 발전에 방향을 제시하고, 통치관리 도구의 개발과 활용을 위해 탄탄한 토대를 마련했다. 바로 이러한 뒷받침과 선도가 있었기에 중국은 고금을 아우르고, 모든 것을 겸용하며, 특색이 뚜렷한 통치관리 도구의 체계를 갖추게 되었다.

지금 사회는 새로운 발전의 시기에 접어들고 있다. 사회는 더욱 복잡화, 다원화, 동태화 되고 있으며 기회와 도전이 공존한다. 중국의 국가실력은 끊임없이 증강되고, 지위는 끊임없이 상승하고 있으며, 국제사회에서의 책임과 임무도 갈수록 무거워지고 있다. 이 모든 것들은 우리가 국가 통치관리의 도구를 더욱 지혜롭게 선택하고 운용할 것을 요구하고 있다. 중국은 반드시 우수한 전통을 견지하고 발양하는 기초위에서 국가 통치관리의 제도적 장점에 기반을 두고 의지하여, 국가의 제도적 장점이 국가 통치관리의 효율성을 더욱 높이도록 국가 통치관리의 도구를 계속 혁신하고 최적화해야 할 것이다.